列朝詩集

第十二册

〔清〕錢謙益 撰集
許逸民 林淑敏 點校

中華書局

列朝詩集目録

閏集第三

閏集第四

閏集第五

列朝詩集目録

閏集第六

列朝詩集閏集第三

高僧四人

憨山大師清公四十六首

大師諱德清，字澄印，全椒人。族姓蔡氏。年十二，辭親入報恩寺，與雪浪恩公並事無極法師。內江趙文肅公摩其頂曰：「兒他日人天師也。」師以江南習氣軟暖，宜入春冰夏雪苦寒不可耐之地，以痛自摩厲，飄然北邁。參徧融、笑巖二老，偕妙峰登公棲北臺之龍門。老屋數椽，在萬山冰雪中，日尋綠溪，横彴危坐其上，忽然忘身，衆籟闃寂，身心湛然，如大圓鏡，大事既徹，光明四炤。慈聖皇太后建祈儲道場於五臺，師與妙峰實主其事。光宗應期降誕，師乃棲東海之牢山。慈聖遣使再徵，不能致，布金造寺，賜額曰「海印」。居十三年而黄冠之難作，飛章逮繫，拷掠備至。按慈聖前後所賜帑金以數十萬計，師從容仰對，謂當體聖孝存國體，且賑饑三千金，有內府簿籍可考。乃坐私造寺院，遣戍雷陽。以丙申二月抵戍所，癘饑三年，白骨蔽野，如坐尸陀林中，遂成《楞枷筆記》。赭衣見大師，執戟轅門，效大慧冠巾説法。乃構丈室於行間，時與諸來弟子作夢幻佛事，乃以金鼓爲鐘磬，以旗幟爲幡幢，以刁斗爲鉢盂，以長戈爲錫杖，以三軍爲法侶，以行伍爲清規，以納喊爲潮音，以參謁爲禮拜，以諸魔爲眷屬，居然一大道場也，居五年，住錫曹溪，大鑒之道勃焉。中興甲寅，慈聖賓天，詔至，乃慟哭披剃，返初服。於是東遊吴越，赴紫柏之葬於雙徑，弔蓮池於雲棲，結庵廬山五乳峰下，效遠公六時刻漏，專修浄業。居四年，復往曹溪，示微疾，沐浴焚香，集衆告别，危坐而逝，天啓三年之十月也。師化之次年，弟子居廬山者奉全身歸五乳，塔而藏焉。亡何，以地之不墨食，謀改葬，弗果。粤人官南康者，復奉其龕歸曹溪，將荼毗，啟而視之，膚理柔軟，鬚髮鬱然，乃加髹漆，奉於六祖真身之側，去五乳葬時又二十餘年矣。師長身魁碩，氣宇堂堂，及物利生，機用善巧，如日暄雨潤加被，而人不知。稅礦之使所至如毒龍乳虎，師以佛法攝受，莫不心折首俯，作禮而去，所全活兩粤生靈，不可算數。詔獄之詞，引辯得體，上全兩宫慈孝。人始知師於牢户瘴鄉皆能現身説法，陰翊王度，非虚語也。師之東遊也，得余而喜曰：「法門刹竿不憂倒却矣。」燈灺月落，晤言亹亹，所以付囑者甚至。衰老無聞，偷生視息，録師之詩而略記其行履，不自知清淚之沾漬也。師少與雪浪留心詞翰，晚而伸紙信筆都無思議，一一從光明藏中流出。世諦文字，固不足爲師有無；雪泥鴻爪，亦略識其應跡云爾。

六詠詩

心

金翅鳥命終，骨肉盡消散。唯有心不化，圓明光燦爛。龍王取爲珠，照破諸黑暗。轉輪得如意，能救一切難。如何在人中，日用而不見？

無常

法性本無常，亦不墮諸數。譬彼空中雲，當體即常住。聖凡皆過客，去來無二路。是生不是生，非新亦非故。智眼明見人，此外何所慕。

苦

夢入大火聚，怕怖多慞惶。正當苦惱時，滴水便清涼。水盡火復然，念慕何慨慷。及至醒眼觀，向者誰悲傷？

空

須彌横太虛，大地浮香海。六塵蔽性天，四大遍法界。劫火洞然時，此個壞不壞。何必待燒盡，然後無障礙。

無我

一水作衆味，酸鹹苦辣具。以本淡然故，而能成衆事。若實不隨者，安肯隨他去。唯有不隨者，誰能識此趣。

生死

生死不流轉，流轉非生死。若實不流轉，生死無窮已。諦觀流轉性，流轉當下止。不見流轉心，是真出生死。

採珠行

灼灼明月珠，産向深淵底。從空撈摝之，魚龍盡驚起。鮫人相抱泣，灑淚忽成雨。腥風撲遠岸，鯨波奔萬里。密網垂天雲，輕帆展鵬翼。一擘川后愁，再擊海若徙。盡剖蚌蛤腹，不補蒼赤髓。安得如意珠，持歸報天子。神光發中夜，龍顔大欣喜。七寶隨所求，四事盡豐美。展轉濟孤貧，利樂無窮已。用賞戰勝功，傳爲灌頂祉。罷此批鱗役，聊以釋附髀。滄海不揚波，溝瀆清塵滓。願祝吾皇壽，量同東海水。

癸卯初度自五羊之曹溪舟中作

今朝五十八，明日五十九。未來不可思，過去何所有。世相空裏花，毁譽鏡中醜。不推羊鹿車，喜隨牛馬走。自愧膝穿蘆，却怪肘生柳。發散少冠束，面厚多塵垢。戰退生死軍，打碎無明臼。使盡老婆心，笑破虚空口。兩岸既不容，中流非所守。來往任風波，去住絶偕耦。天際望長安，寒空一回首。回首問時人，誰是儂家友。

寄錢太史受之

匡廬列雲霄，江湖邈天際。地湧青蓮花，枝葉相鮮麗。眷彼華中人，超然隔塵世。夢想五十年，良緣圖未遂。偶乘空中雲，隨風至吴會。東南美山水，藴藉多佳士。一見素心人，精神恍如醉。未語肝膽傾，清言入微細。相對形骸忘，了然脱拘忌。精白出世心，太虚信可誓。苦海方洪波，願言駕津濟。把别向河梁，遂我歸山志。長揖返匡廬，藏踪杳深邃。五老與七賢，日夜常瞻對。誅茅卧空山，煙霞爲衣被。視此芭蕉身，一擲如棄涕。緬想未歸人，馳情勞夢寐。安得駕長虹，凌風倏然至。暫謝塵世緣，入我真三昧。

擔板漢歌有引

徑山法窟，自大慧中興臨濟之道，相續慧命，代不乏人。近來禪門寥落，絶響久矣。頃一時參究之士坐滿山中，至有一念瞥地，當體現前得大自在者。惜乎坐在潔白地上，不肯放捨，以爲奇特，不知返成法礙也。教中名爲所知障，所以古云直饒做到如寒潭皎月，静夜鐘聲，隨叩擊以無虧，觸波瀾而不散，猶是生死岸頭事，所謂「荆棘林中下脚易，夜明簾外轉身難」，名抱守杆頭静沉死水尚不許坐住。况有未到瞥地，偶得電光三昧，便以爲得弄識神影子者乎？此參禪得少爲足，古今之通病也。恐落世諦流布，疑誤多人，因有請益者，乃笑爲《擔板漢歌》以示之。歌曰：

擔板漢，擔板漢，如何被他苦相賺。只圖肩頭輕，不顧脚跟絆。縱饒擔到未生前，早已被他遮一半。這片板，項上枷，渾身骨肉都屬他。若不快便早抛却，百千萬劫真冤家。行也累，坐也累，明明障礙何不會？只爲當初錯認真，清門净户生妖魅。開眼見，閉眼見，白日太虚生閃電。乾闥婆城影現空，癡兒認作天宫殿。要得輕，須放下，臭死蝦蟆争甚價。烏豆將來换眼睛，魚目應須辨真假。有條路，最好行，坦坦蕩蕩如天平。但不留連傍花柳，管取他年入帝京。舍身命，如大地，牛馬駝驢不須避。果能一擲過須彌，劍樹刀山如兒戲。若愛他，被他害，累贅多因費管帶。一朝打破琉璃瓶，大地山河都粉碎。我勸君，不必擔，髑髏有汁當下乾。分身散影百千億，從今不入死生關。

從軍詩三首丙申春二月入五羊三月十日抵雷陽戍所作

舊説雷陽道，今過雹白西。萬山嵐氣合，一錫瘴煙迷。末路隨蓬累，殘生信馬蹄。那堪深樹裏，處處鷓鴣啼。

竄逐辭金地，窮荒到海涯。雲容飛赤鳥，星尾曳丹蛇。棄杖林成久，揮戈日未斜。天南并塞北，是處有胡笳。

萬壑奔流下，千山紫翠連。帆飛三峽雨，人入九秋天。客路浮雲外，歸心落日前。吾生猶未已，江漢是餘年。

宿清溪驛夢得草蟲鳴斷岸沙鳥宿寒汀之句因續成詩

溯流遵遠渚，旅泊傍孤亭。月隱山容淡，魚潛水氣腥。草蟲鳴斷岸，沙鳥宿寒汀。最惜飄零者，浮生夢未醒。

庚子歲書事三首

豺虎中原遍，星軺日夜馳。詔無哀痛字，人有向隅悲。遠探驪龍窟，深披弱木枝。乾坤聊俯仰，愁絶一雙眉。

青海初收捷，朱厓始罷征。劍門飛赤羽，閣道走羌兵。帝德懷柔遠，王師耻戰争。蠻夷應繫長，不見請長纓。
滿目黄塵暗，披肩白髮垂。江湖歸路杳，鷗鷺傍人疑。康濟思今日，安危望此時。從來貂珥重，寧不愧恩私。

癸卯春日大廉即事

炎方風物異，歲事總難期。臘盡蟲無蟄，春來鳥不知。豆花開舊莢，榕葉落新枝。因憶燕山雪，陽和似有私。

病中示諸子

厭世心成癖，那堪病作魔。已知餘日少，更見此身多。藥石充香積，呻吟當羯磨。文殊如有問，一默竟如何。

宿橋口

落照浸湖天，沙明月在船。鳥棲臨水樹，人語隔林煙。浮世止一宿，餘生能幾年。如何衰暮日，猶滯楚江邊。

山居

髮不如心白，形還似木枯。衆緣閒處盡，一念看來孤。天已容疏拙，禪應離有無。餘生當落日，步步是歸途。

舟行

湘水通巴漢，孤帆入楚天。片雲低遠樹，晴日照斜川。處世常如寄，浮生莫問年。縱遵歸去路，亦似渡頭船。

丙申二月抵廣州寓海珠寺

天涯歷盡尚遐征，百粵風烟不計程。涉險始知塵海闊，道窮轉見死生輕。暫依水月光明住，偶向琉璃寶地行。到岸舟航今已棄，上方鐘鼓爲誰鳴？

寄燕都慈壽寺别山長老

當年一鉢久過從，長夜披衣聽曉鐘。飯食每懷香積界，經行常憶妙高峰。潛消瘴熱心含雪，暗記流年手種松。爲掃蓮花師子座，待余重舉絶言宗。

山居二首

三冬擁衲坐枯禪，喜見春光最可憐。瓦鼎野蔬將獻供，地爐松火漸無煙。青山覆雪重開面，白髮防寒已及肩。幸作太平雲卧客，焚香朝暮祝堯年。

舊遊恍忽是前生，每憶行藏暗着驚。此日青山當日夢，今時白社舊時盟。酬機但用無星秤，娱老唯留折脚鐺。若問西來端的意，曹溪一派水盈盈。

題畫小景三首

流雲覆春山，輕寒凍欲坼。何處踏青來，歸時月華白。

煙樹春雲緑，江天落日紅。不知何處醉，歸向月明中。

風雨孤舟夜，微茫草樹春。茅簷驚犬吠，定是渡江人。

再過小金山

漁火夜深白，沙鷄清晝喧。江空人境絶，長日掩柴門。

對月

雪嶺孤松老，曹溪滴水寒。誰知今夜月，猶是昔時看。

高山寺

山城枕江流，梵刹雲中起。鐘鳴萬户開，人在蓮華裏。

舟次横浦

五雲一水入南安，萬叠山迴六六灘。行到水窮山盡處，梅花無數嶺頭看。

懷五臺舊居

叶斗峰頭雪未消，别來音信久寥寥。炎方屢夢經行處，曳杖閒過獨木橋。

登南安城

城頭瓣瓣涌青蓮，花蕊香含萬户煙。身在境中人不識，更於此外覓諸天。

山居偶成四首

百年世事空華裏，一片身心水月間。獨許萬山深密處，晝長趺坐掩松關。
滚滚紅塵世路長，不知何事走他鄉。回頭日望家山遠，滿目空雲帶夕陽。
鬧藍誰肯急抽身，自古青山隔市塵。莫謂桃源無路入，落花流水是知津。
日夜煙霞護翠微，相將猿鶴待忘機。青山莫道閑無主，自是閑人不肯歸。

山居七首

夜深獨坐事枯禪，撥盡寒灰火不然。忽聽樓頭鐘磬發，一聲清韻滿霜天。
萬峰深處獨跏趺，歷歷虚明一念孤。身似寒空掛明月，唯餘清影落江湖。
平湖秋水浸寒空，古木霜飛落葉紅。石徑小橋人迹斷，一庵深鎖白雲中。
雪擁柴扉獨坐時，寒林寸寸折瓊枝。曉來頓失青山色，開盡梅花總不知。
身心放下有餘閒，垂老生涯在萬山。不許白雲輕出谷，好隨明月護柴關。
寒燈獨照影微微，疏屋風吹雪滿衣。忽憶五臺趺坐處，萬年冰裏一柴扉。
寒威入骨千峰雪，怒氣衝人萬竅風。衲被蒙頭初睡醒，不知身在寂寥中。

紫柏大師可公一十首

大師諱真可，字達觀，世居吴江太湖之濱，族姓沈氏。五歲不語，有異僧過其門，摩頂謂曰：「此兒出家，當爲人天師。」言訖不見，遂能言。兒時志氣雄放，不可羈勒。年十七，仗劍遊塞上。行至蘇州，過雨，宿虎丘僧舍，聞僧夜誦八十八佛名，心大説，侵晨即解腰纏十餘金授僧，設齋剃髮。二十從講師受具戒，參張拙秀才偈，頭面俱腫。一日，忽悟，腫處頓消。自是凌轢諸方。嘗曰：「使我在臨濟德山座下，一掌便醒，安用如何苦何？」過匡山，窮相宗奥義。遊五臺，至京師，參遍融、笑巖諸老，發明大事，歸吴，復楞嚴廢寺於嘉禾，創刻藏緣於徑山。再入燕，訪憨山於東海，復戒壇於檀柘。西遊峨眉，下瞿塘，過荆襄，登太和，憩匡廬，復歸宗古寺。師相好端嚴，眉目秀發，所謂雲門堂堂，氣宇如王。戒律精嚴，如銀山鐵壁，莫可梯傍。接引爲人，如蒼鷹攫兔，一見即欲生擒，心愈慈手愈毒，入其室者凄然暖然，靡不毛伐骨换。所至護持正法，摧伏魔外，賢士大夫焚香頂禮，涕淚悲泣，果以爲人天師也。師在匡山，聞憨山以弘法被難，遠戍雷陽，嘆曰：「法門無人矣。」南康太守吴寶秀以礦税被逮，其妻投繯死，嘆曰：「閹人横行至此，世道不可爲矣。」乃决策入都門，謂人曰：「海印不歸，我爲法一大負；礦税不止，我救世一大負；《傳燈録》不續，我慧命一大負。捨此一具貧骨，釋此三負，不復走王舍城矣。」先是師遊石徑山，得琬公所藏貯佛舍利，慈聖皇太后迎入内，供三日，特賜紫伽黎。神宗手書《金剛》，汗下漬紙，遣近侍質問，師以偈答曰：「御汗一滴，萬世津梁。無窮法藏，從此放光。」上覽之大喜。及妖書獄起，逮師入詔獄，有旨下所司審問，而執政者意在鉤黨，欲牽連殺師，上初不知也。師既被笞，血肉狼籍，笑曰：「世事如此，久住何爲？」索浴説偈，堅坐而逝，癸卯之十二月也。師化後，暴露待命六日，自春及秋，霖雨漂浸。南還又十二年，葬於徑山。荼毗之日，肉身儼然，舍利無算。嗚呼，豈偶然哉！余嘗問憨山大師：「紫柏何如人也？」師曰：「悲願利生，弘護三寶，是名應身大士。其見地直捷穩密，足可遠追臨濟，上接大慧。」「然則以紫柏繼臨濟一燈可乎？」師曰：「師固不忝爲轉輪真子，以前無師派，未敢妄推也。臨濟一派，流布寰區，五十年來獅絃絶響，正眼未明，邪魔亂法，妄自尊稱臨濟幾十幾代。如紫柏者，嗣法不嗣派可也。」二老既没，法幢日倒，魔民師子，妄稱臨濟兒孫，互相尊奉，果如憨老之云。余竊取春秋黜僭王之法，一筆抹摋，庶不負吾海印老人記莂付囑之意，亦庸以上報佛恩云爾。

牢山訪憨山清公不值

吾道沈冥久，誰倡齊魯風。閒來居海北，名誤落山東。水接田横島，雲連慧炬峰。相尋不相見，踏遍法身中。

登那羅延窟

菩薩僧常住，歸依上翠微。山高疑日近，海闊覺天低。島嶼屏中國，波濤限外夷。重來防失路，拂石一留題。

楞嚴廢寺

萬花叢裏畫樓新，玉女憑欄天上春。明月一輪簾外冷，夜深曾照坐禪人。

嘉興楞嚴寺爲長水疏經處，後爲吴尚書園亭。師矢心恢復，爲詩弔之。後二十餘年，寺遂復故。

紺圃即事

小居在曠野，寂無塵俗想。疏鐘深夜聞，六根瀉清響。晝讀天竺書，幽窗思忽晃。犬吠桃花陰，麥浪人來往。最愛晚雨晴，空林返照爽。

潭柘懷繆仲淳

谷水龍泉一片雲，去來誰復見離群。夜深唯有滄溟月，無限清光不可分。

結夏金壇之北園兼懷侯鐵庵

納涼何必獨夫容，水木清幽趣亦同。世上共高肥馬價，林間單放病僧慵。苔痕鶴過偶成字，月影魚吞不解空。更憶澹虚亭上夢，寒雲片片嶺頭逢。

吴氏廢園二首

汾陽門第晉風流，縹緲湖山感勝遊。今日松蘿誰是主，斷雲殘月鎖江樓。

築成金屋貯嬋娟，草魘花迷知幾年。愁見向來歌舞地，古槎疏柳起寒煙。

璃璃燈

誰把冰輪擲下方，老禪拈取挂虚堂。升沈雖復憑他力，内外從來本自光。未點金容猶冷淡，才然寶座愈輝煌。莫將龍燭堪相比，不照人王照法王。

月下偶成

静夜無雲月正中，清光何處不相同。江南江北閒臺殿，幾個心聞曉寺鐘。

過天目山活埋庵

自古名高累不輕，飲牛終是上流清。吾師未死先埋却，又向巢由頂上行。

禮高峰祖師塔

二十餘年抱死關，那來魂夢落青山。臨行白骨無藏處，擲向金毛舌上安。

蓮池律師宏公〔一〕一首

師諱袾宏，字佛慧，別號蓮池。俗姓仁和沈氏。年十七，爲諸生。三十二歲，辭家祝髮，徧參諸方，煉魔於伏牛。參徧融、笑巖於京師，皆有開發。過東昌有悟，作偈曰：「二十年前事可疑，三千里外遇何奇。焚香擲戟渾如夢，魔佛空爭是與非。」初發足參方，從參究念佛得力，至是乃歸併淨土一門，普攝三根。乞食梵村，見雲棲山水幽寂，遂有終焉之志，結茅三楹，絶糧七日，倚壁危坐而已。環山多虎患，師發悲愍，諷經施食，虎遂遠徙。歲大旱，擊木魚循田念佛，雨隨足迹而注。居民德之，遂成蘭若。道風大扇，四衆歙集。首倡毗尼，以立基本，單提念佛，以攝禪淨。人稱雲棲布薩精嚴，傑出諸方，念佛專勤，遠追蓮社，而不知其砥狂禪揩末法，深心密慮，人固未易測也。住山三十餘年，以乙卯七月别衆示寂，臨行張目云：「老實念佛，勿揑怪，勿壞我規矩。」向西念佛而逝，全身塔於五雲山之麓。夏八十有一。憨山大師銘其塔曰：「師以平等大悲攝化一時，非佛言不言，非佛行不行，非佛事不作。佛囑末世護持正法者，依四安樂行，師實以之。先儒稱寂音爲僧中班、馬，予謂師爲法門之周、孔也。」師所著述，多發揮戒净法門，不事詞藻。止録其詩一首。

〔一〕「律」，原刻卷首目録作「大」。

跛法師歌

跛脚法師胡以名，良由能説不能行。我今行説兩俱拙，不應無實當斯稱。春王正月才過十，午間隨例入浴室。失足俄沉百沸湯，不起牀敷五十日。瘡痍甫平筋力疲，左長右短行參差。東行夾輔二童子，西行交倚雙笻枝。是故此師名跛脚，跛去跛來人笑殺。笑殺平生好放生，善因惡果理難合。頗有市肆旃陀羅，刲羊擊牛烹鳬鵝。鱉鱔蟹蛤殺無數，而反康豫無纖疴。放生誠有長壽理，因果無差休亂擬。我昔殺業今須償，身痛心生大歡喜。傍人問我喜者何，我以此脚在蹉跎。趨奔無始至今日，步步趁入無明窠。或趨名兮據高位，衝寒踏遍金階地。或趨利兮走天涯，歷盡燕秦并楚魏。或趨勢豪候門墻，不減立雪之游揚。或趨女色越垣闥，繇此暮夜遭傷亡。或趨檀施求無已，匍匐泥塗没其趾。或趨友朋時往來，破夏踐殞諸蟲蟻。或趨五嶽及三山，南馳北騖芒鞋穿。所以如來苦呵責，舉足動足皆寃愆。幸哉今跛損成益，思欲閑行行不得。潛踪斂迹守林巒，多種狂心一朝息。客來恕我不起延，兀兀似入磨磚禪。閉門無事且高枕，欲學翠色煙嵐眠。祇愁此脚不終疾，趨奔萬境仍如昔。願君不跛如跛人，勝彼長年掩關客。

雪浪法師恩公四十四首

法師名洪恩，金陵黄氏子。年十二，出家長干寺，剪髮於玄裝塔前。長于憨山大師一歲，比肩爲沙彌，無着、天親如也。事無極法師，般若内薰，夙習頓現。讀内外典，利如奔馬，不勞問辨而堂奥歷然，以無師智得大辨才。憨大師北遊，遂以弘法爲己任，日據華座，講演諸經，盡掃訓故，單提本文，拈示言外之旨，恒教學人以理觀爲入法之門。説法三十年，如摩尼圓照，一雨普沾。賢首一宗爲得法弟，得繼席者以百計，秉法而轉教者以千計，南北法席之盛，近代所未有也。公高額廣顴，肌理如玉，具大人相。所至儭施雲委，不推不戀。博通經史，攻習翰墨，登山臨水，聽歌度曲，隨順世緣，了無迎距，圛焦内照，炯然自如。晚年開接待院於吴之望亭，日則隨衆作務，夜則篝燈説法。以勞苦示微疾，沐浴端坐，説偈而逝。歸葬於雪浪山。余爲補撰塔銘：「公年十八，佛法淹通，乃留心義學，聽極師演《華嚴大疏》。五地聖人於後得智中起世俗念，學世間技藝，涉俗利生。嘗言：『不讀萬卷書，不知佛法。』博綜外典，旁及唐詩晋字，帷燈畫被，日夜不置，丹黄紛披，几案盡黑。萬曆中，江南開士多博通詩翰者，亦公與憨大師爲導師也。江夏郭文毅公爲南祭酒，僧徒譖公于郭公，僞爲公批抹郭公詩集，銜袖以示之。郭公大怒，逐公，僅而得免。先是憨大師在長安，郭公以詩就政，大師信筆評定，多所是正，郭公心弗善也。已而聞雪浪嗤點之語，頓足曰：『何物二老秃，皆有意揶揄我！』其怒益不可解。」憨公爲余言如此。

送界公還海虞

寒雲江上渡，去住總超倫。落盡風鳴葉，窺殘月傍人。下籤諸品徹，析難一言中。映帶河山色，孤帆處處新。

過安茂卿秦淮寓館

安期東海至，新借白門居。緑醑稱從事，紅妝用校書。舟移淮水月，饌出晉陵魚。聞道西林勝，能無一榻虚。

同定源過雲西别館夜坐

一水雲西紫翠陰，爲園雖小自開林。徑饒黄菊聊供採，門掩蒼山豈事尋。明月半殘今夜色，寒燈猶吐十年心。坐中且莫言摇落，世路浮名真陸沈。

夜泊慈姥磯登絶頂坐月

蹤跡元蓬藋，天涯自往回。秋風隨去棹，夜色共登臺。石面潮初落，江頭月正來。最高思欲卧，清磬一聲催。

江上道中即事有懷同社諸友

遵路三支別，横江一葦從。斷堤方舍筏，山寺忽鳴鐘。飛霧翳寒日，殘煙隔暮舂。間關猶未遠，離緒已重重。

出劉庵晚步望江南諸山有感寄同社諸丈

荒原無歷覽，直視但丘陵。斥鷃飛盈步，波臣水僅升。莽煙孤晚岫，疏樹出寒燈。目斷鍾山色，空餘望裏登。

雨過即事二首

一雨山如沐，垂藤覆深屋。不見踏花人，窗外生新緑。

朝起自憑欄，明霞燦如綺。失却向時人，鳥聲似它語。

遊船若寺

蟠紆垂鳥道，蒼翠削芙蓉。坐可依危石，行將駐短筇。寒深千片竹，霜老一枝松。甃草枯殘水，空潭已化龍。

松寥閣與堪公夜坐看月晨起值花朝連春分紀事同贈

自赴巳公招，清言破寂寥。茶全烹穀雨，春半及花朝。薄霧籠寒月，微風上夜潮。不知峰頂雪，還待幾時消。

答王百穀虎丘送別

林棲同倦鳥，山寺晚鐘殘。霜涸秋潭冷，風疏夜磬寒。榻方懸半偈，錫更指長干。嘗就浮丘聽，難禁別鶴彈。

蔣墅曉行

曉發渡金壇，星疏月未殘。三峰如句曲，百折似嚴灘。村杵和霜下，漁燈隔霧看。吴歈多苦調，併入櫓聲寒。

送信公還豫章分得十五咸

朔風迎溯水，吹雪上寒岩。悵别應千結，封題祇半函。香鑪烟漸斂，湖口月初銜。遥想章江外，鐘聲落夜帆。

寄武氏園居即事

雨後微風不度池，柳條猶拂鏡中絲。憑闌只與禽魚共，水底月明方自知。

經衲頭庵憶法秀禪師

綻衲居無定，雙林一嶺分。磬聲和斷續，香靄逗氤氲。石徑連疏竹，溪流隔片雲。丹書徵出處，已是不逢君。

山房送郭次甫之焦山

雪後迴仙棹，空堂别思盈。一尊留夜色，片語進寒更。茗熟松風細，梅香露氣清。明朝江上月，去住總含情。

過耶溪法友新居

徑隨阡陌轉，籬抱小橋灣。有竹全臨水，無氛可類山。鳥常窺户静，雲似學僧閒。何事探靈秘，區中是大還。

見源來自越一雨巢松來自吴同過松寥閣賦此示之

得地江山勝，時當秋氣深。雖從吴越至，何間去來心。日落爾時現，潮生如是音。樓臺面水月，處處足登臨。

中秋日問主人病

十日佳期約，山園半畝宫。雨收殘暑盡，月出大江空。背屋一亭竹，當門幾樹桐。我來憐病病，數問主人翁。

雪中西泠與明宗話别

一經談北塢，片語别西泠。香刹朝朝共，雲山處處登。笠分千樹雪，船刺半湖冰。會盡庭前話，今然不夜燈。

古松法友誦經水西園賦憎

隨意寄招提，名園自水西。託松臨古澗，將鳥學卑棲。辨字追龍篆，探微得馬蹄。遍遊華藏界，還與一塵齊。

秋日過蓀谷訪石公

盤溪曲磴趁欹斜，行盡芳蓀始見家。門外空多萬巖壑，笥中不滿一袈裟。經年石瀨常疑雨，每日林香未辨花。此處白雲紅樹好，休容車馬破煙霞。

郭山人舍宅

疏竹高梧種始成；，斗壇新出梵音聲。山銜落照和雲下，霧斷寒潮隔岸鳴。石上舊題貞白字，井邊猶勒葛洪名。他時猿鶴如相憶，只尺巢居一葦輕。

秋日過吴氏經閣

誰向空門學布金，新開龍藏樹祇林。衣裁薜荔頭陀制，人類蓮花不染心。幡影到溪到梵宇，經聲出閣總潮音。氤氳細細靈香散，識得諸天莫外尋。

冶父山居七首

亂石砌成茅屋，編柴夾就疏籬。繩樞蓽門晝掩，任教霧鎖風吹。
兩石即爲環堵，棟梁四五松柴。盡可容身炊爨，何須分外安排。
風雨杳無人至，開門静裏生涯。詩字蒲團經卷，燒香汲水烹茶。
新笞尖頭茅草，颯然驟雨斜風。夜半衣單漏濕，接來瓶鉢西東。
飯罷梯雲步石，跏趺草坐談經。即非微塵世界，虚空木葉齊聽。
定起一聲清磬，經行幾轉雲堂。課畢篝燈松火，摘來柏葉生香。
食至三聲鼓響，茶來半點經圓。四衆和雲散去，只留明月階前。

十月十五日冶父山中有懷方丈庵

東嶺初升皓月，西林漸斂殘霞。散步歸尋邊笋，乘凉摘到新茶。

望亭飯僧作四首

借得人家隙地，中藏幾樹梅花。旋構數間茅屋，欲談一卷《楞伽》。
隔岸長松疏柳，雙溪一片湖光。夜聽漁舟共語，風吹菱芡時香。

屋後一灣流水，門前幾點青山。雲去月來橋上，鳥啼花落林間。
添得一條略彴，如從畫裏行來。即此草庵亦可，何須百尺樓臺。

祇樹庵四首

竹映窗前水漱門，數聲幽鳥報朝昏。行來恐踏苔痕破，目送山雲過遠村。
新植寒梅匝杏開，遍尋蘭蕙繞籬栽。香風吹落梨花雪，蜂蝶紛紛間錯來。
山氣籠葱曉出雲，一溪流水望中分。巖花樹樹紅相映，竹裏横拖白練裙。
堪笑經年老蠹魚，編編鑽透未知書。忽然眉底開雙眼，始信從前不識渠。

聞鶯送秀實還檇李

雪覆岩眉澗有聲，霧來霧去識陰晴。花開花落山如舊，添得黄鸝綰别情。

飯罷閒行

思量何幸得爲僧，住倚諸天最上層。飯罷閑行臨水石，碧桃花下坐傳燈。

贈隱峰老師

一室千峰隱，霜顱半世空。潮音生海月，鈴語報天風。垂老身能健，安貧氣益雄。翻憐門外子，朝暮在途中。

過吴仲穆

入郭門通水，君家水映門。里中高士卧，河上丈人尊。不請月當户，自生花滿園。豆蓬時散影，此際共誰言。

夜宿石湖口

野泊湖汀岸草萋，楞伽寺裏問禪棲。西巖緣壁人初定，北岫開林鳥亂啼。微雨凌波紋轉細，長風吹核物堪齊。只今箭徑横塘水，還過吴宮與越溪。

異人三人

卓吾先生李贄三首

贄字宏甫，晋江人。領鄉薦，不再上公車，授教官。歷南京刑部主事，出爲姚安太守。政令清簡，公座或與禪衲俱，簿書之間，時與參論。又輒至伽藍，判了公事。逾年，入鷄足山，閲藏不出。御史劉維奇其人，疏令致仕。與黄安耿子庸善，罷郡遂客黄安。子庸死，遂至麻城龍潭湖上，閉門下楗，日以讀書爲事。一日，惡頭癢，倦於梳櫛，遂去其髮，禿而加巾。卓吾所著書，於上下數千年之間，别出手眼，而其掊擊道學，抉摘情僞，與耿天台往復書累累萬言，胥天下之爲僞學者，莫不膽張心動，惡其害己，于是咸以爲妖爲幻，噪而逐之。馬御史經綸迎之於通州，尋以妖人逮下詔獄。獄詞上，議勒還原籍。卓吾曰：「我年七十有六，死耳，何以歸爲！」遂奪剃髮刀自剄，兩日而死。御史收葬之通州北門外，秣陵焦竑題其石曰「李卓吾先生墓」，過者皆弔焉。袁小修嘗語余曰：「卓老多病寡欲，妻莊夫人，生一女，莊殁後，不復近女色，其戒行老禪和不復是過也。平生痛惡僞學，每入書院講堂，峨冠大帶。執經請問，輒奮袖曰：『此時正不如携歌姬舞女，淺斟低唱。』諸生有挾妓女者，見之或破顔微笑曰：『也强似與道學先生作伴。』於是麻、黄之間，登壇講學者銜恨次骨，遂有宣淫敗俗之謗。蟾蜍擲糞，自其口出，豈足以污卓老哉！余兄中郎以吴令謝病歸，再起儀部，卓老以調理不當復出，爲詩曰：『王符已著《潛夫論》，爲問中郎到也無？』已而中郎將抵國門，乃改前句曰：『黄金臺上思千里，爲報中郎速進途。』其於進退出處介介如此。人知卓老爲柳下之不恭，不知其爲伯夷之隘也。」卓老風骨棱棱，中㶠外冷，參求理乘，剔膚見骨，迥絶理路，出語皆刀劍上事。獅子迸乳，香象絶流，直可與紫柏老人相上下。遺山《中州集》有異人之目，吾以爲卓吾可以當之。録其詩附於高僧之後，《傳燈》所載旁出法嗣，卓吾或其儔與？

贈西人利西泰

逍遥下北溟，迤邐向南征。刹刹標名姓，山山記水程。回頭十萬里，舉目九重城。觀國之光未，中天日正明。

初到石湖

皎皎空中石，結茅俯青溪。魚游新月下，人在小橋西。入室傾尊酒，逢春信馬蹄。因依如可就，筇竹正堪携。

入山得焦弱侯書有感

海内存知己，天涯若比鄰。古人聊自遣，此語總非真。學問多奇字，觀書少斫輪。何時策杖屨，共醉秣陵春？

萬世尊五首

萬世尊者，亦曰峨眉仙人。巴陵楊一鵬者，余同年進士，除成都府推官，登峨眉山，有狂僧踞佛座，睨楊而笑曰：「汝猶記下地時，行路遠，啼器數日夜，吾撫其頂而止耶？」楊追憶兒時語，大驚，禮拜，耳語達旦。臨别囑曰：「三十年後見汝於淮上。」楊後開府淮安。一旦薄暮，有野僧擊鼓，稱峨眉山萬世尊寄書，發函得絶句詩七首。質明大索寄書僧，已不知所往矣。流賊焚鳳陽祖陵，楊坐失救，論死西市，其詩始傳於世，而後二首秘不傳。楊之子昌朝曰：「峨眉仙人自稱萬世尊，密語授記。二弟稍向人吐露，先父聞而訶之。奚斯之聲已聞，不欲仰朱雲之藥，留一死以謝申息之老，且爲主上明國法也。臨刑正定，神氣如平常，但連呼好師傅者數聲而已。」昌朝之弟薦朝語我曰：「萬世尊名大傳，吟嘗在峨眉，往來人間無常處，人亦時時見之。」

峨眉仙人寄崑岑詩五首

謫向人間僅一周，而今限滿恐難留。清虚有約無相負，好覓當年范蠡舟。
業風吹破進賢冠，生死關頭着脚難。六百年來今一遇，莫將大事等閑看。
浪遊生死豈男兒，教外真傳别有師。富貴神仙君兩得，尚牽繮鎖戀狂癡。
難將蟒玉拒無常，勛業終歸上一方。欲問後來神妙處，碧天齊擁紫金光。
頒來法旨不容違，仙律森嚴敢泄機。楚水吴山相共聚，與君同跨片霞飛。

彭仙翁幼朔一首

幼朔名齡，不知何許人也。萬曆丙戌、丁亥間，遊寓蜀之潼川州，自稱鄬長春。常熟人顧雲鳳爲州守，從諸生得其填詞，異而物色之。戴高簷帽，乘輿以來。守與語，激詭多奇，因而稍規之，遂徒步往還，多談容成御女之術。又七年，甲午，來吴中，稱江鶴，號曰甋甀子。攜其妻寓雲間，常出遊旬月，妻蓬髮閉户，迨其歸始櫛沐。交士大夫，多言其居官時事，皆有端緒。每及正、嘉間巨公，輒曰：「某某，吾門生也。」人扣之，莫知其所以。已而往長安，妻死，爲發喪，乃知爲二陳太監妹也。又數年，遊楚中，又自稱祝萬壽，號海圍，承德間諸生從之學舉業，爲諸生評點課義。應山楊漣，少落拓，不肯習程文，諸生皆心薄之。每詢祝何人命中，祝云：「楊二會中。」諸生咸噪之，以爲欺我。漣爲其父卜葬，勞劇成疾，不食數月，將屬纊，諸生聚而哭之，及其未絶也致奠焉。諸生有陳愚者，會哭而歸，祝從光、黄間來，抵愚家，問：「楊二好否？」愚曰：「楊二病不可爲矣。」諸生已設生奠聚哭而歸矣。」祝曰：「楊二那得會死。」捉愚臂往視之，撼之不動，頮其面，大呼楊二者三，脣微張，喜曰：「猶可爲也。」袖中出藥一粒，以箸啓其齒下之，氣息惙惙，夜分而蘇。明日，諸生就漣家，攜酒肴享祝。漣從牀上躍出，歆啖兼坐人。承德間人皆云：「祝老能生死人也。」癸卯元旦試諸生，批漣文後云：「但得三人同一口，九霄之上便飛騰。」漣以是科鄉薦，主考曰孫如游、董復亨，房考曰劉文琦，三人同口之徵也。漣爲常熟令，爲余語祝事甚悉。又曰：「祝今更姓名曰彭齡，字幼朔，即吴中所謂江甑甄也。」越二年，彭從楚中來，余與之遊，先後四五年。用服氣法授人，間傳汞銀法。談百餘年朝野事，歷歷如指掌。與人言，依於長者。好爲人排難解怨。妻少婦，亦中貴家女，長齋誦《金剛經》。翁亦從其佞佛，時時作有爲功德。其語音似江楚間人，又常言與某某同朝，然亦竟莫知爲何許人也。天啟中，楊漣以給諫論劾魏奄，大獄連染，翁大出橐中裝助其家，又懼禍，改馮姓，往依涿相以居。丙寅歲，還金陵，依李沮修，卜壽藏於金陵之龍泉山，經營甫畢，集友朋告别，談笑而逝。既斂，其妻闔户自經。沮修爲合葬焉。葬後兩月，有人乘馬夜扣沮修門，授尺書而去，發之，則彭翁手書也。言化後事甚詳，且云「黄腸一具，極其完美，法喜以絨繩自縊」云云，手迹如生平，字稍楷而墨加濃。與翁孝先書亦然，託致問於余。後一年，有人見之登萊山中，僕從車馬甚盛，自是不復見矣。余嘗問翁：

「何故數更姓名?」曰:「此古人逃劫法也。陰府勾攝,用無常鬼,鬼智力短,不能出五百里外。劫數將到,變姓名遁五百里外,鬼無從攝我,又過一劫矣。」酒闌語熱,引杯看劍,若有不能舍然者。常語余:「近有人入青城山中,見老人跨白鹿,曰:『我三國徐庶也。』世寧有英雄不爲神仙者乎?」幼朔之爲英雄,爲神仙,吾不得而定之也,吾知其爲異人而已矣。幼朔有女,嫁膠州高太守鏘,其詞翰,高氏多有之。

九日登高有感寄懷虞山錢太史

落木蕭蕭兩鬢皤,登高縱覽舊關河。漫嗟魚服英雄老,爛醉龍山感概多。千古風流吹帽盡,百年時序插萸過。石函君已鐫名久,有約龍沙共放歌。

公自注云:「近有發許旌陽石函記,虞山太史官地具載,其當在樵陽八百之列無疑也,故落句及之。」

金陵法侶二人

秋溟先生殷侍郎邁二十首

邁字時訓,南京人。嘉靖辛丑進士,除户部主事,改南吏部。出爲僉事副使,請致仕。又起原官，歷布政南太僕卿，復致仕。萬曆初，即家起南太常卿，陞禮部右侍郎，管南祭酒事。後再疏致仕。性尚玄泊，淡默寡交。少求格致之義，不得其説，參證内典，澄思静照，久之忽有省，自此皈心佛學，棲息天界寺，灰心縳禪，精持戒律，雖老禪和不能及也。華亭陸文定公稱其坐鎮雅俗似房次律，急流勇退似錢宣靖，洞明宗要則楊次公、晁太傅。至其信道之篤，不言而默成，視理學諸儒不知何如也。二公外修儒行，内闕禪宗，皆爲法門龍象，故文定之稱殷公，其信而有徵如此。

牛首山閲楞嚴夜坐

一軸《楞嚴》閲未終，四山風静暮林空。忽逢華屋身能入，自得神珠道不窮。樹影欲迷雲度處，經聲遥聽月明中。共傳鹿鳥春深後，猶向煙蘿禮法融。

病懷

城闕秋生爽氣還，空堂木榻對衰顔。簾前花落常疑雨，樹裏雲過忽見山。朝隱暫隨朱紱後，心齋時住白雲間。湖南草緑浮鷗净，愛爾忘機盡日閒。

感興

出自天台路，紅英雜碧蘿。忽逢緑髮翁，問子將誰何。杖策人間世，索處恐蹉跎。老翁笑而去，林空山鳥歌。勸子且休矣，前途豺虎多。

六月六日避暑佛殿讀書

獨抱遺經坐上方，諸天風度葛衣涼。蟬鳴草樹半山静，松落雲花合殿香。

贈吉山寺僧漫爾自述

迢遥吉山隈，林端見喬木。齊梁有古寺，紺宇構岩麓。朝梵發孤煙，暮禪響幽瀑。渌水帶長川，青蕪暗平陸。上人隱雲門，披緇謝紈縠。心同野鶴遠，身與孤峰獨。跏趺一松下，四壁藤蘿覆。十月高秋天，清霜粲籬菊。問之年八十，顔色如膏沐。布袍方掩形，清齋但蒓蔌。食力自荷鋤，盈疇種秫菽。隔嶼雜芳花，緣溪環密竹。時有高人往，談經龍虎伏。落日洗鉢歸，飛鳥自與逐。世情復何有，清凈聊自淑。我本煙霞姿，幽棲愛林谷。抱痾增簡慵，忘機侣猿鹿。每從野衲遊，時向名蘭宿。蕭條長白寺，十年厭齏粥。曠然絶緣想，道心中夜肅。清晨簡《楞嚴》，披衣窗下讀。從聞悟無生，心空神自復。一從綰纓組，馳驅南北轂。人事有將迎，勞生空蹙踖。念兹感夙心，静觀中自恧。何如解塵鞅，歸來結茅屋。杖策泉石間，相從參一六。年華不可返，達窮何足卜。

將赴都門過天界方丈別山舟覺義

春來抱病淹行色，每到山中興便長。雲護石牀僧在定，月明臺殿草飛香。烟霞暫别三千里，萍水俄驚二十霜。欲了無生齊出處，願從淮老問真常。

抱病屏迹人事頗廢鄉人有以簡禮見責者聊以解嘲

衰遲猶苦病侵凌，筋力徇人愧不能。萬事逢迎渾似夢，十年棲息只如僧①。閒來煙篆留松月，定起蒲團映佛燈。塵世馬牛從爾唤，太虚誰識本無稱。

① 原注：「自丙辰歸田，於今十年。」

偕友人過城南僧舍

江湖嬴得自由身，杖履閒過鹿苑頻。白首更親童稚侣，青山偏戀薄能人。花宫雲氣香林滿，草徑藤蘿石澗新。丹盧歇來真樂見，無人識得子淵貧。

送僧天竺造經還蜀二首

天竺上人華顛古貌，來自西蜀，挂錫金陵，印造大藏經典六千三百八十餘卷，載以西歸。其弘法之念，良亦勤矣。予惟法眼有云:「微言滯於心首,翻爲緣慮之場,故謂瞥然而起即是傷他,而況言句乎?」誠知此理,則釋迦文四十九年不曾説着一字,今上人三千里外,亦未嘗擔取一經。上人欣然若有解於吾言,因成短偈,書以爲別。

手持貝葉下滄洲,千部琅函是度舟。應有魚龍護方廣,錦江春色鏡光浮。

峨眉山下説經臺,上有優曇拂曙開。莫把金錢認黄葉,等閒無復野狐來。

余夙抱煙霞之癖每懷匡廬天台諸名勝心期長往數年以來羸病與世緣牽阻大違初願蓋分薄故也只得家居學修浄因别作一路活計經云入得世間出世無余因成六言俚句見意兼以自勵云

身閒閉關晏坐,蕭然一室無嘩。静橋數竿竹木,環居數畝桑麻。

但信有生似寄,始知無處非家。往業難逃定數,妄想空自紛拏。

煩惱場中佛事,紅爐焰上蓮花。青山卧遊亦好,白雲仰視何涯。

窗外鳶魚活潑,牀頭經典交加。狉狉鹿豕籬畔,忙忙燕雀簷牙。

棲雲樓晏坐效寒山偈 六首　滁陽太僕官舍。

春陰蔽幽齋,朝來始和霽。春風悠然來,花雨滿庭際。

百慮静中起,旋向静中消。早知生即滅,始信起徒勞。

丈夫自堂堂，脚底有玄路。撒手便歸家，何曾移寸步。
六塵雖幻相，能令真性裂。何名出世心，但不隨分别。
應跡寄人寰，凝神棲絶境。識得鐵牛機，鑪焰如冰冷。
對雨千峰静，看山百慮輕。昨宵明月夜，露地白牛生。

寶幢居士顧源八首

源字清甫，金陵人。家有日涉園，甲於都城，陳魯南爲之詩曰：「六朝家世舊風流，猶説江南顧虎頭，花竹徑深如樂苑，窗楹池繞似滄洲。」「東晉香爐金籀字，南唐畫障澄心紙。米家圖畫鄴侯書，平泉樹石烏皮几。」其勝概如此。居士少負俊才，高自位置，非勝流名僧不與梯接。山水師小米，書法懷琳，落筆無塵俗氣。年幾四十，即斷葷酒，獨處一室，禪榻浄瓶，蕭然壁觀，宛然一老爛頭陀也。嘉靖乙丑八月，忽示微疾，延名僧素庵、雲谷輩，懸彌陀像，鳴磬念佛。語素庵曰：「吾决定往生矣。我每夜見彌陀法身，遍滿虚空世界，世界皆金色，佛視我微笑而挈我，又以袈裟被我。」庵曰：「居士即今身在何處？」曰：「我身坐蓮華中半月餘，止露一頭，華色白，大於我身，其内甚香。」侍者一室俱聞華香，諸子悲戀不已，居士説偈以示之。復語雲谷：「我觀佛已成空中無數諸佛，如一片金山耀目。今夜三更行矣。須如車行十里頃，始可沐浴更衣。」至期，怡然而逝。金陵有殷侍郎邁者，研精内典，所謂學佛作家也，作《寶幢居士傳》，記其往生事甚核，以謂居士生平示有妻子，常修梵行，雖處居家，常樂遠離，皈依净土，從容考終，其素履清修，積報如此也。馮祭酒開之曰：「余欲採近世往生事跡顯著者彙爲一集，當以寶幢壓卷。」萬曆間，焦狀元竑刻居士《玉露堂稿》四卷。

覆舟山臨望

覆舟山頭霽景明，長松落落匡石平。迴巒秀嶺低復昂，傳聞此地爲臺城。南望建章宫，佳氣何鬱葱。秦淮樹中流，遥與宫門通。城中萬井如棋畫，楊柳煙中分紫陌。内園蘭桂浮温香，戚里池臺蕩朱碧。鳳皇樓閣無處尋，臨春結綺作梵林。尊前却是樂遊苑，市朝更改成古今。登臨易頭白，銜杯落紅日。回望北湖煙，蟬鳴樹蕭瑟。秋波慘淡荷芰花，玉梟錦鷄踏浪霞。西曹已鳴馬，東署復報衙。冥冥壺底月，寂寂城頭鴉。倚琴送盡飛鴻影，引領天邊不見家。

夾蘿峰

紅日才生陽谷東，魚龍吹浪曉蒙蒙。倘徉筆指三山路，玉竈銀牀紫霧中。

雜　題三首

春水織文縠，春花散雲錦。壁上松蘿摇，時見猿來飲。

晨登蒼崖巔，夕息蒼崖足。手把青松枝，坐看春禽浴。繞屋多叢樹，蛩聲入曉窗。此時心似水，殘月照明缸。

秋行

野菜香粳樂晚年，疏林晴日好秋天。風瓢滿耳鳴琴築，黄葉深窩得宴眠。

冬日

平生未有驚人事，殘病林間一老翁。風雨小窗心似水，墨花輕染夜燈紅。

燕子磯

沃野盤靈阜，鴻蒙巨壑吞。淺沙披月蚌，高浪出風豚。翠木棲晴靄，蒼崖射曉暾。吾將謝塵網，浩蕩撫漁綸。

名僧三十七人

湛懷法師義公一十二首

欽義字湛懷，金壇王氏子。十歲出家金陵大報恩寺，二十遠遊名山，參訪耆宿，建黄曲社於堯山。久之，讓與同社臞鶴復歸長干，不食常住糧。新安汪仲嘉募金建一閣與居，遂不復出。禪寂之餘，遊戲筆墨，作倪迂小景梅花，得逃禪老人筆意。又善鑒别古器物，賢士大夫多喜從遊，因以率勸令入佛智。晚年爲波旬所嬈，談笑敵應，視桁楊交臂軍持漉囊如也。天啟末年元日，命僧徒具湯沐浴，跏趺端坐，日中時辭衆而逝。金陵周暉吉甫選其詩三十二首，附憨山、雪浪二老之後，曰《長干三僧詩》。

長干曉發

幽事欣自抱，幽尋每獨行。曙鐘凌曉氣，人迹動鷄聲。樹老三秋色，江深六代情。村煙饒野飯，洗鉢浣溪清。

姑孰道中

殘月含霜落，城皋曉氣蒼。橋横半空出，蹊折斷岩妨。幽漱雲根冷，平原草甲香。峨眉亭下路，江水樹微茫。

雨夜泊涇縣

水宿同鷗鷺，平沙晚帶船。山城寒漱浦，溪雨暗蒸煙。漁火深秋樹，河流淺暮天。西風鄉思切，千里獨依然。

雨中宿山寺

振衣辭夙好，一錫向江鄉。水逗溪烟急，風鳴木葉凉。密雲垂野白，微雨淡空蒼。昏黑山城路，鐘聲識上方。

賢首山

秀色鬱磷磷，諸峰合遝陳。雲流飛壁冷，花補斷橋春。竹意留行客，山靈愜隱人。如雲容駐錫，終託百年身。

西湖

三竺欣私託，西湖自往還。肆情方水澮，尋石愛雲間。春氣調疏柳，晴光抹遠山。老來形漸懶，未肯廢躋攀。

喜吴允兆見過山亭

世事無媒入，青山有分居。視心閒過日，消夏坐依書。塔影含風動，江光弄幌虚。小亭留客處，秋色感懷餘。

叔堅宅同王損仲待月

仲冬何日短，一飯忽黄昏。待月羈人醉，棲鴉競樹喧。涸陰交竹影，燈火射苔痕。不覺留深夜，清光到石根。

瓦官寺

煙霞城闕起，勝跡在林椒。春草繞三徑，松風話六朝。冶城深竹樹，白鷺帶江潮。憶昔談經處，鐘聲鎖寂寥。

聞清公配竄雷陽

天譴逾重嶺，雷陽去杳冥。文蛇噴霧毒，雕虎逆風腥。金錫更戈白，緇衣綴甲青。慈容時一轉，令作怖魔形。

還山雜詠二首

净掃松門坐緑苔，水聲逗石響奔雷。忽驚野鹿驅煙過，又見昏鴉駕日回。曲木全支衰草住，矮簷半向夕陽開。山林未乏忘形友，日與孤雲自往來。

黄曲峰高不易尋，倦遊小憩北山岑。煙雲生滅人間夢，水石潺湲劫外音。雙眼暫收窮子淚，一觀坐斷古錐心。此中消息誰將得，潦倒於今許自吟。

臞鶴法師悦公三首

寬悦字臞鶴，南京人。剃染於普德寺，優於講解，兼擅才筆，與雪浪、湛懷齊名。諸方屈指南都法席，悦居第三。後遁居堯山。馮祭酒跋悦公《四十自祝偈》曰：「白下恩公、悦公俱從講入禪，未免帶六朝鉛華氣習。悦公住牛首幾十年，相見湖上，覺其眉宇間都帶冰雪。《四十自祝偈》真本色人語。思公一跋，歷叙苦心，思深語微，有戒心焉。吾知此兩人終能有成也。」悦有《堯山藏草》，《春日山中寄潘景升》云：「千樹夕陽鳴暮鳥，一谿殘雪掩柴扉。」於時以爲佳句。

靈巖琴臺

攀躋緣鳥外，目盡四垂荒。片水吞湖白，孤煙射日黄。臺空風自鼓，露結草猶香。寂寞追歡地，懷人老大傷。

送歐楨伯工部

惔世久微禄，懷歸蘿薜心。一樽霜露冷，三徑草堂深。月是初弦夜，秋當欲暮陰。蛩聲寒咽雨，流入短長吟。

投宿净居庵

幽意率吾真，秋光處處新。亂山行不盡，流水坐相親。夢屬初中夜，燈然最後身。石牀重覺起，松月冷依人。

雪山法師杲公五十七首

法杲字雪山，出家吴門之雲隱菴。以舞象之年修瑜珈法，及長悲悔，遂棄去，修出世法。與一雨潤公、巢松浸公同參雪浪大師於無錫之華藏寺。浪師法道烜赫，學人慕羶因熱，輒思炷香爲榮名利養之計，師與巢、雨矢心執侍。金陵之華山、京口之焦山，江山高秀，雲水孤清，往來棲息，歷十餘夏，相依如形影。憨老聞而嘆曰：「好學人，吾兄一網打盡矣。」師深究大乘，高操獨行，見世衰法微，深自保護。雪浪遷化，師亦繼之，而雨、巢之法席始盛，讀師贈巢、雨二章，知其爲法門義虎，横絶衆流者也。詩集八卷，爲潤公所輯，王百穀極稱之。以詩言之，亦當爲近代詩僧領袖，巢、雨輩遠不逮也。

秋日一雨潤兄還洞庭賦笠澤歌送之

秋風生白波，欲别奈情何。乃兄詎是瓶中鵝，金言倒瀉如懸河。髫齔相期弄糟粕，擔簦負笈廿載多。願君别路無蹉跎，爲君試吟《笠澤歌》。周遭三萬六千頃，中涵七十二朵芙蓉影。澤心兩朵稱最高，摩青插紫殊岧嶢。上有蒼茫不盡之雲霄，下有接天瀲灩之波濤。崩濤如雷搗山麓，無風白日爲之號。澤國荒荒怯看日，蒼茫天根萬點墨。詰朝日出煙浪平，無數黿鼉曝衣立。極目四涯無盡時，蝦蟆蝌斗那復知。亟天塈地成一色，吞雲吐霧含奇姿。三洲迴盤繞其瀨，三洲人家寒不耐。千門萬户玉嶙峋，一片鴻濤是襟帶。寒潮散作朝暮雷，喧轟激出山欲頽。雪片横空大如笠，浪花翣翻從天來。馬牛無分涯涘失，潢潦蹄涔竟何物。此中不盡鯨鯢淵，亦復不盡蛟龍窟。宇宙因之喪中外，萬舶千艘渺如芥。坎然俯首視坳堂，杯水區區孰爲大。鴻蒙沆茫靡不容，映空倒寫飛禽踪。縱使秋毫莫逃影，渟渟下鑒雙青峰。雙蜂東西互争色，東之不及西之碧。東峰之色向晚青，西峰之碧干雲出。此峰何來一枝沙，十塢廿塢何峆岈。陰洞常懸六時雨，陽坡十月皆桃花。灣裏人家只通水，人聲沸在烟雲裏。路人白晝鬼揶揄，紺木陰森插天起。楂梨橘柚土所宜，家家丹實懸青枝。二月平空滿山雪，令人却憶梨花時。臺榭參差對相峙，男三女四猶成市。犬吠鷄鳴隔水光，武陵之源只如是。澤何溶溶峰何窅，人物詎宜清且小。澤何混混峰何幽，人物詎宜輕且浮。澤峰空洞兮，則龍蛇以之賴。人物褊窄兮，則形影爲之愁。吴天木落風飅飅，值君振策還角頭。角頭之灣碧嵎上，湖山况復兼清秋。溪溪蜿曲塢塢藏，神人角里曾韜光。君復思歸整香刹，此時橘緑橙初黄。大塊要之一培塿，匆厭蓬廬窄如斗。人傑地靈古所稱，到日香風滿窗口。如爾肺腸應背時，蕭疏自是冰霜姿。户外寒松翠欲滴，時來以手摩挲之。舉世而今尚狙詐，獨絃之琴衆皆訝。結緑懸藜不值錢，鼠樸囊藏待高價。裹足尚期吾道存，蘭摧玉朽無須論。不願青山有人影，直看麋鹿上柴門。蚌圻珠輝寒電射，琅函瀾翻自朝夕。有情轉語無情聽，山中盡有山中石。虚空在目湖在天，有時得魚還放筌。挂起山窗碧岩上，浮雲看足枕書眠。鵲坐頭顱虎盈砌，懶殘老人意迢遞。天邊三下紫泥書，鼻底蕭蕭挂寒涕。佛祖臨門勿相擾，瓢笠爛將棋樹杪。窗際才通白日光，階頭直使生青草。太湖澄影秋色間，以之滌腸兼浣顔。牙籤墮地不復拾，五千梵策如等閒。

秋毫凡心悉堪嘔，顛厦將支木烏有。當念西來五葉禪，宗風掃地君知否。勿笑杞人空戴憂，午夜寸心牢制猴。昔人不負苾芻相，晨朝對鏡三摩頭。狙公賦芧狙空喜，莫投羶氣來群蟻。古今萬事天際雲，世態浮沉亂漚耳。魚枯鶴鎩毋怵惕，人貴泥蟠與壁立。咳唾不成龍頷珠，金星混沙終可惜。此日看君歸故廬，令人躑躅還踟躕。眩目余沉永嘉市，枕鋤君發左溪書。粒澤何澄渟，雲峰況縹緲。壁觀巖之阿，清霜滿懷抱。而余亦欲尋孤島，未必榮名以爲寶。枵然魏瓠何所庸，畢竟青山白雲老。

漁父歌

此翁平生烟水涯，牽風載雨船爲家。水煙蒼蒼天盡處，欲滅不滅孤蓬斜。鳴榔打船江窅渺，向妻亂叫蘆花好。紫網臨風牽緑泥，有魚無魚和荇倒。菰蒲接天水鳥飛，草深沙暖魚蝦肥。日黃江黑風始怒，猶自放船迎夕暉。魚蝦雜倒呼兒檢，謂言趁此斜陽暖。腰間剛剩十文錢，沽酒不辭青旆遠。孤舟每牽江色留，爛破衣裳江影浮。老漁無機鷗可驗，有時飛上渠儂頭。篩螺箕蛤生活罷，黃頭晚梳緑煙下。賣得糠蝦買得鹽，鼾眠自謂心無掛。夜則慣挨江鷺眠，籬横萬朵秋峰邊。明月爲燈照江口，江高露冷芙蓉鮮。或蝦或蚌撈江底，官徭不差私自喜。所愁只恐市城饑，争道魚蝦不如米。舴艋低回蘆葉鳴，沙高日短潮頭横。小兒落水大兒叫，舉頭一片秋江明。狂歌亂拍十指齊，葉舟總著烟溪迷。白酒黃漿醉飽後，眼眶便覺青天低。赤身不怨貧如洗，渾家團圞一船底。月落烏啼鬼火明，枕頭横在霜花裏。彌空紫沙煙浪平，渡頭誰家鷄犬聲。開篙一陣榔板去，半夜海紅天日生。

春日閒居二首

夕陽微茫斷橋暮，庵外何人問歸路。鳥啼花落春復春，江山風月無閒人。情閑直覺遠山近，雲到自然眉宇新。煙蘿蕭蕭滿春谷，山前芳草春復緑。悄風猶急春尚寒，幾樹緑鶯啼不足。啼鶯却喚春草醒，如此茅庵怯春冷。溪橋横緑不度人，溪口桃花卧橋影。花枝並笑雲欲然，杖頭雲破留青天。好山一步一回顧，千巖萬壑今眼前。山頭雲，松際色，早晚對君君未識。淳于夢，王質柯，點君不省如君何。朱顔有時還不酡，君不聞，踏踏歌。

情何濃，目何瞭。形骸龍鐘鬢絲皓，機關不破終於夭。有心曾悟幾浮雲，有耳曾聞幾啼鳥。簷樹不風枝自鳴，落花半與春階平。一天晴日已如是，况此夜來風雨聲。霜前柳條春後鶯，好花落盡彈空箏。

元公閉關庵中賦贈

桑櫪掛柴門，門前草盈丈。龕室面梁溪，意在嵩山上。此時木落何紛紛，主人竟日何所聞。階前寸土亦是地，慎勿踏破階頭雲。君拚一坐十小劫，我此秋林踏黄葉。俯驚水走橋欲流，仰視雲峰亂眉睫。蒲團爛後成塵埃，蒼苔忍没蒿與萊。樹杪晴嵐碧如洗，請君試涉溪南來。君不知青山久寒生緑苔，山風欲遣柴門開。

送達公入庵

出門了無意，適見飛雲在。天際歸來亦偶然，院荒何處無苔錢。鼠子無煩避人去，閒花疏竹聊眼前。壁間蒼山未全落，屋上青天宛如昨。人生漂若不繫舟，今夕姑從此庵泊。朝來倘晴還杖藜，浪迹惟有浮雲知。客子休誇主人在，主人不減客桑時。

巢松浸兄講維摩經因贈

毗耶老人誰匹儔，懸河倒峽融爲喉。獨榻横陳據一室，殆將伏枕爲生由。一切如來贊不起，十大弟子凝其眸。不知胸中倚何理，翻青攬白説不休。一蓋雲出一切蓋，一漚雲攝一切漚。或從虛空鼓溟渤，或從平陸生高丘。或從魔天亂螢日，或從佛界興鴻溝。或從曼殊借前箸，或從舍利開窮蒐。或從空鈎設奇餌，或從奇餌張空鈎。鶴短鳧長盡描畫，指鹿爲馬無可不。聽者若聾視若瞽，行者不駐坐者流。小根驚其拂空慧，凡夫眩乃無真修。不知老人最平坦，無堂無構無危樓。正如家翁語家事，一件一項非楚咻。唤醬作鹽了無故，話甜爲辣寧憨浮。當家之人恬不訝，挨簷靠壁徒驚愁。我兄高唱天人際，却從此方旁注記。錘碎鶴樓非等閑，踢翻鸚洲此何意。非言之中痛著言，非譬之中强生譬。立遣條風唤萎芽，旋擊轟雷破沉蟄。與杖奪杖那無因，有佛没佛不許住。不過裂其鄙肺腸，不過矯其陳習氣。不過誘其能曲通，不過曉其善迴避。不過用楔而出楔，不過以味而奪味。不過閃其鈍眉目，不過掉其膠手臂。百千法事傀儡棚，無量言音蚊蚋器。逗遛唾霧者神通，勘破靈源者兒戲。何門名爲不二門，何地名爲解脱地。莫將綺語謗毗耶，吾亦從今進吾技。

十拍歌示彬沙彌

爾名雖驅烏，爾職非聚沙。爾心朦朧蓮始葩，爾頭窘粒形袈裟。爾程汗漫未及瓜，爾路迴躡天漢槎。不解拈椎又掄麈，闕一氃鼓嘶鳴蛙。咄哉一拍復一嗟，豐干饒舌非磨牙。咄哉一拍復一嗟，寶幢爛破金繩斜。佛祖門風却掃地，盍令蔗種抽新芽。尿鬼競乘篋戾車，玻璃其眼争馳跨。山魍伎倆何紛拏，日挾布鼓雷門撾。里耳黄華自合轍，郢人《白雪》翻咿啞。咄哉一拍復一嗟，野心狼子森于麻。咄哉一拍復一嗟，誘人捏目祈空花。豈不鉛刀快一割，比鋒終是輸鏌鎁。爾勿鏤塵虚歲華，爾勿策蹇當渥窪。微尰之徒締膠膝，帶鼾説夢資喧嘩。咄哉一拍復一嗟，山深澤大生龍蛇。咄哉一拍復一嗟，絶壑正堪爾所家。衣襟鶻臭眉宇俗，居山或恐生煙霞。爾唯咀嚼寒山茄，爾唯踪跡拚棲霞。百鍛千熔意轉鋭，氣衝魚鑰情谽谺。咄哉一拍復一嗟，制心若挽飛湍艖。咄哉一拍復一嗟，學如習射忘邇遐。貫虱穿楊信開手，始能一鏃連五豝。桑門楚楚稱蘭闍，嗜名何異甘瘡痂。一着身心點蠅糞，豈期白璧含微瑕。咄哉一拍復一嗟，驥還伏櫪鳳罝筊。日秉牙籤理殘蠹，百千貝葉知幾些。筌茅無涯形有涯，岩深草深雙結跏。瞥地芳春寄流水，囱門斑白成千嗟。咄哉一拍復一嗟，截流勿謂雲山遮。秋江一望生蒹葭，不見夕陽喧暮鴉。

山居雜詠四首

木葉落還窮，天風吹不歇。向夕啓柴扉，繩牀散凉月。紛紛霜薄衣，野火時明滅。愛月立溪橋，溪聲寒決決。

踏月衹在山，看雲不過嶺。起滅總云云，往來唯井井。春老别花光，窗虚贈松影。世夢倘沉冥，自非鶯喚醒。

既非金石軀，浮生易延促。不及野草根，年年一回緑。東皋寒可憐，熱焰摇春木。一片明霞光，斜陽在山麓。

巖居豈偶然，所志從吾向。日晚天風吹，山花繫羅帳。寒林白霧濃，何處炊煙揚。瞪目立溪橋，饑烏在頭上。

山居雜詠

人情獨尚煩，天道從來簡。白璧不全身，黄金能换眼。破觚貴復圜，欹器唯嫌滿。深井汲秋雲，詎知吾綆短。

山居雜詠四首

選地居方葺，盤雲徑乍開。若將忘我去，豈爲避人來。獨野饒蒼竹，空山遍緑苔。自今踪跡穩，不遣白雲猜。

蘿房青澗上，卒歲可盤桓。地僻如無夏，峰多不散寒。鳥來迎户入，花發隔溪看。靈鷲巑岏甚，居然我自安。

暮投巖下寺，路失問潺湲。月出翻嫌樹，雲歸不辨山。石橋臨水斷，茅屋映溪關。别有高棲者，鐘聲杳靄間。

獨犬吠雲影，村家無四鄰。草生當斷路，花發待閒人。芳樹橋邊盡，春山雨後新。野翁居自僻，不是爲逃秦。

雜　詩二首

熟夢猶心圻，空天忽耳鳴。媚將深傅粉，清不濯斯纓。身口低迎世。乾坤老賣名。投灰兼事火，來往闥婆城。

流雲曾不繫，泛梗却淹留。百事禽遭隼，孤居鵲讓鳩。舉燈聊問影，聽雨忽垂頭。所憶逃形者，何天借一丘。

江上

寂歷雲天色，流觀據晚閒。野黄潮起樹，江黑雨藏山。楚甸兼葭外，夷風瘴癘閒。兒童相叫笑，直是語綿蠻。

閒居即事

割得鷃林地，蒿蘆葺乍完。潑雲峰匝户，裹日樹平垣。草閣因風敞，溪花隔霧看。不安麋鹿性，何以戀巑岏。

玄墓看梅花

特訪梅花信，漫行春谷中。路隨雲共白，村與樹俱空。色淺如縈霧，香寒不遮風。虬枝吾欲折，長揖問山翁。

渡陽城湖

不知何所事，身墮渺茫閒。岸白流魚沫，天青出蜆山。樹微看漸滅，雲薄去如閒。無限隨波意，輕舟試往還。

梁谿道中逢姚孟

十載俱漂泊，驚逢落照前。閒雲都不問，芳草似相憐。春水浮平野，人家近遠天。肯乘明月色，隨意踏吴船。

曳杖

曳杖出溪口，月斜溪水喧。雲閒逐去鳥，山盡見孤村。野外垂天影，松間墮月痕。回頭疏磬發，有寺石爲門。

寄李五已山

乾坤添白髮，江海限紅塵。獨樹逢殘月，清宵憶故人。蝶占春後夢，鶴想病中身。安得西歸翼，裁書慰爾頻。

憨山師自嶺南寄楞伽新疏并書賦答凡三首時大師以弘法罹難廢東海禪席遣戍南荒

師於熱海放慈航，丹徼朱厓信渺茫。天意逆扶金策杖，君恩翻起鐵衣裳。山迴象郡風煙黑，身倚蠻方日月黄。今夕短戈聊當錫，蓮花猶在舌端香。

窮厓抱璞守空株，金石何從射覆盂。東北忽開千里霧，光明遥捧一函珠。春光藥草風齊折，筆吐心花露半蘇。百詰自慚非大慧，可堪瓶瀉及焦枯。

曲女城頭沸若瀾，塵絲撩亂欲齊難。精神内斂摇雙筆，儒墨中央掉一丸。辨馬雄心從古夜，證龜狂膽自今寒。嗟嗟侯白銜枚去，赤幟憑師揚寶壇。

答趙凡夫

嗟君長揖謝風塵，枯木寒厓是所親。薜荔成衣初變姓，桃花爲路不通秦。居山寧著炊煙斷，作事無招野鶴嗔。身寄白雲心未穩，遊絲飛絮亦侵人①。

① 原注：「直是凡夫當頭一棒，此老可謂具眼。」

佳處亭望金山

迎風獨倚最高臺，漠漠平沙孤嶼開。短塔正如看水立，危峰争欲渡江來。於時白浪千帆下，何處青天一鶴哀。興劇不知歸路晚，淡煙斜日滿蒿萊。

山居詩二十四首

四窗鳴澗聲，一座春雲影。千載寂無人，六月猶嫌冷。
昨接左溪書，已成巖穴志。著笠舉鋤頭，學幹山中事。
衆壑窅無人，水碓舂空山。米熟碓不知，青溪響潺潺。
豈無深山色，難教世人冷。春夢果然深，松風吹不醒。
雲去又雲來，天地還常在。後客復前客，草店終不改。
碧天寒已深，晚露樹沾濡。鳴蟬訴夕陽，不道秋風急。
山田有鳥春種，水碓無人夜舂。隔浦玉幢金刹，過橋白石青松。
無心學圃學稼，有事不陶不漁。倚枕過於倚杖，看雲勝似看書。
青天月出幾上，白日雲生杖頭。矯跡不因人避，過橋每着花留。
半夜草鳴枯壁，六時雲擁繩牀。形影自爲支許，土風別是羲黄。
四時松葉落紛紛，石面階頭盡蘚紋。直是此中難得到，白雲迷路且迷人。
今朝托鉢過前溪，山煙水煙人欲迷。行盡松聲十餘里，人家總在斷橋西。
未必樹皆侵漢者，低枝亦可挂吾瓢。年來飯後無餘事，且立松門看晚潮。
深山別是一乾坤，春谷煙濃樹樹昏。正好看花立溪口，雨來催我進松門。

天中明月照蘆扉，溪上凉風生葛衣。倚樹呼猿向溪立，紛紛枝葉杖頭飛。
茅庵總是白雲封，猶想當門樹幾重。除却牀前三尺地，鑿開春霧盡栽松。
背負斜陽出西堰，春雲狼藉藏春阪。過一溪橋見一村，人聲漸近松聲遠。
欲到深山到處尋，鶴林不足又鷄林。今朝畢竟我能去，總謂雲深未必深。
片石孤巒便着踪，青山敢謂不相容。時人倘辨誅茅意，虚却一峰還一峰。
青山叠叠繞珠林，磬響時兼流水音。虎不避人人避虎，虎能先我息機心。
談禪何待折松枝，飛電機關不及思。剛及飯先來舉箸，獻珠龍女復多時。
桑樞甕牖我何嫌，三尺繩牀近草簷。今日夢回秋色裏，白雲紅樹滿疏簾。
鷄林幾日是西風，處處蕭蕭樹樹紅。山色最宜秋日裏，溪聲况在月明中。
偶然人迹到溪南，蓬壁周遭盡紫嵐。山爲不深嫌我住，一朝風雨折茅庵。

樂府雜曲二首

纖鯽上芒針，小兒争大叫。一餌連六鰲，此是任公釣。
右手折新花，左手抛舊枝。舊枝泣相訴，訴與新花知。

山居

蕭條始是住山翁，一座寒雲四壁空。風勁樹頭霜葉盡，草庵都在月明中。

一雨法師潤公五首

通潤字一雨，蘇之西洞庭山人。與雪山杲、巢松浸俱受法於雪浪恩公。雪浪化後，與浸公分路揚鑣，大弘雪浪之道，諸方皆曰「巢師講，雨師注」，又曰：「巢、雨二師，雪浪之分身也」。雨初置鉢於虞山北秋水庵，將老焉。弘法以後，卜居鐵山，面太湖，負西蹟，眼雲卧月，絶影人間者五載，疏《嚴》《伽》二經於此，署爲二楞庵。移住花山，又移中峰，示寂葬焉。師狀貌古樸，風規閒雅，樂與方内名士遊處，嘗自誓生生世世居學地，與士大夫相見。程孟陽喜其《山居》詩有「山深雲亦好」之句，爲詩寄之曰：「記取山深雲亦好，爲傳問訊到禪房。」其相賞如此。

山中書懷

谷幽略似百花潭，山水新奇頗盡探。見客未能酬禮數，逢人强半笑癡憨。欲將多寶融成塔，聊借群花暫作庵。曉起急磨鋤芋钁，春來先製採桑籃。婆娑月底看叢桂，潦倒風前種石楠。反舌正當逢夏五，衆狙不復怒朝三。香塗刀割身能忍，蘗苦餳甘舌盡諳。泛水梟鷖皆得意，採香蜂蝶未忘貪。孤寒卒歲能消遣，佛法何人肯荷擔。坐倚琅玕春寂寞，謾言吾道在江南。

山　行

閒花歷歷鳥關關，盤過斜溪更入山。身到孤峰心亦住，却嫌流水出人間。

香　陰

山中多藥苗，往往發香氣。不知採藥人，曾嗅此香未？

賀九嶺晚歸

半月足未出，空林葉漸稀。偶隨秋草去，便趁晚雲歸。路逼沙穿屨，松明影照衣。行行轉山峽，已見竹間扉。

春日焦山閱楞嚴

一枝懸笠處，三月聚糧時。日出人初醒，春深燕不知。細風梳石髮，新水扈江籬。未入空王室，冥然尚有疑。

巢松法師浸公四首

慧浸字巢松，得度於吴門之雲隱庵。善講解，多著述。雪浪化後，於吴中次補説法。後示寂於華山。

秋日潤兄過訪茗雪之遊二首

何來拄杖響松扃，左挂椰瓢右澡瓶。却是故人湖上至，袈裟猶帶兩山青。

踏破芒鞋意自閒，青山無處不潺湲。西東兩目連雙徑，聞説其中好閉關。

山居雜詠

行到深深一翠微，人多畏虎閉山扉。我今最愛兹山住，虎跡多時人跡稀。

望丹陽

曲岸平川駕小航，秋雲堆裏出重岡。遥看天影蒼茫處，一帶孤城倚夕陽。

汰如法師河公七首

明河字汰如，通州人。一雨潤公之弟子也。雪浪之後爲巢、雨，巢、雨之後爲蒼、汰，四公法門冢嫡，如兩鼻孔同出一氣，但有左右耳。汰如繼雨公説法，自號高松道者，示寂於花山，行履具余所撰塔銘。

山居詩五首

東溪信非遥，咫尺籬門外。橋頭看落花，昨日鶯聲在。
送雨風無力，流花水不情。啼春枝上鳥，今日更分明。
屋後山疏秀，門前水清淺。朝來何處風，吹落浮雲片。
塢深不見人，樹杪青峰墮。若箇採松花，隔林應唤我。
短日催身老，長吟奈病何。暗消心事盡，新識藥名多。

除夜

歲去歸何處，燈來伴此身。分明無事夜，也作不眠人。

自皋亭至吴門弔二大護法

病耳蚊過似走雷，杖行猶怯步難回。一舠白水牽愁斷，兩束黄香拭淚開。了悟世緣容直往，徘徊夢影或雙來。遠公自看蓮花漏，無復宗雷過講臺。

石頭如愚六首

如愚字藴璞，江夏人。少爲書生，跅弛負俗，削髮爲僧，居衡山之石頭庵。自楚來金陵，居石頭城南碧峰寺，遂號石頭和尚。自負才藻，剃染後使性重氣，時時作舉子業，思冠巾入俗，與時人角逐，已而復罷。爲雪浪受法弟子，思篡其講席，譖於郭祭酒，使之噪而逐之。雪浪之門人相與鳴鼓而攻之，不使仞其師門，諸方咸惡之，以爲法門之師子蟲也。後入燕京，居七指庵，遘惡疾，舌根眼根及手足皆爛壞，號呼狼狽而死。愚爲人才辨縱横，筆舌掉厲，以詩遊宰官族姓，摇筆數千百言，觀者争吐舌相告。曹能始叙其詩，謂其五言律奇險，多慷慨悲憤之句，不作禪語，所以爲佳。僧詩不作禪語可也，如石頭七言詩弔太白、東坡諸篇，不徒野狐外道，直是牛頭阿旁波波吒吒口吻，亦可以其不作禪語而取之乎？「松子誘鼯剥，花惱蝶過。」鄙俚穢雜，無所不有，道人本地風光，應作如是觀否？吾師傅文恪公學佛作家也，叙《石頭庵集》，拈出此中末後一句云：「『去去石頭路滑』，石頭畢竟死此句下。」余存石頭詩，仍附雪浪門徒之後，爲渠末後發露懺悔，庶不負定裏一片老婆心爾。

同諸開士過天界南庵分賦

乳石幽人徑，深林道者家。海棠開遍葉，山藥未生芽。雲薄如春服，僧多似晚鴉。竹中煙一縷，趺坐寂無嘩。

虞僧儒辟穀靈隱山賦寄

不飯凡僧飯聖僧，若爲辟穀碧山層。洞雲溪水皆相食，却道人間飽愛憎。

錢塘江上樓晚眺有感

錢塘江上總樓臺，無數帆檣望裏開。蒙古當年分駐處，杭人空想夜潮來。

冬日潯陽道中

殘冬人在路，朔氣重愁顔。落日下寒郭，亂雲生晚山。短松懸獵網，高岸護漁關。試問同行客，匡廬何處還？

春日龍潭庵對雨

苔蘚空門外，煙蘿夾徑陰。春流一澗急，寒雨數峰深。鳥倦還山翼，雲遲過客心。望中燈火起，人語出遥岑。

舟行雜詩

望去金山小，行來疋練新。應聲潭上樹，照影水中人。雙逝鳧歸岸，孤鳴鶴下濱。窮年依旅食，何日是通津。

了虚著公一首

無著字了虚，宜興人。住銅官山中，通脱疏放，傲然自得，見人輒叉手高坐，不縛沙門威儀。遊虞山，與瞿元立、嚴道徹善。嘗立三年禪期，掩關北山，未浹辰，突入元立坐中，元立怪問之，曰：「吾不耐枯坐作死人，已破關出矣。」馮開之嘗問曰：「近日山居作何功課？」答曰：「讀得《晋書》一部。」其坦率如此。紫柏老人知其高伉，欲折服之。紫柏在東南，輒避數百里外，伺其去而後返。余嘗問：「公何故畏老人如虎？」笑曰：「老人非四目兩口，怕吃他一頓痛棒耳。」著公好作小詩，余爲書生，嘗以寸紙作小字示余，多超然之致。後示寂陽羨山中，惜其詩不存。

初夏罨畫溪泛舟

爲看原上桑麻，小艇浮來落花。樹杪雲中僧寺，溪邊竹裏人家。

聞谷禪師印公三首

廣印字聞谷，嘉善人。年十三，祝髮於杭之開元寺，扣儀峰和尚於西蜀，習台宗於介山，受菩薩戒於雲棲，攝凈於西溪法華，單丁四年。上雙徑，結茅白雲峰，影不出山者十載。歸於湖之箐山瓶匋，法施雲湧，鬱爲寶坊。棄而南遊，隱建州之廢寺三載。復歸瓶匋，禪凈雙提，規重矩叠，爲東南法席之最。年七十，歸老示寂。師器宇冲和，神觀閒止，窮老參究，終不以悟自居，堅辭僧衆，不許開堂。數年退院，七載南遊，腰包杖錫，飄然荒山野水之間；孤行獨往，搘拄大法於衰殘充塞之餘。紫柏、雲棲、海印入滅，真修退藏，密傳三老之一燈者，印公一人而已。

登毛公壇

黄屋辭仙闕，玄門向北開。驅鷄何處去，跨鶴幾時來。殘雪窺丹井，清霜肅古臺。寒煙紆縹緲，一望一徘徊。

暮登鮑侍御園亭

轉過斜橋峽，林疏見草堂。松濤翻面浪，花雨雜天香。歸鳥雲千樹，幽人月半牀。憑闌憶明遠，露下生微涼。

石林庵

覺道金繩絶巘開，半空花雨濕樓臺。長林怪石皆龍象，曾受生公記莂來。

月潭德公三首

廣德號月潭，萬曆間僧。

棄講歸雲棲修浄業二首

客途終日憶歸山，今得重來豈等閒。萬别千差俱屏却，一輪落照夢魂間。

百城煙水少司南，四十無聞又過三。却憶蓮花池上客，松聲月色好同參。

答蔡五嶽見訪

閑將祖意問矄僧，擬踏須彌頂上行。無句可酬留偈客，半峰花雨一聲鶯。

等慈潤公一十七首

廣潤字等慈，吴興人也。俗姓錢氏，名行道，字叔達。少負文藻，苦吟好客，名籍甚四方。耿介重氣，與鄉曲抵牾，以詿誤下獄論死。訟繫久之始得釋，遂削髮於雲棲。來遊虞山，瞿子元初延居拂水之精舍，遂老焉。卧病載餘，焚誦不輟，堅坐念佛而逝，葬於破山四高僧墓。公長身疏眉，面如削瓜。剃染後，遇不可意事，時介介見眉睫，已而舍然。梵行精嚴，軌範高峻，每逢詞人勝流，評詩鑒畫，弈棋度曲，輒流連竟日。孟陽爲詩悼之曰：「影堂月落泉嗚咽，無復疏簾看弈棋。」其風致蓋可想見云。

晚泊南岸有懷吴允兆茅孝若客燕中

孤棹倚江濆，魚梁浦樹分。北書曾未達，南雁最初聞。碧海寒生月，空山夜出雲。不堪三徑遠，何以慰離群。

黎嶺曉行懷范東生

煙石寒流細，沾裳白露多。疏林生曉籟，片月偃秋河。肅肅征人語，勞勞牧子歌。因思巖穴者，高日卧松蘿。

秋雁

隨陽來朔漠，刷羽泛瀟湘。只恐音書斷，寧辭道路長。塞雲迷遠陣，江月引疏行。到處多矰繳，休言足稻粱。

人日郊遊得人字

錦韉油壁競芳辰，鏡水屏山照麗人。嬌鳥亦輸絃管盛，明霞偏鬬綺羅新。青欺積雪將辭柳，緑畏流澌欲礙蘋。七日春光千里客，帝京行樂轉傷神。

賦得春園美人

曉日新妝竟，盈盈度曲梁。露裙沾蝶粉，風佩雜鶯簧。暗淚將花落，春心見柳傷。影池雙黛淺，似憶畫眉郎。

賦得新月柳

初月生明夜，嬋娟映柳時。幽暉凝露葉，淡影弄風枝。寫黛將開鏡，停梭未理絲。絃調銀指甲，佩曳翠腰肢。顧兎眠還起，驚烏舞乍欹。一痕青眼媚，萬縷素心知。濯濯俱盈手，纖纖互鬬眉。攀條悲往事，流彩誤佳期。偏照深閨夢，長牽故國思。關山正愁絶，莫向笛中吹。

蕪湖道中

江明分采石，柳暗夾横塘。驟雨菱茨亂，輕風禾黍香。秋聲催雁鶩，暝色下牛羊。遠道人煙少，偏令遊子傷。

賦得東美人臨潭水二十韻

窈窕東鄰媛，明靨緑水洲。有懷殊繾綣，無夢獨夷猶。泛瑟來湘浦，爲雲下楚丘。洛妃嬌自倚，漢女愧同遊。靨輔宜嫣笑，丰神洵好逑。釵沉將化雀，佩響欲鷗鷺。練渚霞裾耀，蘭皋路屧幽。蓮花矜並蒂，羅襪詑分鈎。彳亍凌波怯，低回照面羞。却憐潭上影，還似鏡中愁。寫黛雙蛾翠，横波并作秋。翻疑身不定，轉覺意相投。濯髮蓴絲亂，牽情帶荇柔。素書魚斷絶，紅怨葉沉浮。物候紛摇落，津途漫阻修。君心寧比汜，妾命宛如漚。珠浦誰當合，龍淵孰與儔。煙帆勞倚望，江杵倍離憂。落雁青峰外，疏燈古渡頭。斷腸人不見，日暮水空流。

率贈姬人李五

秣馬章臺下，微波驟目成。寫芳蘭葉細，流韻竹枝清。百折心仍俠，千杯態始生。情緣久不作，兹復解憐卿。

落花得疏字

春來才見百花舒，一夜東風恨有餘。亂點緣苔沿砌密，乍飛紅雨隔簾疏。辭條弱影傷鶺鴒，逐水殘香憶鱖魚。莫見成陰芳樹底，斷魂蝴蝶尚蘧蘧。

春閨次汪仲嘉韻

曉鏡掩芳奩，晴絲罥畫簷。鉛華久不御，眉黛若爲纖。南陌鶯啼樹，東風花入簾。緒長書素短，續以舊時縑。

贈雪山杲公二首　以下剃染後作。

世有避喧者，往往買山匿。豈不遠塵俗，緣心曾未息。當境即隨流，於道竟何益。杲公居市廛，復近金闃陌。我欲造其廬，幾返衡門側。如何只數武，遍訪無人識。心空世自遺，不在凡囂隔。相對各忘言，如面少林壁。垝垣甫及肩，陋室僅容膝。夜雪敲重扉，春雲生四壁。檐傍瀟湘竹，窗臨洞庭橘。與之同歲寒，不受冰霜色。習氣日以輕，持心日以密。枯木忽聞鴉，仰視明河没。蕭然井臼間，婆娑自春汲。清齋疏磬餘，焚香以終日。

遣病

自家有病自家知，業力休將藥力施。不向膏肓驅二豎，也無精氣守三尸。心王并舍安閒法，魔衆皆成軌範師。但是浮雲生與滅，虚空那得去來時。

月夜探杲公

未見先呼字，因聞叩竹扉。清真殊不厭，容與澹忘歸。山月卧繩榻，林風吹葛衣。群機皆已息，何事鵲驚飛。

歲杪潘景升過海虞夜集受之内翰齋頭得歌字

好音良晤幾蹉跎，不意高齋此夜過。叢竹徑幽霜氣薄，疏梅香冷月痕多。尋芳往事樽前語，脱草新詩燭下歌。二十年來枯寂甚，已無殘夢到松蘿。

長干寶塔放光偈

戊午孟冬丙辰朔，長干塔下聞天樂。洪公大建華嚴期，賢聖紛紜齊赴約。百千善信雲從龍，遐邇資糧川就壑。衆香縹緲煙嵐浮，萬燭煒煌星斗錯。欲表南詢五十三，法筵清衆仍相若。繞塔幢幡四色分，開經鐘鼓三通作。梵唄同宣出妙音，見聞隨喜生歡樂。始知無礙法門中，處處圓融非住著。只消半偈悟無生，能使群迷趨正覺。一體均沾法乳恩，情與無情學無學。野禽並作迦陵鳴，霜風亦共天花落。塔頂金光覺倍明，塔心寶相如新琢。鈴索時時雜《濩》《韶》，簷廊夜夜棲鸞鶴。八面玲瓏透碧霄，九層宛轉流丹雘。卷石三山錘阜低，彈丸千里輿圖縮。門門皆得見如來，儼然彌勒開樓閣。金剛密迹驅雷霆，寶杵靈威失干莫。慧燈無盡破重昏，甘露洪施濟枯濁。亦如多寶現全身，爲聽蓮華從地躍。由來此塔非尋常，七寶龕中舍利藏。往昔神光猶間發，況今大法重敷揚。啐啄因緣相輳泊，七十二門同放光。光中出生無量塔，一一懸燈散妙香。香光莊嚴亦何限，遍湧金蓮坐寶王。十方菩薩如鱗次，八部天龍若雁行。化佛光明復如是，法爾神通示寂常。重重涉入極微妙，梵網珠交心自耀。此光本是世間稀，見者何人不欣樂。或齊合掌向虛空，或舉高聲稱佛號。或投五體拜泥塗，或散千花熏塔廟。或去忙呼眷屬來，或頻指點傍人道。或上危梯或倚樓，或轉悲傷或喜笑。或感禪僧出定看，或留歸客停車眺。或有晏坐空林中，一任稠人自喧鬧。頓除熱惱得清凉，病在還蘇老還少。默奪潛消魔外心，無遮重罪咸輕報。其誰不願發菩提，種種皆由塔光照。此時見者誠有緣，莫因不見空哀憐。即心自性君知不，見與不見皆天淵。世尊八萬四千塔，與我無縫相勾連。窮劫至今曾不昧，海枯山擊光依然。諸人於此信得及，同泛華嚴大法船。敬説此偈再禮塔，八萬四千光現前。

唵㘞香公四十三首

唵㘞香公者，吴之詩人吴鼎芳字凝父者也。世居洞庭之武山。年未三十，生四子。一夕，夢大士告曰：「偕爾佛子傳佛慧命。」因展兩手，光作布滿空界，反照身心，瞿然而寤。遂斷絶妻子緣，入雲棲，祝髮蓮池大師像前，因名大香，年已四十矣。登霞幕山，參本静心禪師，言下大悟。復行脚十年，孤子無侣，每嘆曰：「末法陵夷！宗以講論晦，教以脱略衰。」升座説法吴越間，日無寧晷。過潔溪，登聖日峰絶頂，欣然卓錫，布石爲忘歸臺，語徒衆曰：「他日堆骨於此石縫，吾事畢矣。」崇禎丙子九月八日結跏而寂，徒衆瘞之如其言。世壽五十五，僧臘一十六。著《雲外集》、《經律集録》十餘種。

尋山

負鉢尋遠山，修眉掛秋雨。隔林清磬寂，煙際疏蛩語。古路没黄蒿，涼風自許許。

秋盡

茅宇掩深壑，石燈懸屋梁。坐來清不寐，自起繞空王。門外寒威知幾許，牀頭猶有陰蛩語。斷送空山一夜秋，栟櫚葉上瀟瀟雨。

夜至西溪

旋洄昧港脉，輟棹蘆花灣。迴風泛清響，梧竹秋珊珊。凉月出復没，亂峰凹凸間。岧嶢棲隱處，隔雲見故山。故山如故人，一見開心顔。

凉夜

秋氣稜稜倍覺增，單衣添盡兩三層，蓮花臺畔已無燈。欲眠不眠將夜半，隙月一痕窺病僧。

住靜八首

數椽堪著我，若個棄林塘。寒水施成路，荒雲壘作墻。香羹傳瓠鉢，破衲擁繩牀。不覺過殘臘，輕煙拂柳黄。

旋嵐無有數，破屋不成間。于此日復日，自然閒又閒。幽禽穿亂竹，冷月伴空山。老我唯高枕，何人爲扣關。

古室休嫌漏，清齋莫笑饑。且煨泉一罐，暫遣日三時。梵策憑雲護，匡牀賴石支。明晨無施主，依樣畫猫兒。

浄几花爲供，閒門鳥作緣。水邊盤足坐，樹下枕拳眠。日上山窗火，雲生石突煙。有時持鉢去，隔岸喚移船。

籬空從雲補，階瑚趁水過。問年猶未甚，記舊已無多。髮長慵於剃，鞋穿喜更拖。朝來風日好，曝背向陽阿。

隔竹聞樵斧，臨流見塔燈。杖輕時自倚，山好不曾登。立石清於鶴，浮槎懶過僧。前疇新雨後，溪水蘸垂藤。

野性同麋鹿，山心伴草萊。殘冬無雪下，暖日有花開。獨樹静相倚，片雲閒自來。纖纖林外月，待我下崔嵬。

荒居無法侶，古德有家風。一個泥塗竈，三間茅草蓬。自來青嶂裏，不出白雲中。歲盡還開歲，空門只自空。

雪夜

暗壁通花氣，虚楹覆竹陰。亂雲雙樹寂，一雪萬山深。永夜枯僧定，寒空古佛心。斷猿風外嘯，隱隱落層岑。

青甲舟中

碧水漾群影，游鱗細可分。飛來數點雁，題破一方雲。遠火微猶見，殘鐘斷復聞。舟程應未極，隨月宿溪濆。

夜泛

幾片蕭疏葉，霜容點碧嵐。波平如在地，舟小亦同龕。白水成佳供，清香佐野談。莫辭歸路杳，皓月掛溪南。

江行

暝色緣江路，炊煙縷縷生。飄花知水定，坐鳥看人行。翠嶺邊雙驛，丹楓隔一城。昔年清宴處，猶有踏歌聲。

會徐波

一自歸空寂，前因記未真。十年餘此晤，四海更何人。絮鳥煙中月，萍移水上春。風吹燈夕夢，散入北邙塵。

別方功甫之天目

經年依古寺，知爾正囊空。爲别秋冬際，論心山水中。新霜欺病葉，殘雨濕離鴻。浮玉峰頭月，清光似不同。

東阿庵

廳迹緣厓見，泉流繞砌聞。澗花寒背日，山鼠夜啼雲。千嶺從西折，諸峰競北分。木冰呈曉玩，四繞白紛紛。

下城高庵

花發秋無數，空香雪滿庭。溪迴雙股碧，峰斷兩眉青。禪影林俱寂，經聲鳥自聽。巖雲吹欲墮，千仞立孤亭。

宿月窟

昃月下前丘，清光不盡收。洞雲三疊曉，野水一灣秋。煙翠流長笛，空香墮小樓。回瞻飛鳥處，信宿在峰頭。

山居二首

初寒漸覺透疏櫺，敗籜殘枝滿户庭。水院還他僧寶傳，山農問我佛名經。煙萋蔓草迷秋蝶，月暗荒榛聚夜螢。一種幽葩深澗底，了無人採自青青。

信得居山懶出山，此生終老此山間。松眠絶壑心俱死，鶴立空潭影亦閒。缸竈過時常不暖，荆扉向晚未曾關。一從鷲嶺拈花後，更有何人爲破顔。

西湖

褭褭東風蝶試衣，綿綿芳草燕争飛。堤邊楊柳青絲騎，水上桃花白板扉。三竺片雲雙樹隔，六陵殘雨一僧歸。年年最好春陽月，無那鐘聲送夕暉。

東山夜坐

蒼苔巖畔坐忘言，蒹葭離離帶夕昏。千里夢回蓴菜美，三旬病起稻花繁。碧雲到海秋無隙，白鳥翻空夜有痕。明日又攜瓢笠去，百城煙水扣誰門？

峽山曉起

隔林清磬漸無聞，已有晴暉映縠紋。掃徑不妨留鶴迹，開門衹許到鷗群。寒峰獨透千層雪，野水雙勾一抹雲。手啟香函看宿火，碧煙裊裊古花文。

龍吟洞

重嵐曲隱樹中央，乍有閒僧構草堂。帶雨龍歸磁鉢潤，銜花鹿過衲衣香。殘秋待月投空洞，後夜和雲宿上方。一種紅蕉舒艷色，名樓高處傲青霜。

秋夜嘯月岡

破絮蒲團展夕陰，一天凉思坐來禁。蛩聲訴出秋多少，竹影描成夜淺深。青壁謾留閒裏句，碧潭微見空中心。林猿野鶴成相識，又欲褰裳過别岑。

閒雲

閒雲不作雨，横入峽山去。峽口弄舟人，家在雲歸處。

山居雜咏四首

梅花昨夜破寒汀，曉日初融露尚零。無事道人翻有事，一枝先供佛前瓶。
接葉陰陰唤水鳩，花坪草堰偶經遊。芒鞋㩳向西巖石，露冷煙凄不記收。
萬竹千松遠近同，嫩嵐殘靄有無中。斜陽不會藏踪跡，露出前峰一抹紅。
苔花滿徑緑雲凉，嫩竹離離覆短墻。院静晝長人不到，一簾風裊一爐香。

赤城

南北峰青雨乍分，瀑花飄下雪紛紛。空巖夜久無群動，一點閒燈伴白雲。

華頂

海色迢迢半紫氛，娑欏開落夏將分。道人清曉下山去，紙被一牀鋪白雲。

鐵板嶂

一屏渾鐵自天成，倒影清波月正明。三十六峰秋色裏，幔亭高處獨吹笙。

托鉢

十里春風五里橋，到山猶覺路岧嶢。叢叢花草蕭蕭竹，幾處柴門閉寂寥。

訪隱

孤雲底事未還山，縛草爲門亦自關。一樹垂楊鋪水面，東風裊裊不曾閒。

泊潯陽江

倚棹秋光對碧峰，露香傾下木芙蓉。西林月白東林曉，兩處敲殘百八鐘。

春暮

一半筠簾上小鈎，殘書數卷未經收。東風忒也司閒事，吹得瓶花滿案頭。

遲舜五不至

數點殘星秋耿耿，斜風剪碎芭蕉影。自愛憑闌不愛眠，轆轤牽動鴛鴦井。

送僧過洞庭

江雲空寂塞鴻哀，竹笠繩鞋歸去來。七十二峰深雪裏，炊煙何處辨樓臺。

送　春

春光今夕别儂家，啼斷流鶯落盡花。便欲出門相送去，不知何路向天涯。

秋潭舷公二十一首

智舷字葦如，號秋潭，秀水金明寺僧，嘉興梅溪人。晚構黄葉庵於西郊，自稱黄葉老人。修竹百竿，晨夕手自拂拭。客至，拾落葉煮茶，移時無寒暄語。吴越士大夫慕謁者接踵。其所心契者，隱者吴少君、殷方叔、陳仲醇也。長水李日華叙其詩曰：「余諸生於吟客之坐，見少年苾芻處末席，終日不置一語，神韻孤迥，眼如鶖子。善吟者金華吴少君曰：『君識是否？是爲舷公。出語皆煙霞冰雪。』拈其近句云『獨樹落寒陰』，余尋味久之，遂與定交。公行脚三十餘年，余亦歸里。公道價隆重，諸方禮爲耆宿，而不領衆，不立侍者書記。詩名滿東南，而無專集，隨手散去。日煨品字柴，支折脚鐺，咿唔黄葉堆。少君擬爲畫、徹一倫，亦就詩論之耳。」

登銅官山無畏庵作

銅官鞠爲草，孰識此嶺下。松似天目移，山如巨然畫。猛虎户外睡，古月泉上掛。遐想無畏師，此中住持罷。外人曾不聞，前僧後僧話。應是古道場，同門不同舍。

題葉熙時空樹軒

嘗聞松化石，未聞樹化竹。君家草堂樹，何乃虚其腹。懷抱日益空，枝葉不放緑。其中有容焉，外潤若不足。僧還可入定，旅寓何必屋。居士空諸有，不獨此老木。

簡道可法兄

頃讀蕉上詠，疇不爾傾倒。言外託微旨，拙中寓大巧。詠歌已臻此，賞識應不少。如何壯齒時，不得展所抱。遁跡此湖山，忘機如鷗鳥。白雲與往還，童子日圍繞。長者未弱冠，次者髮覆腦。更有六七人，聰慧益稚小。有時瞰師出，非蠻即鬬草。禮法未易閑，天機不欲矯。若問祖師意，當下無不了。相知寡老成，孰若此幼好。百年俯仰間，取足便煩惱。目前苟可娱，此外一齊掃。

夏日南庵諸子見過二首

偶然憩南野，高蔭欣古木。室中晤言稀，樹下坐忘獨。枉棹夾故人，逗嘯看新竹。深林長閉門，豐草高於屋。何物款素心，願言宵炳燭。

野處雖已適，久不聞高詠。煩燭夜何短，含毫曉未竟。涼雨原上來，洗我竹林浄。荷池漲莫知，松簷溜可聽。小艇勿遽還，出嘯風波勁。

寒山訪雪谷師

寒山太湖東，六月雪埋塢。時有天耳師，巢居類巢父。春秋未半百，氣骨自高古。清泉凍連底，蹲石怒獅虎。此中除梅花，無物入巖户。

題郁氏古村圖

仲夏喜無事，披圖探野趣。不離方寸間，寫出幾村樹。鳥道入高冥，人家在煙霧。溪口挽釣船，草際横樵路。是誰幽棲士，遺韻宛如故。掩映屋東西，松竹凌霜露。

送生明還雪竇

殘月在松僧在户，犬聲如豹隔松塢。霜厚如雪野易風，空村家家門尚社。還山不問幾日程，直造雲邊峰頂坐。莫想錢塘江北庵，琉璃一點如螢火。

送葉熙時還新安省親尊公讀書於黄山之指月庵

今年季秋與孟冬，余也踏遍黄山峰。歸來相對數竿竹，倦錫倚壁雪滿屋。送君手捉天台藤，打破子陵灘下冰。欲識君家讀書處，只問丹臺指月僧。

過天放庵

結茅野田外，猶自苦逢迎。遂擬徑常寒，不容人暫行。日高僮僕睡，花落鵪鶉鳴。竹户憶曾啓，飯僧炊午羹。

題履實上人新居

頭陀冢間住，鬼食夜長分。密行許誰識，微言期自聞。樹陰初上月，水氣晚爲雲。别有示心處，不資半偈文。

秋日奉懷真如大師

蕭條無一事，日久坐茅齋。古樹不知歲，落葉常滿階。涼風善多病，暮雨生秋懷。南寺有良晤，清言獨傷乖。

唐汚甫再過

越客重過歲五移，鹿田祠下久棲遲。至今貧賤身誰屈，如舊饑寒心自知。遠澗竹泉秋後別，孤峰雲徑曉來思。所嗟咫尺稀相見，君若還山那可期。

秋　柳

悵望依依南浦南，春絲争吐似吴蠶。一枝一葉俱無恙，秋雨秋風也不堪。早識愁催青眼變，肯將顰與翠眉含。明年縱使連堤緑，能忍清霜滿樹酣。

送谷響上人入匡廬石門澗

飄然汝去躡何峰，六月匡廬雪尚封。芒履不妨江路草，浄瓶將掛石門松。雲開嶺外逢僧影，日落巖前見虎蹤。聞道遠公蓮再發，齋時還聽虎溪鐘。

村居

獨坐孤村日日風，土階茅舍亂堆紅。不知舊院深居地，涼葉幽花剩幾叢。

新柳

謾説隋堤鬭早春，還應妒殺楚宫人。一時看去青於眼，幾處愁來翠欲顰。夜雨尚憐勝不得，東風只管舞教頻。更堪亭外旋攀折，那有長條拂水濱。

釣月磯

石磯春晚白雲閑，却倚東風一笑還。流水自深花自落，何人垂釣月明間。

冬日穆湖村居同藴輝上人賦

買得漁蓑與釣綸，天寒日暮水無鱗。浩歌一典知何處，犬吠蘆花不見人。

懷高元雅

樹飛黄葉豆開花，撫景縈思村路斜。秋竹百竿俱似玉，清池白月想君家。

題畫

數株老樹半無葉，一個茅亭終日空。惟有鷺鷥嘗到此，飛來飛去送殘紅。

道敷〔一〕一十四首

道敷字覺明，嘉興興善寺僧。初遊黄葉庵之門，後得心疾，蓄髮逾年而卒。有《中州草》，姚叔祥、范東生共定之。

〔一〕原刻卷首目録作「覺明敷」。

江上憶山居

忍置一茅舍，空閒叢竹傍。限歸憎月閏，乞夢願更長。草合深埋徑，苔知自過墻。還憐掛瓢樹，到日葉俱黄。

移住中州二首

郭外故人屋，茅簷即水涯。遠灘通鷺渚，近徑借農家。移樹惜陰薄，開籬當日斜。便知循乞處，村路不妨睟。漫須論住後，只擬到來初。樹凍花從裹，煙寒柳任疏。飯因饑烏施，偈爲老農書。盡慕居窮谷，深村可不如。

沈汝納姚叔祥晚過

遲令扃竹户，燈火未禪棲。遥見客投寺，猶疑漁出溪。别因日已久，語盡日應西。怪爾歸偏促，行舟欲曙鷄。

晚同彭伯鵠訪錢長卿

郊扉猶未掩，草徑夕陰凝。汝出亦扶病，人尋恰共僧。竹多遲見月，風急屢防燈。欲更與深語，盤桓恐不勝。

題元朗水亭

微徑樹邊入，亭偏池水涯。即能鍾野趣，兼亦占鷗沙。晚色湖生月，秋香荇作花。竹扉分夜火，只與鈎魚艖。

落　紅

開亦未幾日，忽驚紅亂飛。生憎風底急，猶賴燕銜歸。隨水意何限，過墻力漸微。雖含零落感，曾憶在芳菲。

五日過就公賦

看竹閒相及，即非采艾期。感時心自攝，與坐語還癡。階暝煙粘草，籬疏風損葵。乞來平日飯，都是午時炊。

結　夏

未得向深谷，空林且暫依。自從草塞徑，便不晝開扉。疏磬隔煙晚，涼雲逗竹飛。相過平日客，誰復送令歸。

月下聞蟬 在秋前一日。

林葉凈堪數，山蟬吟未休。今宵且趁月，明日恐驚秋。咽露忽沉樹，因風旋入樓。念能枯得盡，總是不關愁。

借宿古招提

買舟浦南地，逆風遲到來。路行水次入，門借冢間開。林黑鬼嘯樹，階青月上苔。未眠空外雁，猶自獨飛哀。

爲茅止生作悼亡詩二首

憶汝立向晚，驚心月又明。忍從今獨見，曾照昔同行。孤枕苦難即，空閨寒自生。含情應不寐，到曉只盈盈。

心惟結遐想，孤坐黯無言。誤聽滴花露，疑歸清夜魂。也知伊豈在，終是我難諼。短袖殘燈下，渾教污淚痕。

同錢叔達茅止生訪藴暉不值

信汝懶常出，空還所不虞。想應入深谷，悔少問樵夫。對竹坐堪久，虛簷日欲晡。無妨擬重過，豈畏路途迂。

筠隱遂一十九首

大遂字梵印，平湖乍浦會濟庵僧，覺承講主之法子。有《出林草》。小萍庵曰：「遂公潛踪林樾，景企前修，或時託寄長吟，不覺詞意俱遠，可與齊己並駕也。」

雨中懷黄葉老人

不斷黄梅雨，知師反得閒。孤眠聽鳴溜，孰謂非深山。苔色漸逾檻，溪光欲浸關。爨煙厭空寂，一去便忘還。

林棲

當簷林静立，老屋破從遮。作梵鄰聽熟，翻經風攪差。地生無種藥，瓶活不根花。偶與雲同出，歸吟任月斜。

贈朱白民

山静猶空劫，惟將木石親。肯居於此處，豈是等閒人。寫竹賣供米，删松破作薪。只因尋異藥，衣染别峰塵。

過村家

孤村臨晚水，小屋背秋城。有徑無人過，陰蟲白晝鳴。穀畝苗葉曲，果拽樹枝横。樸樸風淳古，龐眉笑出迎。

西山道中

壁懸杖難容，盤旋青萬重。到來深竹院，行盡數聲鐘。瀑挂雪邊雪，雲圖峰外峰。此中皆静者，日暮不相逢。

懷圓印師兄

梅花開準合，梅子熟猶分。不住是真性，隨棲如片雲。只將詩擬見，豈有信相聞。想得懸瓢處，吟僧自一群。

秋日遊頂山寺

山下頂山寺，凄凉丹雘無。不因逢老衲，將謂住樵夫。橋水石嚙齒，門松蘚剥膚。巖深霜信早，晚菊露黄鬚。

秋夜懷見吾

立深苔履迹，夜已半秋聲。當此影孤候，能禁思獨生？燈驕螢火細，月借鶴衣明。若乃西方住，西方風露清。

金陵懷古

豪華已逐去江聲，山色空含遠代情。陳主後庭花不發，吴王前殿草長生。風高巷口秋煙冷，雨過城頭晚照明。歌舞只今誰更似，鳥争啼巧柳輕盈。

吴門懷古

尚想黄池倚霸功，歸來萬乘一身空。越妃便泛五湖去，吴國長淪廢沼中。臺草訴人春黛緑，洲花怨水暮愁紅。深情慳是盈虧月，不異當時照六宫。

柳

沐雨梳煙千萬枝，春風挽住定何時。青窺鏡裏愁人眼，翠染機中織女絲。柔舞難容鶯坐穩，輕摇易惹燕飛遲。可憐歲歲章臺路，腸斷忘歸遊俠兒。

問路

玆路從誰又改遷，柳花深處問漁船。一言得過壞橋去，幾步還停斷岸邊。笑自向來迷所轉，就他耕者別求前。尋師果有安心法，何惜芒鞋費買錢。

秋扇

莫以涼風多，棄捐敝篋裏。試記無風時，是誰引風起？

伯牙臺

琴絶已多時，臺存尚起思。遥憐千古調，祇得一人知。

霽山行

山霽行尤喜，雖泥亦自前。不知吟思苦，忽到斷橋邊。

閒泛

無事亦波閒，孤舟覺自閒。樹邊春霧斂，尖露幾重山。

冬日淮上懷了能

凍斷黄河與月河，行人馬上帶冰過。惟君生得梅花骨，獨占江南暖日多。

畫梅

古榦横斜意自奇，半開半蕊亦相宜。寒時悔不前村覓，知是溪橋第幾枝。

寄汰如師

早早言歸尚一身，秋空又見雁來賓。不知近事堪傳否，須記西風悵望人。

恒嶽淳三首

志淳字恒嶽，嘉興東塔寺僧，徽可之孫。英敏機發，詩多孤瘦，時出尖艷。有《雜華林草》。

落花

早破春相賺，飄零不自知。未完九十日，消盡萬千枝。點水嫌萍掃，粘苔怕月移。莫諳化工意，榮悴孰爲司。

舟夜

浦凍水聲死，煙交暮色黄。一舟風獵獵，兩岸日荒荒。小夢偶然就，孤懷終不忘。已知行學事，惟有歇心狂。

春日過月公蘭若

孤村相叩嗜禪翁，一徑春風到寺中。人語悄聞楊柳緑，鳥啼幽出杏花紅。經殘瘦坐焚香起，茗熟傳題得句工。足跡不留簾外土，小庭深寂雨空蒙。

孤雪己一首

弘己字孤雪，秀水普善庵僧。舷翁每誦其《除夕》落句，便慨然改容。

除夕

寂寞燈無焰，何堪髮短絲。小坐自憐惜，誰將語所思。百年猶一年，定有今夕時。

竹浪旭五首

海旭字竹浪，平湖東林院僧。有《燕林草》。小萍庵曰：「旭公清真孤上，簡默冲夷，怡神淡漠之鄉，創句物情之表，遇其得意，不知司空表聖於武陵諸公何處着脚也。」

遊趙氏洲居

小港慳通棹，行知經幾灘。敗荷還立雪，寒水不生瀾。掃石容苔瘦，栽松待鶴安。梅花如有月，借我一宵看。

宿甘露庵

舟出太湖險，語溪投暮鐘。聽風多在竹，看月不離松。柝護城三里，鷄鳴村一重。長空明日路，霜草滑歸笻。

懷宋化卿居士

湖上諸峰秀，君常次第行。細評僧社句，準課自修程。對月唯忘酒，逢漁勸放生。空齋清夜坐，隔水寺鐘鳴。

夜炊

猛覺冰生頰，孤吟翻欲狂。汲泉溪作凍，移火月吞光。漬米頻拈稗，開薪再剪霜。夜炊一幽事，僕僕不爲忙。

殘年

恐此一林雪，從予巓頂侵。梅花香遠遠，柳眼閉深深。齋潔猶鄰供，詩清還自吟。瘦筇愁破臘，何處卓春陰。

庚山學公二首

斯學字悦支，號庚山。初度於海鹽慈會寺，後隱靈祐道林庵終焉。與四明沈嘉則、同里姚叔祥善。有《幻華集》。

雪夜山行

孤舟疑入剡，夜繞亂山行。雪與月俱白，江因人更清。嵐深寒氣重，岸斷凍痕平。況復人煙少，空聞落雁聲。

寄吴少君山人

知君好芳草，荷芰半衣裳。一别春山緑，幾經秋葉黄。海門生片月，江寺送殘陽。曾有天台夢，相攜度石梁。

圓印持一首

大持字圓印，號薝蔔。族姓沈，吴江人。雲棲剃染受具，住桐鄉華嚴庵。又依竹寮，依密印寺禪，棲雪塘無礙庵。

廢褒能寺

枯松亂竹一丘陵，曾此開堂演上乘。瞰祭鴉如放生鳥，掃墳人似遠歸僧。刹竿倒處見翁仲，鬼火移時替佛燈。片碣欲書閒姓字，不知敕賜有褒能。

雪溪映一十五首

圓映字元徹，號雪溪，嘉善西林寺僧。鋭志教理，作詩清新秀絶，有《西林草》。小萍庵評其詩，以爲雲移梗轉，鴻迹風踪，凝神茂樹底，覓句茂林下，設遇靈一處默，猶當雁行並邁也。

過黄葉庵

郭西有竹庵，幽閒曠奇絶。壁緑苔暈封，地走松根裂。林鳥領法音，冢鬼飧禪悦。秋池浄若空，霜楓赤疑血。晦跡簡酬人，義無不了説。

秋　草

護蟲吟月苦，襯馬滑蹄行。螢火燒難死，霜花落也生。誰傷當路踐，自怨不春萌。獨有秋江上，離離闢客情。

山中懷萍庵師

高竹過於木，溪分兩岸陰。看流成獨影，得句只孤吟。詩草荒誰理，心蓬亂日深。懷人秋水寺，寂莫此山林。

夜投南寺會梵印松濤二師弟

竟投南寺宿，知子寄松寮。幾根隔良晤，孤愁破此宵。秋鐘清歷歷，夜竹冷蕭蕭。話到燈花老，鄰鷄報詰朝。

重過上方寺

城外西湖水，泉根暗入池。魚游如有翼，樹老欲無枝。前度故人去，一番新住持。老僧扶杖出，但問孰相知。

舟行懷竹浪師弟

遠水明於練，前舟如鑿空。白雲鴻爪外，紅樹雨絲中。禪詠知兼勝，行藏孰與同。去年留此月，常共泛溪東。

春日過金沖垣滌煩塢

踏沙春路遲，柳倒却如眉。因入竹間室，閒吟壁上詩。護花常換土，割水暫通池。延賞欲終日，滌煩茗苦時。

落葉

肯信非常事，何傷撩亂飛。茂時藏敗局，殞處發生機。稀護枝頭鳥，深埋路到扉。莫將黄瘦片，還擬落花肥。

宿蓮花閣

家山知遠近，身卧與雲平。數載未歸意，一樓風雨聲。

述懷

春風迢遞想天台，六月冰寒説五臺。無限名山遊未遍，秋霜又欲上眉來。

又别庵居

昔别庭中竹未栽，歸來笋已破蒼苔。安知此去重還日，屋後薔薇幾度開。

詠雪

似梅似絮亂空奔，非月非霜眯遠村。自被樹高先受白，誰憐苔瘦漸消痕。山頭凹凸猶難辨，水面波瀾却易渾。頓使世間煩熱處，一從寒冷便驚魂。

尋梅

玉格冰魂見尚稀，忽驚歲暮思依依。每當深雪偏肥綻，才得東風便謝歸。斷板橋邊孤影瘦，冷村墻外暗香微。相逢不忍相離别，飄瞥斜枝趁落暉。

輓玄珠上人

殘燈耿耿夜何其，虚室空悲禪坐時。廿載形骸孤鶴弔，一生心事故人知。雨添郭外沉龕草，風涸窗前洗硯池。白社曾同秋後集，而今惆悵泣題詩。

訪隱

久向名飛未習眉，尋踪幾折過巖欹。轉從怪道泉珠灑，飄瞥懸崖乳玉垂。開落松花數許里，短長竹子百餘枝。却逢種朮東籬下，翻問溪童是阿誰。

冰如源 四首

照源字道生，號樸如，秀水古井庵僧，海鹽人。小萍庵曰：「源公乍耽律韻，遂富篇章，茹藻含毫，時發清響。」有《雪林草》。

老僧

早得安心法，柴門豈浪開。髮長難剪雪，衣故不容埃。屈指僧中臘，尋思雲外來。恐傷蟲蟻樂，常誡坐莓苔。

輓大年法師

影堂燈永夜，想像似安禪。授法兩三子，深心十二年。矮松方掛月，新塔已生煙。氣結更何語，徒爲嘆逝川。

題指月庵

短扉將緑掩，小徑倚村斜。老樹借藤葉，新桐布屋花。漁歌傳外港，鷗夢立前沙。静者離言象，門題指月家。

落花

飄零思雨露，撩亂玷蒼苔。苦被風常掃，因傷春闘開。嬌鶯歌緑轉，癡蝶想紅來。事盡如花事，榮時瘁亦催。

小萍庵文貞四首

文貞字蓮生，秀水精嚴寺僧，桐鄉人。冬谿澤公五世孫也。與雪竇生明、興普覺明結伴參訪同事黄葉老人。二公入滅，遂罷行脚，住小萍庵，彙輯檇李禪林詩，題品行世，頗具手眼。蒼蔔上人復輯《萍庵詩》附其後。

金明老人黄葉庵落成志喜四首

掃除荒穢剪凡材，卧榻初安四壁苔。隔浦舟移帆影過，鄰家客到犬聲來。霜晨月夕誰爲侣，屋後階前盡種梅。心法别將何物喻，蓮花不限滿池開。

一瓢一笠掛西林，不負生平有此心。易補高低籬作障，難分新舊竹爲陰。瓶添水滿澆松大，杖撥雲開引路深。愧死吾儕諸弟子，相依誰學樹棲禽。

不貪幽寂不辭喧，野外茅堂可省煩。求法人穿荒冢路，放生魚過小橋村。雲將白繞閒排牖，草引青長静掩門。深更深山只如此，花開花落欲無言。

香光茗氣和氤氳，宴晦清齋撤見聞。鳥睡樹高溪倒影，蟻旋苔滑路迴紋。北村人語空銜月，東寺鐘鳴夜宿雲。住此頓忘安隱想，隔林咫尺便紛紜。

通　凡〔一〕三首

通凡字凡可，姓丘氏，嘉善人。有《樹下》、《汲泉》等草，馮祭酒開之有《贈凡可上人》詩云：「凡公氣不凡，只合住巉巖。」又云：「才多應八斗，舌在可三緘。」蓋亦僧之負才自放者也。

〔一〕原刻卷首目録作「凡可凡」。

村居

竹間獨立時，涼風自相接。回顧碧池中，蜻蜓踏萍葉。

江門

未出海門國，遥遥見城郭。江風四月寒，衲衣尚嫌薄。

錢幼卿朝霞館詩

遠樹無煙時，前山未雲起。散髮臨東窗，衣裳半身紫。

知證〔一〕一首

知證字生明，四明人。出家於雪竇寺。

〔一〕原刻卷首目録作「生明證」。

香徑蘚花生，陰簷藤葉緑。日長不耐閒，行溪看鷗浴。

閒居

孤松秀上人一十二首

慧秀字孤松，常熟蔣氏子。出家遊峨眉、天台、鴈宕，棲仙巖之休糧庵。歸老虞山、陽羨之間，受具足戒，刺舌指血寫《華嚴》、《妙華》等經，凡一百六十餘卷。有《秀道人集》十二卷。上人富於詞藻，採擷六朝，多所沾丐，小賦駢語，時足獻酬，而意象凡近，殊非衲子本色。昔人言僧詩忌蔬笋氣，如秀道人者，正惜其少蔬笋氣耳。

仙巖山居三首

茅屋青巖半，雲來路已迷。樹深松鼠競，花暗竹鷄啼。絶壁吹寒瀑，空潭飲素蜺。日斜山影裏，樵語下前谿。

日出蒼煙盡，千山入望新。風流臨水樹，雲逆過橋人。花竹殊無恙，茅茨未有鄰。頽然自終古，不是學逃秦。

誰家深竹裏，當檻即鳴湍。人語入雲盡，峰陰到水寒。草香娛鹿性，藤老學龍蟠。步屧渾忘遠，玆山不厭看。

贈陸少保平泉二首

八座榮天禄，三祇證妙身。慧涵清淨理，壽歷太平春。綺席徵歌少，籃輿入社頻。階前戲綵客，亦足法王臣。

鶴髮神仙紀，蠅頭梵字書。請僧開寶藏，作供施金魚。海衆投蓮社，門人奉筍輿。夙乘堅固誓，祇樹藉安居。

淮陰侯祠

落日淮陰道，人傳漢將名。懸知三旅盡，安用一軍驚。赫奕飛龍佐，逡巡走狗烹。英雄空廟貌，千古恨難平。

阻風華陽鎮謁三閭廟

左徒忠憤見詞章，風阻舲船拜廟旁。魚腹吐雲天半黑，龍門吹浪日俱黄。蕙肴桂酒鄉人薦，修幕靈衣估客張。應念遠遊將託乘，涉余容與上涔陽。

獨夜

獨夜然燈照薜蘿，空山魑魅暗經過。交遊冷落情緣少，坐卧輕安定力多。疏竹趁風捎夜壁，哀鴻銜雨度秋河。年來更製蓮花漏，幾度鳴鐘事羯磨。

五十自紀

泡焰俄驚五十春，卉衣霍食已三旬。枯藤鼠嚙悲斜日，敝篋蛇攻苦病身。牛馬任人呼輒應，荃茅在我辨非真。閉門且覓安心法，檻外松風解拂塵。

人日病間

三因不究病何長，人日晴和强下牀。託命瘦笻翻似躄，怖頭明鏡實非狂。梅横露蕊猶包紫，柳嚲煙梢漸著黄。灑翰檄魔文已就，波旬應向藕絲藏。

竹間聽反舌鳥

細靄輕嵐散竹林，搘頤小坐聽晨禽。未蒸花氣機偏澀，乍寫春聲意獨深。緩引易調多種舌，瑣言難竟一生心。何如隱忍過殘臘，末路風煙恐不禁。

示徒

早辦蓮花刼外因，乾城海市恐非真。青銅屢換娘生面，黄壤頻收鬼録人。未守鵝珠猶刻糞，强修蛇篋類添薪。何當浄掃松陰石，送想金天德水濱。

傳慧〔一〕八首

慧字朗初，四明五井山延慶寺僧。與沈嘉則、王百穀善。徐興公稱其著述甚富，談鋒如河。慧之後有圓復，亦能詩。

〔一〕原刻卷首目録作「朗初慧」。

九月望夜

節去愁衣薄，蟲聲漸近牀。偶然林下坐，早見草頭霜。寒月明如此，浮雲掩不妨。通宵照蘿壁，忘却夜初長。

同静泉仲齡二公過南莊鄰翁偶談時事有感

郭外行應好，香清荷芰風。到來茅屋下，談笑竹林中。徑草先秋緑，江雲過日紅。眼前不平論，難禁白頭翁。

寄有門法師

才送登臺嶺，蟾蜍五晦明。江雲沉雁影，湖雨咽鐘聲。見豈觀河變，狂因照鏡生。倘憐窮露子，早望印心盟。

宿四明山心

寂歷遊仙處，塵寰隔斷霞。九溪流雪水，八月綻桃花。茅栗圓於彈，霜梨大似瓜。雲南與雲北，依舊作鄰家。

寄王百穀

惠山泉水虎丘茶，相去柴門路不賒。經歲故人書斷絶，夕陽林外即天涯。

湖上雜詠二首

草色連雲暗水陂，掠芹乳燕影差池。遊絲惜似春光盡，密罥殘花掛竹枝。

湖水無風似鏡清，湖船日日送人行。垂楊浪許關離别，有限長條無限情。

夜渡金山

空江信渺茫，月出水生光。入浦潮如雨，沾衣露欲霜。天清沙氣白，夜静海雲黄。漸覺鐘聲動，應知到上方。

圓復四首

圓復字休遠，四明延慶寺僧。與同寺弘灝、空波、佛引、西方皆詩僧也。已而翹勤熏修，力行禪觀，咸自恨染指雕蟲，矢心懺悔。屠長卿以爲足方魏之三支，叙其詩爲《三支集》。

贈别華頂老僧

老宿清無侣，名山住有年。須留三寸雪，衲掛半窗煙。破屋眠秋雨，孤鐺煮夜泉。相逢笑相别，紅葉滿霜天。

贈無生祝髮

剃染酬初願，皈依向大乘。夙傳人似玉，新納戒如冰。香鉢分甘露，田衣掛紫藤。從今翠微裏，添箇白雲僧。

留别念空

問水尋山各自忙，草鞋無底踏秋霜。江南遊遍將江北，何日還來共竹房。

東山紀别

谷口風斜斗笠狂。米囊夾路白於霜。山童不掩溪頭寺，一任閒雲滿竹廊。

西吾衡上人一十一首

道衡字平方，號西吾，虞山李氏子。少無賴，目不知書。年二十，傭賃於僧舍。僧雛讀書，從旁竊聽，遂能暗記，稍稍知大意。剃染於武林，與其名士交好，遂遊於浙西賢士大夫，機鋒捷給，咸以爲師子兒也。嘗築室浄慈之後，梯巖架屋，結構精好，貴公子求借居，嬲之不止，縱火自焚而去。久之，乃爲編蓬土室，門臨絶澗，略彴施獨木，度則撤去，人多望崖而返。然性不耐岑寂，少日無客至，則又步屧出遊矣。好遊族姓，多譚世法，雅負大志，以石門、紫柏爲師，人誚其非衲衣，下事弗顧也。夏五十有二，病卒，葬於南屏。杭有能人，假護法以罔利，畏其舌鋒，疾之如仇，聞其死也，以爲快，毁其室而遷之，杭人以此乃益知西吾也。西吾少時，有詩數十首，不嫺格律，時時有道人語。中年率意應酬，殊失本色，余所録者，皆其少作也。

登釣臺

丈夫於世各有營，豈爲公卿以身辱。先生漢之一布衣，千古誰堪繼芳躅。我來停舟一登眺，雙臺杳渺林端矗。江水沈沈徹骨清，山光靄靄有餘緑。只此江山彼江山，嚴劉到今定誰屬。先生早知釣得名，拗折當年釣竿竹。有脚但可踏青山，何必將加帝王腹。

山居雜詩三首

却怪年來懶更長，見人無力下繩牀。自知無德將誰傲，一任諸方唤我狂。活竹編籬生晚翠，新茅縛枕帶秋香。鳥聲啼入碧烟去，古寺遥鐘散夕陽。

閒向頹簷晝負暄，前峰忽聽落啼猿。未離文字非心眼，欲證圓通有耳根。翠羽每銜花入夢，好風特爲我關門。胸中一事憑誰論，將此身心報佛恩。
蒼苔欲死翠光存，秋去空林冷夢魂。竹暗小窗僧打坐，月明深壑虎敲門。謾愁粒絶鼠無耗，應喜衣穿蝨易捫。天黯恐因霜雪至，呼童好護菊花根。

鑿　徑

茅庵將已就，取徑透柴門。漸剔污泥净，平添怪石蹲。雪埋留虎跡，雨過長苔痕。讓竹微成曲，還驚古道存。

架　橋

世人那可避，有策亦無聊。爲鑿一鈎水，還安獨木橋。瘦筇扶過易，醉客望來遥。漸得遊踪少，濃霜踏不銷。

編　籬

雖是無長物，從人也插籬。遠山留照眼，短縛不過眉。未禁閒雲度，寧防野鹿窺。行看牽紫蔓，採菊在何時。

力農

衲子家風在，空山自有年。死心衣帶下，生意钁頭邊。火種鋤秋月，刀耕破曉烟。倦來何所事，高枕夕陽眠。

知非吟三首

種蘭近竹邊，竹與爭蘭光。竹影日漸薄，蘭葉亦萎黄。物以類相合，胡爲反相傷。我今抱蘭去，永保深林香。

魚以水爲命，僧與山相依。山無僧不靈，僧非山何歸。誰謂是孤雲，是天皆可飛。若雲是孤鶴，决當擇所棲。愼哉山與僧，幸勿輕相離。

昨日花正繁，今朝花在地。路旁重徘徊，慷慨莫可既。花落明年開，人壽安可繫。同是風中花，却灑花前淚。

宗乘等八人

宗乘字載之，常熟東塔寺僧。秀羸好静，不諧於俗。時爲小詩，亦不求人解。從汰法師於華山，卒於嘉定。石林源公刻其遺詩。吴郡海岱，字聞光。弱冠棄妻子，剃髮於馬鞍山仰天塢。參憨大師於匡廬，歸禮二《楞》幽谿，通唯識，玄談大義，諸方皆稱之。同時有實印字慧持、妙嚴字端友、際瞻字師星、源際字曠兼，皆吴江少年，苾芻爲詩社，以清新之句相尚，而皆早殁。通洽字履正，華亭超果寺僧，參雨、汰諸講席，有詩名。如曉字萍踪，蕭山人，善畫竹，喜天目山高秀，孤棲三年，自稱天目寓僧，入天台，泛剡溪，掛瓢湖南，有《萍草詩》，亦皆早殁。印有「秋葉近銷爲客性，寒花當有向禪心」，「耳際波濤成避世，腹中冰雪自爲天」；嚴詠梅有「雪深客未至，月白夢初殘」；瞻有「溪緑冰初斷，村寒偶遲」；際有「鶯聲初在柳，花氣薄迎衣」；洽有「秋盡寒猶淺，晚來山漸深」；曉有「夕陽移古岸，漁笛弄秋聲」，皆佳句也。

宗　乘六首

留别道恒

浪跡兼多病，相看獨爾真。同消半載日，彌重一生身。凉月舟前路，秋風别後人。所懷應自得，情忘莫霑巾。

新冬

荒齋草盡腓，薄冷暗微微。上卷新秋句，加身舊葛衣。窗疏留墮葉，簷淺戀殘暉。來往殊相絕，都忘舉似機。

閒居

落葉積深巷，閉門無客敲。閒雲過石面，争雀墮籬坳。障眼書難廢，看心日易抛。青青數竿竹，應不厭窮交。

秋日小病同心石師强至山寺

寺門秋竹冷煙扉，石路欹斜在翠微。領略心情忘我病，寂寥光景見人稀。欲題古壁花生眼，久坐荒苔蘚透衣。應笑學空多歲月，箇中還掛往來機。

發皋亭

曉發凌蒼苔，徘徊谷中步。松門磬已微，空翠鶩相顧。澗聲雜幽禽，岩花落深樹。孤懷當何如，復此春向暮。

月下樹影同石城賦

了不異真樹，枝枝生自空。下簷雲轉影，摇壁野過風。談極如煙外，歎多似水中。閒人古來少，心喻幸君同。

海　岱二首

丁卯歲歸仰天塢故山二首

松小已逾嶺，不歸應偶然。久窺飛鳥意，難定白雲天。夜磬答孤語，秋花照短眠。清光紛委壑，寒重草堂前。

萍逢江漢上，曾似此林居。引水涵雲竇，編花護草廬。雨香孤徑竹，風冷半畦蔬。曾侍山中石，還開案上書。

實印二首

月夜送弱翁

山客復何去，柴門故夜開。月寒醒鳥夢，松影誤溪苔。水上孤舟解，林端一磬來。知君非遠別，相送亦徘徊。

同詵兮過竹忘齋中

鐘聲如一寺，林影望還分。徑轉塔才見，軒開溪共聞。相過成晚步，分坐見秋雲。詩卷娱禪暇，晴窗花氣熏。

妙嚴二首

雨歇

林畔低煙豁，斜光草露輕。虚窗停薄暑，獨坐擁餘清。雲去漸無影，泉多自有聲。起看江上夜，新月白微生。

新寒

露氣逼衾枕，早窗寒已生。客心驚歲晚，物色過秋清。群木連朝脱，空山竟日晴。宵砧方未歇，處處寄衣情。

際瞻一首

水寺

孤寺水中起，净心宛在虛。鐘邊雲易濕，松外地無餘。幢影魚窺熟，梵音風定初。入秋看月上，清切復何如。

源際一首

偶題竹上

冷翠何冥密，幽尋獨坐時。扉開流水過，風静到雲遲。懶性知終棄，虛心幸自持。偶然吟未穩，清響動高枝。

通洽一首

雪夜

雪光窗外寒如月，梅影燈前韻過僧。坐到更殘群響盡，細吹榾柮煮春冰。

如曉二首

山居

挂鉢初爲客，巖前别是春。梅殘窗影亂，草發砌痕新。日出偶無事，雲來如有人。長歌深竹裏，不記住山貧。

遺句

倚杖看松殘雪後，荷鋤移竹小春前。較多白髮渾閒事，得往青山又一年。

列朝詩集閏集第四

香奩上三十六人

王司綵一首

司綵，宣德中女官也。傳《宫詞》一首。專詠太宗朝高麗權賢妃之事。

宫　詞

瓊花移入大明宫，旖旎濃香韻晚風。嬴得君王留步輦，玉簫嘹喨月明中。

永樂中，有高麗賢妃權氏、順妃任氏、昭儀李氏、婕妤吕氏、美人崔氏俱國王李芳遠所進，而權妃穠粹，善吹玉簫，最爲寵幸。永樂八年，侍上征虜，還至臨城，薨，謚恭獻。芳遠驛送妃父永均至，拜光禄大夫，食禄不管事。尋遣歸國。宣德中卒，賜白金米布。司綵此詩專爲權妃而作。寧獻王《宫調》有云「忽聞天外玉簫聲，花下聽來獨自行。三十六宫秋一色，不知何處月偏明」，又有「三十六宫秋月白，美人月下教吹簫」之句，皆記其實也。近刻《宫閨詩史》遂載「天外玉簫」一首爲權妃之作，今削而正之。

女學士沈氏一十二首

沈氏名瓊蓮，字瑩中，烏程人。世傳富民沈萬三之後有廷禮，父子皆仕於朝。沈以父兄之素，得通籍掖廷。嘗試《守宫論》，其發端云：「甚矣秦之無道也，宫豈必守哉！」孝廟悦，擢居第一，給事禁中，爲女學士。弟溥，官通判，即就試寄詩者也。今吴興人呼爲女閣老，傳其宫體諸詩，時人以爲婕好、花蕊不足多讓。

寄兄

疏明星斗夜闌珊，玉貌花容列女官。風遞①鳳凰天樂近，雪殘②鵲鳷曉③樓寒。昭儀引駕臨丹扆，尚寢薰爐爇紫檀。肅肅六宫懸象魏，春風前殿想鳴鸞。

①　原注：「一作度。」

②　原注：「一作晴。」

③　原注：「一作玉。」

送弟溥試春官

少小離家侍禁闈，人間天上兩依稀。朝迎鳳輦趨青瑣，夕捧鸞書入紫薇。銀燭燒殘空有夢，玉釵敲斷未成歸。年年望汝登金籍，同補山龍上衮衣。

宫　詞十首

尚儀引見近龍牀，御筆親題墨色香。幸得唱名居第一，沐恩舞蹈謝君王。
翠絲蟠袖紫羅襦，偷把黄金小帶舒。中使傳宣光禄宴，内家學士作新除。
香霧蒙蒙罩碧窗，青燈的的燦銀缸。内人何處教吹管，驚起庭前鶴一雙。
倦把青絨繡紫紗，閣針時復卜燈花。明朝太后長生誕，可有恩波遍及麽。
豆蔻花封小字緘，寄聲千里落雲帆。一春從不尋芳去，高疊香羅舊賜衫。
天子龍樓瞥見妝，芙蓉團殿試羅裳。水風凉好朝西坐，專把書經教小王。
曉臨鸞鏡整梳妝，高髻新興一尺長。花影瑣窗人下直，開籠自放雪衣娘。
明窗棐几净爐薰，閒閲仙書小篆文。晝永簾垂春寂寂，碧桃花映石榴裙。
海東青放渡遼煙，天上群鵝得自專。敕諭鷹坊高索價，聖王廿載絶遊畋。
籞柳青青燕子愁，萬條齊水弄春柔。東風不與閒人贈，誰去江南水上洲。

王妃一首

王妃，燕京人。能詩工書，以才色得幸於武宗。侍幸薊州温泉，題詩自書刻石，今石刻尚存。

題薊州湯泉

塞外風霜凍異常，水池何事曠如湯。溶溶一脈流今古，不爲人間洗冷腸。

王莊妃一首

王妃，京口人。祖甲，以估輸官帑，挈居金陵。嘉靖初，選民間綵女入宮，未得幸，題詩自嘆，有「風吹金鎖夜聲多」之句，上覽而憐之，召當御，遂有寵，册爲貴妃，主仁壽宫事，椒寢虚位，幾册立者屢矣。陶仲文求賂不得，風上以特尊毋庸敵體，遂寢，然寵幸實敵中宫。年未三十而薨。性共儉，戒子姓毋效戚畹驕侈。謚曰莊妃。妃有四弟：繼、繡、繒、繪。以貴妃恩得一人籍錦衣，其家以繒名上，上攬筆加「人」字曰：「何不繪也。」繪遂得補宿衛，而繒尋死。郭子章《豫章詩話》云：「嘉靖庚戌，宫人張氏卒，身畔羅巾有詩，上傷之，杖死宫監數人。」蓋流聞莊妃之事而誤記也。

悶倚雕欄强笑歌，嬌姿無力怯宫羅。欲將舊恨題紅葉，只恐新愁上翠蛾。雨過玉階天色净，風吹金鎖夜聲多①。從來不識君王面，棄置無情奈若何。

① 原注：「聲，一作涼。」

宫人媚蘭 一首

南寧伯毛舜臣留守南都，灑掃舊宫，見别院墻壁多舊宫人題詠，年久剥落，不可辨識。其一署雲「媚蘭仙子書」，末二句云：

寒氣逼人眠不得，鐘聲催月下斜廊。

安福郡主 一首

群主寧靖王奠培之長女，下嫁宣聖五十八世孫景文。天順元年，封安福郡主。工草書。能詩，有《桂華詩集》一卷。

柳眼

一段風流態，青青獨可親。沿堤看去客，融水望歸人。滴露如蟲泣，含煙似嚬顰。半開還半合，窺盡滿江春。

夏氏雲英三首

雲英姓夏氏，周憲王之宫人也。憲王誌其墓曰：「雲英，山東莒州人。五歲能誦《孝經》，七歲學佛，背誦《法華》、《楞嚴》等經。琴棋音律，剪製結簇，一經耳目，便皆造妙。姿色絶倫，淡妝素服，雖仙姝不足多也。年十三，選爲周世子宫人。元妃吕氏薨，遂專内政。國有大事，多與裁决，明白道理，有賢明婦人之風，余嘗令詠鶺詩，雲英以箴進，戒余勿畜之以傷生。其因事納規如此。年二十二，屬疾退房，求爲尼以了生死。受菩薩戒，習金剛密乘，法名悟蓮。不二載，洞明内典。永樂十六年六月，作偈示衆吉祥而逝，年二十有四。雲英端正温良，居寵能畏，雅好文章，不樂華靡，嘗取《女誡》『端操清静』之義，名其閣曰『端清』。有《端清閣詩》一卷，凡六十九首。又作《法華經贊》七篇。」

立秋

秋風吹雨過南樓，一夜新涼是立秋。寶鴨香消沉火冷，侍兒閒自理空篌。

雨晴

海棠初種竹新移，流水潺潺入小池。春雨乍晴風日好，一聲啼鳥過花枝。

秋夜即事

西風颯颯動羅幃，初夜焚香下玉墀。禮罷真如庭院静，銀釭高照看圍棋。

金華宋氏一首

雲南永昌城西有節孝碑，都御史黄中題其碑陰曰：「洪武初，節婦金華宋氏坐戍金齒，奉姑偕行，過武陵，題詩郵亭壁上，訴其流離困踣之情，謹勒碑樹之祠下，用告來者。祠則御史陰汝兆所建也。」

題郵亭壁歌

郵亭咫尺堪投宿，手握親姑憩茅屋。抱薪就地旋鋪攤，支頤相向吞聲哭。旁人問我是何方，俯首哀哀訴衷曲。妾家祖居金華府，海道曾爲上千户。舉艘運粟大都回，金牌敕賜雙飛虎。兄弟晦跡隱山林，甘學崇文不崇武。今朝玉堂宋學士，亦與妾家同一譜。笄年嫁向衢州城，夫婿好學明《詩經》。《離騷》子史遍搜攬，志欲出仕甦蒼生。前春郡邑忽交辟，辭親千里趨神京。丹墀對策中殿舉，馳書歸報泥金名。承恩拜除閬州守，飄然畫舫西南行。到官未幾訪遺老，要把奸頑盡除掃。日則升堂治公務，夜則挑燈理文稿。守廉不使纖塵污，執法致遭僚佐怒。府推獲罪苦相攀，察院來提有誰訴。臨行囊橐無錙銖，惟有舊日將去書。城中父老泣相送，道傍過者咸嗟吁。一時徵贓動盈萬，妾夫自料無從辦。經旬苦打不成招，暗囑家人莫送飯。嗟乎餓死囹圄中，旗軍原籍來抄封。當時指望耀門户，豈期一旦翻成空。親鄰憐妾貧如洗，斂鈔殷勤饋行李。伶仃三口到京師，奉旨編軍戍金齒。阿弟遠送龍江邊，臨歧抱頭哭向天。姊南弟北兩相痛，別後再會知何年。開船未遠子病倒，求醫問卜皆難保。武昌城外野坡前，白骨誰憐葬青草。初然有子相依傍，身安且不憂家蕩。如今子死姑年高，縱到雲南有誰望。八月官船渡常德，促裝登途整行色。空林日暮鷓鴣啼，聲聲叫到行不得。上山險如登天梯，百户發放來取齊。雨晴泥滑把姑手，一步一仆身沾泥。晚來走向營中宿，神思昏昏倦無力。五更睡重起身遲，飯鍋未熟旗頭逼。翻思昔日深閨内，遠行不出中門外。融融日影上欄干，花落庭前鳥聲碎。寶髻斜簪金鳳翅，翠雲蟬鬢娥眉嬌。綉牀新刺雙蛺蝶，坐久尚怯春風饒。豈知一旦夫亡後，萬里遐荒要親走。半途日暮姑云饑，欲丐奉姑羞舉口。同來一婦天台人，情懷薄似秋空雲。喪夫未經二十日，畫眉重嫁鹽商君。血色紅裙繡羅襖，終日騎驢涉長道。穩坐不知行路難，揚鞭笑指青山小。取歡但感新人心，那憶舊夫恩愛深。吁嗟風俗日頹敗，廢盡大義貪黄金。妾心汪汪淡如水，寧受饑寒不受耻。幾回欲葬江魚腹，姑存未敢先求死。前途姑身少康健，辛苦奉姑終不怨。姑亡妾亦隨姑亡，地下何慚見夫面。説罷傷心淚如雨，咽咽垂頭不成語。路傍過者爲酸心，隔嶺孤猿叫何許。

郭氏真順一首

真順，潮陽周伯玉妻也。天兵下嶺南，指揮俞良輔征諸寨之未服者，真順從伯玉居溪頭寨，作此詩遮道上之，良輔覽詩大喜，一寨得全。

俞將軍引

將軍開國之武臣，早附鳳翼攀龍鱗。煙雲慘淡蔽九野，半夜捧出扶桑輪。前年領兵下南粤，眼底群雄盡流血。馬蹄帶得淮河冰，灑向江南作晴雪。潮陽僻在南海濱，十載不斷干戈塵。客星移處萬里外，天子亦念遐方民。將軍高名邁千古，五千建兒猛如虎。輕裘緩轡踏地來，不減襄陽晉羊祜。此時特奉明主恩，金印斗大黿龍紋。大開藩衛制方面，期以忠義酬明君。宣威布德民大悦，把菜一笠誰敢奪。黄犢春耕萬隴雲，尨龍夜卧千秋月。去歲壺陽戍守時，下車愛民如愛兒。壺山蒼蒼壺水碧，父老至今歌詠之。欲爲將軍紀勳績，天家自有麒麟筆。願屬壺民歌太平，磨崖勒盡韓山石。

武定橋烈婦〔一〕一首

靖難後，誅僇臣僚，妻子發教坊，或配象奴。有一烈婦，題詩於衣帶間，赴武定橋河而死。失其姓名，或云松江謝氏婦，籍没給配象奴。

〔一〕「烈」，原刻卷首目録作「節」。

不忍將身配象奴，手提麥飯祭亡夫。今朝武定橋頭死，要使清風滿帝都。

李夫人陳氏一首

陳氏名德懿，仁和人。都御史李昂之妻，道州守士魁之母。父敏政，南康守，通達往典，諳煉時務，晚尤工詩詞，有詩四卷，與朱静庵往還，有寄懷静庵詩。

春草

無人種春草，隨意發芳叢。緑遍郊原外，青回遠近中。羃煙粘落絮，和雨襯殘紅。不解王孫去，凄凄對晚風。

錢氏女一首

揚州人，見高播《明詩粹選》。蓋正統間人也。

述懷

静守深閨歲屢遷，蕙心蘭質自娟娟。援琴不奏桑門曲，揮翰寧題葉上聯。龜灼已知無吉兆，鵲橋那得有良緣。芙蓉只合含霜死，肯向西風怨暮年。

濮孺人鄒氏一首

鄒氏名賽貞，當塗人。國子監丞濮某之妻，封孺人。子韶，弘治丙辰進士，官編修。女秀蘭，少師鉛山費宏之夫人也。博學攻詩，於時以爲女士，號曰士齋。有《未齋詩》三卷，少師爲序。孺人與孫文恪夫人四德渾圓，五福咸備，近代婦人所希有。兩大家之詩，篇什嚴整，多兎園册中之語，儼然笄幃中道學宿儒，不當以詞章取之也。少師有女，嫁宜興吴尚書子賢，不見容，未三十而亡，有詩寄少師云：「染淚裁詩寄老親，洞房辜負十年春。西江不是無門第，錯認荆溪薄幸人。」詞雖不文，亦可傷也。

鷺鷥小景

聯拳屬玉兒，飛向磯頭立。秋寒雪不消，點破江天碧。

孫夫人楊氏三首

楊氏名文儷，仁和人。工部員外郎應獬之女，餘姚孫文恪公陞之繼室也。以子鋌翰林編修滿，得封夫人。文恪四子，皆至九卿，而夫人所出者二，諸孫皆貴顯，近代稱大家者無以尚焉。詩稿附文恪公集行世。

折楊柳

昔去臨過路，柔黄綴樹生。今來歸故里，暗緑與樓平。花起輕飄絮，條聲巧囀鶯。因看攀折處，記取别時情。

採蓮女

若耶採蓮女，日出蕩輕橈。慣識谿中路，歌聲入畫橋。

聞征瓦氏兵至

繡門旗下陳如雲，萬里提兵浄寇氛。多少材官屯海畔，策勳翻仗女將軍。

王太淑人金氏三首

金氏名文貞，鄞縣人。副都御史王應鵬之母。封太淑人。享壽八十二。閨範母儀，東浙稱焉。有詩曰《蘭莊集》。應鵬字天宇，正德三年進士。

春日旅館偶成

陌上原頭楊柳纖，東風消息在江南。故園門徑曾栽五，明日時光更起三。春盛杜鵑空自怨，枝深鸚鵡許誰談。晝長公館清如水，坐聽鳴琴久欲酣。

夏日送大卿君赴任武岡

麥秋春去客程初，遠逐湖南萬里餘。人静夜鵑啼有韻，道偏秋雁淚無書。簷蛛網就絲難盡，梅豆丸成苦未除。伯樂自來何處覓，錯將良驥駕鹽車。

宦邸寒食

細細催花雨若絲，異鄉寒食故鄉思。采蘋士女榆煙暮，鬭草兒童杏酪遲。兩岸緑楊當古道，一群白鷺點晴漪。東風昨夜還家夢，泣向先姑酹酒巵。

韓安人屈氏三首

安人朝邑韓邦靖汝慶之妻，華陰都御史屈□之仲女也。生十餘歲，其父課諸兒讀經史，安人剌繡其旁，竊聽背誦，通曉意義。汝慶髫年以神童名，弱冠舉進士，與安人稱雙璧。詩文倡和，如良友焉。汝慶早夭，安人後十四年而没。有女異，痛其父母繼亡，父集既梓，而母詩不傳，以書詒滸西康太史之女，爲母詩乞序，其詞酸楚：「願藉皮爲楮，削骨代穎，以傳母集。」太史感而爲之序，謂有女如異，五泉子未爲無子也。

登江樓

登高樓兮，見西風吹水之潺湲。水東去以不回兮，客思歸其何年。

送夫入覲

君往燕山去，棄妾雒水旁。雒水向東流，妾魂隨飛揚。丈夫輕離别，壯志在四方。努力事明主，肯爲兒女傷。君有雙親老，垂白坐高堂。晨昏妾定省，喜懼君自量。珍重復珍重，叮嚀須記將。既爲遠别去，飲余手中觴。莫辭手中觴，爲君整行裝。陽關歌欲斷，柳條絲更長。

述懷 是歲弟之燕，妹歸商，親在華下，余居渭北。

淅淅北風起，蕭蕭木葉稀。寒花愁更發，鴻雁獨南飛。秋老商山裏，天長渭水西。思歸歸未得，悵望淚沾衣。

楊安人黄氏三首

安人遂寧黄簡肅公珂之女，新都楊修撰用修之繼室也。用修在史館，正德丁丑，以諫巡幸不報，引疾歸里。明年，王安人卒。又明年，繼娶黄氏。用修之戍滇也，初攜家以往，及文史公卒，用修奔喪畢，還戍所，而安人留於蜀，庀家政焉。安人博通經史，工筆札。閨門肅穆，用修亦嚴憚之。詩不多作，亦不存稿，雖子弟不得見也。寄用修長句及小詞，爲藝林傳誦，而用修詩亦云「易求海上瓊枝樹，難得閨中錦字書」。讀者傷之。王元美云：「用修有詩答婦，又别和三詞，皆不及也。」

寄夫

雁飛曾不到衡陽，錦字何由寄永昌。三春花柳妾薄命，六詔風煙君斷腸。曰歸曰歸愁歲暮，其雨其雨怨朝陽。相聞空有刀環約，何日金鷄下夜郎？

絶句

才經賞月時，又度菊花期。歲月東流水，人生遠别離。

寄升庵調黄鶯兒

晴雨釀春寒，見繁花樹樹，殘泥塗滿眼。登臨倦，江流幾灣？雲山幾盤？天涯極目空腸斷，寄書難無情，征雁飛不到滇南。

儲　氏一首

儲氏，泰州人。文懿公巏之女，嫁興化舉人成學。

戲贈小姑

天桃灼灼向窗前，十二闌干次第看。昨夜雨聲三四點，惜花人聽未曾眠。

陳宜人馬氏五首

馬氏名閒卿，字芷居，金陵人。陳翰林魯南之繼室也。魯南喪偶，知其賢而有文，遂委禽焉。年近八旬，尚不廢吟詠。書法蘇長公，得其筆意，頗與魯南相類。善山水白描，畫畢多手裂之，不以示人。扁其室曰「芷居」。有詩十四篇，名《芷居集》。

苦　雨

終日雨翻盆，愁人欲斷魂。嶺雲生屋角，野水没籬根。楊柳深藏徑，梨花静掩門。聲聲偏入耳，寂寞自朝昏。

暮　秋

野色滿園中，閒情立晚風。菊花含雨艷，楓葉醉霜紅。

有　感

春風零落後，秋圃恨開遲。總是宜男草，傍人也未知。

暮　春

紗窗睡起藹朝暉，滿院鶯聲花正飛。閒裏不知因甚事，春來容易送春歸。

七夕

靈鵲成橋事有無，人間今夜憶黄姑。倚窗坐久秋聲動，一葉西風到碧梧。

陳恭人董氏一首

董氏，山陰人。侍郎玘之女，嫁鄞縣陳東。事詳傳中。

泊淮代外答唐太史

此詩見約之集中，《甬東詩括》載爲夫人代作。

十年生事半同君，萬里傷心逐楚雲。遠浦維舟潮欲上，平林對酒月初分。逢人牛馬時堪應，到處梟鷗漸作群。共是機情忘已盡，欲將通塞任斯文。

劉文貞毛氏三首

麻城丘坦傳曰：「夫人姓毛氏，名鈺龍，侍御鳳韶之女，適劉莊襄公之蔭孫守蒙。嫁十一年而守蒙死，忍死事姑，居一小樓，誓不逾閾。侍御病劇呼之，終不肯歸寧也。生三女，皆先死。零丁孤苦自誓六十餘年，鄉人以文貞稱之。夫人少讀書，過目輒誦，老而爲詩益工。今年七十有九，目不見字，猶日夜使甥輩讀書，自卧聽之。其好學如此。」周弘綸曰：「夫人老而奉佛，崇戒律，主慈静。有大士過，化穢土，高談最上乘法門，風動男女，諭意夫人，冀得一見，夫人不可，又欲索片札往返酬答，亦不可。」所謂大士者，龍湖李先生也。坦記夫人《春日》詩：「桃花暮雨煙中閣，燕子春風月下樓。」「詩句怕題新節序，淚痕多染舊衣裳。」「幽閨永夜燈前淚，孤枕頻年夢裏心。」《秋月》詩：「霜飛衾薄紅棉冷，雲斂天高緑樹寒。」《病起》詩：「對鏡面黄如菜色，看書目眩似花生。」《緑窗》詩：「别思潮回同海水，夢魂春去繞梨花。」《清明》詩「深愁减盡紅妝興，回施胭脂與後生。」又謂其悲傷自悼諸篇，一字半句，抽心裂肝，每爲鼻酸喉咽，不忍再讀。今皆不得見其全什，而世所流傳數章，又非其佳者，惜哉！

鏡

樣出秦宫製，團團寶月迴。虚空開物像，心跡遠塵埃。影覆香羅帕，光生碧玉臺。繡囊鴛鳥並，珍重嫁時裁。

冬夜

玉井無聲户已扃，一庭霜月冷如凝。誰憐寂寞書窗下，凍影梅花伴夜燈。

紙

家住稽山剡水頭，陳玄毛穎憶同遊。榮封楮國金符在，尺素修成五鳳樓。

于太夫人劉氏一首

劉氏，穀城人。同知贈編修玭之妻，文定公慎行之母也。同知十歲能賦詩，以神童稱。劉亦善文藻，不喜作治麗，語曰：「非婦人事也。」稿多不存。

故城過父友李公舊居

暮雲深鎖故城春，緑樹蒼煙舊白蘋。昔日高樓雙燕子，定巢無處往來頻。

端氏淑卿三首

淑卿，當塗人。教諭端廷弼之女，適丹湖儒官芮儒。幼從父宦邸，日讀《毛詩》、《列女傳》、《女範》諸篇。笄總後，博通群書，備有儀法。與其夫白首相莊，里黨重之。有《緑窗詩稿》。

採蓮

風日正晴明，荷花蔽洲渚。不見採蓮人，只聞花下語。

春

院外鶯啼二月中，妝臺日影映簾櫳。潤回野草茸茸緑，暖入瓊枝簇簇紅。乍試輕羅沾社雨，偶嘗新釀醉東風。閒來點檢芳時事，花底青絲墜小蟲。

隋柳

煬帝堤邊柳，凋零幾度秋。蟬聲悲故國，鶯語怨荒丘。行殿基何在，空江水自流。行人休折盡，折盡更生愁。

鄭高行鄧氏二首

鄧氏名鈴，字德和，閩縣人。儒士鄭坦妻。坦卒，封雙耳自誓。詔旌表其門。年八十二。萬曆中，以嗣子雲鎬貴，贈宜人。有《風教録》。

讀岳武穆王傳

英雄誓復舊山河，曾奈奸邪誤國何。鐵馬長驅河洛水，金牌亟返郾城戈。中原父老空遮訴，南渡君臣不耻和。五國城頭煙月慘，千年墳樹盡南柯。

先翁捐世姑氏繼没哀輓一首

自昔諸孤仰母慈，萱花零落最堪悲。衣中忍看縫時線，機上空餘斷後絲。千載松楸嗟已老，九原霜露不勝思。懸知幾度傷心處，正是烏啼月落時。

王氏鳳嫻六首　又引元、引慶

華亭張孺人王氏，名鳳嫻，王解元獻吉之姊，張進士本嘉之妻也。本嘉爲宜春令，卒於官。艱辛自誓，撫其子汝開，舉於鄉，爲懷慶丞。年七十餘乃卒。女引元字文姝、引慶字媚姝，皆工翰藻。母子自相倡和，有《焚餘草》、《雙燕遺音》行於世。

館娃宫次韻命二女同作

香徑有基惟鳥跡，屧廊無主剩苔厓。花錢旋舞留金靨，蝸字縱横見玉釵。頹榭草深歸燕繞，故宫月冷野狐埋。西風禾黍斜陽道，過此行人合愴懷。

引元和

繁華事散惟荒土，麋鹿蹤消只蘚厓。皓月尚疑懸玉鏡，露桃猶似妒金釵。蛾眉一瞬歌塵散，魚腹千年俠骨埋。今日姑蘇重回首，嶺雲江水不勝懷。

引慶和

禾黍已濛香徑土，蘇臺還恨鎖蒼厓。雲歸疊疊堆鴉鬢，花落紛紛擲燕釵。此日錦笙惟鳥弄，當年雄劍自塵埋。荒原古柏西風裏，漫對吴山獨愴懷。

燕子樓

燕子樓頭燕子回，何年鶴去見歸來。相思怨結東風淚，灑向殘花已剩灰。

引元和

人自傷心春自回，倚闌愁睹燕歸來。玉簫吹斷秦樓曲，贏得紅顏鏡裏灰。

引慶和

雒陽三月雨如煙，添得離人思黯然。惆悵秦樓公鳳侶，清燈寒月自年年。

悲感二女遺物四首

空閨

壁網蛛絲鏡網塵，花鈿委地不知春。傷心怕見呢喃燕，猶在雕梁覓主人。

閒針

少年工製獨稱奇，絶似靈芸夜繡時。笑語樓前爭乞巧，傷心無復見穿絲。

剩粉

曉妝曾整傅鉛華，玉匣新開鬬雪花。今日可憐俱委落，餘香猶自鎖窗紗。

紗線

梅絮風沉恨渺茫，斷腸絲縷在空箱。孤幃老我愁如織，誰記初陽報日長。

引元

字文姝，又字蕙如，楊安世妻也。年二十七卒。

寄妹

金風初度井梧枝，正是懷人病起遲。兩地離愁懸一鏡，九秋新恨上雙眉。久虚詠雪聯芳句，每憶挑燈共課時。塞雁已歸書未達，江城寒月照相思。

戊申上元寫懷

欲向空門净六塵，松龕蒲簟度芳春。病容消瘦慵梳洗，一任東風冷笑人。

賦得白裏白

鶴步瑶階净，螢飛星漢斜。玉人褰素幕，和月折梨花。

林　婭五首

婭字美君，福清人。姓王氏。父雪窗，爲番禺尉，生美君於官，愛而教之以《孝經》，六歲即能通曉。年及笄，父攜入覲於長安，字林初文，極以爲得婿。初文讀書鼓山，每有寄將，必佐以詩。初文舉於鄉，攜上春官，下第，遂居南京。初文十年不歸，先後下吏。值萬曆間歲凶，美君以女紅爲活，教其二子君遷、古度，備嘗荼苦，無怨尤焉。詩作後即焚，其稿存者，其百一也。

白門感述二首

白門連歲值饑荒，十載良人旅朔方。顧影自嗟還自笑，妾身贏得是糟糠。
生平淡飯與黄齏，不道饑荒乏五齊。嫁得文人非薄命，人間多少富兒妻。

重九生日

西風入户起長嗟，歲歲重陽不在家。不許光鴻常舉案，何須懸帨向黄花。

詠鳳仙花

鳳鳥久不至，花枝空復名。何如學葵蕊，開即向陽傾。

聞闕白信良人上書請討之志喜

海寇無端欲弄兵，滿廷文武策誰成。兒夫自有終軍志，未必中朝許請纓。

林玉衡一首

玉衡字似荆，福清人。林初文孝廉之女，倪方伯之孫廷相妻也。幼聰敏，喜讀書，初文愛而課之。七歲時，初文建小樓，落成，值雪後月，命之吟，應口即成一絶。長老傳誦，皆爲驚嘆。他詩多不存。

小樓詠雪月口占

梅花雪月本三清，雪白梅香月更明。夜半忽登樓上望，不知何處是瑶京。

薄少君一十首

少君，婁東人。秀才沈承妻也。承字君烈，有儁才而夭，薄爲詩百首以弔之。逾年，値君烈忌辰，酹酒一慟而絶。

哭夫詩百首録十首

海内風流一瞬傾，彼蒼難問古今争。哭君莫作秋閨怨，《薤露》須歌鐵板聲。

上帝徵賢相紫宸，賦樓何足屈君身。仙才天上原來少，故取凡間學道人。

鐵骨支貧意獨深，有晴不屑顧黄金。時人漫賞雕蟲技，没却英雄一片心。

碧落黄泉兩未知，他生寧有晤言期。情深欲化山頭石，劫盡還愁石爛時。

獨上荒樓落日曛，依然城市接寒雲。恍疑廊下聞吟句，遥憶鬚眉莫是君。

水次鱗居接葦蕭，魚喧米閧晚來潮。河梁日暮行人少，猶望君歸過板橋。

兒幼應知未識子，予從汝父莫躊躕。今生汝父無繇見，好向他年讀父書。

男兒結局賤浮名，回首空嗟一未成。遺得八旬垂白父，淚枯老眼欲無聲。

他人哭我我無知，我哭他人我則悲。今日我悲君不哭，先離煩惱是便宜。

沉沉夜壑燃幽炬，冢入松根逼寢處。風淒月苦知者誰，夜與山前石人語。

葛高行文一十一首

葛節婦文氏，三水人。少白先生之女，光禄天瑞之姊也。有《君子亭詩賦》三百餘首，手鈔書六十卷。少寡自誓，作《九騷》九篇以見志，辭義典雅，稱其風烈。天瑞撰《續周雅》，别載詩三十餘首。蓋有賦家之心，未嫻聲律者也。

九騷引

余少時，與姑共修閫範，王父授《論語》、《毛詩》。嗣後執蘋蘩之事，各處一方，不幸遭有柏舟之變，與姑相繼遇變，凛凛如登崎嶇之阪，夙夜小心，惟德是先。仰觀清都，俯窺幽冥，人生一世，如白駒之過塵。昔潙汭既徂，洽陽邈矣，女道幾墜，廢寢忘餐，秉炬夜覽，述古人之則，掇後賢之思，悲憤不已。託素懷於青編，作《九騷》，創辭端，蓋奉家大人命云。

感往昔

歲聿莫而歷蹇兮，執霜心以爲柄。揚真氣之馥馥兮，叩寂寞而見性。刷洪涊之流俗兮，佩蕙纕以自解。

驚箕伯之襲幃兮，撞我思之悠悠。捧《柏舟》之佳韻兮，魂離披而生愁。持徽音之不二兮，憶兩髦之匹儔。覽嫠婦之悲賦兮，涕横迸而霑襟。聆露鷄之三唱兮，夜漫漫而思侵。竦余志於天崿兮，佩秋蘭而採緑芝。心與願之不偕兮，遭坎廩而噫嘻。託素懷於白雲兮，摭蔓茅於九疑。仰清都之剡剡兮，歆沆瀣而餐露葵。昔嬀汭之釐降兮，欽帝命而名垂。乃洽陽之不作兮，道晻晻而日墮。紛吾髟髟有此内美兮，秉鈎陳之遺志。良夜忽焉而假寐兮，夢女媧之來甚。列清芬於筆端兮，則穢累而爲粹。效前修之榘規兮，樛玄思乎遠睟。嘉峹山之矚思兮，惡褒閻之嗎咥。閲女史其怦怦兮，九拍撾而申肆。妎嫚媚之爲郵兮，抱太素之天懿。緬先子之豐標兮，心揺揺而如醉。髮鬤鬤而局曲兮，樹諼而靡寐。精貞函於方寸兮，飛譽冠乎天庭。處奄奄之塵區兮，敢捨志而違經。思英英而内棲兮，駕騰騰而上征。命靈靈而不昧兮，順天禀而修名。晝中饋之典職兮，調陰教而和羹。思窈窕之洵態兮，飲瓊瑶之玉漿。步芳躅其不忘兮，撫角枕而彷徨。

懷湘江

覽洞庭之流波兮，帝子遊乎瀟湘。神仿佛而忽睹兮，雲滃滃而飛揚。石磕磕而振厓兮，灝長瀾之洋洋。登巉巖之峻丘兮，攀杒枝而鳥翔。勁風爲之振木兮，柔條悲鳴而似簧。秋蘭時其未吐兮，芙蓉葱籠而含香。緬二妃之清塵兮，芳草藹焉有輝光。佐重華之隆盛兮，風教垂於椒房。伊任姒之母周兮，性沉潚而淑良。佳媛千古鮮儷兮，鬱金并爾噴香。文姬蘇蕙焉可比兮，毛嬙西子亦匪其行。慕窈窕之懿範兮，指内則以爲方。握芳椒以流盼兮，折桂枝而樹旌。步前躅之愔愍兮，注烈思之嫈嫈。夫何廢寢而忘餐兮，搜典籍而羅瑶瓊。張丹槧而讀史兮，惟砥德之是縈。翻規箴於往牒兮，心戰兢而惺惺。髮鬌鬌而慵整兮，志款款而弗更。希太素之玄風兮，敢撫奩而渝舊盟。惡貪穢之溠濁兮，誦《緑衣》而修名。叩天閽而闢扉兮，謁鈎陳之坤靈。睇太微之光芒兮，顧微軀其何生。將法古以垂後兮，裁青編而見情。庶誕降之不虚兮，弗顧影而愧形。

望洽陽

惟長子其浚哲兮，古盉山之苗裔。遥仰文母之婀娜兮，嗣前徽而婉嫕。羨螽斯之振振兮，吐玉英而樹庭蕙。望關雎於河洲兮，識靈偶之重别。貌雍雍而齊莊兮，氣馥馥以内潔。予誦樛木而知惠兮，殊惡妒婦之催花。垂萬世之閫格兮，咀性中之天葩。馳吾思於雲際兮，慕聖媛之餘響。播清塵於千載兮，覽芳規以目爽。追前修而希静一兮，宓妃女媧邀以爲黨。女貞乃木之佳諱兮，鴻亦非偶而不翔。睹微物之清淑兮，生與儷而休有光。時荏苒其代謝兮，感落葉而心傷。抱素質而自娉兮，倚恬淡以爲牀。余將登閬風以息趾兮，征不死之素鄉。覯銀毫之戴勝兮，贈我白水之瑶漿。攜雙成之悦婆娑兮，眉聯娟而動朱唇。内桃桃而靡翳兮，神涣涣而絶塵。歲與大鈞齊兮，執恍忽而爲真。棲遐志於浮雲兮，整青絡而越瑶津。端直吾之所願兮，修性理幽惟節與仁。

矢柏舟

泛柏舟之河中兮，忽侘傺而内結。含薄怒以惓惓兮，心鬱鬱而堅節。念兩髦之我儀兮，矢靡他而志訣。持仁義以内修兮，遇緯繣而腸絶。何庭慈之不諒兮，遏心志而摧折。嘉共姜之淑慎兮，遵桀㛮而自潔。慟杞妻之崩城兮，赴淄水而嗚咽。徽爽女之志篤兮，屍還陰而心鐵。哀八軌之血痕兮，令千載而心裂。遭大運之殃咎兮，表貞潔以霜雪。傷花妻之蚤逝兮，閔紗圓於火烈。皆捨生以取義兮，抱靈修而豈更迭。撫人生之誰無死兮，一殺身而甄英傑。遭繽紛而怖覆兮，佩瓊瑶於祁祁。鍾清英之靈秀兮，魂渺渺而何之？修靈原之不死兮，涉天津而采紫芝。天步余之艱難兮，失比翼以獨居。悲迴腸而傷氣兮，志柏舟而如饑。奠桂酒而馳念兮，坐蘭闈以凝思。飲修竹之墜露兮，心披披而淚垂。匹陶唐之二女兮，軼大漢之惠姬。慕孟母以孜孜兮，訓三遷而爲世師。中蹇蹇而悶瞀兮，意忳忳而心難夷。竭誠信而專一兮，忘儇媚而如癡。

愀離幃

離玄帳之五載兮，致桂酒而爲羞。神剡剡而如見兮，目無睹而心憂。思舊愛之莫得兮，逝長往而悠悠。協清和之斌斌兮，護二儀之婉柔。闡坤德之英英兮，匹任姒而尹優。親蠶桑以爲務兮，性勤儉而采芣。持内則其純備兮，克温恭而行修。想儀容之髣髴兮，意歔欷而難蒐。感霜露之不停兮，羌棄我於何遊。

胸悶悶而倦極兮，忽枕籍而如睹。垂靈袖之納納兮，呼余來而贈蘅茝。女不聞乎陰陽兮，始太極而爲主。天統一而萬地兮，日月一而星數。婦以專一之爲美兮，子衆多而一父。陰伏陽以爲德兮，陽統陰以爲明。人在世之貞潔兮，没萬代而垂名。昔潔潔之英媛兮，淚瘢瘢而寄情。身處仁而遷義兮，神飄飄而超太清。於是忽焉而大覺兮，生爲夢而死靈。獻蘭蕙以告神兮，敢不取義以輕生。滌塵垢而不染兮，茹芙蓉之英英。餐秋菊之墜露兮，煮姊茗而供冰。清何顑頷之不舒兮，將荏苒而登帝城。

傷落花

處沖漠之蘭閨兮，心絓結而如醉。歲忽忽其將邁兮，花落落而蕊墜。攀長條之要妙兮，睹鴻造之殊異。悲晨風之震木兮，鳥翔集而争媚。拾朱英而太息兮，時豈可乎再至。睇焦螟而巢於蛟睫兮，愕蓂莢而内傷。蕤賓主其仲夏兮，蓐收至而變商。感寒暑之代謝兮，素葉零於雕霜。氣鬱邑而填膺兮，陟阿丘而采虻。瞻蜉蝣之楚楚兮，中悶悶而心驚。哀薄軀之須臾兮，修素質而益榮。陳凄情於姮女兮，垂青盼而顧語。吾引導夫前路兮，涉層霞而求侣。何人生之短期兮，安寄旅而懷憂。登嶰谷以逯趧兮，覽六區之鴻流。逾扶桑而蔭趾兮，雙材帝而抽清謳。將茬蘅以充幃兮，體嬋娟而佩瓊瑮。持太淡以爲枘兮，悟往昔之沉迷。閲玉牒之遺於南窗兮，審容膝而獨棲。披惠姬之誡於清案兮，心朗朗而古期。託幽懷於筆端兮，聊以寄情而舒永思。胡然而我念之兮，涕滂沱而心悲。君俟我乎霞表兮，終歸骨而同居。

臨雲嘆

臨高雲而三嘆兮，撫簡册以致思。步花陰而四顧兮，内傷悲而移時。睹扶光之如箭兮，哀歲月其難追。仰浮雲之飄飄兮，志凛然而與世披。夜皎皎而不寐兮，心朗朗而氣夷。却羅綺之黼帳兮，設黍藜而療饑。避世途之繽紛兮，崇仁義以爲懿。讀先哲之遺訓兮，身三省而内刺。年四十而不惑兮，修天禀之淳粹。瞰二紀之無窮兮，察五緯之遹皇。妒盤逸之無度兮，樂未畢而哀生。聽素女之撫絃兮，令吾神氣爽而思清。瞻故都於霞表兮，陟鈎陳之瓊宫。出閶闔其遠眺兮，俯九土而生愁。風騷騷其振衣兮，雪霏霏而似瓊瑈。覽太虚之蒼茫兮，羡王雎之悠悠。玄鶴鳴於九皋兮，聲聞野而不收。鳶相羊而戾天兮，魚沉淵而潛游。察至道乎上下兮，理陰陽而度三秋。物貴貞而淑美兮，遵純潮而自修。登銀臺而常羊兮，取玉芝以爲羞。披初服之修潔兮，更思周任之内柔。想兩髦之佳儀兮，心恻慄而懷憂。遭險屯之窮時兮，安薄命而靡郵。

侍月愁

夫何月色之燦爛兮，凌樹影而入羅幃。獨倚牀而延佇兮，侍女怠而欲歸。仰圓靈其萬户兮，竊皦皦之清輝。睹姮娥之縱體兮，揚輕袿之繡裳。含然諾其欲吐兮，氣藹蘭而噴香。當長風之飄飄兮，襲羅衣而彷徨。衆鳥棲於茂林兮，翔千仞之鳳與凰。悼鴻鵠之墜空兮，羌中道而失偶。嘉斯鳥之貞潔兮，觸我思之悠悠。衷懊咿而不止兮，寄愁懷於沙鷗。坐蘭闈之閒夜兮，聆迴飆之颼颼。解垢氛之嬰身兮，心翼翼而無尤。嘆三閭之見放兮，增壹鬱而懷憂。惟察察之哲人兮，能淈泥而揚清波。覽江汜之淑媛兮，被德化而嘯也歌。晞銀漢之織女兮，供霓裳而弄金梭。正衽衿而危坐兮，如銜枚而無語。神英英而内悽兮，思恍惚而登慮。虚方寸之寂寞兮，安斗室而獨處。藏彩翬之佳儷兮，性耿介而内專。時青陽以告謝兮，肇朱明而心酸。傷十載之鶴化兮，撫幼子而吞熊丸。酌金罍以弛念兮，善懷託於青編。

撫玉鏡

撫玉鏡之纖塵兮，光皎皎而虚明。睹此物之神聖兮，不淑見而心驚。始自軒轅之時兮，含碧水之青瑩。悲朱顔其易改兮，惟寸心之不更。擲榮華於欲外兮，修禮容以爲盟。鷄初鳴而披衣兮，視啓明於東方。塞跖途之旁徑兮，法先聖而師乎邑姜。覽迴文之縱横而詠胡笳之悲歌兮，則陳哀思而何所補於三綱？於斯之時亦浮華而相尚兮，飾翡翠而道德戕。想窈窕之淑範兮，敦坤德而惟洽陽。仁風衍於百代兮，德業修於椒房。掃蘭個之清潔兮，焚獸爐而炷寶香。雲飛飛以繞户兮，風飉飉而襲書窗。時隆冬以冰霤兮，菊英英而吐黄。柏森森而不凋兮，松蒼蒼其冒霜。且草木亦有此勁操兮，吾人何可無此惠纕。昔宋景之仁德兮，熒惑退而徙三舍。緬盉山之長子兮，内專一而興大夏。無非儀而安處兮，修婦職以遵聖化。崇仁義以爲郭兮，超世俗而爲差。

讀書辭

讀既倦兮草草，步蒼苔兮縹緲。問落花兮多少，怨殘紅兮風掃。鳥喧喧兮人稀，柳依依兮絮飛。思悠悠兮春歸，惟把卷兮送餘暉。

悼懷篇

青青山上松，年華不可考。灼灼園中花，顔色不常好。五月鳴蜩至，八月蝴蝶老。感物有盛衰，豈忍歸腐草。

張秉文妻方氏九首

方氏孟式，字如耀，桐城人。父大理卿大鎮，弟兵部侍郎孔炤，山東布政張秉文含之之妻也。志篤詩書，備有婦德。年二十餘，無子，爲秉文置妾，舉三丈夫子。崇禎庚辰，含之守濟南，死於城上，如耀戒侍婢曰：「事急則推我入池水中。」城陷，臨池痛哭，趣呼侍婢曰：「推我！推我！」遂墮池水而死。有《紉蘭閣前後集》八卷。含之舉萬曆庚戌進士，同年生閩人孫昌裔、翁爲樞攜家長安邸中，孫之婦鄭、翁之婦吴皆諳文墨。承平多燕，女子從夫宦遊者，歲時伏臘以粔妝花勝相詒，而三家婦獨以篇詠相往復。如耀繪大士像，得慈悲三昧，兩家皆藏弆焉。崇禎初，含之官於閩，兩家婦爲如耀刻集，皆爲其序。而翁婦吴序其次集，劇談佛理，以爲文章現世之佛法，能文之人即現世之佛人，善文之心亦現世之佛心，金剛離一切相，況以無色界諸天空定所持，猶作男子女人相乎？其文縱横辨博，殊爲閨房吐氣。吴名慧，鏡翁之女，佩玖婦曰蔣玉君，皆與校讎。蔣有長歌題其後。此吾庚戌榜下一美譚也。

四牡夫子行役志思也二章之六句

翩翩者鵻，肅肅其羽。王事靡監，以風以雨。琴瑟在右，我心悲苦。

檀車嘽嘽，悲風四起。父母既遠，維予與子。相隔千里，共飲江水。

芝城寄女二首

莫問花開花落時，幽芳不必鬬濃枝。晝長無事香銷篆，朝誦《楞嚴》暮誦《詩》。

長思雙鶴駕長虹，紅袖偏爭劫海中。有想但看無想日，消沉恩愛付東風。

田家樂

松下柴扉茅屋，籬邊竹徑清溪。菜花蝴蝶一色，野雀山鷄亂啼。

憶舊

一別江潭月幾圓，相憐人面不如前。依稀舊日芳菲在，秋雨梧桐十二年。

待月

遲月淡籠煙，期人較可憐。荷風疏雨後，螢火亂星前。烏鵲殘生影，梧桐隱半弦。因之默坐久，花上月娟娟。

病中思歸

嵐氣爐煙合，疏燈影素移。愁生零雨夜，病值落花時。夢裏鄉音近，天邊雁字遲。牀頭閒月色，心事薄光知。

寄盛夫人

繁霜百歲冷春幃，常共寒燈泣落暉。紅淚已辭機上錦，白頭尚着嫁時衣。煙籠竹葉凉生案，雨濕梨花静掩扉。杯酒樓頭明月夜，迢迢夢繞楚天微。

附見姚貞婦方氏二首

方氏維儀，孟式之妹也。嫁姚孫棨，再期而夭，乃請大歸。守志於清芬閣，與娣婦吴令儀以文史代織紝，教其侄以智，儼如人師。删《古今宫閨詩史》，主於刊落淫哇，區明風烈，君子尚其志焉。有《清芬閣集》七卷。貞婦今尚無恙，故附見云。

晨晦

終朝無所見，茫茫煙霧侵。白日不相照，何况他人心。枯梅依古壁，寒鳥度高岑。静坐孤窗中，幽響成哀吟。春水一已平，楊柳一已深，故物無遺跡，蕭條風入林。

北窗

緑蘿結石壁，垂映清芬堂。孤心在遥夜，當窗明月光。悲風何處來，吹我薄衣裳。

方孔炤妻吴氏六首

吴氏令儀，字棣倩，桐城人。左諭德應賓之仲女，兵部侍郎孔炤之妻也。宫諭翰苑碩儒，精通内典。棣倩積習風教，相夫教子，具有儀法，不幸早逝。其姑方維儀，搜其遺稿傳世。

次幔亭道中有懷何氏女兄

新雨出多峰，舟來鏡中沐。美人自遠方，三春隔幽谷。與姊痞寐時，老親有舐犢。而今各差池，忝命副華轂。杏花奈何殤，蘭枝有深哭。陰陽於賢人，亦已太百六。今秋聞有秋，料不怨饘粥。福澤自因時，鱗次聽寒燠。我之所傷心，落霞與孤鶩。誰復惜鳳凰，朝朝任筊箙。大椿多病年，見姊爲綴寂。何時賦歸來，山車輓雙鹿。千里涕復洟，輕霜薄黄菊。

遣懷

幾樹孤村外，空船倚暮雲。風來衰草色，日蕩去潮紋。群雁江邊語，淒猿雨後聞。無端鈎月小，人影各單分。

三峽寄伯姊張夫人

三峽孤帆憶楚蘭，丹崖翠壁墜雲端。欲將鏡裏琴中意，巧畫裙拖寄姊看。

夜

新月不來燈自照，江天獨夜夢頻驚。長年自是無歸事，未必風波不可行。

從家大人祇謁鵾池神道二首

細雨斜風拂面吹，杏花欲謝柳新垂。此行不爲憐春色，也學清明上冢兒。

一望鵾池幾斷腸，輿中不語淚千行。自憐身是裙釵輩，無復年年拜墓傍。

莆陽徐氏黄氏二婦

宋珏比玉作《莆陽二婦傳》云：「徐氏居莆之北關，父龎，鄉薦爲新安郡丞。字澄渚俞氏子，紈袴兒也。合巹之夕，傅姆惎之曰：『郎君當作詩催，須屬對句而就寢。』徐指二硯屬句曰：『點點楊花入硯池，近朱者赤，近墨者黑。』俞縮瑟不能成句，徐笑曰：『何不云「雙雙燕子飛簾幕，同聲相應，同氣相求」。』自後抱貫大夫之恨，時形筆墨。其嬸林氏詒書勸勉，徐與之往復，纏綿惻愴，爲人所傳。徐卒，俞氏子取其著作焚棄之，僅存批點二十一史，又《悼志賦》一首，梁鴻王凝妻諸贊及讀《離騷》、六朝、隋、唐史論數十篇。友人鄭邦衡梓之以傳。黄氏名幼藻，字漢宫，莆陽塘下人。蘇州別駕黄議之女，林儀部啟昌子恭卿婦也。姿韻高秀，少受業于宿儒方泰。年十三四，工聲律，通經史。所著有《柳絮編》。沉静知大節，儀部殁，傾家以事其姑。所居不蔽風雨，近戚罕見其面。年三十九，患心痛，誦『殘燈無焰影幢幢』之句而瞑。生一子，名鐘，愛東粵山水，祝髮名海印，亦能詩。」

徐氏一首

秋日憶姊

日夕登郡樓，望遠意悠悠。四顧何蕭條，凄凉景物秋。嗈嗈雲中烏，翩翩呼其儔。鬱鬱堂前樹，蒼蒼枝相樛。因之懷同氣，撫景雙淚流。臨風無限思，憑軒獨夷猶。

黄　氏四首

夏日偶成

深院塵消散午炎，篆煙如夢晝淹淹。輕風似與荷花約，爲送香來自捲簾。

雨中看紫芍藥

妝樓初下自傾成，冉冉香生繡户清。厭説廣陵春色暮，胭脂和淚雨中傾。

武陵秋景

湖上芙蓉近小舟，曉來清淚對花流。吴州客自傷長夜，不爲西風怨早秋。

登樓望海

遥山層叠海雲開，浴鷺飛鷗自去回。春水茫茫天不盡，片帆浮動碧空來。

周玉簫〔一〕六首

周玉簫者，閩中女子，武人方輿之妾也。輿建議撫紅夷，忤大帥指，繫獄七年。遣玉簫，玉簫誓死不去。輿事解，感憤時事，詣闕上書，遇國變，又數年不得歸。玉簫感慕病歿，有詩一百三十篇，授其女蕙，女蕙刻而傳之。玉簫自言在孩提日好啼哭，父母以書遻示之即止。輿讀書任俠，妻妾皆諳曉書史。玉簫一弱女子，好譚古今節義事，常採古列女懿可法佚可戒者，各爲詩一篇，比於《彤管》。其於名姬才女瑕疵嗤點者，往往嚴酷擊排，比於狗彘。詞雖不文，君子旌其志焉。

〔一〕原刻卷首目録作「女郎周玉簫」。

庭中竹梅

梅竹蕭森露井旁，斷猿空叫月如霜。竹從孕節生來苦，梅到飄魂死亦香。

山杜鵑花

千山繞繚杜鵑開，掛紙罍尊滿插來。應是空齋兄妹血，年年春雨不能灰。

清明時節，千葉單華，雜色二十餘品，開遍巖谷，俗呼滿山紅。良人常云：「林空齋名仝，於吾鄉溪坂開堂集義兵應文丞相，兵始集而丞相爲胡擄矣。陸丞相輔少帝入閩廣，空齋將前兵與追騎戰於永泰、福清之界土坑，衆寡不敵，題詩於堂，自刎死。逾年，其妹爲賊所得，罵曰：『吾林太保妹也，豈受污者乎！』嚙血題壁，撞死。邑乘失其官爵，《福清志》亦互載失詳，惟鄉村至今呼其堂曰太保，戰處曰太保坪而已。又本鄉下坑，宋進士吴元美不附秦檜，作《夏二子傳》榜家商隱堂，爲同鄉鄭某所訐，再貶，坎坷而没。二先生志不能載，鄉不能祀，吴後裔不振，林家爲元所覆。鄉社舊祀太尉相公沿作鬼臉者，張瞧陽願爲厲鬼之云。吾身賤無徵，不能爲鄉先賢表暴，乞蒸嘗厲世，亦終身之一恨也。」言若宿昔，因并記之。

讀測量書

測量精義學多般，遠闊高深指顧間。結髮結腸無底止，試量恨海與愁山。

日星晷

八節晨昏子半時，極星出地較高卑。君心不似天經緯，日日歸垣定不移。

虞姬

良人有詩云：「彭城不似烏江敗，尚有虞兮不屬人。」刺吕雉也。萇弘之血化碧，貞婦之軀化石，姬之節烈，豈肯化草？詩人每以虞美人草詠姬，余爲正之。

先刎謝重瞳，差强隆準公。應爲松與柏，豈化草芃芃。

楊太后

宋寧宗后有《宮詞》五十首，國亡，從北狩，年已七十矣。時有能言鳥，秦吉了遇北客買之。鳥云：「我南鳥，不願北去」。遂以頭觸籠，墮池溺死。老媪之舌亦巧，心亦慧，視之有愧多矣。

詞采三朝母，齡遐七十周。何如秦吉了，生死在南州。

香奩中五十二人

女秀李氏一首

楊循吉《吴中往哲》云：「女秀一人，李氏，洪武間人。有集一卷，警句曰『桃花一簇開無主，終不留題崔護詩』。其思正矣。」此詩載鄭氏《肅雍集》中。曲江老人錢惟善及汴人杜寅爲叙傳曰：「鄭氏允端字正淑，宋太師尚書左丞相魏國清之後，居吴中，號花橋鄭家，嫁同郡施伯仁。能詩文，嫻内則。至正丙申，妖兵據城，家爲盜所破。年三十，得疾而卒。宗族私謚曰貞懿氏。有集曰《肅雍》，自爲之序。」君謙博學多聞，記載吴故最核，而此詩屬諸李氏，且云「有集一卷」，豈君謙偶失考耶？抑别有李氏一集耶？姑兩存之，以俟知者。

桃　華

細雨春寒江上時，小桃欹樹出疏籬。從教一簇開無主，終不留題崔護詩。

葉正甫妻劉氏一首

正甫，洞庭人。久留都門，其妻劉氏，寄衣作詩。

寄　衣

不隨織女渡銀河，每到秋來幾度歌。歲歲爲君身上服，絲絲是妾手中梭。剪刀未動心先碎，針綫才縫淚已多。長短只依元式樣，不知肥瘦近如何①。

①原注：「一云『剪聲自覺和腸斷，線脚那能抵淚多』。」

張紅橋一十二首

張紅橋，閩縣良家女也。居於紅橋之西，因自號紅橋。聰敏善屬文，豪右爭欲委禽，紅橋不可，語父母曰：「欲得才如李青蓮者事之。」於是操觚之士咸以五七字爲媒。邑子王恭，自負擅場，一盼而已，都不留意。長樂王偁賃居鄰並，竊見其睡起，寄之以詩。怒其輕薄，深居不出。偁悒怏而去。偁之友福清林鴻，道過其居，留宿東鄰，適見張焚香庭前，託鄰媪投詩。張捧詩爲之啟齒，援筆而答，媪將詩賀鴻曰：「張娘子案頭詩卷堆積，曾未揮毫，今屬和君詩，誠所希有。」鴻大喜過望，使媪道殷勤。越月餘，始獲命，鴻遂捨其家，以外室處之。自是唱和推敲，情好日篤。偁盛飾訪鴻，求張一見，張愈自匿。偁密賄侍兒，潛窺鴻與張狎，作《酥乳》、《雲鬟》二詩調之。張愈怒。偁知其意，乃挽鴻遊三山。越數日，鴻亡歸，夜至所居，張方倚橋而望，鴻賦三絶句，張倚和焉。越一年，鴻有金陵之遊，唱和《大江東》一闋，留連惜别。又明年，鴻自金陵寄《摸魚兒》一闋、絶句四首，張自鴻去後，獨坐小樓，顧影欲絶，及見鴻詩詞，感念成疾，不數月而卒。鴻歸，遽往訪之。及至紅橋，聞張已卒，失聲號絶。徬徨之際，忽見牀頭玉佩玦懸一緘，拆之，有《蝶戀花》詞及七絶句，鴻哀怨不勝，賦哀詞酹之。王恭亦和焉。自後鴻每過紅橋，輒悒怏累日。鴻妻朱，亦能詩，年十九而卒。朱寄鴻詩有「朝天待漏」之句，亦子羽應召後作也。

子羽投詩

桂殿焚香酒半醒，露華如水點銀屏。含情欲訴心中事，羞見牽牛織女星。

紅橋答詩

梨花寂寂鬬嬋娟，銀漢斜臨繡户前。自愛焚香消永夜，從來無事訴青天。

子羽定情詩

雲娥酷似董嬌饒，每到春來恨未銷。誰道蓬山天様遠，畫闌咫尺是紅橋。

紅橋詩

芙蓉作帳錦重重，比翼和鳴玉漏中。共道瑶池春似海，月明飛下一雙鴻。

子羽夜至紅橋所居三首

溶溶春水漾瓊瑶，兩岸菰蒲長緑苗。幾度踏青歸去晚，却從燈火認紅橋。

素馨花發暗香飄，一朵斜簪近翠翹。寶馬歸來新月上，緑楊影裏倚紅橋。

玉階凉露滴芭蕉，獨倚屏山望斗杓。爲惜碧波明月色，鳳頭鞋子步紅橋。

紅橋和詩三首

桂輪斜落粉樓空，漏水丁丁燭影紅。露濕暗香珠翠冷，赤欄橋上待歸鴻。
橋外千花照碧空，美人遥隔水雲東。一聲寶馬嘶明月，驚起沙汀幾點鴻。
草香花暖醉春風，郎去西湖妾向東。斜倚石欄頻悵望，月明孤影笑飛鴻。

子羽金陵寄紅橋詩七首

女嫘江上送蘭橈，長憶春纖折柳條。歸夢不知江路遠，夜深和月到紅橋。
驪歌聲斷玉人遥，孤館寒燈伴寂寥。我有相思千點淚，夜深和雨滴紅橋。
殘燈暗影别魂消，淚濕鮫人玉線綃。記得雲娥相送處，淡煙斜月過紅橋。
春衫初試淡紅綃，寶鳳搔頭玉步摇。長記看燈三五夜，七香車子度紅橋。
一襟離恨怨魂消，閒却鳴鸞白玉簫。燕子不來春事晚，數株楊柳暗紅橋。
傷春雨淚濕鮫綃，别雁離鴻去影遥。流水落花多少恨，日斜無語立紅橋。
綺窗别後玉人遥，濃睡才醒酒未消。日午捲簾風力軟，落花飛絮滿紅橋。

留别子羽七絶句

牀頭絡緯泣秋風，一點殘燈照藥叢。夢吉夢凶都不是，朝朝望斷北來鴻。
井落金瓶信不通，雲山渺渺暗丹楓。輕羅露濕鴛鴦冷，閒聽長宵嘹唳鴻。
寂寂香閨枕簟空，滿階秋雨落梧桐。内家不遣園陵去，音信何緣寄塞鴻。
玉箸雙垂滿頰紅，關山何處寄書筒。緑窗寂寞無人到，海闊天高怨落鴻。
衾寒翡翠怯秋風，郎在天南妾在東。相見千回都是夢，樓頭長日妒雙鴻。
半簾明月影朣朣，照見鴛鴦錦帳中。夢裏玉人方下馬，恨它天外一聲鴻。
一南一北似飄篷，妾意君心恨不同。他日歸來也無益，夜臺應少繫書鴻。

子羽哀詞

柔腸百結淚懸河，瘞玉埋香可奈何。明月也知留佩玦，曉來長想畫青娥。仙魂已逐梨雲夢，人世空傳《薤露歌》。自是忘情惟上智，此生長抱怨情多。

附見王恭

輓詞二首

濕雲如醉護輕塵，黄蝶東風滿四鄰。新緑只疑銷曉黛，落紅猶記掩歌唇。舞樓春去空殘日，月榭香飄不見人。欲覓梨雲仙夢遠，坐臨芳沼獨傷神。

投詩

重簾空見月昏黄，絡緯啼來也斷腸。幾度繫書君不答，雁飛應不到衡陽。

附見王偁三首

竊見

象牙�簟碧紗籠，綽約佳人睡正濃。半抹曉煙籠芍藥，一泓秋水浸芙蓉。神遊蓬島三千界，夢繞巫山十二峰。誰把棋聲驚覺後，起來香汗濕酥胸。

酥乳

一雙明月貼胸前，紫禁葡萄碧玉圓。夫壻調疏綺窗下，金莖數點露珠懸。

雲鬟

香鬟三尺綰芙蓉，翠聳巫山雨後峰。斜倚玉牀春色去，鴉翎蟬翼半蓬鬆。

鐵氏二女二首

遜國諸書載鐵氏二女詩，謂鐵司馬就義，二女没入教坊，獻詩於原問官，詩聞得赦，出嫁士人。余考鐵長女詩乃吴人范昌期題老妓卷作也，詩云：「教坊落籍洗鉛華，一片春心對落花。舊曲聽來空有恨，故園歸去却無家。雲鬟半嚲臨青鏡，雨淚頻彈濕絳紗。安得江州司馬在，尊前重爲賦琵琶。」昌期字鳴鳳，詩見張士瀹《國朝文纂》。同時杜瓊用嘉亦有次韻詩，題曰《無題》，則其非鐵氏作明矣。次女詩所謂「春來雨露深如海，嫁得劉郎勝阮郎」，其語尤爲不倫，宗正睦㮮論革除事，謂建文流落西南諸詩皆好事者僞作，則鐵女之詩可知。革除間事，野史所載大半訛繆，此亦其一端也。本朝閨閣詩，出好事假託者居多。如章綸母金節婦詩「誰云妾無夫」一篇，高季迪詩也；陳少卿妻「野鷄毛羽好」一篇，釋道原樂府也；甄節婦「泉流不歸山長歌」，羅一峰詩也。今盡削之。

長女詩

教坊脂粉洗鉛華，一片閒心對落花。舊曲聽來猶有恨，故園歸去已無家。雲鬟半綰臨妝鏡，雨淚空流濕絳紗。今日相逢白司馬，尊前重與訴琵琶。

次女詩

骨肉衰殘産業荒，一身何忍去歸娼。淚垂玉著辭官舍，步蹴金蓮入教坊。覽鏡自憐傾國色，向人羞學倚門妝。春來雨露寬如海，嫁得劉郎勝阮郎。

田娟娟四首

木生涇字元經，康陵朝以鄉薦入太學。嘗登秦觀峰，夢老媪携一女子甚麗，以一扇遺生。明年入都，道出土橋，渡溪水，得遺扇於草中。異之，題二詩樹上。永樂中，用薦爲工部郎，休沐之日，偕僚友同出土橋，偶憩田家，老媪熟視其扇曰：「此吾女手跡也。偶過溪橋失之，何爲入君手？」女尋扇至溪橋，見二絶句，朝夕諷咏，得非君作乎？」命其女出見，宛如夢中，二詩果生舊題也。共相嘆異，遂爲夫婦。生後以郎官出使，尋居艱。娟娟留武清，病卒。虞山楊儀傳其事。

題扇詩

煙中芍藥朦朧睡，雨底梨花淺淡妝。小院黄昏人定後，隔墻遥辨麝蘭香。

寄木元經

聞郎夜上木蘭舟，不數歸舟衹數愁。半幅御羅題錦字，隔墻裹贈玉搔頭。

慰元經

碧玉杯中琥珀光，燈前把勸阮家郎。不須苦憶人間世，萬樹桃花即故鄉。

病劇寄木生

楚天風雨繞陽臺，百種名花次第開。誰遣一番寒食信，合歡廊下長莓苔。

附見 木 涇二首

題樹二絶句

隔江遥望緑楊斜，聯袂女郎歌落花。風定細聲聽不見，茜裙紅入那人家。
異鳥嬌花不奈愁，湘簾初捲月沉鈎。人間三月無紅葉，却放桃花逐水流。

孟氏淑卿九首

淑卿，蘇州人。訓導孟澄之女。有才辯，工詩詞，自以配不得志，號曰荆山居士。嘗論宋朱淑真詩曰：「作詩貴脱胎化質，僧詩貴無香火氣，鉛粉亦然。朱生故有俗病，李易安可與語耳。」爲士林所賞。然性疏朗，不忌客，世以此病之。徐昌穀云：「淑卿詩零落已多，其佳句傳者，真欲與文姬、羽仙輩争長。」

悼亡

斑斑羅袖濕啼痕，深恨無香使返魂。豆蔻花存人不見，一簾明月伴黄昏。

長信宫

滿階紅葉雁聲頻，永巷秋深最愴神。君意一如秋節序，不教芳草得長春。

香奩冬詞

默坐深閨思有餘，霜威漸覺襲衣裾。青綾被冷無鴛夢，紫塞天寒斷雁書。竹葉舞風侵户響，梅花和月上窗虚。雙蛾争似庭前柳，臘盡春來忽又舒。

春日偶成

潑眠韶光日正長，蝦鬚簾捲燕飛忙。畫樓緑暗欹楊柳，舞榭紅多睡海棠。

春歸

落盡棠梨水拍堤，萋萋芳草望中迷。無情最是枝頭鳥，不管人愁祇管啼。

秋夜

豆花雨過晚生凉，林館孤眠怯夜長。自是愁多不成寐，非緣金井有啼螿。

登樓

爲憐春去不登樓，才上南樓動遠愁。滿地落花紅雨亂，接天芳草緑雲稠。

秋日書懷

蟬咽庭槐泣素秋，幾行新雁度南樓。天邊莫看如鈎月，釣起新愁與舊愁。

過惠日庵訪尼題亭子上

矮矮墻圍小小亭，竹林深處晝冥冥。紅塵不到無餘事，一炷煙消兩卷經。

朱氏静庵一十八首

朱氏，海寧尚寶司卿祚之女，太僕寺丞某之女弟，光澤教諭周濟之妻也。幼聰潁，博極群書。年八十卒。有《静庵集》十卷。顧起綸曰：「或譏静庵以所配非偶，形諸吟詠，有《籬落見梅》詩：『可憐不遇知音賞，零落殘香對野人。』余讀其《鶴賦》云：『何虞人之見獲，遂羈絡於軒墀。蒙主人之過愛，聊隱跡而棲遲』。斯可謂怨而不怒。《詠虞姬》云：『貞魂化作原頭草，不逐東風入漢郊。』何其詞義之烈烈也。劉長卿謂李季蘭爲女中詩豪，余於静庵亦云」。

遊仙詞

洞天春暖碧桃芳，瑶草金芝滿路香。吹徹玉簫天似水，笑騎黄鶴過扶桑。

長信秋詞

長信深沉天路遥，玉階凉露濕宫袍。不辭團扇輕抛擲，雙燕俄驚别舊巢。

金陵懷古

石城風起浪聲齊，六代興亡動客思。吴苑落花啼杜宇，宋臺荒草走狐狸。殘香猶染胭脂井，遺恨空傳璧月詞。誰道鍾山佳氣歇，真龍又見起鍾離。

虞姬

力盡重瞳霸氣消，楚歌聲裏恨迢迢。貞魂化作原頭草，不逐東風入漢郊。

吴山懷古

萬里中原戰血腥，宋家南渡若爲情。忠臣有志清沙漠，庸主無心復汴京。北塞春風啼蜀魄，西湖夜月照瑶箏。百年興廢空陳跡，回首吴山落照明。

惜　春

掛樹遊絲旖旎，撲簾飛絮輕狂。杜宇唤將春去，小桃落盡紅香。

竹枝詞二首

西子湖頭賣酒家，春風摇蕩酒旗斜。行人沽酒唱歌去，踏碎滿階山杏花。

横塘秋老藕花殘，兩兩吴姬蕩槳還。驚起鴛鴦不成浴，翩翩飛過白蘋灘。

病 中 作

剔盡寒燈夢不成，擁衾危坐到三更。不知何處吹羌笛，落盡梅花月滿城。

客中即事

華屋沉沉乳燕飛，綠楊深處囀黄鸝。疏簾不捲薰風静，坐看庭花日影移。

秋日見蝶

江空木落雁聲悲，霜染丹楓百草萎。蝴蝶不知身是夢，又隨秋色上寒枝。

閨　怨

啼鳥驚回曉夢醒，起來無力倚銀屏。蛾眉未得張郎畫，羞見東風柳眼青。

春蠶詞

桃花落盡日初長，陌上雨晴桑葉黄。拜罷三姑祭蠶室，漸籠温火暖蠶房。

染　甲

金盤和露搗晴霞，紅透纖纖玉筍芽。翠袖籠香理瑶瑟，綠陰云新錠海棠花。

春雨

濕雲漠漠雨如絲，花滿西園蝶未知。金屋曉寒鶯語澀，畫樓春晚燕歸遲。宮桃有恨啼紅淚，煙柳多情斂翠眉。檀板金尊久寥落，孤城愁聽角聲悲。

湖曲

湖光山色映柴扉，茅屋疏籬客到稀。閒摘松花釀春酒，旋裁荷葉製秋衣。紅分夜火明書屋，緑漲晴波没釣磯。惟有溪頭雙白鳥，朝朝相對亦忘機。

夜坐

吴蠶初出悄無眠，數盡更籌覺暮寒。柳色弄陰春已暝，角聲吹月夜將闌。金爐火冷沉煙細，羅幌風生蠟炬殘。獨坐空庭望銀漢，碧天如水露漙漙。

白苧詞

西風肅肅天雨霜，館娃宫深更漏長。銀臺絳蠟何煌煌，笙歌勸酒催華觴。美人起舞雪滿堂，清歌宛轉飛雕梁。君王沉醉樂未央，臺前月落天蒼蒼。

春睡詞三首

茸茸芳草含新緑，露井夭桃錦雲簇。石闌干外早鶯啼，又唤春光到華屋。

綺窗花影摇玲瓏，玉人夢破春溶溶。雲鬟半嚲鳳釵滑，枕痕一縷消輕紅。

香汗輕輕透衾濕，含情欲起嬌無力。海棠庭院鳥聲和，睡足東風一竿日。

女郎潘氏一十一首

潘氏，台州人。山東提學潘應昌之女，貢士裘致中之妻也。自署其稿曰「女郎碧天道人」。嘉靖甲申歲，台人刻其存稿，稱其詩温柔敦厚，守禮不放，可方宋之謝希孟云。

重　陽

獨坐小窗下，幽蛩不絶鳴。青天孤月静，滿耳是秋聲。

秋　月

園亭當水中，兩岸蘆花雪。夜深人未眠，碧水蕩秋月。

題畫

屋傍青山下，人歸蒼莽中。未開雲外户，先聽水邊松。

南浦月下

孤舟横野渚，明月照當空。十年江海意，疑在小亭東。

江上

江上水正平，日照西江口。遠樹一尺長，岸潤風吹柳。

蓮塘

溪水漢東去，垂楊對我門。凄凉斷橋路，殘月照黄昏。

秋詞

翩翩黄葉落江風，月滿江亭秋夜空。黄菊酒香人已醉，白蘋江冷度哀鴻。

詠柳

煙柳青青葉已齊，半簾紅日小鶯啼。玉樓人静悲横笛，惟有東風吹向西。

春詞

小窗閒坐月朦朧，望斷天涯思不窮。黄蝶亂飛花影裏，却疑春在杏花中。

西園

依依楊柳映蒼苔，滿樹桃花映日開。不知燕子棲何處，此際東風依舊回。

連雨

久雨階前鋪緑衣，煙迷竹樹影稀移。黄鶯交坐窗前語，説盡春愁來往飛。

陸娟一首

陸娟，雲間陸德藴潤玉之女也。潤玉有高行，爲沈啟南之師。有女能詩，後歸馬龍。此詩《湖海者英》載爲潤玉之作，今正之。

代父送人還新安

津亭楊柳碧毿毿，人立東風酒半酣。萬點落花舟一葉，載將春色到江南。

江西婦女一首

一葉芭蕉

何處移來一葉青，似同羅扇鬬輕盈。今宵風雨重門静，减却瀟湘幾點聲。

李玉英二首

玉英，錦衣千户李雄女也。父死，弟承祖幼，繼母焦氏有子，謀奪其廕，毒殺承祖，出其妹桂英，而誣玉英以奸，指所作爲證，論死。玉英上疏奏辨，世宗皇帝察其冤，事得白。

送春詩

柴扉寂寞掩殘春，滿地榆錢不療貧。雲鬢霓裳半泥土，野花何事亦愁人。

別燕

新巢泥滿舊巢欹，塵掩珠簾欲捲遲。愁對呢喃終一別，畫堂依舊主人非。

王素娥二首

素娥，山陰人。號蘖屏。王真翁女也。生有淑德，長能詩文，尤妙女紅。年十七，歸胡節。節以吏曹死北鐵，素娥誓無他志。年四十一卒。

渡錢塘喜晴

風微月落早潮平，江國新晴喜不勝。試看小舟輕似葉，載將山色過西陵。

獨愁

黄昏愁聽雨蕭蕭，挑盡殘燈夜寂寥。綵綫罷拈腸欲斷，薰籠香冷火應消。

朱氏桂英一首

田藝蘅《閨閣窮玄叙》曰：「朱氏名桂英，仁和人。故陜西副使陳公洪範之副室也。清心契法，鋭意修真。金籙標名，有養誠道人之號；璃章闡旨，有閨閣窮玄之書。秘寶夙探於鴻蒙，玄珠竟索於象罔。許邁别婦，先駕素麋；裴静降兒，終驂白鳳。檢以瓊音之印，信方外之寶書；封以金英之函，藏山中之石室。陞座演法，將迎少女於華山；蓮幘霓裳，又送三清於金嶽。便欲發凌霄之想，豈徒紀步虛之聲。嗣有奇聞，徵諸靈響云爾。」

題虎丘壁

梵閣頻臨入紫霞，憑闌極目渺無涯。天連瀚海三千里，煙鎖吴城十萬家。南北舟航摇落日，高低丘隴接平沙。老僧不管興亡事，安坐蒲團課《法華》。

雲間女子斗娘四首

吴人沈津潤卿《吏隱録》云：「松江女子斗娘，賦詩送其夫姚生云云。聞者愛其語意清雅，但云永别之言爲未宜。姚果卒於外。」

送夫四絶句

走馬離違日，黄花正晚秋。君心宜自適，莫爲妾多憂。

遠逐風塵路，遺書滿目愁。思君不成寐，月上看牽牛。

寂静聞天籟，愁眠覺夜遲。遥憐江海别，殘月夢君時。

因緣嗟不偶，永别事堪傷。縫緝多辛苦，君看莫易忘。

顧氏妹一首

崑山顧茂儉之妹，雍里方伯之女，皇甫百泉之甥也。嫁孫僉憲家爲婦。甚有才情，嘗賦《春日》詩，何元朗曰：「可置《玉臺新詠》中。」

春日

春雨過春城，春庭春草生。春閨動春思，春樹叫春鶯。

嘉定婦一首

殷無美云：「嘉定一民家婦，平日未嘗作詩，臨終書一絶與其夫，凄惋可誦。」殷有妾，亦有句云：「妾有一夫君二婦，一年夫婿半年親。」無美每爲人誦之。

臨終詩

當時二八到君家，尺素無成愧枲麻。今日對君無别語，免教兒女衣蘆花。

西陵董氏少玉一十七首

西陵董氏，小字少玉，麻城周弘禴之繼室也。弘禴字元孚，抗直談經濟，以賈生、陸贄自命。元配汪，封安人，生五子一女，少玉撫之如己出。元孚抗疏。兩遭貶謫，間關萬里，少玉皆共之。貶雁門，阨於靈丘、廣昌間，三日不火食，僮僕皆悲泣，少玉哦詩自如。量移括蒼，道彭蠡湖，舟將覆，口詠唐子方「平生仗忠信」之句，以慰元孚。居括逾年，以羸病死，年二十有九。元孚屬馮開之爲立傳，而輯其遺稿，求序於王元美。元孚曰：「少玉自于歸後，始從余學詩，詩既成，欲序而行之，少玉笑曰：『妾幸而爲君婦，得稍知詩，亦不幸而爲君婦，即有一二佳句，而人必以爲出君手也，何以詩爲？』今吾悲少玉之死，乃輯其遺詩，而又悲其早死而未見其止也。」元美曰：「固也，令少玉不死，其詩日進，元孚它時篇什流傳，又安知人不以爲出少玉手乎？」檇李戚雲雁曰：「元孚詩漁獵百家，牢籠諸體，而少玉則居然唐調。少玉今日之詩固已能自別於元孚，而元孚它日之詩，亦前知其不爲少玉所掩。元美何慮之深也。」元孚好自負其詩，又謂少玉之詩經其指授，故二公之微詞如此。

雨　望

睡起憑闌望，殘雲晚較多。雨刪花織錦，風熨草鋪羅。嫩篠平穿閣，垂楊半近河。蕩舟儂豈敢，莫唱《採蓮》歌。

題西施浣紗圖

白石澄流水，春來坐浣紗。青楊愁隱鳳，玄髮亂飛鴉。倚玉渾無色，傳神賴有花。蛾眉如淡掃，不在野人家。

塞上晚春憶家

新草滿長堤，思鄉望月遲。露桃深中酒，煙柳淡塗眉。秋塞關難掩，春江棹可移。此身同越鳥，夜夜想南枝。

憶兄妹

秋後梧桐雕落，故園兄弟銜杯。旅夢三更燭影，歸心千里塵埃。

七月寄衣

雁鴻何處飛鳴，滿月蕭條黃草。書來先寄寒衣，風雨太原秋早。

從夫赴雁門

雁門西近胡，一片黄沙地。烽火夜連天，角聲入雲際。風月盡悲淒，草木多憔悴。況是逐臣妻，那能不灑淚。

子夜歌

涼風吹北窗，槐陰深幾許。帶露摘荷花，笑共鴛鴦語。

裁衣

芙蓉江北燕飛飛，燕子磯邊人未歸。只怕沈郎腰已瘦，遲迴難寄舊時衣。

送別二首

相看疑是夢，別恨好誰知。驛路花將發，離亭柳漫垂。淺渚孤舟泊，深山匹馬遲。憑闌無個事，日日數歸期。

飛盡楊花別，相看不自由。征人望絶塞，少婦倚空樓。易換春前色，難聽角裏愁。無情江上水，日日送行舟。

採蓮曲二首

看山望湖南，乘風望湖北。綽約蕩輕舟，荷花減顔色。

楊柳遮大堤，遊女往何處？雲破棹歌寒，鴛鴦時飛去。

憶別

憶別河橋柳，青青送馬蹄。妾心與羌笛，無日不遼西。

寄夫在嵩嵐

流落客邊州，刀環在馬頭。莫憐楊柳色，管取只封侯。

宮詞二首

晝瑣深宮鶴夢遲，御階花木接瑶池。月明獨照長生殿，無復尊前捧玉巵。

西飛紫燕落花多，歲歲惟愁老去何。别却昭陽入更遠，經年翠輦不曾過。

海棠花

小樓風定月初斜，紫玉新枝綰落霞。睡起不堪重秉燭，春來愁殺海棠花。

呼文如二十一首

楚人丘謙之《遥集編序》曰：「萬曆間，江夏營妓呼姬文如，小字祖，知詩詞，善琴，能寫蘭，與其姊舉齊名，或訛爲胡姓云。歲丙子，西陵有丘生者，以民部郎出守粤，過黄州，遇文如於客座，一見目成，遂定情焉。將攜之以東，生之父不許。生不得已，乃爲書謝文如，文如慟絶，刺血寫詩以報，誓死無它。生需次赴京師，便道過楚，訪文如於武昌。相見甚喜，飲庭中安石榴下，賦一詩以呈生，視其圖記文曰「丘家文如，瀝酒樹下」，曰：「妾所不歸君者，如此石矣。」將别，泣而請曰：「絲蘿之約，如何？」生曰：「以官爲期。」文如笑曰：「觀君性氣，非老於宦海者。君散髮，我結髮，當不遠矣。」生調知閬州，果罷官。歸，復以事如京師，久之還里，文如促數詒書，訂於歸之約，其父母力梶之。壬午冬，大雪，登樓撫檻，念文如在三百里外，前期未决，傍徨凝望。俄而聞櫓聲咿啞，一小艇飛楫抵樓下，推篷而起，則文如也。驚喜問之，則曰：「父利賈人金，將賣妾。事急矣。買舟潛發。三鼓至陽邏，五鼓以金釵市馬，明日至亭州，易舟以行。稍遲一日夜，落賈人手，吾死無日矣。」相與抱持慟哭。明日，以書報其父，乃委禽成禮焉。生罷官無長物，攜文如遍遊名山，彈琴賦詩，以終其身。追憶往事，附以贈言，編次成編，命曰《遥集》云。」謙之名齊雲，隆慶戊辰進士，豪於詩，亦以豪去官。編中載兩人酬和詩甚富，謙之詩多傖父面目，殊不堪唐突。文如所取於謙之者，以意氣相傾説耳，非以其詩也。余故擇而採之，謙之詩附見一首。

黄林野送丘生北上 二首

雪中送君君莫辭，長風吹妾妾自知。一從刻臂盟公子，肯惜寒雲上鬢絲。

送君北上黄林隅，路旁争問誰家姝。胡姬自言今羅敷，千騎中央夫壻殊。

送生後還李樓

莫問天台落日愁，桃花片片水悠悠。寒窗一閉秦簫月，惹得人呼燕子樓。

附四時詞 四首

皂羅袍　早是壘燈兒時節，見燕兒做壘，對對欹斜。楡錢兒買不得春風夜，楊花兒故意飛殘雪。門兒重掩，燈兒半滅。人兒不見，病兒怎説，腰兒掩過裙兒摺。

早是鶯兒時候，見蓮花兒出水，瓣瓣風流。心兒欲火畏紅榴，鼻兒酸涕過梅豆。門兒重掩，簾兒半鈎。人兒不見，病兒怎瘳，扇兒摺疊眉兒皺。

早是雁兒天氣，見露珠兒奪暑，點點侵衣。針兒七夕把腸刺，砧兒萬户敲肝碎。門兒重掩，帳兒半垂。人兒不見，病兒怎支，書兒難寫心兒事。

早見雪兒飄粉，見梅兒瀟灑，蕊蕊爭春。夢兒凍死也離魂，氣兒呵殺全無影。門兒重掩，被兒半薰。人兒不見，病兒怎禁，屏兒靠熱牀兒冷。

刺血寄生詩

長門當日嘆浮沈，一賦翻令帝寵深。豈是黄金能買客，相如曾見白頭吟。

得生詩寄怨

人間自是語便便，不是春風不肯憐。爲寄一聲何滿子，相思今日盡君前。

寄丘生東粤

郎馬無憑似蟢蛛，也有遊絲在路途。儂心好似春蠶繭，鎮日牽絲不出廬。

題亭中安石榴呈生

安石孤根託謝庭，合歡枝上日青青。懸知雨露深如許，結子明朝似小星。

與生飲醉後泣下口占

悲歌當哭有餘悲，今夕同君醉始知。却倚胡牀禁不得，一時雙淚墮金巵。

附見　丘謙之一首

文如留館中賦別

回思往事怨蹉跎，復有新愁奈若何。清夢不緣神女苦，小詞難得雪兒歌。隔窗雨逐流蘇墮，落葉飛隨翠簟多。若問此時留別意，雙星七夕在銀河。

追丘生於臨皋道中

武昌東下水茫茫，一日扁舟遠自將。莫怪人疑桃葉渡，從來難得有心郎。

別後舟中風雨却寄

不堪風雨夕，憔悴在孤舟。淚與波聲濕，燈縈瞑色秋。夢猶疑赤壁，目已斷黄州。此際君知否，湘妃自可求。

至武昌寄生

孤舟别後兩相望，霜露淒淒落葉黄。黄鵠磯頭天萬里，知君何日渡瀟湘。

生如京師不能從奉寄

寄來尺素有誰知，雙淚龍鍾重妾思。千載高山流水調，祇應生死盡交期。

别後

别後江頭夜雨凉，可憐憔悴謝紅妝。腹中不有郎行路，那得車輪日轉腸。

聞丘生罷官有寄

有官亦何喜，罷官亦何悲。一官生罷去，是妾嫁君時。

以詩訂丘生前約二首

流水郎車馬，垂楊妾鬢絲。春江他自好，一一入相思。

時時可問花，處處堪沽酒。風波君不知，愁殺樓中婦。

宛轉詞歸丘生後作

赤壁磯，蟠桃宴，妾年二八郎相見。鴛鴦鎖，燕子樓，空牀繡被爲郎留。郎潮海，妾鄂渚，銀河相望牛與女。妾倚閭，郎懸車，文君自奔馬相如。郎吟詩，妾勸酒，彩毫叵羅日在手。郎操瑟，妾鼓琴，天長地久同一心。珠爲燈，玉作窟，妾是小星郎是月。錦障泥，繡屠蘇，郎乘駟馬妾坐輿。斧伐柯，則不遠，若有曲直在郎眼。心百折，腸九迴，即令萬死妾焉辭。

詩妓齊景雲一首

詩妓齊景雲，亦善琴，對人雅談，終日不倦。與士人傅春定情，不見一客。春坐事繫獄，景雲爲脱簪珥，至責卧褥以供橐饘。春讁遠戍，景雲欲隨行，不可。春去，蓬首垢面，閉户閲佛書。未幾病没。

贈别傅生

一呷春醪萬里情，斷腸芳草斷腸鶯。願將雙淚啼爲雨，明日留君不出城。

金陵女子周玉如九首

周潔字玉如，家江東城南胭脂巷中。年十四，歸應天府判張鳴鳳。張罷官，攜歸臨桂。數年後，詒書省父，寄詩一册，名《雲巢詩》，金陵人競傳寫之。

晚晴

久雨愁無極，斜陽喜乍開。樹披殘靄出，山挾斷雲來。的歷穿花徑，逶迤過渚臺。更須林月上，清賞一追陪。

江邊思家

北望一含愁，歸心俯碧流。灘雖注南海，湘亦接巴流。天闕當牛斗，臺城枕石頭。儂家生長地，終歲信悠悠。

立秋

白帝嚴金駕，乘風下紫微。德惟宣湛露，令即屏炎輝。乍驚青梧落，將催赤雁飛。何須賦團扇，恩顧似君稀。

秦淮

秣陵無處望，瀨水正前流。何不教東下，將心到石頭。

夢還京

自去長干側，終年桂嶺西。新秋望鄉處，無奈白雲迷。

憶父

憶昔當殘臘，還家雪正飛。三年無一字，不忍見鴻歸。

傷長姊

花落空縈恨，鶯啼更助哀。芳魂似流水，一去不重回。

登樓

憑闌一望白雲重，松竹蕭森裛露濃。樹外連灘流不斷，依稀如聽秣陵鐘。

戲諸姊作假花

鏤花雕葉百般新，巧手分明遂奪真。自是深閨無定鑒，金錢輸與弄虛人。

虎關馬氏女六首

《秋閨夢戍詩》七言長句一百首，虎關將家婦馬氏所作。莆田宋珏比玉客越，得之於荒村老屋中，見「芳草無言路不明」之句，爲之驚嘆，録而傳之，題曰《香魂集》。

秋閨夢戍詩六首

夫重封侯妾愛輕，漫欹琥珀戀寒更。遊魂自苦人何在，芳草無言路不明。仿佛玉關傷舊別，徘徊油幕訂新盟。夢回簷馬迎風處，猶是沙場劍戟聲。

屈盡纖纖銷盡眉，廣寧消息竟遲遲。十年笑語燈前事，千里關山枕上期。萱草既零堂北雨，梅花將發嶺南枝。青春盡伴寒更老，再莫相逢日落時。

秋雨絲絲秋夜凉，新愁還比舊愁長。落花落葉和燈落，荒隴荒雲并歲荒。白晝想君歌《白苧》，黄昏愁妾夢黄粱。何時息馬嘶歸馬，洗盡詩腸换酒腸。

仰窺北斗認遼陽，一夕西風引夢長。羅襪路生難問信，石城煙繞怯停裝。草青自判身爲冢，塞黑俄驚骨似芒。正好相關商別恨，曉鴉啼散一天霜。

商氣蕭森下紫虚，亂飄松葉覆茅廬。病懷不耐秋多感，習夢還來路已迂。記裏怕聞厢上鼓，指南遥憶海邊車。斷魂杳靄誰驚覺，葉落空山響木魚。

自昔良人愛遠遊，百懷堆積在眉頭。一鈎斜月臨蒲榻，滿枕離魂繞戍樓。隴右谷剛過子午，川南峽已度春秋。夢回每爲多情惜，李廣從來不拜侯。

刑氏慈静二首

慈静，臨邑人。太僕卿侗之妹。善畫白描大士，書法酷似其兄。母萬，愛慈静甚，必欲字貴人。年二十八，始適武定人大同知府馬拯。有《芝室集帖》《芝蘭室非非草》。盧德水云：「子願九嫂乃楊盤石女弟，書法自成一家，博學能文，過於慈静。」

静坐

荆釵裙布念重違，却掃焚香自掩扉。莫向吹簫羨嬴女，多年已辦五銖衣。

讀三國志

抱膝長吟道自尊，一時魚水感深恩。當年若隱隴中卧，不到秋風五丈原。

屠氏瑶瑟一十三首

瑶瑟屠氏，字湘靈，鄞縣屠長卿之女，士人黄振古之妻，卒年二十有七。天孫沈氏，字七襄，寧國沈君典之第三女，長卿子金樞之妻，卒年二十有一。長卿中君典榜進士，與檇李馮開之三人者文章意氣交也。湘靈、七襄爲兩公之愛女，少皆明惠，讀書誦詩，能記他生之所習，君典擇婿得屠郎，開之爲蹇修焉。君典没，七襄年十七，歸於屠。湘靈既嫁，時時歸寧，相與徵事紬書，分題授簡，紙墨横飛，朱墨狼籍。長卿夫人亦諳篇章，每有諷詠，就商訂焉。長卿詩云：「封胡與遏末，婦總愛篇章。但有圖書篋，都無針綫箱。」又云：「姑婦歡相得，西園結伴行。分題花共笑，奪錦句先成。」信一家之盛事，亦一時之美談也。萬曆庚子冬，七襄卒，未幾湘靈亦卒。兩家兄弟匯刻其詩曰《留香草》，而長卿與虞長孺爲之序，湘靈二弟暨七襄兄士範哀輓之詞皆附見焉。

南荒歌

南荒古炎徼，十月無霜飛。停棱悲遠道，不用寄寒衣。

浣紗女

日暖銀塘緑，溪邊出浣紗。若耶煙似雨，步步入荷花。

愛妾換馬

卿愛落雁姿，儂愛飛龍騎。日暮别揮鞭，男兒何意氣。

清溪小姑曲

小姑何代女，明妝清溪曲。風吹香粉銷，水映眉痕緑。野廟寂無人，日暮飛屬玉。

子夜歌

子夜夜轉長，簾前月華吐。衹解歌調工，誰識歌心苦。清商激凉風，良人在淮楚。

春日白苧詞

條風吹花花拂箏，上林宫柳聞啼鶯。日暖高臺棲落英，翩躚粉蝶雙翅輕。梨花細雨不勝情，夜月寶瑟杳無聲。遊人連袂出東城，杏衫榴裙挾玉笙。賤妾不言淚暗傾，别恨縈牽羞獨行。

燭影

畫梁疏影按紅牙，光入花叢比桂華。時伴瓊筵翻廣樂，乍浮紈扇隔輕紗。溶溶春夜疑宵永，閃閃秋閨共月斜。散盡纏頭天欲曙，清光猶照五侯家。

禮觀音大士二首

水月觀音水月明，祇將慈眼視衆生。衆生無量悲無量，應感如傳空谷聲。

千江一片月輪孤，直是禪心映玉壺。處處普門憑示現，憑君便作女人呼。

贈王蕙芳於歸花燭詞

妝鏡朱顏借玉荷，初匀眉黛拂雙蛾。雲英舊有藍橋約，一夜香風到大羅。

秋夜贈七襄

綺閣知音總不群，挑燈刺繡薜靈芸。夜凉明月低繩户，猶簡蘭閨倒薤文。

送　外

蕭蕭梧葉作秋聲，况復征人欲遠行。此去西泠煙草碧，月高霜落水痕清。

採蓮曲二首

六橋垂柳兩邊分，日暮吴歌隔岸聞。衹解蓮花如粉面，不知荷葉是羅裙。
妾飛兩槳入清溪，杏子春衫一色齊。欲採芙蓉詒女伴，何人寄到苧蘿西。

游仙曲三首

禮羅高真控鶴歸，八琅仙樂月痕微。青天忽墮琉璃色，照見仙人薜荔衣。
銀臺珠樹是仙家，綺閣晴嬌四照花。不用安妃裁蜀錦，銖衣多剪赤城霞。
天風颯颯步聲虚，一片紅雲控帝居。聞道茅家開夕宴，上元親授太霄書。

沈氏天孫一十二首

子夜歌

輕橈蕩北渚，中流拗藕絲。藕絲不可斷，纏綿會有時。

春日送七寶娣歸寧

一曲驪歌淚暗垂，香車陌上過春荑。關情最是蘼蕪草，何必楊枝綰別離。

自君之出矣

自君之出矣，孤月鑒虛牖。思君如飛花，隨風不回首。

睡蝶

一夜和風遍海棠，家園蝴蝶拂柔桑。飛隨芳樹霞衣好，倦宿琪花粉夢香。似與名葩分艷色，不堪清露濕秋裳。因風又度雕闌去，却伴遊絲過石梁。

初夏走筆和湘靈

旖旎薰風柳乍醒，榴花刺眼媚遥汀。傍人桐樹枝枝緑，出水荷錢葉葉青。隴外喬桑飛雊雉，階前茂草隱新螢。春從杜宇聲中去，空翠濃陰又滿庭。

赬　桐

朱萼疑看九月楓，繁枝又借嶧陽桐。丹鬚吐舌迎風艷，絳蠟籠紗照月空。西域應分安石紫，寢宫可作麥英紅。緑珠宴罷歸金谷，七尺珊瑚映水中。

贈湘靈二首

芙蓉兩頰映羅衣，笑拂釵頭雙鳳飛。仿佛疑施青步障，知君能解小郎圍。

柳眼低垂護墨池，菱花掩映遠山眉。輸卿刀尺工挑錦，夜夜燈前借履綦。

禮觀音大士二首和湘靈

蓮花寶座百由旬，蓮表禪心不染塵。大士儷容爲侍者，此生願脱女人身。

天冠瓔珞現重重，風送潮聲入梵鐘。但願人心如水月，何愁不得睹金容。

花燭詞贈王蕙芳

比翼雙飛宿上林，流蘇掩映合歡衾。香奩賦就憐蘇蕙，織出迴文寄錦心。

秋夜

蟲飛紈扇早知秋，明月穿窗照畫樓。灑淚兩行何處落，臨風寄向故園流。

遊仙曲

清溪白石出胡麻，香暖瑶池九影花。見説玄都無甲子，春光常住阿環家。

明妃

塞北黄沙入馬蹄，玉關千里雪霑衣。君恩不逐金刀斷，漠漠香魂月下歸。

採桑曲

青谿女兒愛羅裙，提筐陌上踏春雲。蠶饑日暮思歸去，不敢回頭看使君。

送西昇秋試時七夕前二日

一詠河梁黯自驚，蘭舟叠鼓送君行。朱絃暗度銷魂曲，銀管吹殘唱别聲。露下西泠秋影白，煙深靈鷲月華清。翻憐後夜雙星渡，何事人間唱渭城。

李氏大純三首

大純字貞君，鄞士人袁雍簡之妻。

夏日多病有懷夫壻

幾欲爲文袪病魔，其如愁極病增多。暖風却怪掀簾箔，凉月何心到芰荷。祇以一燈甘寂寞，故令雙鬢亂婆娑。夢魂若報行人至，驚醒東鄰《子夜歌》。

郎君遊閩擬以是日登陸風雨大作心甚憂之

憐君今日渡仙霞，雨驟風狂遍落花。此地應無故人在，行囊知到阿誰家。

宫詞

蛾眉二八絶堪憐，閉却深宫不見天。春去春來都莫問，衹憑寒暑定流年。

全氏少光二首

少光字如玉，閩布衣莊學思之妻。

暮春即事

經時渾暖候，映日有青枝。花落蜂猶戀，春歸草不知。竹苞仍个个，柳線亦絲絲。獨憶深閨裏，柔風入暮時。

雨夜

終宵疏雨滴心頭，點點離情點點秋。怪道舊衣思舊日，且將新線結新愁。

朱氏德璉二首

德璉，鄞士人吴岳生之妻。

寄弟君典

搔首飛蓬四載餘，爾音聽玉幾回虚。天邊雁陣都成字，壁上蝸涎宛作書。露草侵階蒼蘚滑，煙羅繞徑緑筠疏。何堪骨肉同寥落，南北無由慰索居。

偶題

偶聞《渌水曲》，欲託黄金徽。紘手不相應，心隨别鶴飛。

錢王孫妻袁氏七首

袁氏名九淑，字君嫕，通州人。錢良胤之妻，四川左布政袁隨之女也。少讀經史，尤深内典。詩文清麗，書法遒媚。王孫故世家，好文，家有絳雪樓，君嫕之所棲止，供具精良，几榻妍寂，中懸所繡大士像，玉毫紺目，華鬘儼然，左右圖史，誦讀移日，清晨良夜，焚修習静。每自謂易遷宫中人也。歸王孫者一年而卒，年才十八。所著有《伽音集》，東海屠隆爲序。

鍾陵行

濮陽書生有仙骨，往因合與神仙匹。山頭邂逅瓊臺姬，沉吟繻繻甲障詩。怪風裂屋天符下，采鸞謫向文蕭嫁。笑攜纖手歸鍾陵，茅茨棲隱垂古藤。書生命薄何蹇促，玉繭銀鈎尚堪鬻。得錢沽酒日歸來，消摇取醉南山曲。以兹稍稍爲人知，越玉山深好息機。相攜跨虎潛踪去，更敕青霞封石扉。

步虚詞

天上春難老，人間日易曛。指揮青鳥使，親近碧霞君。冠偃峨眉月，衣裁華嶽雲。往來靈仗擁，仙樂夜深聞。

春日齋居雜書二首

妝成出幽閣，芳徑寂無嘩。林潤涵朝雨，窗明帶曙霞。鶴棲醒酒石，鳥啄睡香花。長笑耶谿女，春風自浣紗。

雨過小池緑，苔生白板扉。玄言深玉麈，幽思託金徽。遠笛兼鶯語，飛花趁燕歸。相看貧亦好，安用泣牛衣。

閒居雜書示王孫二首

操杵力不任，當壚心自鄙。花時掩關坐，焚香讀《秋水》。

長笑里俗兒，閨中相爾汝。因思安豐婦，由來卿婿古。

燈詞

家家行樂管絃催，火樹千枝向夜開。見説南鄰祠太乙，笑聲一片踏歌來。

鄧氏一首

鄧氏女，閩縣竹嶼人。萬曆中，嫁瓊河鄭氏。夫不類，女鬱鬱不自得，發爲詩詞，語多淒怨。居二年，竟以怨死。臨終以遺草付其甥，人争傳録。有句云：「啼鳥落花春已暮，孤燈殘漏夜偏長。」又：「垂簾阻歸燕，開户入飛花。」皆可詠也。

東園踏青

芍藥叢邊露氣沉，步隨芳草共幽尋。桃花薰日紅濃淡，柳葉迷煙翠淺深。何處香泥忙社燕，誰家晴檻噪時禽。悄寒羅襪渾無力，斜倚東風碧樹陰。

青蛾居士姚氏二首

檇李范君和妻姚氏，扶牀誦書，博通群籍，自號青蛾居士。年二十六而夭。君和輯其詩，名《玉鴛閣草》，屠長卿爲序。

即　事二首

晚煙翠出草亭斜，曲曲深村小築家。幾點病鷗眠夜月，半林殘雪照梨花。

簾捲輕寒春帳空，夢殘芳草雨催風。隔窗陣陣聲偏急，狼籍庭前一夜紅。

王女郎二首

女郎名虞鳳，字儀卿，侯官人。許嫁林氏。萬曆中，年十七卒。有《罷繡吟》一卷。

春閨詞

融和天氣喜初晴，爲愛簪花却放針。玉枕夢回人寂寂，瑶琴揮罷院沈沈。緑鴛戲水穿荷影，紫燕銜泥織柳陰。晝静金爐香欲盡，推窗滿地落紅深。

春日閒居

濃陰柳色罩窗紗，風送爐煙一縷斜。庭草黄昏隨意緑，子規啼上木蘭花。

劉氏苑華四首

苑華，香山人。户部郎何藻之妻。有詩一卷，題曰「落霞山下女子劉苑華吟」。

辭姊妹

同作花根葉，復作葉前花。花中七姊妹，並蒂復連丫。盈盈二八月，引蔓如蓬麻。春風時見面，秋月明朱華。一旦離長蔓，裊裊天之涯。北柯戀南條，風飄素雲遮。柔莖與緑葉，望望長風沙。

舟發羅水問侍女

門前瞬息是天涯，剛是辭家便憶家。試問羅江幾丫水，送人雲裏拾春花？

聽畫船梢婦打歌用吴歌體

畫船女兒打吴歌，縹緲風煙莎接麽。却與槳聲相應節，到來祇是唤哥哥。

理妝

舟中長是不梳頭，今日臨妝上小樓。借得烏雲撩緑鬢，好將時樣學蘇州。

尹氏紉榮二首

紉榮，宜賓人。吾友尹仲子求之女也。子求風流儒雅，冠於巴蜀，兒童婦女，皆以琴書翰墨爲事。紉榮少而能詩，嫁劉解元晉仲，與其妹文玉相酬和。年十九而卒。晉仲拾其遺稿，號《斷香集》。

雨後江望

雨後水更明，秋風漸漸聲。寒天白露滿，江上曉煙横。

野　望

野望無山色，長天一抹清。陌樹齊如畫，其下有人行。

趙宧光妻陸氏〔一〕八首

陸氏名卿子，姑蘇尚寶卿師道之女，太倉趙宧光凡夫之妻也。凡夫棄家廬墓，與卿子偕隱寒山，手闢荒穢，疏泉架壑，善自標置，引合勝流，而卿子又工於詞章，翰墨流布，一時名聲籍甚，以爲高人逸妻，如靈真伴侣，不可梯接也。凡夫寡學而好著述，師心杜撰，不經師匠。卿子學殖優于凡夫遠甚，少刻《雲卧閣集》，沿襲襞績，未能陶冶性情。晚年名重，應酬牽率，凡與閨秀贈答，不問妍醜，必以胡天胡帝爲詞，不免刻畫無鹽之誚，世所傳《考槃》、《玄芝》二集是也。賦誄之作，步趨六朝。嘗爲祖母下太夫人作誄，典雅可誦。子婦文氏，名淑，點染寫生，自出新意，畫家以爲本朝獨絶，語在余所撰墓誌中。

〔一〕原刻卷首目録作「陸卿子」。

短歌行二首

君不見春風枝上華灼灼，春風日日吹華落。人生且莫戀悲歡，朱顔却被悲歡爍。悲歡未盡年命盡，罷却悲歡兩寂寞。惟餘夜月流清暉，華間葉底空扉扉。

君不見垂髫兒，倏忽爲人父。君不見青蛾女，終作東家姥。又不見華堂列綺筵，清歌雜妙舞，須臾燭盡樂無聲，寂寂寥寥何所睹。人生亦如斯，一往無今古。白日不肯住，紅顔漸成土。短歌行，聲最苦。

萬曆宫詞四首

高燒蠟炬吐青煙，妃子宫中夜宴闌。並坐聖容歡不足，羅衣却恐怯春寒。

玉貌凄凉鎖翠眉，强移羅襪出深帷。莫嫌衰謝同秋草，記得春風第一枝。

錦帳燈明玉殿高，六宫歸去夜迢迢。莫言遠角聲悲切，月到披香最寂寥。
蘭茝蕭條白露凝，夜深臺殿起秋聲。君恩何處中天月，一片清光處處明。

相逢行

白馬驕青雲，金鞭拂紅霧。相逢不問名，各自東西路。

塞下曲

青天如水月如霜，萬里無雲殺氣凉。夜半征人齊墮淚，故笳聲短雁聲長。

范允臨妻徐氏〔一〕二首

徐媛字小淑，副使范允臨之室也。允臨以臨池負時名，而小淑多讀書，好吟詠，與寒山陸卿子唱和。吴中士大夫望風附景，交口而譽之。流傳海内，稱吴門二大家。然小淑之詩視卿子尤爲猥雜，所著有《絡緯吟》，桐城方夫人評之曰：「偶爾識字，堆積齷齪，信手成篇，天下原無才人，遂從而稱之。始知吴人好名而無學，不獨男子然也。」夫人之訾謷吾吴，亦太甚矣。雖然，亦吴人有以招之。余向者固心知之，而未敢言也。

〔一〕原刻卷首目録作「徐媛」。

宫　怨二首

金屋香吹粉黛香，夜寒高碧見河梁。雙星不向人間照，冷盡梨花白玉牀。

脈脈深宫桂殿涼，阿嬌金屋夜飛霜。千金莫買相如賦，白首文君怨已長。

黄恭人沈氏二首

沈氏名紉蘭，字閒靚，嘉興人。參政黄承昊之妻，學士洪憲之媳也。其詩有《效顰集》。仲女雙蕙，字柔嘉，髫年禪悦，絶意家室，嘗誦經，聞鳥聲，有詩云：「迦陵可解西來意，又報人間夢不長。」年十六而卒。參政從妹淑德，字柔卿，猶子茂仲婦項孟畹，皆有集傳世。彤管之盛，萃於一門，亦近代所未有也。

早春憶外

映日初花隔檻明，春風裊裊透寒輕。傷心怕聽枝頭鳥，莫向王孫歸路鳴。

悼柔卿遺扇

物在人亡空自悲，淚痕時共落花垂。泉臺若有回峰雁，寄我哀腸知不知。

柔嘉一首

和會稽女子

憔悴天涯對阿誰，若爲多露獨含悲。空憐子夜孤亭淚，盡作霜楓帶雨垂。

黄氏淑德三首

淑德字柔卿，檇李黄學士介弟之女，士人屠耀孫之妻也。髫年通文史，解音律。夫亡自誓，長齋禮佛，坐卧一小樓。年三十四遘疾，合掌稱佛號而亡。

客中聞子規

陌上柳條新，逢春倍惜春。忽聞啼杜宇，愁殺未歸人。

七夕

鵲駕成橋事有無，年年今夕會星娥。時人莫訝經年隔，猶勝人間長别多。

春晚

春風日日閉深閨，柳老花殘鶯自啼。寂寞小窗天又暮，一鈎新月掛樓西。

秋晚

柳外慵蟬噪晚霞，風牀書卷篆煙斜。憑闌自愛秋容淡，閒數殘荷幾朵花。

項氏蘭貞一十一首

蘭貞字孟畹，檇李黄卯錫之妻，柔卿之侄婦也。歸卯錫後，學詩十餘年，多與柔卿酬唱。有《裁雲》、《月露》二草。臨没，書一詩與卯錫訣别，曰：「吾於塵世它無所戀，惟《雲》、《露》小詩得附名閨秀後足矣。」其自贊畫像亦云。蘭貞嚴於教子，羈貫訓誡如成人。今其子解元孟瀾，有聞於時。

雒城聞雁

明月照蒼苔，横空一雁來。影翻飛葉墮，聲帶晚風迴。塞北征人思，閨中少婦哀。江南別業在，叢桂幾枝開。

秋夜憶家

一夕秋風至，天空雁忽來。露溥階下草，月落掌中杯。故國書難到，他鄉客未回。坐憐砧杵急，寒柝又相催。

寄慰寒山趙夫人

落葉驚秋早，斷鴻天際聞。遥思鹿門侶，愁看嶺頭雲。

步　月二首

步月下庭除，螢飛花影側。露下不知寒，鳴蛩動秋色。

步月下庭除，青苔印鞋濕。行吟月轉西，覓句還獨立。

秋夜

静夜砧初動，凉風雨乍收。一鈎新月上，應照故園樓。

舟中晚眺得青字

片帆天際闊，落日遠山青。隱隱風前笛，行人不忍聽。

柳枝詞

緑樹陰陰映酒旗，欲牽春色上柔枝。年年爲惜征夫别，折盡東風總不知。

詠梅

冰玉孤清世外姿，娟娟新月上疏枝。無情短笛休輕弄，未是春風點額時。

沈氏宛君 一十一首

沈宜修字宛君，吴江人。山東副使沈珫之女，工部郎中葉紹袁仲韶之妻也。仲韶少而韶令，有衛洗馬、潘散騎之目。宛君十六來歸，瓊枝玉樹，交相映帶，吴中人艷稱之。生三女，長曰紈紈，次曰蕙綢，幼曰小鸞，蘭心蕙質，皆天人也。仲韶偃蹇仕宦，跌宕文史，宛君與三女相與題花賦草，鏤月裁雲。中庭之詠，不遜謝家；嬌女之篇，有逾左氏。於是諸姑伯姊，後先娣姒，靡不屏刀尺而事篇章，棄組紝而工子墨。松陵之上，汾湖之濱，閨房之秀代興，彤管之詒交作矣。小鸞年十七，字崑山張氏，將行而卒。未幾，紈紈以哭妹來歸，亦死。葉氏宛君神傷心死，幽憂憔悴，又三載而卒。仲韶於是集宛君之詩曰《鸝吹》，紈紈之詩曰《愁言》，小鸞之詩曰《返生香》，及哀輓傷悼之什，都爲一集，而蕙綢《鴛鴦夢》雜劇傷姊妹而作者，亦附見焉。總曰《午夢堂十集》，盛行於世。余録宛君母女詩，頗存輓詞之佳者，不問存没，俾一時女士之名附以傳於世，亦憐才之微意也。

題小鸞所居疏香閣三首

次長女昭齊韻

旭日初升幌，曈曨映綺房。梨花猶夢雨，宿蝶半迷香。輕陰籠霞彩，繁英低飄翔。待將紅袖色，簾影一時芳。海棠還折取，拂鏡試新妝。新妝方徐理，窗外弄鶯簧。

次仲女蕙齊韻

遠碧繞庭色，參差映日明。竹間翠煙發，竹外雙鳩鳴。徑曲繁枝裊，嫣紅入望盈。博山微一縷，煙浮晝羅生。芳樹清風起，飄飄落霰輕。

次季女瓊章韻

幾點催花雨，疏疏入畫樓。推簾望遠墅，爛錦盈汀洲。昨夜碧桃樹，凝雲綴不流。朝來庭草色，挹取暗香浮。飛瓊方十五，吹笙未解愁。次第芳菲節，清吟知未休。

夏初教女學繡有感

憶昔十三餘，倚牀初學繡。不解春惱人，惟譜花含蔻。十五弄瓊簫，柳絮吹粘袖。挈伴試鞦韆，芳草花陰逗。十六畫蛾眉，蛾眉春欲瘦。春風二十年，脈脈空長晝。流光幾度新，曉夢還如舊。落盡薔薇花，正是愁時候。

壬申除夜悼二女

惡風吹斷鬢，寂寞歲窮天。落月照新鬼，傷心送舊年。室連雙繐帳，腸斷一詩篇。臘酒澆難醒，寒花淚紙錢。

人日

剪綵腸逾結，傷心景自流。春風才七日，泉路自千秋。凄斷雁非字，悲看月又鈎。登高一臨眺，極目總堪愁。

秋思

鵲鏡容消祗自知，碧雲黄葉動離思。閒愁紫袖衫前色，舊恨青春樹上絲。《子夜》有情新樂府，傷秋多病送歸辭。江頭八月西風起，寥廓天高鳥度遲。

立秋夜感懷

凉夜悠悠露氣清，晴蟲凄切草間鳴。高林一葉人初去，短夢三更感乍生。自恨迴波千曲繞，空餘殘月半窗明。文園多病悲秋客，摇落西風萬古情。

秋夜

悲秋不是斷腸初，風景依依雲影疏。玉漏自殘燈自落，小窗斜月半庭虚。

茉莉花

如許閒宵似廣寒，翠叢倒影浸冰團。梅花宜冷君宜熱，一樣香魂兩樣看。

附見　李玉照二首

李，宛君弟君庸繼室。

哭宛君姑葉安人二首

妾生會稽，長於燕中，從夫婿南歸，卜居吴趨。聞大姑文彩風雅，私心向慕，奈夫婿年年飄泊，空訂歸期，竟成虚話，豈非緣慳三生，晤難一面。不揣鄙薄，聊附軌章。

三年空望剡溪船，惆悵兒家宕子緣。却似蓬山風引去，不教凡質近神仙。

想像豐姿欲見難，春風容易妒花殘。焚香手把遺編讀，百遍長吁鬬鴨欄。

附見　沈憲英一首

宛君弟君晦長女，字惠思，一字蘭支。時年十五。

輓　詩

樓上春深乳燕來，半簾花影自徘徊。子規聲裏黄昏月，叫斷東風夢不回。

附見　沈華鬘一首

君晦次女，字端容，一字蘭餘，時年十四。

輓　詩

悠悠泉路月爲家，寂寂春風夢碧紗。自是空思腸斷處，歸來煙雨送殘花。

葉氏紈紈六首

紈紈字昭齊，其相端妍，金輝玉潤。生三歲，能朗誦《長恨歌》。十三能詩。書法遒勁有晋風。歸趙田袁氏七載，悒悒不得志。戊申秋，幼妹將嫁，作催妝詩甫就而訃至，歸哭妹過哀，發病而卒。昭齊皈心法門，日誦梵策，精專自課。病亟，抗身危坐，念佛而逝，年二十有三。没後有冥度之兆，語在小鸞事中。

秋日睡起感悟

睡餘晚色上，四壁蛩聲啾。涼月滿庭白，寒燈一點愁。眇眇猶若夢，恍惚又謂起。醒夢若俱非，不知何所似。慨然長嘆息，生死即如此。

送妹瓊章于歸

畫堂紅燭影摇光，簫鼓聲繁繞玳梁。頻傳簾外催妝急，無語相看各斷腸。鸞臺寶鏡生離色，鴛帶羅衣惜别長。香靄屏帷凝彩扇，風輕簾幕拂新妝。新妝不用鉛華飾，梅雪謡來羞並色。傾國傾城自絶群，飛瓊碧玉驚相識。相顧含情淚暗彈，可憐未識别離難。遥遥此夜離香閣，去去行裝不忍看。欲作長歌一送君，未曾搦管淚紛紛。追思昔日同遊處，惆悵於今各自分。昔日同遊同笑語，依依朝夕無愁苦。春閨連幾學弄書，秋牀共被聽風雨。更憶此時君最小，風流早已仙姿裊。雪句裁成出衆中，新詞欲和人還少。往事悠悠空自思，從今難再不勝悲。休題往日今難再，但願無愆別後期。別後離多相見稀，人生不及雁行飛。杳杳離情隨去棹，綿綿別恨欲牽衣。戀別牽衣不可留，張帆鼓吹溯中流。可憐此去應歡笑，莫爲思家空自愁。

春日感懷

羅袂消殘舊日香，啼痕幾度濕年芳。無情懶向東風立，有恨誰憐一夢長。

秋日偶題

一番摇落一番嗟，咫尺天涯夢裏家。莫道秋來不憔悴，滿庭都是斷腸花。

哭亡妹瓊章二首

病裏俄驚報訃音，狂風號野正凄陰。歸來哭向殘妝處，冷月寒花淚滴深。

別酒同傾九日前，誰知此別即千年。疏香閣外黄昏雨，點點苔痕盡黯然。

葉小鸞一十四首

小鸞字瓊章，一字瑶期，宛君第三女。四歲能誦《楚辭》。十歲，與其母初寒夜坐，母云：「桂寒清露濕。」即應云：「楓冷亂紅凋。」咸喜其敏捷，不知其爲夭徵也。十二歲，髮已覆額，姣好如玉人。工詩，多佳句。十四能弈，十六善琴。能模山水，寫落花飛蝶，皆有韻致。宛君作傳，稱其鬒髮素額，修眉玉頰，丹唇皓齒，端鼻媚靨，明眸善睞，無妖艷之態，無脂粉之氣，比梅花覺梅花太瘦，比海棠覺海棠少清，林下之風，閨房之秀，殆兼有之。日臨子敬《雒神賦》或《藏真帖》一遍，静坐疏香閣，薰鑪茗碗，與琴書爲伴而已。亡後七日乃就木，舉體輕軟，母朱書「瓊章」二字於右臂，臂如削藕，冰雕雪成，家人咸以爲仙去未死也。吴門有神降於乩，自言天台泐子，智者大師之大弟子，轉女人身，墮鬼神道中，借乩示現，而爲説法者也。乩言女人靈慧，没後，應以女人身得度者攝入無葉堂中，教修四儀密諦，注生西方。無葉堂者，取契經無枝葉而純真實之義也。宛君、昭齊皆入無葉堂中。宛君法名智頂，字醓眼①。昭齊法名智轉，字珠輪。小鸞，月府侍書女也。本名寒簧，今復名葉小鸞矣。俄而召瓊章至，瓊來賦詩，與家人酬對甚悉，泐師演説無明緣行生老病苦因緣，瓊曰：「願從大師受記，不復往仙府矣。」師與審戒，瓊矢口而答，皆六朝駢麗之語。師大驚曰：「我不敢以神仙待子也。可謂迥絶無際矣。」遂名曰智斷，字絶際，今堂中稱絶子，又稱絶禪師。自時厥後，泐子與醓子母女降乩賦詩，勸勉薰修，不可勝記。嗟夫！三世往來，如屈伸臂。西池南嶽，豈非如來化身；易遷童初，總是樂邦變現。余往撰《泐子靈異記》，頗受儒者謡詠，今讀仲韶竊聞之書，故知靈真位業，億劫長新，仙佛津梁，彈指不隔。聊假空華，永資迴向云爾。

①原注：「摩醯首羅天王頂上一眼，大于世界。雨點之數，彼能知之。取此義也。」

早春紅于折梅花至偶成 紅于，侍兒名。

遲遲簾影映清宵，日照池塘凍欲消。公主梅花先傅額，美人楊柳未垂腰。紗窗繡冷留餘線，綺閣香濃繞畫綃。試問待兒芳草色，階前曾長翠雲條？

昭齊姊約歸阻風不至

寒爐撥盡燼微紅，漠漠紅雲黯碧空。離别遂如千里月，歸期偏悵一帆風。愁邊花發三春日，夢裏年驚兩鬢中。雨雪滿窗消未得，定應握手幾時同。

春日曉妝 丁卯，十二歲。

攬鏡曉風清，雙蛾豈畫成。簪花初欲罷，柳外正鶯聲。

己巳春哭六舅母墓上 即張倩倩。

十載恩難報，重泉哭不聞。年年春草色，腸斷一孤墳。

雨夜聞簫

紗窗徙倚倍無聊，香燼熏爐懶更燒。一縷簫聲何處弄，隔簾微雨濕芭蕉。

別蕙綢姊 二首

歲月驚從愁裏過，夢魂不向別中分。當時最是無情物，疏柳斜陽若送君。
枝頭餘葉墮聲乾，天外淒淒雁字寒。感別却憐雙鬢影，竹窗風雨一燈看。

詠畫屏美人 二首

庭雪初消月半鉤，輕漪月色共相流。玉人斜倚寒無那，兩點春山日日愁。
紅深翠淺最芳年，閒倚晴空破綺煙。何似美人腸斷處，海棠和雨晚風前。

送蕙綢姊二首

絲絲楊柳拂煙輕，總爲愁人送別情。惟有流波似離恨，共將明月伴君行。

緑酒盈尊未及銜，那堪津樹引征帆。情知此別難留住，相對無言濕杏衫。

遊仙詩 瓊章亡後，仲韶夢青衣小鬟持寄。

可是初逢蕚緑華，瓊樓煙月幾仙家。坐中聽徹《凉州曲》，笑指窗前夜合花。

仙壇奉呈泐師

身非巫女慣行雲，肯對三星蹴絳裙。清吹聲中輕脱去，瑶天笙鶴兩行分。

將授戒再呈泐師

弱水安能制毒龍，竿頭一轉拜師功。從今别却芙容主，承侍猊座沐下風。

附見　葉蕙綢二首

哭瓊章妹二首

妝臺静鎖向清晨，滿架琴書日覆塵。一自疏香人去後，可憐花鳥不知春。
生别那知死别難，長眠長似夜漫漫。春來燕子穿簾入，可認雕闌鎖晝寒。

附見　沈　媛四首

吴江人，歸周氏。

柳絮因風淡遠空，海棠照月霧香蒙。莫愁强字盧家婦，閉影梨花芳雪中。
梟藻頻温語砌蛩，不教詩卷罥蛛封。夜臺屬和瓊章句，花落庭幽鎖徑重。

右輓葉昭齊甥女二首。

仿佛瓊姿照筆牀，寒歸空閣燕歸梁。最憐琴絶流波引，句裏梅花度暗香。
十七齡來聚沫餘，芙蓉城冷待爰居。臂文朱縷他年識，祇恐天都署掌書。

右輓葉瓊章甥女二首。

附見　周蘭秀六首

字弱英，沈媛之女。

閒窗瓊月照幽姿，芳雪飄零有所思。莫謂愁春春不覺，語愁今可共瑤期。
遺詩猶貯舊書幃，林壑緣深夢後非。簷鳥倦啼花不掃，古丘殘月倩魂歸。
三生石上指空彈，讀罷《楞嚴》静裏觀。塵土何堪埋玉樹，梨花小閣又春寒。

輓昭齊表妹三首。

性帶煙霞秀可餐，蕉窗煮夢静無喧①。只今韻魄翛然去，何必雙飛文采鸞。
十詠探梅護徑苔，柔情端不爲春來。琴亡誰譜江南弄，空使疏香度夜臺。
名閨洵有女如雲，君獨珠焚與玉沉。豈是忌才秋夢短，白頭應不怨文君。

① 原注：「瑶期有《蕉窗夢記》，自稱煮夢子。」輓瓊章表妹三首。

附見　沈智瑶一首

字少君，宛君之妹。

獨立閒庭憶玉人，露桃花下月如銀。人間縱有傷心事，不及泉臺半夜春。

憶昭齊、瓊章兩甥女。

附見 沈憲英二首

雲散遥天鎖碧岑，人間無路月沉沉。可憐寒食梨花夜，依舊春風小院深。

哭昭齊姊。

弱水蓬山夢不分，紅箋無處寄行雲。海棠睡醒清宵月，影入紗窗疑是君。

花下憶瓊章姊。

附見 沈華鬘二首

春寒香静月朧朧，閒捲湘簾罷繡工。蘭燼含花人不寐，獨吟殘句送歸鴻。

春夜憶昭齊姊。

粉蝶戲蘭叢，桃花似面紅。東風吹不定，飛向玉階空。

春日憶瓊章姊。

附見　沈倩君四首

吴江人。詞隱先生季女。詞隱有從孫女蕙端，字幽馨，精曲律，作小令輓二女，爲時人所傳。時年二十。

雲静煙飛降蕊淵，幽蘭比格錦爲篇。傷心賺夢梨花月，閒鎖春風聽杜鵑。
無賴銜哀訴上天，願兒世世絶情緣。香魂莫作催花使，恐見牽愁並蒂蓮。

悼甥女葉昭齊二首。

不見妝臺佇玉姿，春風何必到花枝。繡籠鸚鵡喃喃語，猶是兒家歸教詩。
駕返翔鸞日駕寒，難尋墨子未央丸。疏香無主蕉窗冷，欲讀遺編不忍看。

悼甥女葉瓊章二首。

張倩倩五首

倩倩，吴江士人沈自徵君庸之妻，即宛君之姑之女也。宛君少長於其姑。倩倩小宛君四歲，明眸皓齒，説禮敦詩，皆上流女子也。倩倩歸君庸，生子女，皆不育，遂女宛君之季女瓊章。瓊章夙慧，兒時能誦《毛詩》、《楚辭》，倩倩教之也。君庸少年裘馬，揮斥千金，自負縱横捭闔之材，好遊長安塞外。倩倩美而慧，幽居食貧，抑鬱不堪，年三十四病卒。工詩詞，作即棄去，瓊章記憶其數首。瓊章亡，宛君悼其女，追懷倩倩，爲倩倩作傳，并録瓊章所記詩附傳中。

詠風

蕭蕭竹徑鳴，捲幔如有情。木落寒山裏，千林共一聲。

憶宛君

故人别後杳沉沉，獨上高樓水國陰。鴻雁不傳書底恨，天山流落到如今。

過行春橋

行春橋上月如鈎，行春橋下月欲流。月光到處還相似，應照銀屏夢裏愁。

春日

春衫帶綰縷金綃，晝永空閒碧玉簫。情到寄將何處好，曲欄杆外折紅蕉。

蝶戀花詞　丙寅寒夜，與宛君談君庸流落，相對泣下而作。

漠漠輕陰籠竹院，細雨無情，淚濕霜花面。試問寸腸何樣斷，殘紅碎緑西風片。千遍相思才夜半，又聽樓前叫過傷心雁。不恨天涯人去遠，三生緣薄吹簫伴。

文太青妻武氏九首

天啟初，余承乏外制。太青督晋學，考最，屬余撰文。太青所著事略，稱其妻武恭人之能詩也。余撰制詞，以秦風之女子爲比。太青書報余，恭人讀之而喜可知也。崇禎初，太青以太僕少卿家居，恭人没，繼室鄧氏，故寧河武順王之裔也。太青鰥居，謀續娶，家園有並頭蓮之瑞，作《嘉蓮詩》七言今體四百餘首。鄧之父才其女而告之曰：「此真可以婿汝矣。」太青喜，遂委禽焉。既歸於文太青，以謝藴、徐淑視鄧，而鄧則以孔、孟、伊、周、莊事太青，交相得也。太青好奇，如子雲構《太玄經》，以鄧爲童烏，覃思少間，相與論李詩韓筆，磨研曲折，太青喜而忘寐，不知更漏之深淺。春秋佳日，奉太夫人版輿出遊，訪未央之故丘，問城南之遺跡，登車弔古，夫婦唱酬，筆墨横飛，争先鬭捷。太青有《三出西郊記》，讀者艷之。太青好爲文賦，鏤腸鉥腎，不少休。甲戌，喪太夫人過哀，遂得風疾，已而少差，舌本間强。鄧知其嗜邵詩，吟邵句以引之，太青喉吻喀喀然，久之，豁然應聲，琅琅相和出金石矣。自丁丑歷辛巳，用左手作字，著作益煩。壬午春，病劇，遂不起。鄧爲文以祭，叙致婉悉，關中文士争傳寫之。逾二年，關陝躪。又逾年，宫闕毁。鄧老矣，以才華爲寇盗所知，淪於闖，遁於秦，流離於幽冀，迄不知其所終。然而自秦之燕，郵墻旅壁，潑墨留題，人多見之，往往皆黄鵠胡笳、漢南塞北之語，或以爲尚在不死也。江右黄國琦石公，太青之桓譚也，告余以鄧後事，余聞而嗟悼，遂録武恭人之詩，而以鄧附焉。不獨存二氏也，亦以慰吾亡友於地下爾。

四月維夏　癸卯。

四月維夏，居也。二章，章四句。

四月維夏，浚室閒居。户庭緑重，可以詩書。

四月維夏，百卉俱開。清風直入，語鳥不猜。

夏之日　癸卯。

夏之日，遊也。二章，章四句。

夏之日，美人倦起。小院閒窗，風摇簾子。

夏之日，重槐輕柳。燕子唤人，園林宜酒。

贈外　壬寅。

林端緑雪，木際紅霞。詩香思酒，筆藻夢花。

秋　乙巳。

秋意入梧新，獨居悵遠人。芳樽吾負汝，清晝坐傷神。

春睡圖　丁未春。

煙輕紅玉重，驚鳥别湖橋。徐起説清夢，如風囀绛桃。

如夢令　戊申夏日。

畫閣閒吟玉案，簾捲薰風滿院。悶則向，花前獨立，闌干倚遍。堪玩，堪玩，座裏清陰一半。

初入南國　丙辰秋。

南州初入便神清，步步新秋送水聲。金縷兩行濃夾柳，灘雲如染照山明。

晉臺獨夜 壬戌春。

晉臺玉鏡照春流，緑草朱鱗步步幽。百子帳頭香自暖，銀牀歸坐夜懸鈎。

附見 鄧氏 一十二首

七夕

誰遣鵲梁貫絳河，靈妃應是早停梭。雲鬟待駕輕飛輦，月鏡催妝淺步羅。緱氏鳳聲方未已，漢庭鸞使更相過。佳期只恐箕星妒，風雨休教浪作波①

① 原注：「是夜陰。」

捲簾與夫子聯句

捲簾且放春風舞，（太青）好共花妃入睡鄉。（太妙）鴛盞可留佳色醉，（太青）早霞如與借紅妝。（太妙）

和夫子三出西郊之作

幽人問水更攜琴，好傍清池發妙音。曲徑横穿花意密，重臺斜拂竹情深。荒籬媚菊含金笑，疏木寒禽弄玉吟。欲攀艷日留歌席，縱迫歸心戀暮岑。

金陵九思

丁卯，王母歸咸京，余母子從。經潯陽，兼彭澤，自鄖、襄入秦嶺而之長安。王母庚午仙矣。辛未，有先君子之變，夫子頻欲以我南，弗能也。乙亥，馳函起居外王母李太夫人並張氏姑，遂思金陵之景而成《九思》。《九思》者，效漢張平子《四愁詩》之作。故國之思既九年矣，寄之以九思，竊比於君子也。

一思

我所思兮在烈山，欲往從之阻漢關。層雲高鎖二陵寒，側身南望涕汍瀾。美人贈我落霞琴，何以報之黄縷金。路遠莫致倚噤吟，朱湖松浪海潮音，安得開襟嘯蔣岑①。

① 原注：「漢武帝見白鵠變二神女，撫落霞之琴：『黄檀彌離門，婢紡黄金縷。』」

二思

我所思兮在澄江，欲往從之横鄖襄。兼天彭澤接潯陽，側身南望涕淋浪。美人贈我虎魄燕，何以報之月鵲扇。路遠莫致倚淒斷，天際綺霞連復散，安得揚帆揮净練①。

① 原注：「漢武帝，西方貢虎珀燕，置之静室，自於室中鳴翔。周昭王，塗修國獻月鵲，脱易毛羽，聚以爲扇。」

三　思

我所思兮在桃葉，欲往從之無桂楫。黄河天上難爲涉，側身南望涕厭浥。美人贈我一握蘭，何以報之雙弧環。路遠莫致倚辛酸，邀笛秦淮蕩畫船，安得清流採並蓮①。

① 原注：「《鄭風》：『士與女，方秉蕑兮。』蕑，蘭也。《陳風》：『貽我握椒。』趙昭儀壽飛燕精金弧環。」

四　思

我所思兮在雨花，欲往從之失貫查。秦雲雪暗亂蓬麻，側身南望涕交加。美人贈我同心梅，何以報之夜明苔。路遠莫致倚徘徊，先王華表玉爲臺，安得乘鸞錦畫回①。

① 原注：「上林苑有同心梅。趙昭儀壽飛燕，亦有同心梅。晉惠帝，祖梁國獻蔓金苔，色如黄金，置盤中，照耀滿室。」

五　思

我所思兮在石城，欲往從之哄渭涇。八川强半寇縱横，側身南望涕飄零。美人贈我闢遐草，何以報之嗽金鳥。路遠莫致倚窈糾，莫愁香徑菱歌繞，安得飛棹移鳬藻①。

① 原注：「漢宣帝，背明國貢闢遐草，服者耳聰。魏明帝，昆明國貢嗽金鳥，吐金屑如粟。」

六　思

我所思兮的玄湖，欲往從之限孟諸。柳斷隋堤失汇渠，側身南望涕連珠。美人贈我麗居香，何以報之明月璫。路遠莫致倚傍徨，芙蓉玉鏡艷紅妝，安得臨風翠蓋傍①。

① 原注：「吴主亮以人名香，有麗居香。《焦仲卿妻》：『耳著明月璫。』」

七　思

我所思兮在鳳臺，欲往從之煙雨霾。劍天秋氣晚風哀，側身南望涕盈懷。美人贈我鴛鴦襦，何以報之上清珠。路遠莫致倚躊躕，盝岡茵草帶香鋪，安得高眺白雲衢①。

① 原注：「鴛鴦襦，亦昭儀壽飛燕者。上清珠，唐玄宗賜肅宗者。」

八　思

我所思兮在燕磯，欲往從之畏鼓鼙。愁看越鳥向風棲，側身南望涕揮衣。美人贈我緑桂膏，何以報之赤霜袍。路遠莫致倚忉勞，俯江春霽浪花高，安得片帆掛遠濤①。

① 原注：「燕昭王取緑桂膏然以照夜。赤霜袍，上元夫人降漢官著者。」

九　思

我所思兮在鷺州，欲往從之乏紫騮。鹿車雙輓尚淹留，側身南望涕凝眸。美人贈我紫英裙，何以報之綠熊茵。路遠莫致倚呻顰，天外長波二水分，安得三山弄月輪①。

①原注：「紫英裙，飛燕衣，南越所貢。雲英紫。昭儀設綠熊席，一坐餘香百日。」

劉雲瓊二首

雲瓊，山西臨縣舉人趙禢之妻。有《水雲居詩》，自署曰「離石檻花居士」。

古別離

牽衣惜郎別，郎上雕鞍去。試問將何之，東流汾水處。

春　閨

百舌五更啼，啼聲驚繡闈。王孫歸未得，芳草自萋萋。

孫瑶華 一首

瑶華字靈光，金陵曲中名妓，歸於新安汪景純。景純江左大俠，憂時慷慨，期毀家以紓國難，靈光多所佽助，景純以畏友目之。卜居白門城南，築樓六朝古松下，讀書賦詩，屏却凡華。景純好畜古書畫鼎彝之屬，經其鑒别，不失毫黍。王伯穀亟稱之，以爲今之李清照也。景純没，遂不作詩。所著《遠山樓稿》亦不存。汪仲嘉有《代蘇姬寄怨所歡》之詩，一時詞客屬和盈帙，吴非熊尤岸然自負，靈光詩一出，皆閣筆斂衽。景純子駿聲，以手跡示余，詩字皆清勁婉約，真閨房之秀也。景純在里門有寄衣詩云：「閉妾深閨惟有夢，憐君故國豈無衣。」怨而不怒，可謂《小雅》之遺，亦駿聲爲余誦之。

次韻汪仲嘉戲代蘇姬寄郎之作

由來嬌愛競新知，空結同心不忍持。山上靡蕪寧再遇，陵西松柏詎相期。羅繻明月君休繫，紈扇秋風妾不辭。極目自憐春欲盡，流鶯飛處草離離。

附見　汪宗孝一首

景純，天下大俠也。人不知其能詩，於瑶華後附見一首。

和陳夫人紅牡丹詩次韻

深葉繁枝芘苑墻，朱顔贏得配花王。風迴盼盼筵間態①，日映楊妃醉後妝。嬌艷由來稱覆錦②，穠華應許傍沉香。也知春晝饒清賞，燒燭相看更斷腸。

①原注：「用白樂天贈盼盼詩。」

②原注：「唐李進賢有牡丹，覆以錦。」

草衣道人王微六十一首

微字修微，廣陵人。七歲失父，流落北里。長而才情殊衆，扁舟載書，往來吴、會間。所與遊，皆勝流名士。已而忽有警悟，皈心禪説，布袍竹杖，遊歷江楚。登大别山，眺黄鶴樓、鸚鵡洲諸勝，謁玄嶽，登天柱峰，溯大江上匡廬，訪白香山草堂，參憨山大師於五乳。歸而造生壙於武林，自號草衣道人，有終焉之志。偶過吴門，爲俗子所嬲，乃歸於華亭潁川君。潁川在諫垣，當政亂國危之日，多所建白，抗節罷免，修微有助焉。亂後，相依兵刃間，間關播遷，誓死相殉。居三載而卒，潁川君哭之慟。君子曰：「修微，青蓮亭亭，自拔淤泥，崑岡白璧，不罹劫火，斯可爲全歸，幸也！」修微《樾館詩》數卷，自爲叙曰：「生非丈夫，不能掃除天下，猶事一室。參誦之餘，一言一詠，或散懷花雨，或箋志水山，喟然而興，寄意而止，妄謂世間春之在草，秋之在葉，點綴生成，無非詩也。詩如是可言乎？不可言乎？」性好名山水，撰集《名山記》數百卷，自爲叙以行世。

近秋懷宛叔

已覺江聲外，秋情入暮蟬。竹光留黯澹，桐影漸孤圓。啼鳥當清夜，疏砧隔遠天。一燈羈客夢，難到石城邊。

仙家竹枝詞二首　同李夫人登武當山作。

幽踪誰識女郎身，銀浦前頭好問津。朝罷玉宸無一事，壇邊願作掃花人。

不信仙家也不閒，白雲春亂碧桃關。棋亭偶向茅君弈，一局未終花已殘。

天柱峰

太乙吹爐處，依然刻帝青。千峰抱鬟萼，五石煉置形。叨利移金時，神霄墮碧鈴。仙衣如可拂，投杖出空冥。

舟次江滸

一葉浮空無盡頭，寒雲風切水西流。蒹葭月裏村村杵，蟋蟀霜中處處秋。客思夜通千里夢，鐘聲不散五更愁。孤踪何地堪相託，漠漠荒煙一釣舟。

偶作

月凉山氣静，風斷雁聲孤。試問同懷侣，宵來得夢無。

吴江舟次

昔年從此去，寒雨共孤舟。有病淹歸旅，無詩記遠遊。半窗殘月夢，幾樹斷煙愁。未抵荒江外，相思一夜秋。

寒夜泊湖上

湖煙暝暝山爲空，不開湖面如愁胸。吴歌清激水氣通，煙收水遠出兩峰。徘徊歌罷月尚東，露花上衣光融融，可憐此月天涯同。

雪夜小泛

朔風吹夜雪，聽祇在菰蘆。但惜湖山冷，何妨野艇狐。灘聲疏落雁，鬼火怯啼烏。欲寫梅花影，敲冰硯未枯。

別窗下蕉

窗外重重碧，雨餘密密栽。似知明日別，不展寸心開。

新秋逢人初度感懷諸女伴

憶昔年年秋未分，曉妝一院氣氤氳。階前暗印朱絲履，窗裏同縫白練裙。《子夜歌》成猶待月，六時參罷悟行雲。即今拾翠溪邊望，凉露如珠逗水紋。

湖上次韻答黄孟畹夫人

去住湖山别有緣，門前紅葉滿來船。劉綱夫婦霞爲骨，謝藴家庭雪作篇。翠袖風前誰薄醉，黄楊樹底與參禪。回思飄渺伊人跡，祇隔鴛鴦南浦煙。

寒夜送夏夫人從楚入洛

我遊楚二嶽，蔗味還在口。但恨少室花，一枝難入手。襄鄧接中原，戰鏃古來有。君過南陽廬，抱膝人存否？

今夜寒

今夜□寒寒且永，一燈向壁懸孤影。湖南鐘動湖北愁，霜風殘月夜悠悠。

舟居拈得風字

人情各有寄，我獨如秋風。耽詩偶成癖，聊以閒自攻。薄遊來吴會，寒輕不知冬。樽酒見窗月，仄徑幽懷通。村煙辨遥林，夜氣齊群峰。人忘舟亦静，水木各爲容。恍惚書所對，殘燈焰微紅。

哭黄夫人孟畹

秋堤一片石，誰悟是三生。蕙質非松壽，梅魂伴月明。遺奩皆竹素，雜組亦瑶珩。料得荀家倩，難言不及情。

夜歸憶鄰舟女郎

共春商略夜無眠，拾得閒愁在水邊。倒似夢中曾見過，一枝春影倚寒煙。

閒　居

不妨昨日雨，可喜是新晴。窗暝從雲宿，庭虚待月行。閒真難適俗，静乃合詩情。冬候常如此，將愁何處生。

汪夫人以不繫園詩見示賦此寄之

湖上選名園，何如湖上船。新花摇灼灼，初月載娟娟。牖啟光能直，簾鈎影乍圓。春隨千嶂曉，夢借一溪煙。虚閣延清入，低欄隱幕連。何時同嘯詠，暫繫净居前。

讀張秀先傳偶題

香爐花嫣月欲秋，卷中留得鏡中愁。翻憐短命郎邊死，不伴殘霜燕子樓。

吴老夫人出訪山莊以詩見示次韻賦答

春園如吾廬，居停偶相許。雙松既以蔭，片石遥可語。夫人惠然來，清風散孤墅。茗論欲入絃，花情亦浮醑。棲遲每無恒，飄摇感雲緒。却緩山中期，眷此人外侣。

擬燕子樓四時閨意

淡煙如夢罨重帷，樓外晴絲與淚吹。判得鶯花笑憔悴，不能輕薄學楊枝。
何須鶯語唤春回，濃緑眉痕展不開。多謝伴愁梁上燕，祇將孤影入樓來。
羅衾自疊怯新凉，無寐偏憐夜未央。生死樓前十年事，砌蛩簾月細思量。
照心殘焰見牀空，死憶分明夢不通。才到四更窗外白，峭寒輕絮一樓風。

哭韓夫人

乍聞埋玉已三年，墓産神芝舌産蓮。記得夙生曾受記，祇教不住鬘持天。

春夜留別

朝朝還夕夕，春與夢中看。月有痕知怨，花無言欲殘。羈魂遊處怯，醉影別時寒。一水何曾隔，其如去住難。

探梅

故人辭我去，期我梅花時。昨夜偶相念，起看庭樹枝。

怨梅

庭樹亦如昨，故人來何時。花花自蚤發，偏爾獨開遲。

代梅答

寄語問花人，歲月那能借。爾意怨遲開，儂意憐遲謝。

庚申秋夜予卧病孤山閒讀虎關女郎秋夢詩悵然神往不能假寐漫賦一絶併紀幽懷予已作木石人尚不能無情後之覽者當如何也

孤枕寒生好夢頻，幾番疑見忽疑真。情知好夢都無用，猶願爲君夢裏人。

病中聽雨

山雨遥侵夜，過春尚作寒。却憐燈火寂，反與病相安。

山齋坐月

月上桐陰薄，閒階夜氣清。與君到曉坐，幽思自然生。

有人以斷腸草寄怨予偶見戲反之

木名有連理，草名有宜男。花有枝並頭，禽有翼鶼鶼。西方鳥共命，東海魚比目。蓮花千萬億，鴛鴦三十六。方州有交合，山縣有陰陽。合璧表玉德，雙股别釵梁。繡被百子衾，文枕蟠螭綺。調聽雙聲諧，人指雙星喜。相思爲唐殿，合歡是漢宫。雀屏開甲乙，龍劍匣雌雄。之子賦斷腸，稱物作苦語。聊拈嘉耦名，其他未遑舉。

輓趙凡夫二首

吴中真隕少微星，洞中猶摹石上經。耆舊凋殘猿鶴怨，支硎山色爲誰青。

最難同學又同修，夫婦雙棲百尺樓。到得一絲不掛處，長空孤月自悠悠。

顯小姬畫蘭二首

借郎畫眉筆，爲郎畫紈扇。紈扇置郎懷，開時郎自見。

幽窗墨麝濃，《騷經》親自注。爲恨子蘭名，抹入棘叢去。

月夜留宿馮夫人池上

愛君池下影，時來池上眠。落花映修竹，静起一簾煙。

秋集石湖分得妝字

雲罨湖山遠樹蒼，鵁鶄飛破藕塘香。月明處處添秋色，一束芙蓉正洗妝。

冬夜懷宛叔

寒燈怯影黯疏幃，霜月留魂露未晞。我夢到君君夢我，好遲殘夢待君歸。

懷宛叔

不見因生夢見心，自愁孤枕與孤吟。如何永夜曾無寐，悔向湖邊獨獨尋。

初冬拜外太祖墓

松徑看成遠，煙寒鳥一鳴。應知泉下客，仍在此山行。

秋夜送别

握手應無語，離亭日漸過。霜寒天不曙，月好夢無多。莫言君去急，妾思逐流波。

過宛叔夢閣

照返江流急，霜多楓葉殘。年年月光好，祇共一閨寒。

送友夏友夏贈詩有天涯流落同之句

去去應難問，寒空葉自紅。此生已淪落，猶幸得君同。

送遠

爾別何所遊，月明江上舟。異日思君處，憑欄看水流。

夢宛叔

泉聲乍遠雨聲聞，殘睡昏昏夢到君。最是夢醒無意緒，暗推窗看水邊雲。

問侍兒月上花梢幾許

晚香澹澹出花枝，清夜窗妙坐起遲。最愛月明愁見月，月痕猶喜侍兒知。

昌化道中

照返煙溪樹影斜，千山含翠暮雲遮。年來已自多愁緒，古道無人更落花。

病中偶拈

秋清寂無事，卧病竹間房。日晚庭風落，時聞藥草香。

偶　賦

月落寒流急，風微桐影斜。更堪霜裏雁，飛過少年家。

丹陽道中作

雨歇山愈碧，楊花拂拂飛。幽人偶無趣，似是惜春歸。

遊牛首閱春江即目

初晴開柳色，忽照片檣懸。林遠鶯聲倦，江流月影圓。餘花繡崖谷，幽翠染雲煙。雨帶前朝夢，春留昨日妍。平洲雙鏡合，靈院一燈然。只此佳遊際，疑參雪後禪。

冬夜渡江

楚雲天際似相邀，旅思無端闕泬寥。篙影没寒燈寂寂，樹聲留咽岸蕭蕭。波從去雁分斜月，人共棲烏匝半宵。一片離心煙共水，江南江北自歸潮。

憶江南

寒沙日午霧猶含，蕭瑟風光三月三。撲地柳花新燕子，不由人不憶江南。

長至入雲棲

晴日寒江路，松雲入望深。身香燃五分，行樹拔千尋。忍土如家舍，交光映夙心。還疑晏坐處，猶發妙嚴音。

園居

桃嫣李笑滿園春，何事無聊似病身。獨坐水邊殘照落，定風幡下候花神。

秋夜二絶句

凄切秋聲蟲絡絲，入簾殘月似蛾眉。愁心不逐閒雲散，長比寒溝月照時。

何處鳴蜩不可憐，霜閨摇落夜無眠。題殘紈扇光疑月，多少人間不共圓。

梅生一首

梅生，姓梅氏，麻城士人周世遴之妻。世遴方應省試，得詩，不入鎖院而歸。

寄外

落葉滿庭階，秋風吹復起。遥憶别離人，寂寞何堪此。

會稽女郎二首

兖東新嘉驛中，壁間有題字云：「余生長會稽，幼攻書史，年方及笄，適於燕客。嗟林下之風致，事腹負之將軍。加以河東獅子，日吼數聲。今早薄言往訴，逢彼之怒，鞭棰亂下，辱等奴婢。余氣溢填胸，幾不能起。嗟呼！余籠中人耳，死何足惜，但恐委身草莽，湮没無聞，故忍死須臾，候同類睡熟，竊至後亭，以淚和墨，題二詩於壁，并序出處，庶知音讀之，悲余生之不辰，則余死且不朽。」天啟初，余與袁小修北上見之，各有和詩。再過之，則已經圬墁不可復跡矣。

銀紅衫子半蒙塵，一盞孤燈伴此身。恰似梨花經雨後，可憐零落舊時春。

萬種憂愁訴與誰，對人强笑背人悲。此時莫把尋常看，一句詩成千淚垂。

香奩下三十一人

賽　濤二首

正德中，古杭清平山巷趙蒙妻黎氏，生二女。庚辰春，黎携二女觀燈，叢雜中少女爲惡少掠去，賣臨清沈鵬。擅名青樓，號賽濤，以詞翰能賽薛濤也。長女歸周子文，子文爲吏，赴京，過臨清，見賽濤貌肖其妻，注目久之，因留宿焉。問所從來，秘不敢言。偶於故書中得詩一紙，子文詰之，乃告其故。訟之官，携歸。父母即以賽濤歸子文。有《曲江鶯囀集》，皆賽濤詩詞也。

憶家園一絶

日望南雲淚濕衣，家園夢想見依稀。短墻曲巷池邊屋，羅漢松青對紫薇。

元　宵

滿城簫鼓元宵節，小館燈花孤悶時。料得團圞行坐處，有人揮淚説分離。

金陵妓徐氏一首

徐昌穀《五集》有《和金陵妓徐氏春陰詩》，載其末韻云云。

楊花厚處春陰薄，清泠不勝單夾衣。

正德間妓二首

《藝苑卮言》云：「妓於客座分詠，得骰子，即應聲云云。」關漢卿雜劇載謝天香詩云：「一拉低微骨，置君掌握中。料應嫌點涴，抛擲任東風。」詞意略同，覺此妓有脱胎之妙。

一片寒微骨，翻成面面心。自從遭點汚，抛擲到如今。

朱斗兒一首

朱斗兒，號素娥。畫山水小景，陳魯南授以筆法。與魯南聯詩，有「芙蓉明玉沼，楊柳暗銀堤」之句。魯南入史館，素娥聚平日往還手跡，封題還之。鳳陽劉望岑訪素娥，素娥不出，乃投一絶云：

「曾是瓊樓第一仙，舊陪鶴駕禮諸天。碧雲縹渺剛風惡，吹落紅塵四十年。」素娥欣然見之。相傳託所歡買《束腰》詩，乃虞山女子季貞一之作也。梅禹金《青泥蓮花》誤載《題柳》詩爲角妓楊氏，今正之。又《金陵瑣事》載，成化間林奴兒從良後，題《畫柳》詩云：「從今寫入丹青裏，不許丹青再動揺。」此採謝天香聯句詩也，今亦削去。

送人

楊子江邊送玉郎，柳絲牽輓柳條長。柳絲換得行人住，多向江頭種兩行。

金陵妓朔朝霞一首

送人

秋風江上送君舟，落葉江楓總别愁。解纜不知人去遠，憑闌猶倚夕陽樓。

杭妓周青霞一首

病中别禹錫於藤谿

寒林落日倚枯藤，淚灑清溪紅欲冰。此際與君爲别去，好尋松柏到西陵。

金陵妓趙燕如二首

燕如名麗華，小字寶英。父鋭，善音律，武皇帝徵入供奉。麗華年十三，録籍教坊。容色殊麗，應對便捷。能綴小詞，即被入絃索中。性豪宕任俠，數致千金數散之。與名士朱射陂、陳海樵、王仲房、金白嶼、沈勾章遊。年既長，盡捐粉黛，杜門謝客，而諸君與之遊，愛好若兄妹。沈勾章爲作傳曰：「趙不但平康美人，使其具鬚眉，當不在劇孟、朱家下也。」

金白嶼王仲房沈嘉則九日醵金會飲賦詩見贈即席和答

少小秦樓學燕飛，楚雲湘水見應稀。欣逢此日重陽酒，還整當年舊舞衣。結客自憐非趙俠，靚妝無復是南威。勸君未醉休辭醉，細插黄花且莫歸。

答人寄吴箋

感君寄吴箋，箋上雙飛鵲。但效鵲雙飛，不效吴箋薄。

王儒卿 一首

儒卿字賽玉，嘉靖間南京本司妓。

寄吴郎

舊事巫山一夢中，佳期回首竟成空。郎心亦是浮萍草，莫怪楊花易逐風。

姜舜玉 二首

舜玉號竹雪居士，隆慶間舊院妓，工詩兼楷書。

花源逢顧何二使君作

仙源深幾曲，夾岸桃花開。忽漫逢劉阮，殷勤勸酒杯。

泊濠曲

芙蓉帶結紅鴛蒂，楊柳絲牽紫燕飛。獨棹蘭舟何處宿，年年飄泊待郎歸。

景翩翩五十二首

景翩翩字三昧，建昌青樓女也。與梅生子庚以風流意氣相許，有婚姻之約而不果。久之，窮困以死。詩名《散花吟》。王伯穀有詩曰：「閩中有女最能詩，寄我一部《散花詞》。雖然未見天女面，快語堪當食荔枝。」翩翩本家盱江，時時出遊建安，故伯穀以爲閩中女子。同時金陵有徐翩翩，才色爲秦淮之冠，嘗有句云：「紅拂當年事，青樓此日心。」歸江上郁公子，老於郁氏，以儀法有聞。

閨情四首

飛飛雙蛺蝶，底事過鄰家。鄰家海棠樹，春來已見花。

憶自折楊柳，長亭贈玉驄。如今楊花白，日日解隨風。
夜静還未眠，蛩吟遽難歇。無那一片心，説向雲間月。
窗前六出花，心與寒風折。不是郎歸遲，郎處無冰雪。

五日泛舟得男字

浴罷試冰蠶，重扶碧玉簪。操舟臨雒水，作賦弔湘潭。曲誤郎應顧，壚回客自酣。此時論黛色，誰復闘宜男。

晏起

晏起茶香解宿醺，闌干花氣午氤氳。侍兒指點湘簾外，若箇春山多白雲。

與蘇生話别 三首

十日平原酒，三秋江上船。一經摇落後，明月幾回圓。
月出入未來，月缺人已去。好共借餘輝，相求直至曙。
道是愁無極，還教仗醉魔。誰知醒時意，説向醉中多。

柴　蘭

碧玉參差簇紫英，當年剩有國香名。風前漫結幽人佩，澧浦春深寄未成。

七　夕

樓前簫史憶吹簫，雁足西風倍寂寥。望斷支機應化石，愁填烏鵲未成橋。
素毫月冷吟梧葉，紈扇秋回識柳條。姊妹東鄰如乞巧，莫教瓜果浪相招。

夜　坐

柳底繁陰月易藏，無端寒露泣寒螿。殘秋莫坐空堂夜，二十五聲點點長。

舟發沙溪

青溪九曲白雲鄉，溪上行舟款乃長。誰把金丸打野鴨，偏驚幾處睡鴛鴦。

寫　蘭二首

道是深林種，還憐出谷香。不因風力緊，何以度瀟湘。

但吹花信風，莫作妒花雨。我欲採瓊枝，換得同心住。

風　雨

風雨滯殘春，豈但梨花悶。夢裏萬重山，叠起江南恨。

飛　蓬

飛蓬羞倚合歡牀，明月如冰夜欲霜。夢裏新翻雲髻樣，暗塵鋪滿鳳凰箱。

襄陽蹋銅蹄 三首

郎自襄陽人，慣飲襄陽酒。未醉向郎言，郎醒應回首。

漢水自盈盈，男兒自遠征。不知别後夢，底夜到宜城。

駿馬蹋銅蹄，金羈艷隴西。郎應重意氣，妾豈向人啼。

四月一日雨

九十春光已暗過，雕闌花信竟如何。應知雨意和愁約，雨到牀頭愁亦多。

送張孝廉

柳絲細織曉煙青，惻惻春寒長短亭。馬度山腰蹄尚懶，濕雲如夢未全醒。

休洗紅二首

休洗紅，洗多紅色減。色減無時歸，質弱難重染。祇將紅淚共流東，褪却無由綴落紅。

休洗紅，洗多漸成故。能無故色殊，番將新色妒。新新故故遞相因，莫教淺淡尤它人。

採蓮曲二首

十里湖如鏡，紅蓮个个香。大姑先戲水，蕩散兩鴛鴦。

小姑採蓮花，莫漫採蓮藕。採藕柳絲長，問姑姑知否？

三月即事

三月春無味，楊花惹曉風。莫行流水岸，片片是殘紅。

女兒子

哀猿一聲夜未半，峽峽柔腸寸寸斷。回川逆折聲潺潺，枕邊流淚摧朱顔。

安東平五首

西風吹衣，北風吹面。郎既相迎，郎心未變。

驅車終日，留儂喘息。徐語向郎，郎意毋亟。

遺郎尺錦，是儂寸心。十日一線，五日一針。

郎心不窮，報以温語。既郎此情，勝多多許。

明神在右，明月在天。神願鑒止，與月長圓。

泰寧病中

春日顰眉長閉門，東風吹雨倍銷魂。不知野外垂絲柳，青入南頭第幾村。

寄陳生回文

簫吹静閣曉舍情，片片飛花映日晴。寥寂淚痕雙對枕，短長歌曲幾調箏。橋垂緑柳侵眉淡，榻繞紅雲拂袖輕。遥望四山青極目，銷魂黯處亂啼鶯。

畫眉

鶯去春如夢，梅黄雨尚癡。可堪明鏡裏，獨自畫蛾眉。

怨辭二首

豈曰道路長，君懷自阻止。妾心亦車輪，日日萬餘里。
妾作溪中水，水流不離石。君心楊柳花，隨風無定跡。

野外

曉雨泉争向，春山鶯亂啼。漢雲兩三片，移過石橋西。

青溪曲四首

昨自建州來，僑住青溪北。紛紛白皙郎，群趨願相識。
日乘芙蓉車，七貴相爾汝。妾本吴中人，好就吴儂語。
石橋横溪水，華月流青天。橋上步羅襪，可是凌波仙。

與歡深夜歸，小妹調箏歌。并坐結同心，引到樓頭月。

小垂手

金罍溢倡酬，媚眼轉鶯秋。折腰隨鷺下，垂手與龍遊。誇容未再理，明月在西樓。

桃葉歌

儂自喚桃葉，儂衹似桃花。花花容易落，郎去宿誰家？

寄遠二首

驅車一以疾，相見何遲遲。思君平昔意，不似薄情兒。

江上望歸棹，君歸未有期。試看圓缺月，是儂斷腸時。

寄情十四韻

握粟詹予美，端蓍竟我欺。前魚如未棄，下鳳故應遲。茌苒驚吹律，凄凉憶履綦。漫餐妃子秀，虛嚙舍人飴。懶去初侵鬢，顰回恰到眉。淚痕留琥珀，花勝淡燕支。露遣冰紈冷，風傳畫角悲。題盤緣伯玉，搗素事班姬。苦海填愁遍，盟山着恨移。秋深仍繫帛，日入已棲塒。石闕何能解，刀頭尚可期。三緣經曲折，五内幾妍媸。塵掩菱花鏡，心揺桂葉旗。何妨梁下信，更作有情癡。

解　嘲

閨中自昔論紅綫，俠氣縱横頻掣電。來作處女君未知，去矣脱兎容誰見。世上徒誇屋是金，明珠换骨不换心。一自臨邛罷緑綺，衹今千載無知音。

青樓怨寄郭生二首

欲歌春望詞，誰是知音者。門口木蘭舟，常繫垂楊下。

兀坐掩房櫳，捧心詎嬌態。聞説金張兒，懶出堂前拜。

馬湘蘭七首

馬姬名守真，小字玄兒，又字月嬌，以善畫蘭，故湘蘭之名獨著。姿首如常人，而神情開滌，濯濯如春柳早鶯，吐辭流盼，巧伺人意，見之者無不人人自失也。所居在秦淮勝處，池館清疏，花石幽潔，曲廊便房，迷不可出。教諸小鬟學梨園子弟，日供張燕客，羯鼓琵琶聲與金縷紅牙聲相間。性喜輕俠，時時揮金以贈少年，步摇條脱每在子錢家，弗顧也。常爲墨祠郎所窘，王先生伯穀脱其阨，欲委身於王，王不可。萬曆甲辰秋，伯穀七十初度，湘蘭自金陵往，置酒爲壽，燕飲累月，歌舞達旦，爲金閶數十年盛事。歸未幾而病，然燈禮佛，沐浴更衣，端坐而逝，年五十七矣。有詩二卷，萬曆辛卯伯穀爲其序曰：「秣陵佳麗之地，青樓狹邪之間，桃葉題情，柳絲牽恨。胡天胡帝，登徒於焉駘目；爲雲爲雨，宋玉因而蕩心。誠妖冶之奇境，温柔之妙鄉也。有美一人，風流絶代，問姓則千金燕市之駿，託名則九畹湘江之草。輕錢刀若土壤，居然翠袖之朱家；重然諾如丘山，不忝紅妝之季布。佩非交甫曷解，梭不幼輿焉投。文慚馬卿，緑琴挑而不去；才謝藥師，紅拂悵其安適。六代精英，鍾其慧性；三山靈秀，凝爲麗情。爾其搦琉璃之管，字字風雲；擘玉葉之箋，言言月露。蠅頭寫怨，而覽者心結；魚腹緘情，而聞者神飛。寄幽悰於五字，音似曙鶯之囀谷；抒孤抱於四韻，情類春蠶之吐絲。按《子夜》之新聲，翻《庭花》之舊曲。瓦官閣下之潮，儂欲渡而吟斷；征虜亭前之樹，歡不見而歌殘。語夫乘霧雛妃，未聞飛絮之詠；避風趙后，寧工明月之什。不謂柔曼，詞兼白雪；豈云窈窕，才擅青箱。既高都市之紙價，遑惜山林之棗材。俾流蘇帳底，披之而夜月窺人；玉鏡臺前，諷之而朝煙縈樹。奚特錦江薛濤，標書記之目；詎止金閶杜韋，惱刺史之腸而已哉！」湘蘭没，伯穀爲作傳，賦輓詩十二絶句。至今詞客過舊院者，皆爲詩弔之。

賦得自君之出矣二首

自君之出矣，怕聽侍兒歌。歌入離人耳，青衫淚點多。

自君之出矣，不共舉瓊巵。酒是消愁物，能消幾個時。

愴別

病骨淹長晝，王生曾見憐。時時對蘭竹，夜夜集詩篇。寒雨三江信，秋風一夜眠。深閨無箇事，終日望歸船。

鸚鵡

永日看鸚鵡，金籠寄此生。翠翎工刷羽，朱味善含聲。隴樹魂應斷，吴音教乍成。雪衣吾惜汝，長此伴閨情。

奉和諸社長小園看牡丹枉贈之作二首

露滋繡蕚弄輕寒，把酒同君帶笑看。憶昔漢宫人去遠，阿誰今倚玉闌干。

春風簾幕賽花神，别後相思入夢頻。樓閣新成花欲語，夢中誰是畫眉人。

延秀閣和顧太湖韻

飛閣凌雲向水開，好風明月自將來。千江練色明書幌，萬叠嵐光拂酒杯。何處笛聲梅正落，誰家尺素雁初迴。芳尊竟日群公坐，得侍登高作賦才。

附見　詩一十五首

梅蕃祚寄馬湘君

流澌十月下雙魚，傳得金陵一紙書。馬角未寒盟語後，蠅頭猶濕淚痕餘。夢中暮雨題難就，鏡裏春山畫不如。紅杏碧桃千萬樹，待儂花下七香車。

王穉登馬湘蘭輓歌詞十二首

歌舞當年第一流，姓名贏得滿青樓。多情未了身先死，化作芙蓉也並頭。

石榴裙子是新裁，疊在空箱恐作灰。帶上琵琶絃不繫，長干寺裏施僧來。

不待心挑與目招，一生辜負可憐宵。衹堪罰作銀河鵲，歲歲年年衹駕橋。

黃金不惜教嬋娟，歌舞於今樂少年。月榭風臺生蔓草，鈿箏錦瑟化寒煙。

明珠綴在鳳頭鞋，白璧雕成燕子釵。換得秣陵山十畝，香名不與骨俱埋。

舞裙歌扇本前因，繡佛長齋是後身。不逐西池王母去，定隨南嶽魏夫人。

水流花謝斷人腸，一葬金釵土盡香。到底因緣終未絶，他生還許嫁王昌。

平生猶未識蘇臺，爲我稱觴始一來。何意倏然乘霧去，舊時門户長青苔。
佛燈禪榻與軍持，七載空房衹自知①。試向金籠鸚鵡問，不曾私畜賣珠兒。
蘭湯浴罷浄香熏，冉冉芳魂化彩雲②。遺蜕一坯松下土，衹須成塔不須墳。
紅箋新擘似輕霞，小字蠅頭密又斜。開篋不禁霑臆淚，非關老眼欲生花。
描蘭寫竹寄卿卿，遺墨都疑淚染成。不遇西川高節度，平康浪得較書名。

① 原注：「姬未逝之前，夜燈朝磬，奉齋七年。」
② 原注：「姬臨終，就湯沐，袒服中裙，悉用布。坐良久，泊然而瞑。」

莆田姚旅過湘蘭故居

曲榭殘煙裏，佳人昔此居。花猶籠錦瑟，苔自繡帷車。女俠名徒在，江神佩已虚。銷愁不道酒，留恨若教除①。

① 原注：「注云：『酒是消愁物，能消幾箇時？』此湘君名句也。」

江寧陳玄胤過馬姬湘蘭廢居

樹結寒陰鳥自啼，青樓閒瑣板橋西。紗窗色改粘蝸殼，繡户香銷冷麝臍。零雨殘雲春夢斷，落花荒蘚夕陽低。芳名猶在風流盡，煙水年年繞舊堤。

趙今燕一十首

趙彩姬字今燕，南曲中與馬湘君齊名。張幼于中秋賦詩，有「試從天上看河漢，今夜應無織女星」之句，詩句留傳，膾炙人口，今燕亦用是名冠北里。冒伯麐云：「余從十二名姬中見今燕詩，頃遊秦淮，知其尚在，屏居謝客。與吴非熊訪之。容與温文，清言楚楚，枇杷花下閉門居，風流可想，不獨徐娘老去也。故爲刻其詩，附於湘蘭之後。」

中秋對客

月從今夜滿，秋向此時分。莫惜金尊數，清光喜共君。

送王仲房還新安

暮雪江南路，孤城尊酒期。殷勤折楊柳，還向去年枝。

燕來

獨坐掩羅幃，愁看雙燕飛。思君不如燕，一歲一來歸。

憶故君

柳絮春泥玉壘封，珠簾深鎖暮煙濃。分明記得雙棲處，夢繞青樓十二重。

續首句成韻二首

桃源人去絳幃寒，强折花枝帶笑看。月上梅梢空有影，風吹柳絮不成團。

桃源人去絳幃寒，萬樹桃花春未殘。洞口有雲留白鶴，人間無路見青鸞。

寄陳八玉英時留姑蘇

何處簫聲獨上樓，傷心桃葉水空流。一從南國春銷後，誰復佳人字莫愁。

暮春江上送别

一片潮聲下石頭，江亭送客使人愁。可憐垂柳絲千尺，不爲春江綰去舟。

送張幼于還吴門

花前雙淚濕衣裾，把酒江亭落日餘。此去吴江霜月滿，逢人好寄洞庭書。

送沈嘉則遊廣陵

秋風吹送木蘭舟，處處青山待隱侯。莫向青山歌玉樹，揚州花月使人愁。

朱無瑕〔一〕八首

無瑕字泰玉，桃葉渡邊女子。幼學歌舞，舉止談笑，風流蘊藉。長而淹通文史，工詩善書。萬曆己酉，秦淮有社，會集天下名士，泰玉詩出，人皆自廢。有《繡佛齋集》，時人以方馬湘蘭云。

〔一〕原刻卷首目録作「朱泰玉」。

對　月

一簾明月白紛紛，寶鴨香消欲斷魂。侍女錯傳心上事，錯將花柳怨黄昏。

閨　夢

清霜飛急漏聲遲，遥夜孤幃憶別離。幽夢欲成明月去，却憑何處焒相思。

秋閨曲

芙容露冷月微微，小院風清鴻雁飛。聞道玉門千萬里，秋深何處寄寒衣。

春閨

春和喧百鳥，寂寞坐春朝。蟬鬢少新洗，賣花聲過橋。

芭蕉雨

滴破愁中夢，聽殘葉上聲。新詩題未得，偏送別離情。

賦得霜上月

夜色凉如水，霜華共月明。誰招青女出，來伴素娥行。

遊子

北雁競南飛，寒風正凛冽。客思倦長途，妾心傷久别。厭聞殘漏聲，愁見不圓月。日日數歸期，空教淚成血。

春閨怨

學語新鶯驚夢起，紅妝滿樹催桃李。年華不管是風情，十二闌干春獨倚。

鄭如英七首

如英字無美，妥，小名，十二行也。金陵舊院妓，首推鄭氏，妥晚出，韶麗驚人。親鉛槧之業，與期蓮生者目成，生寄《長相思》曲，用十二字爲目，酬和成帙，冒伯麟集妥與馬湘蘭、趙今燕、朱泰玉之作爲《秦淮四美人選稿》。伯麟稱妥手不去書，朝夕焚香持課，居然有出世之想。有《述懷》詩寄伯麟云：「浪説掌書仙，塵心謫九天。皈依元夙願，陌上亦前緣。」良可念也。

秦淮別怨詩贈期蓮生

秦淮二月新柳黄，折柳貽人人斷腸。可憐裊裊秦淮柳，今朝又上離人手。離人手把柔條看，柔腸低拂紫騮鞍。紫騮欲嘶人落淚，誰當此際猶能醉。綢繆執手問前期，蓮子花開是到時。但恐見蓮君不見，令人空憶桃花面。青青草色長干道，偏使離人顏易槁。秦淮上流即豐溪，我心隨水不復西。請看不斷秦淮水，有心寧不相思死。

留秋送劉冲倩

我欲留秋住，寒衣不忍裁。歸期何用速，尚有小桃開。

答潘景升寄懷

投我以明鏡，照妾如蓬首。報以凝桂脂，餘膏染君手。遺我屑金墨，報君芙蓉紙。含毫若有懷，應念人千里。

閨　怨

曲曲迴廊十二闌，風飄羅袂怯春寒。桃花帶雨如含淚，祇恐多情不忍看。

雨中送期蓮生

執手難分處，前車問板橋。愁從風雨長，魂向別離銷。客路雲兼樹，妝樓暮與朝。心旌誰復定，幽夢任摇摇。

春日寄懷二首

沉沉無語意如癡，春到窗前竟不知。忽見寒梅香欲褪，一枝猶憶寄相思。

月露西軒夜色闌，孤衾不耐五更寒。君情莫作花稍露，才對朝曦濕便乾。

馬文玉四首

文玉名珪，善謳善琴善畫。庚戌春季遊西湖，作《憶舊》詩四章，武林詞客屬和盈帙，皆莫及也。緡雲鄭士弘叙曰：「馬姬文玉幽寓吴城，品似芙渠，才過柳絮。弄墨則花箋點就，慣自描蘭；裁詩則竹簡題殘，曾無竄草。尤工樂府，停吴雲於雙聲；最善絲桐，挹湘水於十指。扁舟蕩槳，事冥討於湖山；數日巾車，寄冶情於花柳。因瞻雅笑，更鬱深思。憶歌舞於當年，寄幽恨於小詠。夜方刻燭，同來勝友鴻賡；朝復開尊，更令狂夫貂續。對壺觴而爲贈，索紈扇以長書。非曰定情，聊紀勝會云爾。」

春日泛湖憶舊四首

自昔湖山羅綺春，客中君喜及花辰。開尊向午催開舫，問水臨沙拜問人。踏遍莎痕還碧嫩，眠餘柳色轉清新。獨憐車馬多非故，歌舞依然十里塵。

一隻蘭舟幾日湖，同心暗結事難圖。比來西子應無主，何處羅敷自有夫。沙暖燕歸春閣早，醉餘人別暮橋孤。年年衹解看花到，草色今朝獨弔蘇。

春風堤柳碧初齊，不異芳遊若異蹊。屧響空郎書舍裏，淚痕漬姊墓田西。琵琶舊曲難爲聽，壺缶新醪自在攜。但見青驄偏入感，可知日懶踏花堤。

若箇釵行憶昔招，曲池阡水漸蕭蕭。浪翻金錦猶餘麗，花落胭脂尚帶嬌。綺席已更蓮葉舸，彩繩又掛緑楊橋。相逢此後欣非晚，蕩槳從君不記朝。

馬如玉七首

如玉字楚嶼，本張姓，家金陵南市樓，徙居舊院，從假母之姓爲馬。修潔蕭疏，無兒女子態。凡行樂伎倆，無不精工。熟精《文選》、唐音，善小楷八分書及繪事，傾動一時士大夫。而閨秀女娕與之婉孌，至有截髮燒臂，抵死不相捨者，曲中諸媪咸以爲異。受戒棲霞蒼霞法師，易名妙慧，耑勸學佛，遍遊太和、九華、天竺諸山，思結茅莫愁湖上，焚修度世，未果而卒，年三十餘。《亘史》曰：「北里名姬多倩筆於人，惟如玉不肯，即倩人亦無能及玉也。」

過馬十娘墓二首

南國容華謝，西陵松柏蕃。妍媸終有盡，修短復何言。舞態翔歸鶴，歌聲哽夜猿。傷情同伴女，時一弔高原。

花月人千古，乾坤土一抔。霜疑鉛粉剩，苔認翠鈿留。孤冢埋幽恨，寒煙愴暮愁。相看憐病骨，清淚灑松楸。

飲雨花臺賦得落葉

登眺臺千尺，論心酒一尊。青霜侵樹抄，丹葉舞江村。逐浪同浮梗，隨風欲斷魂。榮枯何足嘆，此日幸歸根。

燭花

銀燭透簾櫳，蘭房瑞色融。丹葩應妒月，紫燼却愁風。杯映珠還浦，光流星度空。無香辜戀蝶，有焰引飛蟲。

鬬草

擷翠遊芳陌，搴英度翠池。戲爭人勝負，驚散蝶雄雌。莫折忘憂草，偏憐蠲忿枝。繽紛寧健羨，終委道旁泥。

蹴踘

腰支裊裊力微微，滚滚紅塵拂羽衣。掩月鬢邊星獨墜，石榴裙底鳳雙飛。

茅山道中送邢使君之西湖

郎趁仙槎趁晚風，妾乘油壁入雲中。尋常一樣天邊月，臨水登山望不同。

崔嫣然四首

崔三嫣然字重文，小字媚兒，同母姊景文字倩，曲中稱曰「二文」。嫣然少機警，知文史。所居有幻影閣，返照入窗，則庭柳扶疏，飛禽去鳥，影現壁間。房幃虛朗，書帙横陳，好與名人詞客遊。程孟陽亟稱之，以爲北里之女士也。

別黄玄龍絶句四首

昨夜羅幃始覺霜，月中疏柳一時黄。曉燈欲暗將離室，不道離人畏曙光。
九月江南似小春，偷春花鳥殢歸人。妝樓直對長干道，愁見行車起暮塵。
楓落鵶翻秋水明，長橋衰柳古今情。從來歌板銀罌地，多爲傷離不忍行。
華裾賦別酒初醺，《水調》吴歌夜入雲。此曲由來能解恨，一時悽切半緣君。

郝文珠二首

文珠字照文，貌不揚而多才藝，談論風生，有俠士風。李寧遠大奴至白下，挾之而北。寧遠鎮遼東，聞其名，召掌書記，凡奏牘悉以屬焉。馮祭酒開之有《酬郝姬文珠》詩云：「虚作秣陵遊，無因近莫愁。」其爲名流契慕如此。

別孫子真

江左多名彦，惟君獨擅奇。興公山入賦，摩詰畫兼詩。地憶重遊處，人憐再晤時。分攜且莫恨，千載託心期。

送張隆父還閩

一曲春風酒一巵，渡頭楊柳不開眉。從今海路三千里，有夢爲雲到也遲。

張回一首

回字淵如，號觀若，金陵妓。

帆影

勞勞亭次别，無計共君歸。一葉隨風去，孤帆挾浪飛。目窮河鳥亂，望斷浦雲非。衹在天涯畔，傷心隔翠微。

沙宛在五首

宛在字嫩兒，自稱桃葉女郎。有《蝶香集》，《閨情絶句》一百首。

閨情絶句五首

白燕雙隻入幕頻，梨花香遍雪爲茵。夜來縱有遊仙夢，不作烏衣國裏人。
瓜果初陳月殿高，雙星今夜會雲曹。笑來好事惟乾鵲，甘爲他人髡頂毛。
小至時欣雲氣祥，玉階漸見琯灰揚。不知邊塞征人婦，可有閒情驗線長。
朝來報道牡丹開，拚取紅紗護錦堆。癡蝶貪香尋不得，繞兒衣袂百千回。
從來月蝕最愁予，繡佛龕前誦佛書。凡世不知天上事，嫦娥意念更何如。

楊玉香一首

玉香，金陵娼家女。年十五，色藝絶群，與閩人林景清題詩倡和，遂許嫁景清。訣别六年，景清復南遊，舟泊白沙，月夜見玉香於舟中，歡好如平生。天將曙，不復見。景清至金陵訪之，死經年矣。金陵人傳之甚詳。

答林景清

銷盡爐香獨掩門，琵琶聲斷月黄昏。愁心正恐花相笑，不敢花前拭淚痕。

薛素素三首

素素，吴人。能畫蘭竹，作小詩，善彈走馬，以女俠自命。置彈於小婢額上，彈去而婢不知。廣陵陸弼《觀素素挾彈歌》云：「酒酣請爲挾彈戲，結束單衫聊一試。微纏紅袖袒半鞲，側度雲鬟引雙臂。侍兒拈丸著髮端，迴身中之丸並墜。言遲更疾却應手，欲發未停偏有致。」自此江湖俠少年，皆慕稱薛五矣。少遊燕中，與五陵年少挾彈出郊，連騎遨遊，觀者如堵。爲李征蠻所嬖。其畫像傳入蠻峒，酉陽彭宣慰深慕好之。吴人馮生自詭能致素素，費金錢無算，久之語不讎，宣慰怒，羈留峒中十餘年乃遣。北里名姬至於傾動蠻夷，古所希有也。中年長齋禮佛，數嫁皆不終。晚歸吴下富家翁，爲房老以死。

雨　夜

江城漏轉夜超超，坐向芳尊嘆寂寥。挑盡銀燈愁不盡，滿庭疏雨濕芭蕉。

畫蘭竹題贈蘇時欽

翠竹幽蘭入畫雙，清芬勁節伴閒窗。知君已得峨眉秀，我亦前身在錦江。

懷人詩

良夜思君歸不歸，孤燈照客影微微。攜來獨枕誰相問，明月空庭淚濕衣。

周　文〔一〕二十首

周文字綺生，嘉興人也。體貌閒雅，不事鉛粉，舉止言論儼如士人。檇李縉紳好文墨者，每召綺生即席分韻，以爲風流勝事。綺生微詞多所譏評，有押池韻用習家池者，綺生笑曰：「無乃太遠乎？」諸公皆拂衣而起。綺生嘗有詩曰：「掃眉才子多相忌，未敢人前說較書。」蓋自傷也。新安王太古，詞場老宿，見綺生詩，擊節曰：「薛洪度、劉采春今再見矣！」李本寧流寓廣陵，與陸無從、顧所建結淮南社，太古攜綺生詩詫諸公曰：「吾能致綺生入淮南以張吾軍。」諸公大喜，相與買舟具裝，各賦四絶句以祖其行。太古比及吴門，松陵一元氏者已負之而趨矣。綺生既屬身養卒，敝衣毁容，重自摧廢，晨夕炷香，於佛前祈死。不復爲詩，時作小詞寓意，一元氏以五七言迴環讀之，迄不能句，綺生乃開顔一笑也。無何，悒鬱而死。嘗有句云：「侍兒不解春愁，報道杏花零落。」知者咸傷之。

〔一〕原刻卷首目録作「周綺生」。

遊韜光庵與沈千秋分韻作

轉徑白雲近，迴風清磬殘。霜花欺客眼，江雁怯秋翰。片石泉聲細，千峰日影寒。煙深鳥不語，歸路已漫漫。

中秋鴛湖夜別

泣別鴛鴦湖，湖流淚不竭。去住無兩心，水天有雙月。

吴江夜泊三首

去魄如秋水，清暉未破雲。眼看林影黑，何處照離群。

月明波上白，風送夜聲寒。數點蒹葭露，渾疑淚眼看。

愁人幾點淚，不許秋風吹。吹入吴江裏，江流無盡時。

中春道中送別

酒香衣袂許追隨，何事東風送客悲。溪遂飛花偏細細，津亭垂柳故絲絲。征帆人與行雲遠，失侣心隨落日遲。滿目流光君自惜，莫教春色共差池。

秋日過吳門感舊

香殘帶緩不勝愁，又見蕭條一片秋。身到故鄉翻是客，心惟明月許同舟。數聲新雁凌江下，幾點寒鴉逐水流。遮莫平生多少恨，閒吟攲枕更悠悠。

秋日泛舟懷友

臨風思永夕，極目感深秋。月落應同照，溪陰故獨流。鳥啼清露下，雁過薄寒收。衰草猶如岸，空依此夜舟。

夏日和友人見贈并謝蘭膏名酒二首

睡起獨憐人，吟詩感嘆頻。蠶眠知入夏，溪漲覺餘春。搔首慚膏沐，停觴憶飲醇。蒹葭餘一水，何處問通津。

題遍碧苔箋，吟殘綠水篇。流霞穿樹出，明月隔溪懸。乍聽聲聲笛，還逢泛泛船。琴心誰共識，山水自相憐。

有懷二首

捲簾何所思，獨立數歸鳥。不恨落日遲，惟憐君去早。
醉罷見明月，照我還照君。如何君不見，祇見天邊雲。

暮春五首

曾共看花發，無端又落花。春歸君亦去，誰與惜年華。
鳥聲泣暮雨，蝶夢繞東風。花落不堪問，春光半已空。
坐起愁如織，空齋但寂寥。不關風雨妒，春色爲誰凋。
堪嗟分手日，春色冷湖頭。柳絮空飛盡，長條轉繫愁。
舊愁聊自息，新恨便相催。欲寄絲千纖，無由隻雁來。

有所思

兩眼斷夕陽，兩鬢羞臨鏡。重門閉不開，唯與愁相競。

二十初度

作惡春風二十年，愁眉常到鏡臺前。去年楊柳爲誰折，今歲梅花黯自憐。

謝五娘九首

謝五娘，萬曆中潮州女子。有《讀月居詩》一卷，卷中有寄外赴試詩，而懷人寄友之詩不一而足。嘗被逮繫，不知所坐何事。又有詩辭父受二聘云：「卓犖黎生先有聘，風流鍾子後相親。桃花已入劉郎手，不許漁人再問津。」則其風懷放誕，固可知也。

柳枝詞

近水千條拂畫橈，六橋風雨正瀟瀟。枝枝葉葉皆離思，添得啼鶯更寂寥。

春暮

杜鵑啼血訴春歸，驚落殘花滿地飛。惟有簾前雙燕子，惜花銜起帶香泥。

初　夏

庭院薰風枕簟清，海榴初發雨初晴。香銷夢斷人無那，聽得新蟬第一聲。

春日偶成

乳燕銜泥春晝長，倚闌無語立斜陽。桃花紅雨梨花雪，相逐東風過粉墻。

初　夏

啼鳥聲中午夢回，篆香重撥已成灰。東風似恨春歸去，吹送楊花入户來。

小園即事

翠竹蒼梧手自栽，芙蓉未秀菊先開。小軒睡起日將午，黄葉滿庭山雨來。

感　懷

四面簾垂碧玉鈎，重重深院鎖春愁。天涯行客無歸信，花落東風懶下樓。

春夜

銀燭燒殘夜漏聲，畫屏香案影孤清。一庭春色無人管，分付梨花伴月明。

感懷

百歲因緣一旦休，三生石上事悠悠。無梁雙陸難歸馬，恨點天牌不到頭。千里月明千里恨，五更風雨五更愁。東風去後花無主，任爾隨波逐水流。

鄉嬛女子梁氏一十五首

梁氏名小玉，武林人。七歲依韻賦落花詩。八歲摹大令帖。長而遊獵群書，作《兩都賦》，半載而就。著《鄉嬛集》二卷。其自記和冷香字韻詩云：「落月已隨蘭篆冷，飛花猶逗酒杯香。」「溪流石髮雲鬟冷，雨洗苔痕翠袖香。」「桃花泛水胭脂冷，楊柳隨風翡翠香。」「鬬草春風書帶冷，採菱秋水鏡花香。」「雨掩梨花春夢冷，風吹荷葉晚妝香。」「蘆荻洲中風韻冷，豆花棚下雨痕香。」「氣無煙火神皆冷，骨有煙霞髓亦香。」皆可謂之麗句。他詩近於粗豪，不免俚俗。至其語風懷，陳秘戲，流丹吐齊，備極淫靡。高仲武所云「既雌亦蕩」，不如是之甚也。嘗商略古今名娃，奉薛濤爲盟主，以蘇小小、關盼盼配享，顏曰「花壇三秀之祠」，歲時奠而酹之。卿嬛爲祭主，恐燕子樓中人不受此一瓣香也。以李季蘭、魚玄機易置之，斯應此祀典耳。

雜　詠二首

松響翩清籟，泉聲浣俗塵。白雲堪贈客，明月解留人。

霜杵春清骨，風燈揚夢思。空山懸雨處，斷浦落雲時。

落　花六首

朱顏倏忽泣枯魚，點點辭條着翠裾。幼女不知花有恨，閒憑繡砌笑軒渠。魚字。

翠鈿無數碎寒灰，冉冉尋芳細數來。同病相憐無限淚，紅痕墮落錦千堆。灰字。

愛看繁枝不忍删，欲留香魄杳無還。粘泥撲幕俱堪惜，簡點殘英亂曉鬟。删字。

引領韶芳君最先，冰翰瓣瓣墜樓前。兒家惜玉情偏重，收拾餘香作枕眠。先字。

瑶林春意似雲蒸，嬌怯難支玉樹零。剩綺餘芬還有韻，夜闌頻點照花燈。

蒸字。

春草春風遍地覃，偏他妒殺萬紅酣。粉銷香減何人惜，衹道兒家一味憨。

覃字。

珠

宛轉誰通九曲珠，最憐探海夜光枯。須知顆顆鮫人淚，能向龍頷取得無。

珀琥枕

仙苓千載赤脂殷，雕琢移來湘簟間。從此不須沾小草，長陪清夢白雲閒。

包頭

輕霞薄霧小香羅，傍着蟬鬢香更多。最愛春山縹緲上，橫妝一帶淺青螺。

篆章

揮灑霞箋寄隴頭，雙鈐題處紫雲浮。兒家曾掌司花印，總領曾城十二樓。

釀酒

曲部尚書譜不留，椒花細雨冽香流。釀王家法應如是，新拜雲溪女醉侯。

驢

買得青驢捷似梭，松雲蘿月任婆娑。還嫌踏碎嬌花影，款款扶韁倩墨娥①。

① 原注：「墨娥是余司香婢，秀而黠。」

酬詩以香

好事無如賈浪仙，常將酒脯釃詩篇。兒持浄戒無葷血，饗爾蘅蕪一炷煙。

素帶二首

吴中小妓素帶，能詩，有送情人二首，沈從先稱之。

四　言

郎明日别，妾心惙惙。願作郎車，與郎共歇。

五　言

妾作五言詩，試寫梧桐葉。因風寄贈郎，期與郎相接。

季貞一　一首

季貞一，常熟沙頭市女子。嘉靖間人。少有夙惠，其父老儒也，抱置膝上，令詠燭詩，應聲曰：「淚滴非因痛，花開豈爲春。」其父推墮地曰：「非良女子也。」後果以放誕致死。

答情人

寄買紅綾束，何須問短長。妾身君抱裏①，尺寸自思量。

① 原注：「一作纖腰曾抱過。」

女郎羽素蘭九首

素蘭名孺，字静和，不詳其邑里，或曰吴人也。出自蘭錡，歸於戚施。風流放誕，卒以殺身。或曰素蘭解音律，推律得羽聲，遂自命爲羽氏。能書，善畫蘭，明窗棐几，蒔蘭種蒲，讀書詠歌，故以素蘭自號。明月在天，人定街寂，令女侍爲胡奴裝，跨駿騎遊行至夜分。春秋佳日，扁舟自放，吴越山川，遊跡殆遍。天啟七年九月中，夜漏三下，不知何人磔殺之。獄具，卒不得主名。素蘭既嫁，不得意，爲《漚子》十六篇以見志。遺詩二卷，好事者序而刻之。又有所謂小青者，本無其人，邑子譚生造傳及詩，與朋儕爲戲曰："「小青者，離『情』字正書心旁似小字也。或言姓鍾，合之成鍾情字也。」其傳及詩俱不佳，流傳日廣，演爲傳奇，至有以孤山訪小青墓爲詩題者。俗語不實，流爲丹青，良可爲噴飯也。以事出虞山，故附著於此。

落花七首

一自相從十八姨，春山遊遍故枝移。撲簾時助嬌娥繡，點硯常窺騷客詩。國色尚存衣帶引，清香不改月明知。蝶來北苑蜂南去，誰向樓頭話别離。

昨日層岡今曲堤，乍看誰信舊成蹊。盡教拂掠隨鴉陣，怪道顛狂伴燕泥。蔡琰忽驚歸異域，西施空自憶耶溪。人間離合渾無定，兎去烏來到處迷。

一憑風勢自徘徊，吹墮東籬成錦堆。無語對人羞糞土，有情留別向莓苔。掉頭猶望君王幸，舞袖還隨歌扇開。誰道趙家身似燕，不飛金屋委塵埃。

才向詩人又酒人，半留窗屋半鋪茵。自來姣好根荄薄，却爲輕狂轉盼頻。任是穠華迎淑景，也應飄泊到殘春。青陽若得常如舊，子建何須賦洛神。

金粉漫天曉日暾，韶華馮爾寄殘痕。沾衣不濕風如霰，點案無聲蝶亂翻。身在紅塵心戀樹，朝依緑葉墓歸根。人生聚散雖春夢，覺到拋離更斷魂。

幾回墻畔逐飛翰，分付流鶯莫報歡。憶昔曉妝爭日麗，而今夜雨又春殘。每遭俗客呼童掃，曾得遊人帶笑看。惆悵紅顔何處去，青山依舊路漫漫。

匪愛春遊學浪仙，一心常繫故枝邊。如奔似逐皆無奈，送雨迎風也可憐。遥望陌頭悲柳絮，點殘紅葉亂雲箋。離情不與春霞盡，翠雁鈿蟬到處天。

寄遠

繡户常相憶，陽臺未有期。西風吹雁去，説向薄情兒。

招魂

白雲無聲山魈啼，桃花落地老鷹饑。蘇臺古冢夜凄凄，霜根石眼哭莎鷄。死字猶傳夢裏人，彭祖巫咸依舊春。海波不涸天不遠，杜鵑枝上魂當返。

楊宛一十九首

楊宛字宛叔，金陵名妓也。能詩，有麗句。善草書。歸茗上茅止生，止生重其才，以殊禮遇之。宛多外遇，心叛止生，止生以豪傑自命，知之而弗禁也。止生殁，國戚田弘遇奉詔進香普陀，還京，道白門，謀取宛而篡其貲。宛欲背茅氏他適，以爲國戚可假道也，盡橐裝奔焉。戚以老婢子畜之，俾教其幼女。戚死，復謀奔劉東平，將行而城陷，乃爲丐婦裝，間行還金陵，盜殺之於野。宛與草衣道人爲女兄弟，道人屢規切之，宛不能從。道人皎潔如青蓮花，亭亭出塵，而宛終墮落淤泥，爲人所姍笑，不亦傷乎！

促梅

風期今歲阻，幽抱竟難開。翰弱猶含凍，枝繁幾暗猜。未能傳信去，那得逗香來。自恨春相避，羞憑羌笛催。

愁春

不向花前爲怯春，春風似也不憐人。明添愁緒陰添病，不分花枝自在身。

看美人放紙鳶五首

共看玉腕把輕絲，風力蹉跎莫厭遲。頃刻天涯遥望處，穿雲拂樹是佳期。

愁心欲放放無由，斷却牽絲不斷愁。若使紙鳶愁樣重，也應難上最高頭。

羨伊萬里度晴虚，自嘆身輕獨不如。若到天涯逢蕩子，可能爲報數行書。

薄情如紙竹爲心，辜負絲絲用意深。一自飛揚留不住，天涯消息向誰尋。

時來便逐浮雲去，一意飄揚萬種空。自是多情輕薄態，佳人枉自怨東風。

元夜有感

絃管千家沸此宵，花燈十里正迢迢。閒閨驀地停杯憶，如許春光伴寂寥。

春雪

性本若浮雲，因風逐處紛。穿梅驚蕊落，乘柳訝花芬。離合終成水，聯翩似結紋。雖難待明月，相對亦欣欣。

秋日書梵經藏佛腹

碧瓦雲楸映半塘，静從秋色到修篁。聊存心力於經卷，不負閒身住草堂。微雨暗飄毫素潤，輕風徐動墨池香。書成却恨無人識，故向真空密處藏。

聞雁

萬里翩翩度碧虚，月明送影意何如。也知一向郎邊過，自是多情少寄書。

夢還仙都幽踪宛若閒房寂然獨貯玉硯有識書名云云可憶

怨夢因無好夢成，昨宵忽得快平生。數間矮屋浮雲處，幾曲澄溪待月明。驚見道書新着蠹，憐餘半硯舊題名。文心一縷三生業，衹恨清愁攪墨兵。

促織

啛啛孤韻入秋林，切切幽心語夜深。慣不憐人成好夢，却憑好事戲相尋。在牀在户身難主，添恨添愁巧自深。何不早從金籠住，傍人枕畔共哀吟。

詠閣前柳

初春無限意，況復近妝樓。不舞時如醉，參差亂若愁。風流費管束，綽約自難儔。腸斷重門裏，花飛逐浪浮。

病起

是事與心違，經旬未啟扉。閒花隨逝水，弱柳蕩晴輝。燕子差簾箔，魚兒長釣磯。年年當此際，病起怯春衣。

病中

坐卧掩虚堂，香風繞筆床。詠花生艷冶，題柳遂輕狂。事少人偏倦，情多夢不長。年年愁病日，却笑爲詩忙。

即事二首寄修微

東風堪賞猶堪恨，綻盡花來送盡花。可惜一庭深淺色，隨風今去落誰家。

東風同護曲闌中，一樣花枝別樣紅。縱是不容春綰住，莫教狼藉宋家東。

舟泊黄河與止生舟隔兩岸口占寄示

恨打鴛鴦兩岸飛，兩心相望共依依。何如溪上眠沙穩，相逐相呼趁月歸。

張璧娘一首

張璧娘，閩之良家女也。歸半載而夫亡。光麗艷逸，妖美絶倫，少年慕而挑之，無不見擯。愛林子真之才而越禮焉。所居樓上又有複閣，使侍婢引林匿複閣中，往來甚秘。林移家臨清，就父公署，璧娘感想而殁。子真有《感舊》詩云：「梅花歷亂奈愁何，夢裏朱樓掩淚過。記得去年今夜月，美人吹入笛聲多。」張好音，尤善吹簫，嘗潛詣子真烏石山房，倚梅花吹簫，故林詩記其事。

寄林子真秀才

黄消鵝子翠消鵶，簟拂層冰帳九華。裙縷褪來腰束素，釧金松盡臂纏紗。牀前弱態眠新柳，枕上迴鬟壓落花。不信登墻人似玉，斷腸空盼宋東家。

列朝詩集閏集第五

宗室十人

周藩宗正中尉睦㮮二十三首

鎮國中尉睦㮮，字灌甫，自號西亭，高皇帝七世孫，周定王之裔也。父奉國將軍安河，以孝行聞。灌甫被服儒素，覃精經學，從河雒間宿儒遊。奉手摳衣執經函丈，受《禮》於睢陽許先，章分句釋，辨析疑義，達旦不寐，三月而盡其學。年二十，遂通《五經》，尤邃於《易》、《春秋》。家故饒貲財，僮奴數百人，皆逐贏車屑麥，執業自給，逐什一之利，其家益大起。訪購圖籍，請絶賓客，傾身遊貴顯間。通懷好士，内行修潔，築室東陂之上，延招學徒，與分研席，用是名聲籍甚。萬曆初，舉文行卓異，爲周藩宗正十餘年，國中大製作皆出其手。修《河南通志》，撰《中州人物志》，中州之文獻徵焉。謂本朝經學一稟宋儒，古人經解殘闕放失，訪求諸海内通儒，繕寫藏弆，若李鼎祚《易解》、張洽《春秋傳》，皆叙而傳之。丁丑，領宗學，約宗生以三六九日午前講《易》、《詩》、《書》，午後講《春秋》、《禮記》，雖盛寒暑不輟。命諸生刺舉同異，撰《五經稽疑》若干卷、《授經圖》及傳四卷。觀陶九成《輟耕録》載前元十九帝統系，作《大明帝世系表》一卷、《周國世系表》一卷。感建文革除，記録失實，作《遜國記》、《褒忠録》五卷。考《史記》以來謚法，作《較定謚法》一卷。合沈約、吴棫韻，舉正誤繆，撰《韻譜》五卷。其詩文有《陂上集》二十卷，文尤典雅可誦。有明之宗室，憲園比肩閒平，而灌甫媲美子政，洵昭代之盛事，唐宋所希覯也。海内藏書之富，近代推江都葛氏、章邱李氏，灌甫傾貲購之，竭四十年之力，仿唐人四部法，用各色牙籤識别，凡一萬二千五百六十卷。起萬卷堂，諷誦其中，圈點讎勘，丹鉛歷然。其子勤羹，號竹居，亦嗜書，收藏益富。余從中年張民表鈔得其書目。武林卓爾康爲學官於汳，借鈔得數十帙，未竟而罷。汴亡之後，陂上之充棟插架者，漂蕩於洪流怒濤。未幾年而秘館内府之書劫火洞然，與之俱燼。嗚呼，可勝嘆哉！

晚秋過相國寺懷然上人

與君結静因，回首俱陳跡。緬憶山中遊，歲景倏已夕。秋飆颯空林，淡月來寒石。兀坐亦何言，含情念疇昔。

答田六深甫鄭二信之過陂上

豈是談經所，真成載酒廬。竹停仙客騎，花翳孝廉車。秉燭驚山鳥，調琴出浦魚。悠然對孤嶼，宛在水中居。

汴上逢夏左伯孝廉

雨雪滿夷山，相逢逆旅間。寒雲依竹屏，微月映柴關。酒半思陳跡，燈前認舊顔。廿年今邂逅，忍復送將還。

汴上逢李柬因寄李二素甫

端坐意不適，夏林颯已秋。忽逢關外使，暫緩望中憂。野日回殘照，池烟淡夕流。懷君欲何語，獨上竹西樓。

送朱生遊德安兼簡蔡太守

送爾之南國，清宵戀別觴。詞人江左客，刺史漢中郎。碧柳臨官道，秋蘭繞郡堂。遥知講經處，賡和有新章。

寄題沈逸人故居

修竹湘沅畔，會聞有避喧。葉香餘在户，翠影尚臨軒。野日悵誰語，江雲愁與繁。自君騰駕後，闃寂此丘樊。

送鄭處士信之還歙因憶昔同遊諸君子

同和日云稀，憐君復遠違。青山雙屐在，白首一帆歸。野燒浮殘雨，寒林散夕暉。因兹憶疇昔，相對各沾衣。

秋夕憶信之

城陽分手地，摇落倍前時。微月銜高樹，寒雲覆古陂。新知竟誰是，舊好復何之。寂寞朱絃夜，思君祇益悲。

吹臺上送李東還關中兼寄李素甫孝廉

臺前洛陽路，送爾向秦年。豈意歌吟地，真成邂逅筵。寒花然暮雨，落葉亂秋煙。爲語同袍友，相思實黯然。

送鳴虛弟卜居長葛

濠客觀泉興，屈原行澤篇。憐余黄髮暮，羡爾白眉賢。落葉荒城畔，寒花别路前。惠連春草句，先已郡人傳。

秋日倍文谷翠巖二省使燕東書堂應教

邸第張筵日，秋風薦早凉。地當清洛外，臺接紫雲傍。綺席仙儔集，瑶階大樂張。坐移淮桂影，身佩楚蘭芳。鄉月淹今夕，文星聚此堂。圖書披篋笥，詞賦入笙簧。自愧非枚馬，賡歌厠雁行。

遣使詣李中麓太常求録諸經圖解獲之喜而賦謝

好古君侯最，遺編賴不亡。遠從濟上授，曾向壁中藏。負馬圖才識，傷麟義未荒。簡將青竹剖，函以碧芸香。存樂元聞魯，傳經幸在梁。因觀科斗字，白日到羲皇。

立春日紀山西石二使君陳程二閫帥邀遊吹臺同張職方賦

驄馬尋芳出，高臺野望同。人皆惠連輩，地即孝王宫。宴對幽林雪，歌餘大國風。斷垣蒼蘚合，遺沼碧流通。日轉平蕪外，春歸遠樹中。今朝逢賦客，懷古意何窮。

胡詠竹隱君輓歌

大隱卜龍川，疑君楚澤賢。紉蘭思舊製，詠竹簡遺編。壑有藏舟地，人無問字年。黄山仍似昨，丹竈獨蕭然。徑草晞春露，溪松偃暮年。朅來一南眺，不見客星懸。

送邢憲僉入賀

憲使趨京邑，旌旗指上臺。霜威驅溽暑，雨色净塵埃。長樂陳仙樂，承明捧壽杯。御爐香欲散，宮扇影初開。獻頌封人意，匡時國士才。向來廷諍地，瞻戀獨遲迴。

聖駕南狩楚中有詔免迓

法駕乘春出上雍，千官劍佩肅雍雍。分禋四嶽登新典，望歷三湘屬舊封。江草遥憐敷寵色，巖花應似被恩容。宸遊自識群情洽，欲向周南嘆不逢。

聞明卿補高州

十年載筆侍楓宸，萬里分符向海瀕。共擬禁庭思長孺，尋莫湘水弔靈均。三山桂發煙中色，五嶺花生雪裏春。此去誰言留滯久，君恩先到泣珠人。

明卿行父道函諸公枉過陂上分韻得煙字

孑孑干旄雜暮煙，浚郊千載尚依然。柴扉近接鷗汀側，草閣平臨雉堞前。緑柳影含新駐舫，碧藝香護舊題篇。夜分把臂酣歌地，細雨青燈似昔年。

早春大中丞同川李公見訪詢及陂上舊遊處賦此奉簡三首

陂塘春至緑波生，講肆蕭然對古城。多謝故人頻問訊，渚蘭汀樹正含情。
夷門東向接郊坰，使節曾於此地停。十九年華一回首，紫雲空護壁間銘。
清溪自分老漁竿，白首欣逢舊豸冠。蘆葉檉花最深處，艤舟猶記昔時歡。

席上送樵村兵憲西亭

雲黄沙白静邊州，萬里風煙屬上游。幸值清村無所事，且從射獵海西頭。

寄穆少春吏部

闕下投書去不返，山中種豆今何如。欲問形容向來使，臞然應似楚三閭。

唐藩鎮國中尉碩熿二十二首

碩熿字孔炎，唐定王五世孫，新野王之曾孫也。祖輔國將軍宇浹。五歲喪明，從師氏晝掌識文字，而耳授書。久之，博通群籍，熟習國家典故，旁通太乙壬遁百家之學。辯識古器，以手摩之即解。唐成王以摩天王目之。父宙松，力舉千斤，好劍任俠。孔炎博雅慷慨，博學工文，與其子器封，並以詞章名海内，號南陽公子。萬曆中，吏科推舉諸藩文行堪任宗正者，於唐則首孔炎。父子各有詩集行世。

送王山人遊三楚

門前楊柳樹，風亂曲塵絲。日暮臨溪别，春帆適楚時。人煙楊子渡，山林偃王祠。處處生芳草，悠悠千里思。

郊　居

結屋臨溪水，悠然心自閒。泉分杯底月，雲共枕前山。芳樹經春合，幽禽薄暮還。鄰人借漁釣，嗑爾款柴關。

過族祖姑壽陽君主墓

高阜城西墓，荒凉卧石麟。青山猶似黛，金粉自成塵。花落梅妝在，鶯啼竹淚新。向來蕭館月，不照夜臺人。

訪張茂才時甫不值

尋君復不遇，長嘯出林間。草滿池中水，蓬高屋外山。夕陽看鳥盡，秋色任雲閒。愛爾幽居好，歸來亦閉關。

答寄歐楨伯水曹

聞醉金陵酒，高歌李白樓。書來牛渚夕，賦罷鳳臺秋。徑竹裁青簡，江花照綺裘。從來何水部，頭白尚風流。

香嚴寺代龔美懷子田

幾日忽成別，出門秋草長。西風看雁序，落月掩龍堂。公子蘭爲藻，緇郎穗作香。山中苦相憶，惟恐石成羊。

九日隱山別墅過鄰翁葉氏莊偶贈

垂老事耕鑿，結鄰還爾宜。相攜鹿門隱，不作牛山悲。疏木掩村巷，孤雲生水湄。隔林見煙火，莫負往來期。

洛陽吟

洛陽芳草正漫漫，曾是伊王古社壇。毁壁斷環收拾盡，青山留與路人看。

秋日聞鶯柬允治

秋鶯嚦嚦雨如絲，曉入西園獨聽時。回首緑楊摇落盡，數聲還上萬年枝。

邵山人子俊見過話遊梁事

有客擔簦過草堂，一尊風雨話遊梁。雁池寂寞芙蓉冷，逢着行人説孝王。

煉真宫

九華宫殿草菲菲，公主西遊去不歸。底事不如秦弄玉，至今青鳥恨雙飛。

山中送龔美

龍伯祠前白日斜，山中七日飯胡麻。送君最愛春潭水，流出東風玉澗花。

紀夢

一夜西風玉涼枕，夢回明月在横塘。分明記得相逢地，笑隔荷花唤阿郎。

金谷園

花落樓空委翠塵，千秋明月恨長新。西風原上群芳歇，獨有芙蓉似美人。

春日懷長安故人

美人遥憶鳳城西，芳草年年路欲迷。今日出門春已半，櫻花如霰曉鶯啼。

再過信師房

廿載尋師此閉關，秋風今日鬢毛斑。重來指引看花地，一榻荒凉野草閒。

憶昔

清淮濁酒憶同舟，回首風煙又感秋。一朵行雲傾下蔡，半帆殘月按《凉州》。吐茵丞相何曾惱，剪袖佳人不解愁。紅燭半銷芸榻曙，夢回行露濕箜篌。

歐楨伯得請歸嶺南賦此以寄

白頭詞賦出先秦，隻字猶能泣鬼神。桃葉渡頭三載客，梅花嶺上一歸人。鷓鴣啼處垂丹荔，鴻雁歸時滿白蘋。惟有寄書書更遠，生前想作範銅身。

過允治園感懷

三徑蕭條半緑苔，故人此地罷銜杯。莎長露砌蛩争語，荷敗秋池雁獨來。流水無音琴絶響，崩雲有恨笛生哀。忘情不擬陳王賦，獨步斜陽數落梅。

明卿避世下雉著書告成久不得訊馳此往問

十載回山只著書，一編初就竟何如。殺青想盡黄陵竹，剖素常空白水魚。塵起江頭頻障扇，秋深門外久縣車。明年待買瀧湘棹，欲就三閭問卜居。

讀徐宗伯沙市獄記

十二星辰應土羅，提封高帝舊山河。自從梁邸分旗侈，轉厭長沙舞袖多。汶水一區還魯後，商於十里奈秦何。銘勳不在干戈際，長嘆西風詠澗阿。

寄魯三父

日暮風沙路轉迷，征鴻愁度竟陵西。雲霾楚樹連江暗，雪漲湘江泊水低。三户没金千口累，兩朝懷玉幾人啼。同時縱有劉光禄，封事於今不敢題。

輔國中尉器封八首

器封字子厚，碩熻之子。著《宛志略》，附《巢園集》。

均州樂二首

真人宫對青樓起，面面青樓俯江水。樓上箜篌樓下船，大堤花暖漢江煙。漢江估客青樓妾，十五蛾眉嬌可憐。白銅小唱《黄金縷》，對客還成可憐語。壚頭客醉不留行，明道嵾峰望雲雨。

臨江賈人黄篾船，涴涴青油篙刺天。下船上岸買魚酒，二八當壚誇數錢。煙縈羅幌春將晚，白日銜山不思返。珠簾紅袖影傞俄，樓上明妝樓下波。沙棠樹上嬌春鳥，月出平江齊唱歌。

遊嵾山二首

萬丈披鴻蒙，遠勢斷太古。赤山表東關，山峰建翠羽。輕霄無駐景，群鶴有常侶。海氣浮丹毛，盈盈棲復舉。下有窈窕巖，隱隱僅可睹。幾横三玉書，粲粲黄金鏤。竹花開五色，苔葉垂千縷。飲泉仰天漿，茹芝飽春露。嬌嬌昇天龍，斤斤日中兎。闗塵日暮黄，豈辨秦楚路。片雲停不飛，下覆昭王墓。

靈峰七十二，一一相爲通。峰下結竹龍，雲中響楠蟲。相接梁柱飛，各顯班倕工。觸首入雲清，下界猶丹空。木難飾階砌，璠璵雕房櫳。阿閣棲鳳凰，仙闕標芙蓉。金蕙落蕭蕭，石梁翼飛虹。珍木集丹地，扶疏羅修桐。修桐碧玉柯，春陽發萌茸。紫莖光陸離，緑葉紛青葱。愛此飲飡食，駐顔遊無窮。

鬼　谷

鬼谷最深邃，千靈迷澗瀨。高風響冰葉，山根暖餘春。未敢别人界，桃花是谷神。

寄田子藝

芙蓉搖落寄何遲，遠道猶涵玉露滋。山繞穆陵秋矗矗，月明澌水夜離離。翻經臺畔一燈寂，撾鼓樓前雙杵悲。無奈西風吹病骨，因君將賦五遊詩。

郇闗歸憩刁河寺憶子田龔美之萬

西來驅馬度晨星，却望群峰刺眼青。門外苔痕留遠屐，水邊花樹覆空亭。分携憶折相思柳，獨卧長窺如意瓶。翻與山僧重握手，日華杲杲澗泠泠。

夜渡小江口宿丹崖趙氏寄懷李子田太史

平沙爲席石爲幢，歇馬呼船夜渡江。雙槳煙迷青草溆，九宵月傍緑芸窗。門前題字過丹穴，客裏逢春覆玉缸。覓爾深山讀書處，幽居長羨鹿門龐。

寧藩鎮國中尉多熿二首

多熿字宗良，寧獻王六世孫，輔國將軍拱樒之子也。博雅好修，與多烇齊名。晚益折節有令譽。掖垣薦堪宗正者，於南昌首舉宗良。後病瘻，不廢吟詠。譚藝者稱其佳句，有「太室出雲來署裏，黄河如帶掛城頭」、「關山曉月趨三輔，鴻雁秋霜度九河」、「路經軒後臨戎阪，山接高歡避暑宫」，鴻聲亮節，信朱邸之儁也。

雨

觸石陰霞北嶺遥，逗風寒雨入簷飄。天涯故舊惟孤枕，篋裏衣裳祗敝貂。綻雪蘆花紛歷歷，經霜楓葉莽蕭蕭。還應撼郭濤聲急，只怪空江上夜潮。

酬羅敬叔

病裏送君遊白嶽，歸來對我惜蒼顔。移家只是湖邊好，莫問茱萸第幾灣。

奉國將軍多炡六十一首

多炡字貞吉，寧獻王之孫，弋陽多煌弟也。穎敏絶人，善詩歌，兼工繪事，見古人墨迹，一再臨模，如出其手。尺牘小札，日可百函，語皆有致。嘗輕裝出遊，變姓名爲来相如，遠覽山水，踪迹徧吴楚之間。嘗偕吴明卿入吴，訪王伯穀於金閶、王元美於弇山，歸而掩關却掃，以《倦遊》名其詩，高僧雪浪爲選定。臨終，操筆作帖，命子謀瑋以白幘鶴氅斂楷側，并鐫勒銘識。弟子私謚曰清敏先生。貞吉之從兄多熢，字用晦，與南昌余德甫爲詩友，因而入「七子」之社。王元美作「續五子」詩，用晦與焉。用晦啖名自矜，舉止多僻，晚節益嗜黄冶，謝絶人事，再舉宗正，毁者益衆，悒悒不樂卒。德甫名曰德，附「七子」壇坫之末，其詩靡靡不足觀，而用晦與之賡唱，聲調相似，故其詩余無取焉。

十四夜玩月憶亡友彭穉修

玉繩界西陸，澄空浄如浣。庭柯泫零露，早見圓景滿。悄焉增永懷，頓令衣帶緩。四氣無終極，人生一何短。心悲雍門操，淚隕山陽管。徂謝子山丘，凄其我華館。臨觴慘不怡，憂來莫能款。

丙戌歲除

初年朝旭旦，故歲徂景夕。逡巡蟻旋磨，倏忽駒過隙。拙劣應逃世，疏慵翻寢疾。逢時獨悲悼，撫己三太息。彌增長年愧，未契養生術。昔賢夙相伍，枚叟徒見七。每有憂生嗟，憂來恨非一。

以古玉釵寄馬姬

千有餘年兩錯股，傳玩微沾漢宮土。當時貴姊應嘉辰，此物曾經踴躍陳。同心七寶苔花結，連理交枝竹節新。昭陽燕子無消息，瞥見釵頭無比翼。遥憶美人臨鏡妝，鳳凰臺前雙鳳凰。

寄丘二十二謙之

丘郎一官一再左，手版三投三不可。進退艱如躑躅羊，功名澀似葳蕤瑣。憶昔與子初結歡，觴詠浣祓章江干。别來忽下閬中命，五馬重歌蜀道難。閬中君家舊治域，父子分符如畫一。耆舊摩挲去後碑，少年掯拾毛中蹟。縱有詩名天地間，那能相見一開顔。我擅秦聲君楚舞，醉望城頭千仞山。君當强仕不得意，我尚沉冥未知止。與君各自矚身强，四十頭顱已如此。

酬方于魯以製墨見寄

漢室瑜糜香，魏臺石螺色。東海玄夷使，翰林子墨客。此時落手金不渝，無事臨池水應黑。阿圭阿谷久無光，處士千秋擅古方。不博一枰獅子注，且留十襲豹皮囊。回頭笑指窗前女，今日雙蛾畫較長。

題蘇廷尉子仁寫程徵君君衡北溪幽居圖三首

新安溪水清絶塵，輕舠下可數魚鱗。溪邊直釣非漁父，溪畔幽居有逸民。風掃波文縐成縠，雨過溪毛細於髮。欲雨先噓白嶽雲，層波碎瀉黄山月。廷尉先生今虎頭，贈君繃紙寫滄洲。只知看畫矜幽勝，忘却身從畫裏遊。

龍沙

龍沙駐蹕地，皇祖紀南征。草昧君臣定，壺漿父老迎。平臨章貢水，遠視灌嬰城。今古雄圖在，低徊落照明。

寄答恩公時聞友人盛仲交之訃

江左貧支遁，南州病許詢。書工短長説，夢覺去來因。康字先生謚，斯文後死身。不知盛覽賦，零落屬何人。

送龍君御北上

薊北三千里，揚帆復此行。水程時序易，身計羽毛輕。玩世安窮達，移官任聖明。離心并芳草，日夜爲君生。

春日懷張羽王

言旋南嶽駕，又作薊門行。尊酒不爲别，河梁空復情。一官羈萬里，十口寄孤城。日暮春雲起，相思處處生。

七月七日曬書中庭得吴明卿書報謝

捫腹非經笥，中庭曝舊書。殷生慚半豹，楚使慰雙魚。季曲存加飯，綢繆問卜居。欲知旋袖地，近得比園廬。

偕方仲美宗良兄再集宛在亭

一曲君恩重，千秋賀監才。亭虚水禽集，池净藕花開。進艇凉風送，鈎簾返照來。誰能與朋好，到此不銜杯。

過永叔郊居二首

王郎讀書處，何異輞川莊。竹舞風梢亂，葵烹露葉香。哦詩迷鹿柴，洗研據漁梁。久坐春陰合，傾杯送夕陽。

雄鳩啼不歇，客散近黄昏。蠟屐粘香絮，單衣繡雨痕。炊煙尋去徑，社鼓望前村。半道牛車至，争馳入郭門。

懷姚匡叔時在嶺南

老去高遊興，南方不可居。新愁攻短髮，清淚染長裾。弔影烽煙裏，全生瘴癘餘。梅花空滿眼，珍重嶺頭書。

池上納涼履方履中二侄挾琴攜酒索臨禊帖醉後并示琿兒

小阮發清興，緑尊能爲攜。池頭千個竹，煙月使人迷。琴罷思焦尾，書成損赫蹏。酣呼居語爾，慎勿賤家鷄。

邀鄧太素歐於奇周孟修盧時行陳彛甫但和叔汪於海張明用彭次嘉王顥之魏伯饒辟疆同集賢士湖上

湖山看不厭，秋盡最宜人。楓葉經霜醉，蘋花過雨新。縈迴盤馬客，瀟灑好鵝賓。攜手論文處，行藏已出塵。

衷誠孺姜堯章載酒邀何主臣同飲

窮巷滿春泥，松醪特爲攜。誰憐子桑户，自惱太常妻。蝸篆苔紋厚，蠶眠薤葉齊。頹然聊取適，相送及鷄棲。

智公在永寧寺檢藏

玄度翻經後，支郎卓錫餘。蓮花重結社，蕉葉與供書。半偈參香象，千函校魯魚。此中如斷酒，那得住籃輿。

以邛竹枝壽程孟孺母

龍飛葛陂渚，鳩刻漢王宫。未若山中竹，天然林下風。一枝供燕喜，萬里自蠶叢。歷盡峨眉雪，深知節操同。

送閔壽卿之金山

遊客去欲盡，送君瀕風除。身投開士宅，口授異人書。卧榻禪燈古，吟窗水月虚。時臨洗研處，芳訊付雙魚。

送沈子健之餘杭簿

苕水分西浙，餘杭更向西。郵餐供海錯，縣鼓候潮鷄。風壤吴趨接，征徭藺篠齊。由拳紙價賤，鄉信日堪題。

同趙汝邁漆中甫二太史宿張明成司業東郊别墅分賦四章

水宿客程厭，渡江聊繫舟。交憑縞帶結，飲約布衣留。野館琴書暇，田園草木稠。因君解懸榻，他日記南州。

徙倚步郊坰，西山黯翠屏。春醪麯塵緑，晚飯燭花青。小隱叢生桂，浮踪一聚萍。疾邪焉用賦，甘學古沉冥。

荒鷄警人語，倦鳥颭風枝。枕郄高眠穩，驚心起舞遲。調元期未晚，求試計非時。總有憂生感，忘言各自知。

丹霞朝蔽日，零雨暮爲霖。白日歌長夜，青綾共舊衾。階空檐瀨咽，城遠鼓聲沈。蘭葉前溪滿，搴芳寄此心。

送方元素會黎秘書葬還里

往棹涼風發，歸裝淑景温。河山酣暢地，翰墨死生恩。負局輕逾嶺，懷鉛尚及門。傷心兼恨别，欲賦已銷魂。

和芾斯兄問疾之作

伏枕殘花盡，開門墜葉深。膏肓豎子策，生死弟兄心。原上聲猶急，池頭句可尋。相憐越莊舄，不作楚人吟。

別俞羡長還江東

昔尋吴市隱，邂逅虎丘筵。今理南州榻，予栖白社禪。風遍别時便，月苦病中圓。後會江湖外，蒼茫定幾年。

病中得余靈承書

少别愁懷積，微軀朔氣侵。瘧來君子病，書展故人心。慰藉烹雙鯉，支持戲五禽。山中如見月，疑策素車臨。

酬從侄鬱儀元長德操

經年向壁卧，挺動入春宜。談虎魂銷後，驚猿痛定時。新抄病梨賦，久廢詠懷詩。忽見階庭雪，因慚和曲遲。

酬履方履中履直伯大四侄問疾詩

予有幽憂疾，沉冥四序移。蟻聲聽若鬥，蛇影見還疑。竹下閒遊屐，花間罷賭棋。親交如問訊，未死汝南痴。

移　居二首

屋上青山半隔城，門前林木有餘清。林連北郭藏春色，水過東家作雨聲。薄禄藜羹堪養老，閒身竹素最鍾情。人嘲寂寞揚雄宅，自笑《玄經》草未成。

幾車書籍重新遷，繞架殷勤手自編。一世蠹魚同出入，千秋鴻寶足留連。揮毫隔竹蕭蕭雨，洗墨臨池澹澹烟。熟讀《離騷》還痛飲，頽然猶藉古人眠。

長至日内集分陽字

緹室飛灰月轉陽，閉關兄弟且持觴。共書雲物驚時改，祇益窮愁與日長。旋袖一爲鴝鵒舞，稱詩三復鶺鴒章。阿奴不預人間事，歲歲承顔在北堂。

初春寄唐惟良使君

春風庾嶺興何如，落盡梅花未見書。人日能無常侍句，屏星不定使君車。孤臺灌木催黄鳥，二水流澌泮鯉魚。莫笑鄴都才力盡，胡牀東壁待應徐。

熊茂初請假還蜀過幻景庵言别同孔陽弟酌之限歌字

十笏家開窣堵波，宰官乘興入煙蘿。狂來擊鉢詞鋒起，醉後攤書梵字多。不定重逢爲日遠，即論少别奈愁何。休將白社塤箎調，聽作瞿塘《灎澦歌》。

問巍甫侄疾

海上何人説禁方，科頭長似懶嵇康。穿林雨暗茶煙緑，隔院風微藥草香。轉向病中憐故舊，誰從身後定文章。閉門不問春多少，看静飛花墜滿牀。

周國雍參藩寄紅罽衣賦此爲謝

萬里蠶叢亦浣紗，使君緘贈自三巴。濯殘秋水天孫錦，染盡春山望帝花。懶集芰荷成袨褐，閒過祇樹混袈裟。相思幾上江邊閣，却捲朱簾坐暮霞。

同劉問之啓明弟鬱儀元長德操渫之侄埠趯兩兒伯曐澤弘孝穆侄孫步出郊園料理歡喜庵飲賢士湖上

二月郊原草樹平，水邊重賦麗人行。逃禪有地詩稱社，負郭無田筆代耕。波暖鏡花含笑態，林喧簧鳥籋脂聲。相逢園客忘機事，轉洽年來抱甕情。

送顧朝肅出守虔州

暫息青驄駕紫騮，竹符新剖治虔州。署中望闕孤臺聳，江上行春二水流。氣候不齊連嶺海，土風相雜半閩甌。停車試問廉泉在，要識澄清顧醴侯。

司寇臨海敬所王公閲視三鎮遠以圖説見遺賦詩二章爲報

嗚笳伐鼓出居庸，憑軾邊城萬騎從。每飯未嘗忘巨鹿，一編今已盡盧龍。行專閫外紓籌策，歸向尊前論折衝。莫道書生無劍術，箾中霜色吐芙蓉。

一望重關塞草枯，主恩持節視防胡。九邊烽火褰帷净，三鎮軍聲指掌呼。上谷去天低倚劍，黄河如帶穩飛芻。平收聚落風沙色，并入山陰筆陣圖。

曝書畫見故人粱恩伯遺翰不勝懷舊之感

逼除行舸繫江干，盤礴津津到夜闌。雨雪漫題詩閣去，河山遂隔酒罏寒。延陵有劍徒心許，南海無珠作淚彈。素練淋漓裙數幅，悲來開篋幾回看。

謝張直卿方岳以鐵如意見遺

土花斑剥錦模糊，一片寒冰出鍛爐。致向書中稱折角，捉來石上穩跏趺。提攜起舞旋長袖，慷慨酣歌缺唾壺。多謝司空饒博物，祇愁無地擊珊瑚。

上益王

睿德隆公族，英才麗本支。三雍陋河間，七步淺臨淄。瀟灑遊仙詠，從容樂善辭。問遺偏寵渥，錫予倍恩私。手敕家人禮，親賢國士知。綸言天只尺，宫扇墨淋漓。九子羅圭冕，諸王屬屏維。具瞻龍種貴，悉覽鳳雛儀。夜照青藜杖，秋榮桂樹枝。虚車名並美，擁彗節逾卑。丹洞穿兎苑，麻源到雁池。瓜筵文玳瑁，藥碗妙琉璃。大火西流候，長庚正耀時。茹茅京氏《易》，松柏楚元詩。鳥爪羞麟脯，神功釀蟻巵。遥遥頌磐石，黄髮以爲期。

送徐朝直水部奏績入都

新凉澈徂暑，徒御戒宵征。煙柳辭鳩署，星榆集鳳城。書名注上考，聯步切西清。衮職期山甫，金錢計水衡。九門遲漏箭，三殿緩鐘聲。待旦應多暇，抽毫賦《二京》。

同張明成司業飲管子安使君舟中申旦而别各賦一詩

未妨關法急，來就使君期。勝算藏彄戲，遍師刻燭詩。聞歌兩岸近，蕩槳百壺移。野燒侵沙滅，疏鐘渡水遲。西山半銜月，南浦暗流澌。旅雁啼更徹，檣烏訛尾時。江空人籟息，衣冷曙霜欺。極樂無朝夕，輕裝動别離。脂轄秣五馬，前路滿旌麾。

詠宗良兄齋頭佛手柑

春雨空花散，秋霜碩果低。牽枝出纖素，隔葉卷柔荑。指竪禪師悟，拳開法嗣迷。疑將灑甘露，似欲攬伽梨。色現黄金界，香分肉麝臍。願從靈運後，接引證菩提。

送雷元亮赴國學

浦口餘春水，舟前换夏雲。黄鸝低度曲，緑蟻易成醺。去鼓橋門篋，行談虎觀文。曉鞍宫月引，宵枕禁鐘聞。紈扇窺裁雪，虞絃聽奏薰。但教逢得意，寧復嘆離群。

送高汝謙廉訪之蜀

叱馭王程急，何辭棧道難。刀州開憲府，劍閣擁詞壇。一水縈巴字，層城壯錦官。魚嘗丙穴美，書發西陽看。風采名先動，霜威暑亦寒。褰帷諭父老，争睹惠文冠。

送朱茂倩秀才由貴竹趨滇南省覲奉柬當路諸公

英妙魯諸生，趨庭肯計程。所思官舍遠，不憚鬼方行。前渡清湘水，先聞苦竹聲。動人猿狖嘯，勸客鷓鴣情。雜處風隨異，夷居語未明。天低莊蹻壘，山隘武侯營。庶卉惟分色，昆蟲莫辨名。祥龜符赤寨，天馬濯龍坑。入貢來馴象，臨流想石鯨。幾年方偃革，無事習佳兵。漸化諸酋俗，新安六詔城。一人今有慶，孤旅夜無驚。重鎮須公等，修涂荷太平。

降夕詠懷二首

白屋多强仕，朱門屈壯夫。萬端皆落後，不獨是屠蘇。
意氣因寒勁，生涯與歲窮。蓬蒿憔悴地，明日也春風。

答客

問我何因學酒禪，才呼米汁便流涎。憑君舁入蓮花社，醉裏機鋒醒不傳。

贈滿公

土木形骸滿月容，盡教髭鬢雪茸茸。不知夏臘今如此，清隱庵前手種松。

撥悶

雨暗春城十萬家，强揞髹几到棲雅。峭風欲閣遊人屐，吹盡墻頭柰子花。

别何主臣之金陵兼柬歐水部

桂樹來攀雪滿枝，芙蓉去采月臨池。憑將蟬雀新團扇，與乞江東水部詩。

送梁傳之從襄陽將母南還

夫人城外漢江平，逐子南迴五兩輕。路出鄢邙頻雨雪，頭槎魚賤笋初生。

送王姬還芝城

蘼蕪芽碧柳絲黄，來往扁舟就沈郎。一掬宫亭清淺水，凄波不怨洛川長。

泊長蕩

蒹葭一望暮蒼蒼，長蕩湖頭煙水長。怪道今朝楓葉盡，夜來七十二橋霜。

湖口縣

湖水澄清江水渾，江煙湖靄易黄昏。請看湖口江心月，一片寒光照縣門。

清明湖上

湖畔行吟日未斜，四年三度客天涯。不知鵜鴂驚飛去，穿破來禽滿樹花。

過餘干

餘干城頭雲泊天，琵琶洲下水如弦。推篷理詠隨州句，落日平沙似往年。

寧藩王孫謀㷂九首

謀㷂，貞吉之子。效其父，變姓名爲來鯤，字子魚，出遊三湘、吴越間。有集行世，湯若士爲叙。

不寐

雨絶夢無情，燈幃恍惚明。餘香收病室，高枕壓愁城。樹動窗含影，鐘來屋接聲。更闌擁衾坐，側耳聽鷄鳴。

旅居獨夜

吟苦竟忘寐，一燈孤影人。溪樓連夜雪，山縣隔年春。水碓響空澗，石牀生薄塵。寒更過橋去，還向酒家親。

白下集沈生予明府席上賦得春草

芳杜奪幽色，秦淮客路遥。青蓮邀笛步，緑鎖賽工橋。柔雨生三徑，殘烟認六朝。夢歸南浦裏，幾箇别魂消。

病間寄徐無染兵憲

西風黄葉病沉沉，尚憶銜杯不廢吟。我漸老來如燭影，君憑官去肯灰心。時嘗藥碗知寒苦，月醉籃輿愛夜深。别後同遊常入夢，蔣家幽徑許誰尋。

秋夕袁太守招集衙齋

宵無郡事有閑情，爲問山經幾日成。石榻澹雲孤客夢，簾櫳疏雨一官清。燈明草閣驚蟲響，煙逼茶鐺阻鶴行。向説匡家秋不盡，滿簷寒瀑漱松聲。

春日郊行

荒刹虚亭古墓平，幽閒地上一僧行。初疑廢井人烟絶，又見叢林佛火生。夾道白楊翁仲影，繞籬紅杏子規聲。芳魂艷魄增惆悵，日擁沙堆半過城。

秋晚熊二仲紓喻二宣仲見過窳園小坐

入林消受片池風，並坐秋陰話未窮。黄墮病梨霜露下，紅稀摵柿夕陽中①。會心客近窺魚鳥，顧影人間數雁鴻。二仲偶來棋一局，罏香鐺茗不曾空。

① 原注：「摵柿，出《上林賦》。」

雨卧

不睡愛聽雨，雨聲聽不明。莫能新夢去，怕有舊愁生。

就鷲峰寺宿同喻宣仲王曰常郭伏生作

鷲嶺幽僧借竹房，薰籠茗碗坐繩牀。夜長何必求歸夢，凍雨疏燈話故鄉。

寧藩中尉貞静先生謀𡒄三首

謀𡒄字鬱儀，以中尉攝石城王府事。孝友端直，束修自好，理藩政積三十年，墐户讀書，絶綺紈鮮腆之奉。貫串經史，博覽群籍，通曉本朝掌故。明興以來，宗支繁衍，諸王子孫，好學修行比西京之劉向者，周藩睦㮮之後，未有如鬱儀者也。著書百有十二種，皆手自繕寫，稿至數易，未嘗假手小胥。辨論古今，傾倒腹笥。黄貞父爲進賢令，投謁抗禮，劇談久之，逡巡改席，次日遂北面稱弟子，人兩稱之。易簀之前，猶與諸子説《易》，分夜不倦，有星光大如斗，墜里中，棲鳥皆悲鳴，越二日而逝。南州人士私謚曰貞静先生。子八人，統鍡統錋、統鍠、寶符、統鐏、統鉦、統鑲、統鑽，皆賢而好學，時人有元凱之目。公留心史事，常詒書告余：「二百年来尚無成史，非公誰任此者？吾老矣，粗有纂述，多所是正，願盡出其藏，以相佽助，繕寫經歲，卷帙弘多。餘干令爲余邑子，屬以相寄。令酒人也，舞其書而焚之。至今念之，猶有餘恨。」嗚呼！豈知三十年来石渠著作之署，遂改而爲河東之野史亭乎？覽貞静之詩，追念其墜言，爲泫然流涕者久之。

贈康侯弟

羡君三十早登壇，電戟霜戈走筆端。秀句驚人時戛玉，清言對客總如蘭。題迴酒頌非緣醉，賦就郊居肯借看。幾度西堂春草夢，殊令康樂作兄難。

訪康侯弟郊園

郊居絶似沈休文，戢羽藏鱗遠世氛。堂下紫蘭新過雨，簷前緑樹半侵雲。酌來茗飲多清韻，譚到圖書得異聞。不爲愛閒能到此，祇緣累月惜離群。

題黄貞父玉版居

爲訪蓮花漏，因成玉版居。攢峰開步障，古木架精廬。將客青霞上，論文紫月餘。一端蕭散意，猶作换鵝書。

豫章王孫謀𡎺五十四首

謀𡎺字公退，初字康侯，寧藩之王孫也。少而英敏，讀書修辭，踵鬱儀之後塵。結廬蛟溪，在龍沙之北，躬耕賦詩。郊居耕釣之作，詞指婉約，有唐温、許，宋陸游之流風。已而才名蔚起，頗事干謁，好遊於邦君大夫。公族群絓白簡，疑公退中之，構訟波及，牽連數載乃得解。出遊金陵、吴越，詩篇日富，遂不復進。崇禎中，刻《燕城》、《巾車》二集，牽率塵坌，如出兩手。人言詩以窮工，而公退以窮退，殊不可解也。兵後，未知所終。録其詩以存之。

甲寅春日江村即事三十首録十二首

北郭攜家野岸東，山猿出檻鶴辭籠。朱門華屋身先避，白石清泉計未窮。子已哀殤空字犬，妻能偕隱亦如鴻。親知莫訝林扉遠，只隔輕帆十里風。

一曲清江舊草堂，野人原自愛滄浪。豈因俸薄輕中壘，敢謂風高卧上皇。雨後看山初掃徑，日斜臨水更移牀。門前欲種桃千樹，看取花枝過短墻。

隱囊紗帽燕居時，草閣疏簾對曲池。松待晴雲梳短髮，梅經凍雨折高枝。沙禽自濯鳧翁没，水獺方喧烏賊知。落日郊原看野色，緑波春浦怨江籬。

沙明水碧映郊墟，地近先人墓下廬。澗冷露蘋香易薦，林喧風木恨難除。泣殘烏鳥山原静，卧去麒麟石蘚疏。野莫歲時經伏臘，村中來往有柴車。

水市沙壚地更偏，卑棲無用買山錢。荒厨慣乞漁家火，行李時登估客船。鐵柱江聲連野郭，香鑪雲氣隔湖天。遊踪到處堪經月，豈待男婚女嫁年。

自喜幽居耳目清，閒中歲月與天爭。占風網客知魚信，較雨田家驗鵲聲。梅潤上絃琴緩柱，草香侵局弈開枰。沙邊引步看流水，何處昏鐘報曉晴。
農家月令重陰晴，每看春圖記五行。稻圃雨多嫌穀日，麥田風最怯清明。占烏舊信江南俗，叱犢時聞谷口聲。村市朝來競簫鼓，朱幡使者遠催耕。
一月愁霖惟伏枕，空齋破榻擁青綾。春深壠坂難停策，晏起鄰家始挂罾。草長宜男憂未解，鳩聞逐婦恨偏增。落花誰掃門前路，乞食遥過五老僧。
綠水園亭白版扉，輪蹄出郭到應稀。江雷乍殷龍兒長，社日初晴燕子飛。飯熟東田覶午饁，酒香西舍典春衣。長堤何處無芳草，莫怨山中客未歸。
山静江深岸擁沙，晴絲百尺裊空斜。荒村小犬朝隨汲，閒院遊蜂晚報衙。病後僧貽廬嶽杖，雨前人寄幔亭茶。竹煙新瓦南窗下，自煮洪厓石乳花。
晚晴閒出薜蘿門，江漲新添野水渾。山映春旗沽酒市，沙埋破舫打魚村。楝花開後過風信，竹籜飄時帶雨痕。漂母相逢應見問，淮陰城下舊王孫。
江村負郭坂田多，田舍風光草樹和。孤鳥立殘牛背雨，小魚吹散鴨頭波。買山恐被高僧笑，擊壤閒聽老父歌。猶幸代耕餘薄禄，門無胥吏夜催科。

五言今體詩二十五首 録十首

江邊一馬地，遥出北壇門。蕭寺沙侵岸，陶家火隔村。半峰藏小閣，獨樹映高原。身外叨卑禄，耕桑亦主恩。

五畝閲耕罷，童丁力更饒。谷暄分虎茨，溪暖種魚苗。梅岸一村雨，芹泥三尺潮。往來乘小艇，因斷竹西橋。

草市舍東陂，凉陰散步時。談星厭瞽史，誦字謔村師。舊谷買山杏，新房摘水芝。每過橋道石，半是冢前碑。

南溪種圃處，風雨日凄清。老樹作人語，嘉蓮同佛名。蠶絲籬落長，蝸角土垣生。蕪穢今難治，何勞拊缶聲。

郊野秋多熱，空林散髮還。長悲雉堞下，未見馬蹄閒。竹露暫停扇，松風且掩關。鑠金非赤日，衆口滿人間。

終日雲林下，圖書隱几中。天容一身拙，世忌兩眉工。雀散稻田雨，蟬鳴柳巷風。相過無約束，白首灌園翁。

城郭歸來遠，山齋閉晚煙。窗蟲浮研水，壁鼠敗琴絃。舊社書堪借，寒宵燭可然。布裘霜氣入，未叠木花綿。

短景郊墟暮，林閭反照黄。田功歲已畢，紡績夜初長。月暗津橋樹，風高野浦檣。竹廊書牖下，時透一燈光。

求試未逢年，潛鱗恰在淵。窗明西澗雪，門枕北谿泉。兔角龜毛語，鼠肝蟲臂篇。細參緗帙富，一榻坐須穿。

野曠孤扉静，村寒雨雪多。牛閒牧豎卧，犬吠里胥過。落落朱門夢，寥寥白石歌。茅簷候晴日，竹裏綻農簑。

送僧遊紫蓋後入西粤　以下萬曆丙辰至天啟初年作。

桂嶺行踪遠，東歸定幾年。破頭山下寺，斷臂雪中禪。乞食依蠻店，焚香上客船。匡廬僧院在，門閉虎溪泉。

春日同無垢兄酬履直諸兄弟見訪

郊坰數椽屋，兄弟隱相依。誰鼓滄江棹，來尋白阪扉。水香蘋葉長，村冷杏花稀。自喜能留客，開軒有翠微。

冬日同胡實美宿鋁公禪室

寺外溪水落，溪田如掌平。門稀車馬迹，林隱木魚聲。行道石猶古，轉經窗自明。寒雲常借榻，户口有柴荆。

附見　胡欽華字實美。　一首

次康侯韻

野寺人來少，門前落葉平。空階書竹影，静院語松聲。石獺寒江涸，霜林曉日明。山僧相送罷，復作掩柴荆。

送皇甫處士赴西塾

養母耻干禄，湖村筆代耕。經書於口授，孝友在躬行。開帳煙籬曉，篝燈雪牖明。自今鄰壁鼠，應怖夜吟聲。

答叔山隱君

村寒不斷雪，累月罷招攜。茶舍鄰孤寺，柴扉間一溪。鳧經垂釣下，烏帶落帆啼。夕望墟煙外，讀書燈半圭。

秋夜同醒中六浄兩上人宿大乘庵話舊

狂飆吹夕梵，溪寺是西鄰。始覺朱扉夢，多依白社人。牖驚荒砌竹，檐積落巢薪。坐久語還默，壁燈寒焰親。

李宗衍

郢曲無人和，君操正始音。閣書閒自較，池墨醉能臨。態近嵇中散，名多李伯禽。庭花春滿檻，曾倚雪兒吟。

三十初度答宗兄鬱儀先生見贈

終年問學愧無成，落魄深藏酒肆名。四壁貧來千口笑，三竿卧起一身輕。雲停北渚常思友，風阻西陵獨憶兄。寄到新詩多麗句，滿池春草爲君生。

即席賦得霜葉紅於二月花

霜天楓葉林中色，試較春風枝上花。千點亂飛仍似雨，一堤掩映欲成霞。水邊朱户秋煙暝，山外丹梯晚照斜。却笑東皇雖有意，不如青女着鉛華。

柳

二十八星中有名，千枝萬樹綰離情。暖風拂地條初弱，寒雨連空葉漸生。半倚紅亭江北岸，低藏紛堞漢南城。緑陰高處春光暮，吹送新蟬四五聲。

杏

二月燒林發絳英，六街初有賣花聲。黄鸝立亞高枝雨，紫燕飛來小樹晴。村僻深藏沽酒旆，樓高全露約簾旌。年年開遍曲江寺，香在馬啼歸處生。

苔

布葉如錢個個青，不争要路占閒庭。風前印鶴移罡步，雨後留蝸作篆形。生閤久縈詞客恨，入碑多蝕古人銘。紅英墮地交相映，小屐蛩然未忍停。

爲得善題清華閣

臨湖閣榭曲堪憑，坐得群公第一層。户外人歸初射鴨，堂前客散尚呼鷹。汀花日度聞歌舫，岸柳宵藏伴讀燈。多暇知君向西嘯，隔城山翠撲眉稜。

冬日尋圖南兄山居

賣畚偶于南郭行，也從别墅訪先生。田間路直收紅稻，林下衣香拾緑橙。手劈蟹螯延細酌，身將鷄肋喻浮名。卜鄰欲問東家竹，煙雨扶犁得耦耕。

寄訊遼府用極兄

天涯何處客愁輕，異國飄零見弟兄。豈乏猪肝供旅食，還從牛耳訂宗盟。柳邊棹倚離亭笛，花下杯殘别院箏。君入秦淮予入郢，斷行時有暮鴻聲。

寄其勤宗兄

落魄齊昌偶曳裾，風光屈指一年餘。君延南郡沙棠楫，我問東湖水竹居。兩地經春無客信，三韓旁午有軍書。行吟亦抱靈均恨，鼓枻愁逢楚澤漁。

唁皇甫翰周處士

十載鄉閭至孝聞，溪中白屋有徵君。雪殘簷溜清如雨，日𣅳爐煙淡似雲。鄰犢借來耕瘦壟，仙禽飛下弔荒墳。寒郊我亦悲風木，此痛何須灼艾分。

即　事

歲在庚申兩建元，江邊夜哭正銷魂。蒼梧鳳自鳴山閣，青海龍猶戰島門。九族捉衿多隱怨，三軍挾纊少酬恩。如何二曜更新日，不與人間照覆盆？

庚申除夕

東田守歲壯心驚，終歲無支禄代耕。魚服避仇非浪跡，蛾眉招妒是浮名。溪松户閉雲猶冷，院竹燒燈雪未晴。自奠村醪焚舊草，且從山婦笑狂生。

答醒中六净見尋不遇之作

昨聞二朗過東籬，是我巾車入郭時。公府檄多徵雀角，山齋幾獨閉烏皮。葉深風徑秋難掃，稻熟霜田午易炊。垣户寂無童子應，一竿修竹見題詩。

病中呈用升兄

憶昨弟兄居接武，門庭蕭寂日科頭。晨炊共汲臨溪井，晚渡時呼隔岸舟。帙亂雨窗搜僻事，樽開月樹散閒愁。秖今卧病空皮骨，獨擁藜牀五月裘。

有寄二首

朱樓十二倚金昌，地近西施響屧廊。落雁容看吴苑絶，堆鴉髻作漢宫妝。鬬棋聲出紅蕉樹，按拍塵飛紫杏梁。惆悵牡丹花下别，春衫猶帶雨痕香。

客裏歡場未寂寥，芙蓉畫舫白門橋。瑶筝月暗聲難斷，絳燭風多淚易消。歌送鷓鴣顰柳葉，夢依翡翠宿蘭苕。三年魚腹相思字，寄與秦淮雪後潮。

金陵雜詠四首　丁卯白門作。

石作城垣江作池，三分霸業遠開基。金陵自王東南氣，赤壁中焚百萬師。乍見張昭稱賀表，終聞孫皓樹降旗。山川寂寞英雄死，有客悲歌弔黍離。

中原雲擾咽胡笳，江左偷安水一涯。白版君王居社稷，烏衣子弟擅豪華。銅駝已卧千年棘，梁燕應歸百姓家。獨有華林舊宫苑，夕陽春草尚鳴蛙。

古寺門當雉堞橫，老僧猶指是臺城。寒雲夜傍繚垣宿，野草春從輦路生。往事尚留殘碣字，流年虚送暮鐘聲。可憐張緒當年柳，萬縷煙姿畫不成。

南國金湯據石頭，千年人説帝王州。驚聞戰士屯朱雀，枉殺將軍怨白鴆。風暖香車盈廣陌，月明絃管在高樓。傷心一派秦淮水，處處垂楊似莫愁。

舊宫詞

女墻横截鍾山麓，子城十里空其腹。老宫監守西上門，日見宫中春樹緑。當年玉座遷北平，燕麥多從輦路生。太液煙波空弔影，未央鐘鼓不聞聲。二百年來萬民樂，文武諸司皆卧閣。常年内庫掃粱塵，六月重門啟魚鑰。市人身替羽林軍，偷見蓬萊五色雲。枯沼頹垣容易入，千門萬户杳難分。驚看塀草潛狐兔，武英殿接西宫路。赤闌楊柳樹長生，畫棟芙蓉花尚吐。别有銅駝扉半開，人傳高后燕居來。五龍蟠結朝真閣，七寶莊嚴禮佛臺。寂寂文窗罥珠網，至今海燕巢於上。籥口銜將紫陌泥，飛身立在銅仙掌。日暮中官點禁兵，周廬依舊閉重城。宫樹鵶啼金鎖下，年年只放内家行。

金陵歸招胡虚白小飲同家用升賦

避仇千里始歸來，依舊蓬門溪上開。豫讓聲音惟友識，謝連篇詠與兄裁。堤煙縷弱吟邊柳，浦雪花殘折後梅。春甕酒香魚笋賤，邀君停屐掃溪苔。

春日諸人見尋郊居

草堂歸卧郭東村，客至陶然命緑樽。春水曲池花滿塢，夕陽鄰寺樹當門。厨烹野雁新煙出，壁落枯魚舊帙存。名勝縱譚殊未悉，酒闌茶熟與重論。

四十賤辰志感二首

裘馬交遊半五陵，歸來貧與病相仍。誰憐徑路無媒客，不赴公車有道徵。日落楓江垂釣艇，歲寒茅屋讀書聲。迴看鼎俎皆朝士，獨羡鴻飛此避矰。

幾驚玄鬢早霜侵，倏忽流年四十臨。繡虎豈無求試表，皋魚虚有養親心。山扉夜閉雲生竇，土屋晨炊雪在林。閒到白頭猶未卜，風波世路恐浮沈。

潘藩鎮國將軍恬烷一首

恬烷，沁水莊和王子，封鎮國將軍。子輔國將軍珵圻，字京甫，與珵墥、珵熘、珵塩四人結社，日課以詩。潘國於是稱多才矣。

過柏谷山英上人舊居

袈裟掛壁錫依臺，寂寞空門生碧苔。坐久不聞鐘磬響，滿庭殘月杏花開。

珵　圻二首

從軍行

日落戍龍庭，風多牧馬鳴。平沙但衰草，百里見孤城。

再逢友人

道遠頻馳夢，情深祇寄書。相逢俱淚下，翻似別離初。

内侍二人

王　翺二首

王翺字鵬起，通州人。嘉靖壬寅，選入司禮監讀書，受業郭東野、趙大州、孫繼泉三公之門。歷陞御馬監右監丞。退閑，奉旨慈寧宮教書。詩曰《禁砌蛩吟》，翰林李蔭爲序。

籠　雀

曾入皇家大網羅，樊籠久困奈愁何。長於禁苑隨花柳，無復郊原伴黍禾。秋暮每驚歸夢遠，春深空送好音多。主恩未遂銜環報，羽翮年來漸折磨。

感　遇

憶昔趨朝着紫衣，宫花汗漫柳依稀。尋思浦口珠何在，轉覺蕉中鹿已非。沈約空成移帶瘦，陳平自得食糠肥。世間榮落真常事，只在吾儕早見機。

張維四首

張維字四維，霸州人。隆慶戊辰，選神廟東宫伴讀。歷陞乾清宫管事、御馬監太監。傃直禁庭，奉使玄嶽，皆有詩記事。内垣退食地有竹數株，神廟賜御筆題之曰「蒼雪齋」，詩遂名《蒼雪齋稿》。

鸚鵡嘆

憔悴君家歷歲年，翠襟蒙寵自須憐。能言肯信真如鳳，鉤喙應知不類鳶。千里雲山迷隴樹，幾回魂夢繞秦川。稻粱未必虚朝夕，直爲樊籠一惘然。

蛙

熟梅天氣雨初收，何處蛙聲隔水樓。鼓吹翻嫌驚好夢，公私誰爲亂閒愁。薰風候已違花信，碧草凉應動麥秋。赤鯉聞雷争變化，爾能燒尾躍雲不？

蠅

呼朋引類競紛然，入我房櫳擾晝眠。鼓翼有聲喧耳畔，側身無賴簇眉邊。頻驚栩栩南柯興，始信營營止棘篇。揮汗未能操詠筆，任他長劍逐堂前。

戲題鬭促織

自離草莽得登堂，賢主恩優念不忘。飽食瓮城常養鋭，怒臨沙塹敢摧强。敵聲夜振鬚仍奮，壯氣秋高齒漸長。眼底孽餘平剪後，功成誰復論青黄。

青衣三人

李　佸二首

佸，扶溝人。蚤年供青衣之役，年三十始折節讀書。詩成一家言，士夫禮重之。

江行有懷

醉起意不盡，江邊尋杜蘅。折來何所寄，遊子在西京。一别三春晚，窮年百慮生。日斜空悵望，一水隔盈盈。

送李山人赴趙府兼寄謝茂秦

俱是淮王客，高攀桂樹叢。朱門投趙璧，緑酒醉春風。雁盡江花老，人歸海月空。離情兼别意，鄴下白頭翁。

李　英八首

李英字少芝，以青衣給事南海歐楨伯，遂能爲詩。士大夫與楨伯遊者，皆知李生詩，愛而傳之。天目山人讀李生詩，有句云：「能詩況在方回上，戀主寧言穎士非。」無錫俞憲曰：「計有功《唐詩紀事》，三百餘年，詩人千一百五十家，而末卷有僕二人：一爲咸陽郭氏，捧劍之僮；一爲池陽刺史戟門門子朱元。余輯《盛明百家詩》，僅得李英一人，可以爲難矣。」

臨江趍陸過瑞州馬上晴望

舍舟蕭水驛程催，遥望西筠霽色開。一片鄉心幾行淚，楚天無數雁飛來。

夜過張氏諸子館

天涯同作客，良晤每難期。星聚逢今夕，風流自一時。禁煙籠樹密，海月到窗遲。對酒吟芳景，還憐碧柳絲。

十月京師紀事

蕭關風急馬頻嘶，四塞河山動鼓鼙。獨立高臺望烽火，胡笳多在薊門西。

雪後過訪林氏諸子因留飲

歲晏憐羈旅，尋君過竹林。梅花殘雪夜，杯酒故人心。鴉暝迷宮樹，雲愁斷塞砧。相看能一醉，誰復問黃金。

歲暮旅懷

天涯留滯歲將除，短髮蕭條嘆客居。楓葉共飛遊子夢，梅花不見故人書。雲浮關樹千山盡，夕照江烽萬里餘。回首旗亭心更遠，每看征馬一踟躕。

送鄉友南還

楊柳霏霏鎖録陰，薊門春盡落花深。琴尊羡爾能雲卧，書劍憐予尚陸沈。萬里河山遊子夢，中原涕淚故人心。别來握手知應早，預想秋期在竹林。

愁思

曾是滄洲舊釣徒，西風落魄寄江都。望中故國千山阻，别後經年一字無。庚嶺煙霞秋思遠，楚天風雨暮帆孤。誰憐飄泊他鄉客，不爲蓴鱸滯五湖。

同李時芳遊大慧寺

幽期出郭俯蘭皋，野寺雲邊共法曹。白日西飛秦樹杳，清秋南望楚天高。書遥故國愁烽火，客久中原有佩刀。莫動鄉心且沉醉，風流誰道五陵豪。

馬來如二首

馬來如，内鄉人。李翰林子田之僕也。子田《内鄉詩選》載其詩八首，有爲主人稱壽及送郎君省試之作。

謝南陽王大人以手札見訊兼有巾箑之惠

一行錦字墮雲邊，爲問山中阿對泉。老景邇來渾似寄，風情別後儼如仙。空江月冷生幽夢，陋巷春遲幕曉煙。巾箑有如瓊玉重，幾回東向淚潸然。

江上懷吴下人朱侍山久羈均陽

江草江花剩吐芳，憐君何事滯均陽。有懷空寫愁邊句，無伴同傳旅次觴。雲暖探奇凌翠巘，風平鼓棹泛滄浪。逢人爲報家鄉侶，吴客而今作楚狂。

傭書一人

谷　淮二首

谷淮字文東，秦中賈人子。客於淮揚，傭書。稚而秀，頗好博覽，兼善音律，仿文徵仲書法。給事澄江張學士家。無錫顧起綸列其詩於《國雅》。

寄遠

瓊花臺上雨初收，黄歇山前水急流。莫道别來鄉國異，南江愁是北江愁。

病中

一貧成病竟年年，愁入蒼茫歲暮天。客至擁衾聊起坐，冷風吹雨濕牀前。

無名氏詩三十一首

郊居生銅仙辭漢歌

楊廉夫手書《郊居生金銅仙人辭漢歌》一卷，跋云：「予謂此歌，小李絶唱後，萬代詞人不可着筆，此生膽大而有是作也。呼天籟，裂地維，鼎定天下，見於此矣。銅臺拆，當塗高，又豈爲卯金氏感慨也哉！」

神明臺些茂陵鬼，六宫火滅劉郎死。芙蓉仙掌驚高秋，雄雷掣碎銅蛟髓。魏宫移盤天日昏，車聲轔轔繞漢門。鐵肝苦淚滴鉛水，石馬尚載西風魂。青天爲客驚曉别，天籟啼聲地維裂。銅臺又拆當塗高，夜夜相思渭城月。

和胡學士牛首從遊之作

寺外山巖石徑斜，巖中開士似丹霞。心涵水月空諸法，坐對寒巖落一花。清夜潮音翻貝葉，當時雲氣護袈裟。匆匆遥望知難覓，歸騎聯翩擁翠華。

廬陵陳少傅輓詩　成化四年。

莊靖先生始蓋棺，《薤》歌聲裏路人歎。填門客散恩何在，負郭田多死亦安。鹽海已無前日利，冰山誰障舊時寒。九泉若見南陽李，爲報羅倫已復官。

正德中朝士上長沙相公詩　或云長沙見此詩，感而去位。

才名少與斗山齊，三考中書日已西。回首湘江春草緑，鷓鴣啼罷子規啼。

玉山道者還家詩

春色闌珊四月天，數聲啼鳥落花前。荷知有熱先擎蓋，柳爲無寒漸脱綿。處處勸耕梅子雨，家家繅繭竹籬煙。憑誰寄語仙源客，洞口雲封信不傳。

出何孟春《餘冬序録》。徐興公云：「偶客邵武，見仁壽寺壁間書此詩句，字少異，不書姓名年月，大都類國初人筆。

莎衣丐者詩

正德間，五羊趙克寬爲建安學諭，嘗與朋輩郊遊，作《送春》詩，俱用風雨字。傍有丐者，負莎衣，立和一首。問之，不答而去。

怨風怨雨總皆非，風雨不來春也歸。蜀魄啼殘椿樹老，吴蠶吃了柘陰稀。墻頭紅爛梅争熟，口争黄乾燕學飛。自是欲歸歸未得，肩頭猶掛一莎衣。

桃源方士詩

萬曆甲申，楚中有方士寓桃源之西禪寺，題詩寺壁，自稱三休，又稱玉堂逐客。每言及江陵相，輒顰蹙曰：「此老不曾讀《泰誓》前半段。」後不知其所之。

隔江人唱《浪淘沙》，月上梧桐影未斜。客到潯陽談往事，青衫無淚濕琵琶。

癡頤子絶句二首

武夷一道人，自號癡頤子，又號麗陽。嘉靖初，修真於接笋峰，遺蜕葬於峰之石壁。有吟稿一册。或云道人汪其姓。

幔亭峰下寒雲外，流水飛花送小舠。夜宿山房清不寐，紫簫吹徹月華高。
赤壁玄堂水火交，青山旋繞白雲坳。枕琴卧誦《黄庭》罷，新月鈎簾傍鶴巢。

吴下人詩

僕夫不識路，躊躇路傍久。寒風吹衣襟，落日照馬首。

金華吴孺子，嘗向人誦此詩，云：「此雖吴下無名人所作，要是唐人行輩。」

越僧詩

顧元慶《夷白堂詩話》云：「越僧，不知名，索畫於石田翁，寄一絶句云云。翁欣然畫其詩意答之。」

寄將一幅剡溪藤，江面青山畫幾層。筆到斷厓泉落處，石邊添箇看雲僧。

芭蕉士女詩　二詩見高播《粹選》，是成化以前詩。

獨立徘徊意若何，羊車聲已過鑾坡。黄金屋裏春風面，不及芭蕉雨露多。

牧牛圖

海宇升平賣劍時，漫勞筋力事東菑。林陰沙際多春草，不羨文身太廟犧。

題宣和畫石榴

金風吹綻絳紗囊，零落宣和御墨香。猶喜樹頭霜露少，南枝有子殿秋光。

題松雪畫馬

塞馬肥時苜蓿枯，奚官早已著貂狐。可憐松雪當年筆，不識檀溪寫的盧。

題　畫

秣陵周暉曰：「客有投余畫山水一幅，不書名姓，不用私印，戲以二十八字藏其姓名，定有知之者。」

結宇蕉陰桐徑邊，浮名無用世間傳。高情剩有閒中趣，寫出青山不賣錢。

西湖八景詩録二首

冷泉猿嘯

冷泉亭下北山陲，曾見雌雄共引兒。慣聽山僧朝説法，能隨木客夜吟詩。松坡日暖人遊後，蕙帳風寒鶴怨時。惆悵遺音無處覓，竹鷄啼老野棠枝。

浙江秋濤

怒挾西風勢未休，滔滔何處覓安流。青山隔岸分吴越，白浪排空混斗牛。鐵箭有靈來昨日，素車遺恨已千秋。晚來試倚樟亭立，楓葉蘆花滿眼愁。

瀟湘八景詩録四首

瀟湘夜雨

長空冥冥雨飛急，坐我扁舟浮夢澤。湘水風生萬竅號，昭潭雲起千山黑。旅魂寂歷秋燈明，耳根已熟江湖聲。人生多憂亦多情，中宵白髮滿頭生。

洞庭秋月

纖雲不動金波浮，玉浮萬里開清秋。青山一髮渺無際，天影落鏡星河流。中流無人萬籟寂，夜深往往魚龍出。何人長笛在扁舟，水遠天長露華白。

漁村落照

湘江雨歇湘山明，千村萬落開新晴。急持襏襫掛屋角，時聞欸乃煙中聲。煙中日影交凌亂，晚霞一抹斜陽岸。網得鱸魚不入城，柳外旗亭酒堪换。

平沙落雁

荒陂日落沙渚黄，新霜十里菰蘆蒼。沙平水落雲影薄，雁飛漠漠江茫茫。江寒天遠西風急，沙上霜晴爪痕濕。月明不怪雁奴驚，江湖何處無矰繳。

盤山石刻詩

盤山高巍峨，半入青云裏。中間最上峰，更向天邊起。行行白石崖，六月不知暑。

薊州桃花寺壁詩

舊有桃花樹，人呼寺故云。石危秋鷺上，灘遠夜僧聞。汲井連黄葉，登臺散白雲。燒丹勾漏令，無處不逢君。

銀山詩

銀山本在北，萬丈青雲梯。曉見居庸雪，銀山忽在西。

高平碑刻詩

弘治間，澤州高平縣廳事後，掘地得碑，有草書絶句，額傍並無題識。

載酒欲尋江上月，出門無路水交流。黄昏悶倚東風立，看去東風獨地愁。

石空山寺題詩 寧夏中衛。

叠嶂玲瓏疎石空，誰開蘭若碧雲中。僧閒夜夜燃燈坐，遥見青山一滴紅。

祈澤寺詩

盛仲交遊祈澤寺，從佛龕中得弊紙，上書一律，末云「友人褚偵呈雪庭法師座前，洪武辛亥暮春書」。不知金陵何人也。

研池滿座落花香，墨透纖毫染漢章。静卧衲衣雪似水，高懸紙帳月如霜。杯浮野渡魚龍遠，錫振空山虎豹藏。幸對爐煙坐終日，煮茶清話得徜徉。

南潯祇園寺贈老僧詩 闕文

清溪通笠澤，地以水爲鄉。竹青三日雨，僧白一頭霜。

庵壁詩

嘉靖中，湛甘泉、霍渭厓在南都拆毁庵觀，豹韜衛營中小庵，有尼題一詩於壁。或云尼名覺清。

急忙箇點破袈裟，收拾行囊没一些。袖拂白雲歸洞口，肩挑明月繞天涯。可憐松頂新巢鶴，却負籬根舊種花。再四叮嚀猫與犬，休教流落俗人家。

雲陽爰書詩

萬曆間，丹陽龐令緝獲輕俠少年丁邦相，搜得二詩於篋笥中，爰書指爲反詩，以前詩有「他日東南報奇事，也須杯酒拜明霞」之句也。此詩似女子贈别之作。

長河銀漢兩漫漫，今夕夫君共木蘭。一道風沙憐弱質，千秋意氣訝衝冠。白鷗遠没汀洲晚，絳燭高燒子夜闌。此去封侯君事畢，紅顔還作白頭看。

集句詩六人

孫典籍蕡二十五首

朝雲集句詩七言律詩十首

家住錢塘東復東，偶來江外寄行踪。三湘愁鬢逢秋色，半壁殘燈照病容。艷骨已成蘭麝土，露華偏濕蕊珠宫。分明記得還家夢，一路寒山萬木中。

妾本錢塘江上住，雙垂别淚越江邊。鶴歸華表添新冢，燕蹴飛花落舞筵。野草怕霜霜怕日，月光如水水如天。人間俯仰成今古，只是當時已惘然。

三生石上舊精魂，化作陽臺一段雲。詞客有靈應識我，碧山如畫又逢君。花邊古木翔金雀，竹裏香雲冷翠裙。莫向西湖歌此曲，清明時節雨紛紛。

東望望春春可憐，江蘺漠漠荇田田。繞籬野菜飛黄蝶，糝徑楊花鋪白氈。雲近蓬萊長五色，鶴歸華表已千年。夢回明月生南浦，淚血染成紅杜鵑。

浮雲漠漠草離離，淚濕春衫鬢脚垂。秋水爲神玉爲骨，芙蓉如面柳如眉。鐘隨野艇回孤棹，蟬曳殘聲過别枝。青冢路邊南雁盡，問君何事到天涯。

身前身後事茫茫，惱斷蘇州刺史腸。猿帶玉環歸後洞，君騎白馬傍垂楊。鶴群長繞三株樹，花氣渾如百和香。慚愧情人遠相訪，爲郎憔悴却羞郎。

孤月無情挂翠巒，金爐香燼漏聲殘。雲收雨散知何處，鬢亂釵横特地寒。去日漸多來日少，别時容易見時難。明朝有約誰先到，青鳥殷勤爲探看。

杏花疏雨立黄昏，金屋無人見淚痕。短鬢欲星愁有效，此身雖異性常存。關門不鎖寒溪水，環佩空歸月夜魂。倚杜尋思倍惆悵，夜寒皴玉倩誰温。

萬紫千紅總是春，登臨一度一思君。舞低楊柳樓心月，香濕梨花夢裏雲。風景蒼蒼多少恨，陰蟲切切不堪聞。思君今夜腸應斷，書破羊欣白練裙。

零落殘雲倍黯然，一身憔悴對花眠。南園緑草飛蝴蝶，落日空山怨杜鵑。天若有情天亦老，月如無恨月長圓。此聲腸斷非今日，風景依稀似去年。

集句七言絶句詩一十二首　續拗體詩三首

舞衫歌扇舊因緣，萬事傷心在眼前。雲物不殊鄉國異，夭桃窗下背花眠。

煙籠寒水月籠沙，誰信流年鬢有華。燕子銜將春色去，夢中猶記詠梅花。

青山隱隱水迢迢，客夢都隨歲月消。惟有别時今不忘，水邊楊柳赤闌橋。

杜陵寒食草青青，長誦《金剛般若經》。雨冷雲香弔仙客，夢中同躡鳳凰翎。

遠水寒山石徑斜，宫前楊柳寺前花。紅顔未老恩先斷，莫怨東風當自嗟。
與君别約記杭州，山外青山樓外樓。屈指别來今幾載，愁心一倍長離憂。
旅館寒燈獨不眠，湘波冷浸一枝蓮。何時最是思君處，月落烏啼霜滿天。
欲寫愁腸愧不才，依稀猶記妙高臺。問余别恨知多少，巴蜀雪消春水來。
紫煙衣上繡春雲，一樹繁花對古墳。辛苦無歡容不理，半緣修道半緣君。
春愁冉冉帶餘酲，珍簟銀牀夢不成。知子遠來應有意，酷憐風月爲多情。
光陰卒卒一飛梭，怨入東風芳草多。舊枕未容春夢斷，秦霜楚雨暗相和。
身前身後思茫茫，秋菊春蘭各吐芳。慚愧情人遠相訪，爲郎憔悴却羞郎。
白袷玉郎寄桃葉，金鞍駿馬呼小妾。翠眉蟬鬢生别離，南園緑草飛蝴蝶。
野棠開盡飄香玉，細柳新蒲爲誰緑。忽忽窮愁泥殺人，逢人更唱相思曲。
瞿塘嘈嘈十二灘，繞船明月江水寒。欲隨郎船看明月，遊絲落絮春漫漫。

附見 西庵記事一百韻

洪武庚戌十月，五羊孫仲衍泛舟遊羅浮，道出合江，訪東坡白鶴亭遺址。還艤舟西湖小蘇堤下，夜宿棲禪寺。寺南有朝雲墓，仲衍徘徊憑弔，悽然冥感，因言寺僧東廊壁間有集句詩十首，後書羅浮王仙姑月夜有感而作，又云夢一女子自稱蘇長公妾朝雲，又歌集古詩十五絶句，鄭重囑付云云。其實皆仲衍自爲之也。其《記事》詩序云：「悼粉香之零亂，寫溟漠之幽姿。竊高唐洛神之意，爲詩記事，非獨慰雲，亦以自悼。」則託寄之旨居可知矣。

思斷蘭臺路，愁填濯錦川。前塘清楚會，金谷狹斜聯。少負傾城譽，名居弄玉先。十三工寫月，二八擅韶年。束素宫腰怯，凝脂國色鮮。倚風楊柳弱，炙日海棠嫣。跳脱松籠腕，琵琶重妥肩。塗黄匀漢靨，安寫破秦鉛。緑水酣潘岳，紅顔惱董賢。流霞紅錯落，嬌燕掠秋千。舞壓梨園社，歌翻樂府編。彩雲生袖底，璧月墮樓前。鏡掩三星曙，春隨五馬韉。青樓亂女伴，瓊佩挹詩仙。蠟炬催傳賜，烏絲待草《玄》。娉婷驚世外，風度蓋吟邊。霜撲罘罳畫，陰横粉署磚。逆鱗天咫尺，垂翅路三千。黛減蛾眉翠，筝斜蜀國絃。武林牽北望，庾嶺入南遷。白鶴峰千尺，黄茅屋數椽。練裙參般若，彤管榻張顛。蜜鯽調蘇合，邊爐瀹海膻。斷霞丹荔嶼，晴雪素馨田。妾命真成薄，郎行底未旋。塵蒙纓落串，珠皸步摇鈿。往事腸堪折，殊方瘴莫痊。烓童占吉卜，鄰媪訪沉綿。楚峽深秋氣，羅浮澹曉妍。巫陽招古些，卞女泣新阡。海氣籠翹鳳，嵐光濕鬢蟬。封囊留粉恨，長帽斷塵緣。隴樹含凄緑，經文帶淚鐫。雪兒低鶴馭，雲母凍龍涎。桃葉僧前渡，梅花夢裏天。蛾旋三昧火，鷃弔六如禪。入道應偷藥，凌虚想步蓮。浴蘭依净土，遺玦贈靈荃。天路雲和峭，瑶池脈望圓。迴鸞珠斗没，驚鵲玉繩編。木落山精笑，苔平石獸眠。香雲啼子夜，慧魄悶重泉。絡緯停寒索，飛簾捲夕旃。譜餘蘇小曲，書暗薛濤箋。亂緒紛團結，新知永棄捐。屏幃空孔雀，衿綉冷文鴛。清吹群真下，叢林積水連。幽扃螢擾擾，舊業草芊芊。巴舞陳椒酳，吴歈裂楮錢。霓裳飄蜀雨，班竹點湘煙。暮雨從渠濕，春冰敢自堅。縞衣迷故國，華表竪層巔。白紵行人唱，銀缸傍舍懸。芙蓉羞爛熳，蛺蝶舞聯翩。繡壤遮蘇小，鈎欄鎮阿甄。紅顔多蹇劣，清涕莫潺湲。在世誰非幻，鍾情我獨憐。微生同坎壈，幽思久嬋媛。禁闥初通籍，儒林早備員。詞華羣五鳳，幃幄飫三鱣。眉月端如畫，丰姿美且鬈。鑾坡披奏牘，馳道鞚飛駩。雅譽傾詩輩，清流冠吏銓。賓筵陪有客，羽獵賦于畋。綺席延枚叟，蒲車屈鄭虔。天顔却下顧，雲路快高騫。昔似衝霄鶴，今如跕水鳶。九關嚴虎豹，平楚落鷹鸇。拜命沾三宥，歸耕困一廛。壯心徒激烈，長袖幾翩翻。倦泛張騫梗，虚彎李廣弦。古苔封片石，荒櫪卧雙騝。草芟臨丹壑，柴扉枕碧漣。奚童開雀網，稚子縛魚筌。白石潘郎鬢，青燈子敬氈。哀箏開緑蟻，雄劍搏烏犍。雨露從枯槁，山林且静便。朝真探玉訣，觀妙解名詮。丹鼎團龍虎，玄龜下澗瀍。屋頭杉隱隱，庭下竹涓涓。薜荔裁秋服，楓香當晚饘。關元存太乙，文火養純乾。七夕邀金母，三山候偓佺。醴泉清似玉，瓜棗大如拳。老去渾無賴，憂來獨惘然。有懷通尺素，何計索筳篿。孤況憑誰問，冲襟待子宣。蓮飄知薏苦，藕斷識絲纏。慘淡黄姑渚，玲瓏織女躔。交疏期屢爽，謀拙去何遄。畫餅文章貴，嬰兒造化權。寧勞褰短褐，端合掩真詮。病骨相如在，勞心宋玉傳。韓憑春寂寂，杜宇月娟娟。邂逅時將晚，淹留景莫延。流星光晻靄，雄電動連蜷。艷態千秋隔，羈腸百慮煎。錦蕤空薄幕，縫節映重淵。洛浦凌波襪，西湖罨畫船。佳人不可見，長誦《法華》篇。

李布政楨二十首

月下彈琴記集句詩二十首　事見《剪燈餘話》，託宋李永新譚節婦魂遊舊鄉感述今昔之辭。

花壓欄干春晝長①，清歌一曲斷君腸②。雲飛雨散知何處③，天上人間兩渺茫④。已託焦桐傳密意⑤，不將清瑟理霓裳⑥。江南舊事休重省⑦，桃葉桃根盡可傷⑧。

① 原注：「《唐音》温飛卿。」
② 原注：「《唐音》沈雲卿詩。」
③ 原注：「唐温飛卿。」
④ 原注：「《鼓吹》宋邕。」
⑤ 原注：「《鼓吹》胡宿詩。」
⑥ 原注：「《鼓吹》宋邕詩。」
⑦ 原注：「《草堂詩餘》李玉詞。」
⑧ 原注：「《詩統》宋庠詩。」

魂歸溟漠魄歸泉①，却恨青娥誤少年②。自是桃花貪結子③，只應梅蕊故依然④。風流肯落他人後⑤，哀樂猶驚逝水前⑥。何事黄昏尚凝睇⑦，孤燈挑盡未成眠⑧。

①原注：「《三體》朱褒詩。」
②原注：「《鼓吹》無名氏。」
③原注：「《唐音》王建。」
④原注：「《詩統》陳簡齋。」
⑤原注：「唐李白。」
⑥原注：「《鼓吹》許渾詩。」
⑦原注：「《鼓吹》崔珏。」
⑧原注：「唐白樂天詩。」

寒蛩唧唧樹蒼蒼①，城上高樓接大荒②。午夜漏聲催曉箭③，六街晴色動秋光④。滿庭詩景飄紅葉⑤，此地悲風愁白楊⑥。舞袖弓鞋渾忘却⑦。人間惟有鼠拖腸⑧。

①原注：「《三體》李涉詩。」
②原注：「《鼓吹》柳宗元詩。」
③原注：「唐杜甫詩。」
④原注：「《鼓吹》張泌詩。」
⑤原注：「《三體》雍陶詩。」
⑥原注：「唐李白詩。」

⑦原注：「《屏上畫美人》詩。」

⑧原注：「宋歐陽修。」

雲想衣裳花想容①，春青已過亂離中②。功名富貴若長在③，得喪悲歡盡是空④。窗裏日光飛野馬⑤，巖前樹色隱房櫳⑥。身無彩鳳雙飛翼⑦，油壁香車不再逢⑧。

①原注：「唐李白詩。」

②原注：「《唐音》劉文房詩。」

③原注：「唐李白詩。」

④原注：「唐溫飛卿。」

⑤原注：「《鼓吹》韓偓詩。」

⑥原注：「《唐音》王維。」

⑦原注：「《鼓吹》李商隱。」

⑧原注：「《詩統》晏殊詩。」

應笑無成返薜蘿①，年年惆悵是春過②。時攀芳樹愁花盡③，寒戀重衾覺夢多④。桂嶺瘴來雲似墨⑤，蜀江風濇水如羅⑥。人生富貴須回首⑦，世事無幾奈爾何⑧。

①原注：「《鼓吹》譚用之。」

②原注：「《鼓吹》羅鄴詩。」

③ 原注：「《鼓吹》温飛卿。」

④ 原注：「唐温飛卿。」

⑤ 原注：「《鼓吹》劉宗元。」

⑥ 原注：「《唐音》温飛卿。」

⑦ 原注：「唐薛能詩。」

⑧ 原注：「《鼓吹》司空圖。」

家在寒塘獨掩扉①，高情雅澹世間稀②。不將脂粉涴顏色③，惟恨緇塵染素衣④。歸目併隨回雁盡⑤，離魂潛逐杜鵑飛⑥。東風吹淚對花落⑦，惆悵朱顏不復歸⑧。

① 原注：「《唐音》劉文房。」

② 原注：「《鼓吹》劉夢得。」

③ 原注：「唐杜甫詩。」

④ 原注：「《詩統》陳簡齋。」

⑤ 原注：「《鼓吹》劉宗元。」

⑥ 原注：「《鼓吹》韋莊詩。」

⑦ 原注：「《鼓吹》趙嘏詩。」

⑧ 原注：「《鼓吹》宋邕詩。」

有時顛倒着衣裳①，萬轉千回懶下牀②。艷骨已成蘭麝土③，蓬門未識綺羅香④。漢朝冠蓋皆陵墓⑤，魏國山河半夕陽⑥。滿眼波濤終古事⑦，離人到此倍堪傷⑧。

① 原注：「唐杜甫詩。」
② 原注：「唐崔鶯鶯。」
③ 原注：「《鼓吹》皮日休。」
④ 原注：「《鼓吹》秦韜玉。」
⑤ 原注：「《三體》曹彦謙。」
⑥ 原注：「《鼓吹》李益。」
⑦ 原注：「《鼓吹》薛逢詩。」
⑧ 原注：「《鼓吹》羅鄴詩。」

一寸相思一寸灰①，且將團扇暫徘徊②。月明古寺客初到③，風静寒塘花正開④。緑水青山雖似舊⑤，紅顏白髮遞相催⑥。無情不似多情苦⑦，肯信愁腸日九迴⑧。

① 原注：「《鼓吹》李商隱。」
② 原注：「《唐音》王少伯。」
③ 原注：「《鼓吹》項斯詩。」
④ 原注：「《鼓吹》劉滄詩。」

⑤原注：「《鼓吹》耿湋詩。」
⑥原注：「《鼓吹》薛逢詩。」
⑦原注：「《草堂》晏殊詞。」
⑧原注：「《鼓吹》崔魯。」

形容變盡語音存①，地覆難招自古魂②。閒結柳條思遠道③，欲書花葉寄朝雲④。窗殘夜月人何在⑤，樹醮蕪香鶴共聞⑥。今日獨經歌舞地⑦，娟娟霜月冷侵門⑧。

①原注：「《詩統》蘇東坡詩。」
②原注：「《鼓吹》韓偓詩。」
③原注：「《詩統》范鎮。」
④原注：「《鼓吹》李商隱。」
⑤原注：「《鼓吹》胡魯詩。」
⑥原注：「《鼓吹》陸龜蒙。」
⑦原注：「《三體》趙嘏詩。」
⑧原注：「《草堂詩》康伯可詞。」

烽火年年報虜塵①，每回回首即長顰②。明眸皓齒今何在③，異服殊音不可親④。幾樹好花閒白晝⑤，數株殘柳未勝春⑥。狂風落盡深紅色⑦，水遠山長愁殺人⑧。

①原注：「《三體》李嘉祐詩。」
②原注：「《鼓吹》李群玉。」
③原注：「唐杜甫詩。」
④原注：「《鼓吹》柳子厚。」
⑤原注：「《鼓吹》吴融詩。」
⑥原注：「《唐音》劉禹錫。」
⑦原注：「唐杜牧之。」
⑧原注：「《三體》李遠詩。」

絃管遥聽一半悲①，羅衾滴盡泪胭脂②。鳥啼花落人何在③，節去蜂愁蝶未知④。鵬上承塵才一日⑤，雪殘鳷鵲亦多時⑥。緑雲斜嚲金釵墜⑦，獨立蒼茫自詠詩⑧。

①原注：「《鼓吹》司空曙。」
②原注：「《草堂》康伯可。」
③原注：「《鼓吹》崔珏詩。」
④原注：「《三體》鄭谷。」
⑤原注：「《三體》許渾詩。」
⑥原注：「唐杜甫詩。」

⑦ 原注：「《草堂》晏殊。」
⑧ 原注：「唐杜甫詩。」

煙郊四望夕陽曛①，世路干戈惜暫分②。内屋金屏生色畫③，粉霞紅綬藕絲裙④。蒹葭淅瀝含秋雨⑤，銅雀荒凉鎖暮雲⑥。舊業已隨征戰盡⑦，獨留青冢向黄昏⑧。

① 原注：「《鼓吹》陳尚美。」
② 原注：「《鼓吹》李商隱。」
③ 原注：「《唐音》李賀。」
④ 原注：「《唐音》李賀。」
⑤ 原注：「《鼓吹》柳宗元。」
⑥ 原注：「《鼓吹》温飛卿。」
⑦ 原注：「《唐音》。」
⑧ 原注：「唐杜甫詩。」

愁心一倍長離憂①，到處明知是暗投②。雨盡香魂弔書客③，夜深燈火上樊樓④。山中老宿依然在⑤，檻外長江空自流⑥。明月易低人易散⑦，寒鴉飛盡水悠悠⑧。

① 原注：「《三體》李端詩。」
② 原注：「《鼓吹》鄭谷詩。」

③ 原注：「唐李賀詩。」

④ 原注：「《詩統》劉子翬。」

⑤ 原注：「《詩統》東坡。」

⑥ 原注：「《唐音》王勃。」

⑦ 原注：「《詩統》東坡。」

⑧ 原注：「《三體》嚴維詩。」

葉滿苔階杵滿城①，登高望遠自傷情②。瓊枝璧月春如昨③，冰簟銀牀夢不成④。往事悠悠增浩嘆⑤，清愁苒苒帶餘醒⑥。豈知一夕秦樓客⑦，腸斷緑荷風雨聲⑧。

① 原注：「《鼓吹》盧弼詩。」

② 原注：「洪邁《唐千家詩》武元衡作。」

③ 原注：「《草堂》張仲宗。」

④ 原注：「唐温飛卿。」

⑤ 原注：「《鼓吹》薛能。」

⑥ 原注：「宋蘇子由。」

⑦ 原注：「《唐音》李義山。」

⑧ 原注：「《唐音》吴商浩。」

芙蓉肌肉緑雲鬟①，泣雨傷春翠黛殘②。歌管樓臺人寂寂③，山川龍戰血漫漫④。千年別恨調琴懶⑤，幾許幽情欲話難⑥。回首舊遊真是夢⑦，寒潮惟帶夕陽還⑧。

①原注：「《唐音》元稹。」
②原注：「《唐音》王貞白。」
③原注：「宋王介甫。」
④原注：「《鼓吹》胡魯。」
⑤原注：「《鼓吹》譚用之。」
⑥原注：「《鼓吹》薛逢詩。」
⑦原注：「《詩統》東坡。」
⑧原注：「唐皇甫茂政。」

一見清明一改容①，每驚時節恨飄蓬②。風塵荏苒音書絶③，人物蕭條市井空④。荒埭暗鷄催曉月⑤，野花黄蝶領春風⑥。玉環飛燕皆塵土⑦，只有襄王憶夢中⑧。

①原注：「《鼓吹》鄭準。」
②原注：「《三體》來鵬詩。」
③原注：「唐杜甫詩。」
④原注：「《鼓吹》張泌。」

⑤ 原注：「《詩統》王介甫。」
⑥ 原注：「《唐音》王仲初。」
⑦ 原注：「《草堂》辛稼軒。」
⑧ 原注：「《唐音》李義山。」

處處斜陽草似苔①，野塘晴暖獨徘徊②。侍臣最有相如渴③，欲賦慚非宋玉才④。絃管變成山鳥弄⑤，屧廊空信野花埋⑥。情知到處身如寄⑦，莫遣黄金謾作堆⑧。

① 原注：「《鼓吹》韓偓。」
② 原注：「《鼓吹》韓偓。」
③ 原注：「《唐音》李義山。」
④ 原注：「《唐音》温飛卿。」
⑤ 原注：「《三體》李遠詩。」
⑥ 原注：「《鼓吹》皮日休。」
⑦ 原注：「《詩統》高士談。」
⑧ 原注：「《鼓吹》張祐。」

落落疏星滿太清①，寒江近户漫流聲②。長疑好事皆虚事③，道是無情還有情④。且盡醁醽消積恨⑤，休將文字占時名⑥。秋來見月多歸思⑦，斜倚薰籠坐到明⑧。

①原注：「《唐音》儲光羲。」
②原注：「《唐音》戎昱詩。」
③原注：「《鼓吹》薛能詩。」
④原注：「《唐音》劉禹錫。」
⑤原注：「《鼓吹》紀唐夫。」
⑥原注：「《鼓吹》柳宗元。」
⑦原注：「《唐音》雍陶。」
⑧原注：「唐樂白天。」

繞門清槿絶塵埃①，白石蒼蒼半緑苔②。酒力漸消風力軟③，桃花浄盡菜花開④。一泓海水杯中瀉⑤，萬里銘旌死後來⑥。世上英雄本無主⑦，争教紅粉不成灰⑧。

①原注：「《鼓吹》韓偓。」
②原注：「《鼓吹》許渾詩。」
③原注：「《草堂》東坡。」
④原注：「唐劉夢得。」
⑤原注：「唐李賀詩。」
⑥原注：「《鼓吹》張祐。」

⑦原注：「唐李賀詩。」

⑧原注：「唐張建封妾盼盼詩。」

門前不改舊山河①，蓮渚愁紅蕩碧波②。墜葉飄花難再復③，浮雲流水竟如何④。魚龍寂寞秋江冷⑤，鴻雁不來風雨多⑥。窮巷悄然車馬絶⑦，磬聲深夏出煙蘿⑧。

①原注：「唐趙承祐。」

②原注：「唐許渾。」

③原注：「《唐音》楊思中。」

④原注：「《三體》李商隱。」

⑤原注：「唐杜甫詩。」

⑥原注：「唐趙承祐。」

⑦原注：「唐杜甫詩。」

⑧原注：「《鼓吹》司空圖。」

陳山人言二十六首

言字于庭，莆田人。以布衣老於家。專工集句，每有贈送唱酬，先問集何句，用何體，取諸腹笥，不待簡閲。成化間，錢塘沈行亦工集句，有《梅花》《雪》詩、宫詞各百首，詞多叢雜，不若言之渾成也。當如宋人《剪綃集》例，孤行之，以備詞家之一體。

放歌用鄭少白韻

一百五日又欲來①，千樹萬樹梨花開②。眼看春色如流水③，人生相命亦如此④。百年三萬六千朝⑤，倏忽須臾難久恃⑥。君不見十八羽林郎⑦，君王手賜黄金鐺⑧。日晚朝回擁賓從⑨，片言出口生輝光⑩。一朝負遺辭丹闕⑪，窮巷悄然車馬絶⑫。舞影歌聲散緑池⑬，遺壚但見狐狸迹⑭。當時一旦擅豪華⑮，見此空爲人所嗟⑯。莫向尊前惜沉醉⑰，參差辜負東園花⑱。

①原注：「崔櫓。」
②原注：「岑參。」
③原注：「崔惠。」
④原注：「賀蘭進明。」
⑤原注：「王建。」
⑥原注：「盧照鄰。」
⑦原注：「李嶷。」
⑧原注：「張籍。」

⑨原注：「崔顥。」
⑩原注：「李頎。」
⑪原注：「戎昱。」
⑫原注：「杜甫。」
⑬原注：「李白。」
⑭原注：「高適。」
⑮原注：「駱賓王。」
⑯原注：「孟浩然。」
⑰原注：「韋莊。」
⑱原注：「張謂。」

過坤上人居

野寺夕陽邊①，香牀坐入禪②。龍宫連棟宇③，世界接人天④。寶葉交香雨⑤，鮮雲抱石蓮⑥。浮名竟何益⑦，心賞獨泠然⑧。

①原注：「岑參。」
②原注：「陳子昂。」

③原注：「王維。」
④原注：「李頎。」
⑤原注：「宋之問。」
⑥原注：「駱賓王。」
⑦原注：「裴迪。」
⑧原注：「沈佺期。」

折楊柳

裊裊城邊柳①，相思幾度攀②。不顰復不語③，長望獨長嘆④。露葉凝愁黛⑤，垂條拂髻鬟⑥。落花相與恨⑦，不斷若連環⑧。

①原注：「張仲素。」
②原注：「駱賓王。」
③原注：「薛維翰。」
④原注：「姚崇。」
⑤原注：「盧照鄰。」
⑥原注：「崔湜。」

⑦ 原注：「韋承慶。」

⑧ 原注：「李商隱。」

月夜江樓聞笛

陳子別家經年，孤身千里，撫月色之淒清，感笛聲之悲惋，悵然集語，用寫羈懷。

樓前澹月連江白①，樓底誰家吹玉笛②。笛聲憤怨哀中流③，一夜愁殺江南客④。江南萬里不歸家⑤，空掩柴扉度歲華⑥。雙淚別來猶未斷⑦，那堪又聽《落梅花》⑧。

① 原注：「温庭筠。」

② 原注：「楊載。」

③ 原注：「杜甫。」

④ 原注：「岑參。」

⑤ 原注：「楊基。」

⑥ 原注：「武元衡。」

⑦ 原注：「顧非熊。」

⑧ 原注：「僧機先。」

題張應鶴郊居

曲徑幽人宅①，藩籬插槿齊②。裁衣延野客③，分食養山鷄④。古木生雲際⑤，迴塘繞郭西⑥。寂寥人境外⑦，何事武陵溪⑧。

①原注：「李白。」

②原注：「劉長卿。」

③原注：「姚合。」

④原注：「王建。」

⑤原注：「陳子昂。」

⑥原注：「僧皎然。」

⑦原注：「祖詠。」

⑧原注：「張謂。」

出塞曲贈林參軍

入幕推英選①，論兵邁古風②。卷旗收敗馬③，鏘佩揖群公④。紫塞金河裏⑤，天山弱水東⑥。晚風吹畫角⑦，殘日讓雕弓⑧。廟略占黄氣⑨，精神貫白虹⑩。丈夫期報主⑪，看取寶刀雄⑫。

⑴ 原注：「李乂。」
⑵ 原注：「杜甫。」
⑶ 原注：「盧綸。」
⑷ 原注：「司空曙。」
⑸ 原注：「沈佺期。」
⑹ 原注：「盧照鄰。」
⑺ 原注：「陳子昂。」
⑻ 原注：「許渾。」
⑼ 原注：「崔灌。」
⑽ 原注：「駱賓王。」
⑾ 原注：「鄭愔。」
⑿ 原注：「高適。」

攜歌者訪方氏不遇

白日移歌袖⑴，空齋不見君⑵。巖聲中谷應⑶，人語隔溪聞⑷。斷壁分垂影⑸，迴沙擁籀文⑹。無人知所去⑺，紅葉下紛紛⑻。

①原注：「杜甫。」
②原注：「岑參。」
③原注：「蘇頲。」
④原注：「許渾。」
⑤原注：「僧皎然。」
⑥原注：「王勃。」
⑦原注：「李白。」
⑧原注：「薛瑩。」

病中寓秦溪

病多慵引架書看①，雙袖龍鍾淚不乾②。世態炎涼隨節序③，人情反覆似波瀾④。溪風送雨過秋寺⑤，山鳥將雛傍藥欄⑥。同學少年多不賤⑦，獨將衰鬢客秦關⑧。

①原注：「譚用之。」
②原注：「岑參。」
③原注：「郎士元。」
④原注：「王維。」

⑤ 原注：「張泌。」
⑥ 原注：「錢起。」
⑦ 原注：「杜甫。」
⑧ 原注：「盧綸。」

題天台圖寄懷林介夫

錦瑟驚絃破夢頻①，無因重見玉樓人②。鳥啼雲竇仙巖静③，夢入天台石路新④。芍藥比容花比貌⑤，暖煙如粉草如茵⑥。人間只道三山遠⑦，猶隔千山與萬津⑧。

① 原注：「李商隱。」
② 原注：「李洵。」
③ 原注：「方干。」
④ 原注：「曹唐。」
⑤ 原注：「錢起。」
⑥ 原注：「杜牧。」
⑦ 原注：「竇牟。」
⑧ 原注：「紀唐夫。」

兵後高郵道中寄懷鄭平山冏丞

自憐羈客尚飄蓬①，故國荆扉在夢中②。笛怨柳營煙漠漠③，馬嘶山店雨蒙蒙④。風塵荏苒音書絶⑤，人物蕭條市井空⑥。珍重仙曹舊知己⑦，不知閒醉與誰同⑧。

①原注：「李商隱。」
②原注：「許渾。」
③原注：「武元衡。」
④原注：「韋莊。」
⑤原注：「杜甫。」
⑥原注：「張泌。」
⑦原注：「譚用之。」
⑧原注：「杜牧。」

感舊

岐路三秋別①，悠悠關復河②。今來數行淚③，泉下故人多④。

①原注：「楊炯。」

②原注：「戴叔倫。」
③原注：「柳宗元。」
④原注：「白居易。」

賦落葉送别

落葉亂紛紛①，林間起送君②。還愁獨宿夜③，孤客最先聞④。

①原注：「劉長卿。」
②原注：「僧無可。」
③原注：「韋應物。」
④原注：「劉禹錫。」

艷曲 四首

鬢雲斜嚲鳳釵横①，偷折花枝傍水行②。更有惱人腸斷處③，慢回嬌眼笑盈盈④。

①原注：「朱緯。」
②原注：「花蕊夫人。」
③原注：「元稹。」

④原注：「張泌。」

金鳳釵頭逐步摇①，花如雙臉柳如腰②。最憐長袖風前弱③，拽住仙郎盡放嬌④。

①原注：「羅虬。」

②原注：「顧瓊。」

③原注：「崔液。」

④原注：「和凝。」

金鋪閒掩繡簾低①，輕打銀筝墜燕泥②。憶昔花間初識面③，倚屏無語撚雲篦④。

①原注：「毛熙震。」

②原注：「孫光憲。」

③原注：「歐陽炯。」

④原注：「李洵。」

輕鬢叢梳闊畫眉①，翠翹浮動玉釵垂②。醉來咬損新花子③，繞樹藏身打雀兒④。

①原注：「張籍。」

②原注：「裴餘慶。」

③原注：「和凝。」

④原注：「王建。」

觀麗人走馬

玉鞍初跨柳腰柔①，嬌眼如波入鬢流②。翠袂半將遮粉臉③，掉鞭横過小江樓④。

① 原注：「花蕊夫人。」
② 原注：「李太玄。」
③ 原注：「孫光憲。」
④ 原注：「王建。」

上金山寺集元句

神鰲屹立戴崔巍①，此地曾經幾劫灰②。寶藏虎歸風撼樹③，碧潭龍去水生苔④。雲移塔影横江口⑤，船載鐘聲出浪堆⑥。獨倚闌干飛鳥外⑦，不知身世是蓬萊⑧。

① 原注：「丁鶴年。」
② 原注：「柳貫。」
③ 原注：「董紀。」
④ 原注：「成廷珪。」
⑤ 原注：「陳孚。」

⑥原注：「僧雲噩。」

⑦原注：「楊鎰。」

⑧原注：「張昕。」

送人入蜀以下集明句

岧嶢高閣倚巖阿①，把酒相看奈别何②。寒色漸經巴峽路③，雨聲微長楚江波④。滄洲别業驚蓬斷⑤，白髮流年倚劍過⑥。他日相逢又何處⑦，眼中知己漸無多⑧。

①原注：「盧謙。」

②原注：「沈愚。」

③原注：「周玄。」

④原注：「王洪。」

⑤原注：「林鴻。」

⑥原注：「浦源。」

⑦原注：「林旅。」

⑧原注：「丁岳。」

弔岳墳用壁間韻

金牌十二詔班師①，痛飲黄龍願竟違②。萬里鑾輿終北狩③，千年松柏尚南枝④。雨荒孤冢埋金劍⑤，雲鎖空山暗鐵衣⑥。莫向此中多感慨⑦，五陵衰草正離離⑧。

①原注：「秦霖。」

②原注：「左贊。」

③原注：「黄相。」

④原注：「袁袠。」

⑤原注：「殷弁。」

⑥原注：「秦王誠泳。」

⑦原注：「王偁。」

⑧原注：「金寔。」

春　思

珠箔上銀鈎①，春花壓翠樓②。笙歌何處響③，鸚鵡對人愁④。

①原注：「劉師邵。」

②原注：「張楷。」

③原注：「林鴻。」

④原注：「錢遜。」

送陳三亦入越用韋莊韻

野花藤蔓亂毿毿①，送別旗亭酒半酣②。十丈畫船如畫閣③，載將春色到江南④。

①原注：「張稷。」

②原注：「葛貞。」

③原注：「徐麟。」

④原注：「吴鎮。」

絶句

寶鳳搔頭玉步摇①，艷妝空似海棠嬌②。春情一種無聊賴③，重到桃花第四橋④。

①原注：「林淑。」

②原注：「張黼。」

③原注：「夏寅。」

④ 原注：「劉渙。」

芭蕉士女

寂寂無言斂翠蛾①，花陰試步學凌波②。玉顏空有嫦娥貌③，不及芭蕉雨露多④。

① 原注：「張黼。」

② 原注：「姚綸。」

③ 原注：「羅欣。」

④ 原注：「亡名氏。」

戲贈蓮如美人

玉纓翠佩雜輕羅①，眉映春山眼映波②。折得白蓮頭上插③，問人瀟灑似誰麽④。

① 原注：「楊衡。」

② 原注：「傅若金。」

③ 原注：「劉基。」

④ 原注：「朱淑真。」

舟行即景

紅簾小艇穩如車①，寒水娟娟浸白沙②。汀畔數鷗閑不起③，見人飛去入蘆花④。

① 原注：「僧復來。」
② 原注：「蔡忠懷。」
③ 原注：「蘇廣文。」
④ 原注：「戴復古。」

童主事琥〔一〕六首

琥字廷瑞，蘭谿人。有《草窗梅花集句》三卷，凡三百有十首。楊廷和序曰：「廷瑞往年舉進士，予從有司後得其文。既而官刑部，克慎其職，不廢文事，此其爲工部正郎使蜀時所集者。」

〔一〕原刻正文作「童琥」，此據原刻卷首目録。

竹外松邊一兩稍①，迥臨村落傍谿橋②。堪將亂蕊添雲肆③，芳被芳風透綺寮④。春事頓隨花片薄⑤，清吟半逐夢魂銷⑥。却思前載孤山下⑦，踏雪相尋豈憚遥⑧。

① 原注：「元葉景南。」

②原注：「唐戎昱。」
③原注：「唐陸魯望。」
④原注：「宋胡宿。」
⑤原注：「唐周馳。」
⑥原注：「宋蘇子瞻。」
⑦原注：「元王元章。」
⑧原注：「宋賈秋壑。」

練裙縞袂雪精神①，夢在羅浮江上村②。竹屋紙窗清不俗③，風臺月觀悄無言④。笑拈霜管題詩句⑤，靜愛寒香撲酒尊⑥。誰遣胡兒吹塞笛⑦，分明哀怨曲中論⑧。

①原注：「元《咏物》詩。」
②原注：「元貝清江。」
③原注：「宋張澤民。」
④原注：「宋朱晦翁。」
⑤原注：「唐郎士元。」
⑥原注：「元楊鐵厓。」
⑦原注：「宋張澤民。」

⑧原注：「唐杜工部。」

殘雪疏籬半欲摧①，暗香消息已傳梅②。三家五家村舍出③，一花兩花香意回④。今日多情惟我到⑤，無人解惜爲誰開⑥。相逢剩作尊前恨⑦，何處笛聲江上來⑧。

①原注：「宋張澤民。」

②原注：「宋劉屏山。」

③原注：「元劉儼。」

④原注：「宋陸放翁。」

⑤原注：「唐白香山。」

⑥原注：「同上。」

⑦原注：「放翁。」

⑧原注：「唐曹唐。」

偶泄春光此一枝①，故山幽夢憶疏籬②。雪羞潔白常回避③，風近清香似可期④。老氣却因高樹得⑤，閒愁只許落花知⑥。醉中曾記吟詩處⑦，獨倚闌干待月時⑧。

①原注：「宋廖明略。」

②原注：「陸放翁。」

③原注：「宋張澤民。」

④原注：「宋梅聖俞。」

⑤原注：「宋韓仲止。」

⑥原注：「元月泉吟社。」

⑦原注：「宋趙希逢。」

⑧原注：「張澤民。」

一枝梅笑破冬嚴①，殘臘新春氣候參②。更被誰家多事笛③，不教幽夢到江南④。

①原注：「宋張宛丘。」

②原注：「同上。」

③原注：「元許有壬。」

④原注：「同上。」

江南地暖隴西寒①，一種春風有兩般②。最愛夜深霜重處③，無人起向月中看④。

①原注：「羅隱。」

②原注：「詩話。」

③原注：「宋韓仲止。」

④原注：「唐《白牡丹》詩。」

劉舉人芳節四首

芳節字聖達，宜都人。舉萬曆丁酉鄉薦。公車時常從袁小修及余遊。有《閨情集句》三十二首，小修序之。

緑慘雙蛾不自持①，曉庭和露折殘枝②。長疑好事皆虚事③，莫遣佳期竟後期④。舊曲聽來猶有恨⑤，柔腸結盡轉相思⑥。遥知更有難忘處⑦，射雉春風得意時⑧。

① 原注：「非烟。」

② 原注：「鄭谷。」

③ 原注：「李山甫。」

④ 原注：「李商隱。」

⑤ 原注：「蔣蘊。」

⑥ 原注：「梁意娘。」

⑦ 原注：「張仲容。」

⑧ 原注：「施宜生。」

纖纖初月上鴉黄①，不把雙眉鬭畫長②。素柰忽開西子面③，芙蓉不及美人妝④。對題錦字添新恨⑤，閒對幽花識舊香⑥。欲説春心無所似⑦，池邊顧步兩鴛鴦⑧。

①原注：「盧照鄰。」

②原注：「秦韜玉。」

③原注：「姚合。」

④原注：「王昌齡。」

⑤原注：「曹唐。」

⑥原注：「蘇子瞻。」

⑦原注：「李賀。」

⑧原注：「劉庭芝。」

劈破雲鬟金鳳凰①，夢回餘念屬瀟湘②。徒勞掩袂傷鉛粉③，但惜流塵暗洞房④。兩臉酒醺紅杏妒⑤，一叢高髻緑雲光⑥。妝成只是熏香坐⑦，欲捲珠簾春恨長⑧。

①原注：「曹唐。」

②原注：「蘇轍。」

③原注：「喬知之。」

④原注：「李商隱。」

⑤原注：「李洞。」

⑥原注：「王涯。」
⑦原注：「王淮。」
⑧原注：「王昌齡。」

舊事凄凉不可聽①，含紅怨緑影亭亭②。琴聲斷續愁兼恨③，杯酒留連醉復醒④。新睡起來思舊夢⑤，夜香燒罷掩重扃⑥。緑窗璧月移花影⑦，銀燭秋光冷畫屏⑧。

①原注：「竇遺直。」
②原注：「杜衍。」
③原注：「秦觀。」
④原注：「高適。」
⑤原注：「王涯。」
⑥原注：「蘇東坡。」
⑦原注：「康里。」
⑧原注：「杜牧之。」

丘劉八首

丘婦劉氏，麻城人。兵部尚書劉天和之孫女，丘坦長孺之妻也。集唐最工。

悼長孺四首

江流曲似九迴腸，愁思非春亦自傷。明月不知人世變，夜來依舊下西厢。
鶯聲不散柳含煙，寒食家家送紙錢。心折此時無一寸，杏花零落寺門前。
磬聲初盡漏聲長，添得離人兩鬢霜。階下青苔與紅葉，九原何處不心傷。
窗殘夜月人何在，一見清明一改容。墜葉飄花難再復，生離死别恨無窮。

追懷亡兄金吾延伯歌姬散盡有感集句四首

殘花悵然近人開，南國佳人去不回。回首可憐歌舞地，年年春色爲誰來。
濕雲如夢雨如塵，自有春愁正斷魂。人面不知何處在，空留鶯語到黄昏。
千山萬水玉人遥，人事音書謾寂寥。惆悵一年春又去，更無消息到今朝。
誰家玉笛暗飛聲，總是鄉關離别情。妾夢不離江上水，夜來還到洛陽城。

列朝詩集閏集第六

神鬼

徐仙一首

南唐徐温之二子，知證、知諤，降神於閩。太宗皇帝遣使迎其神，祀京師，即洪恩靈濟宫也。閩人録其降筆詩文，名《徐仙翰藻》。

偶作

靜裏乾坤不計春，非非是是任紛紛。醒原醉白今何在，雲外青山山外雲。

霍山巖壁仙詩一首

永樂十三年，修通志，採取事迹。龍川諸生古璉、李選往霍山，見巖壁有詩，題「人間富貴」云云。既而邑人李貴奇聞而往視，不見前題，別有句「八表煙霞」云云。合之乃絶句，知爲仙人筆也。

八表煙霞總一家，藍橋到此作生涯。人間富貴塵如海，虚度春風三月花。

瑶華洞仙女詩一首

洪武辛酉，林鴻子羽爲將樂縣訓導，與客遊玉華洞。酒酣，藉草而卧，夢入瑶華洞天。洞主之三女小字芸香，延入天葩軒，案有詩集，題曰《霞光》。女郎曰：「嚴君階列地仙，職司文衡，凡文人才子之詩，皆録集中，以備上帝御覽。妾見君詩數十首，至『一鳥鏡天浄，萬花潭雨香』與『檄雨古壇暝，禮星寒殿開』之句，尤嚴君所稱賞也。」因揮翰賦詩，留連而覺。翌日，避客獨遊，夢徑宛然，石壁阻絶，潭深莫測。鴻書一詩投之，如炊黍許，見蠟箋浮詩云云。覽畢，循所得箋，乃一黄葉，字亦隨滅矣。子羽有記甚詳。

天葩小院敞銀屏，鵲散天河逗客星。欲識別來幽意苦，晚峰長想黛眉青①。

①原注：「詩亦見子羽集。」

蘇小小一首

和馬浩瀾遊西湖詩

西陵，蘇小小葬處也。弘治初，于京兆景瞻謝事歸杭，與詩人馬洪浩瀾同泛西湖，馬首倡詩曰：「畫舸秋風湖上來，水通天碧静無埃。一雙瀏鶒忽飛下，千朶芙蓉相映開。鳥似彩鸞窺實鏡，花如仙子步瑶臺。風光堪賞還堪賦，其奈江南庾信哀。」明日再遊，坐中有客扶乩，浩瀾以前詩請和，運乩如飛，詩畢，曰：「錢塘蘇小小和馬先生昨日湖橋首倡。」出楊儀《驪珠雜録》。

此地曾經歌舞來，風流回首即塵埃。王孫芳草爲誰緑，寒食梨花無主開。郎去排雲叫閶闔，妾今行雨在陽臺。衷情訴與遼東鶴，松柏西陵正可哀。

薛濤聯句一首

五羊田洙字孟沂，洪武十七年，從其父赴成都教官，館於郊外。日暮還學宫，遇山下桃花盛開，徘徊久立，一美人延伫花下，目成笑語，攜歸其家，自稱文孝坊薛氏女。相與賦詩聯句，往來數月。

主人翁覺而伺之，美人泣曰：「數盡矣。」質明，鄭重而別。主人曰：「此地相傳爲薛濤葬所，故鄭谷成都詩有『小桃花繞薛濤墳』之句。文孝坊者，教坊也。」洙後中甲戌榜進士，爲曹縣令。

落花聯句

韶艷應難挽，芳華信易凋。（薛首倡）綴階紅尚媚，（洙）委地白仍嬌。（薛）墜速如辭樹，（洙）飛遲似戀條。（薛）

蘚鋪新蹙繡，（洙）草疊巧裁綃。（薛）麗質愁先殞，（洙）香魂痛莫招。（薛）燕銜歸故壘，（洙）蝶逐過危橋。（薛）

粘帙將晞露，（洙）衝簾乍起飆。（薛）遇晴猶有態，（洙）經雨倍無聊。（薛）蜂趁低兼絮，（洙）魚吞細雜藻。（薛）

輕盈珠履踐，（洙）零亂翠鈿飄。（薛）鳥過生愁觸，（洙）兒嬉最怕摇。（薛）裙英浮雨澗，（洙）殘蕊漾風潮。（薛）

積徑教童掃，（洙）沿流倩水漂。（薛）媚人沾錦瑟，（洙）淪茗入詩瓢。（薛）玉貌樓前墜，（洙）冰容夢裏消。（薛）

芳園曾藉坐，（洙）長路或追鑣。（薛）羅扇姬盛瓣，（洙）筠籠僕護苗。（薛）折來隨手盡，（洙）帶處近鬢焦。（薛）

泥涴猶凄慘，（洙）缶空更寂寥。（薛）葉濃陰自厚，（洙）蒂密子偏饒。（薛）豈必分茵溷，（洙）寧思上硏硝。（薛）

香餘何吝竊，（洙）佩解不須邀。（薛）治態宜宮額，（洙）痴情妒舞腰。（薛）妝臺休浪拂，（洙）留伴可憐宵。（薛）

桃花仕女詩八首

紹興上舍葛棠，博學能文，下筆千言，未嘗就稿。景泰辛未，築亭於圃，日夕浩歌縱酒。壁張桃花仕女古畫，棠對之戲曰：「誠得是女捧觴，豈吝千金！」夜飲，半酣，見一美姬進曰：「日間重辱垂念，請歌詩以侑觴。」棠曰：「吾欲一杯一詠。」姬乃連詠百絶，棠沉醉而卧。曉視畫上，不見仕女，少焉復在。今録棠所記憶者八首，餘皆忘之矣。

梳成松髻出簾遲，折得桃花三兩枝。欲插上頭還住手，遍從人問可相宜。

慵慵欹枕捲紗衾，玉腕斜籠一串金。夢裏自家搔鬢髮，索郎抽落鳳凰簪。

家住東吴白石磯，門前流水浣羅衣。朝來繫着木蘭棹，閒看鴛鴦作對飛。

石頭城外是江灘，灘上行舟多少難。潮信有時還又至，郎舟一去幾時還。

潯陽南上不通潮，却算遊程歲日遥。明月斷魂清靄靄，玉人何處教吹簫。

山桃花開紅更紅，朝朝愁雨又愁風。花開花謝難相見，懊恨無邊總是空。
西湖荷葉緑盈盈，露重風多蕩漾輕。倒折荷枝絲不斷，露珠易散似郎情。
芙容肌肉緑雲鬟，幾許幽情欲話難。聞説春來倍惆悵，莫教長袖倚欄杆。

琵琶亭詩二首

吴江沈韶，年弱冠，美姿容，嘗和薩天錫韻，題吴中二首，爲時輩所稱。洪武初，避徵辟，泛舟遊襄漢，次九江，登琵琶亭，月下彷佛聞歌聲，有司馬青衫之感。明日復往，徙倚亭中，有麗人冉冉而來，呼韶同茵而坐曰：「妾僞漢陳主婕妤鄭婉娥也。年二十而死，殯於亭側。」命侍兒鈿蟬取酒，歌《念奴嬌》二闋曰：「昨夕郎所聞也。」口占一律贈韶。韶與留連半載，談元末群雄興廢及僞漢宫中事，歷歷可記。臨别，以金條脱爲贈。同遊梁生，作《琵琶佳遇歌》。

贈　詩

鳳艦龍舟事已空，銀屏金屋夢魂中。黄蘆晚日空殘壘，碧草寒煙鎖故宫。隧道魚燈油欲燼，妝臺鸞鏡匣長封。憑君莫話興亡事，淚濕胭脂損舊容。

詔答詩

結綺臨春萬户空，幾番揮淚夕陽中。唐環不見新留襪，漢燕猶餘舊守宫。别苑秋深黄葉墜，寢園春盡碧苔封。自慚不是牛僧孺，也向雲階拜玉容。

華亭故人詩二首

吴元年，國兵圍姑蘇，上洋人錢鶴皋起兵援張氏。華亭有全、賈二生，慷慨談兵，參與謀議，事敗皆赴水死。洪武四年春，華亭士人石若虚出近郊，遇二生於塗，忘其已死，班荆酌酒。二生各賦一詩，詩就，悲歌嘆息，揮手别去，不知所之。

全生詩

幾年兵火接天涯，白骨叢中度歲華。杜宇有冤能泣血，鄧攸無子可傳家。當時自詫遼東豕，今日翻成井底蛙。一片春光誰是主，野花開滿蒺藜沙。

賈生詩

漠漠荒郊鳥亂飛，人民城郭嘆都非。沙沈枯骨何須葬，血污遊魂不得歸。麥飯無人作寒食，綈袍有淚哭斜暉。生存零落皆如此，但恨平生壯志違。

吴師禹二首

成化間，候官吴洪，字師禹，結屋吴嶼江上，種花讀書。月夜輒棹小舟載酒，與漁翁共飲，酣歌相和。嘉靖辛酉，師禹物故久矣，士人張君壽毦毷浪遊，以八月十四夜泊舟吴嶼江心，見上流扁舟如雀，一老翁蕩槳浩歌，聲沸江水，君壽異而問之，曰：「我吴師禹也。」邀君壽至其家，碧流環繞，圖史分列，出蔬筍餉酒，歡甚。取羅紋箋書一詩置几上，夜闌共寢。睡覺，乃在叢篠中，石上詩箋猶存，應手灰滅。

船上歌詩二首

滿載舫魚都换酒，輕煙細雨又空歸。蓼香月白醒時稀，潮去潮來自不知。除却醉眠無一事，東西南北任風吹。

箋上題詩

世路無媒君莫悲，開闌看取牡丹枝。姚黄魏紫俱零落，能得春風有幾時。

王秋英 二首

嘉靖甲子，福清諸生韓夢雲，授經於邑之藍田，過石湖山，見遺骼，哀而掩之。是夕宿藍田書舍，一童子款扉投刺曰：「娘子奉謁。」俄有麗人立燈下，斂衽再拜，謝掩骼之事。問其家世，曰：「楚人也。姓王氏，名秋英，字澹容。父德育，元至正間以兵曹郎參軍入閩，妾從任，遇寇石湖山，投厓而死。今得與公遇，亦夙緣也。」遂薦枕席，作詩詞以贈生。生還家，英復遣童子遺詩。明年寒食，生攜鷄黍奠英墓上。少頃，英至，藉草痛飲，謂生曰：「妾懷君之子，將免身矣。請從君而歸。」乙丑四月，産一丈夫子，復謂生：「兒爲鬼子，里人觀者如堵，恐不便於君，妾當歸楚，寄兒楚人，後十八年圖相見也。」萬曆壬午，遺書招生曰：「兒寄湘陰朱黄橋，亟往覓之。」生遂抵湘陰，扣朱氏，朱氏言：「歲乙丑，有神女扣門，以白布裹兒，題以血書，曰『閩人韓夢雲子也。後十八年當來』。君其是乎？」名兒鶴算，爲朱氏第三子。父子抱持慟哭，遂更韓姓，仍留楚，就昏於易氏。將發，英復至，偕歸閩。逾年，别生與家人曰：「緣盡矣。」揮淚而去。舉家號慟，爲之舉喪，立主以祠之。

冬日寄韓生於玉融

朔風振憾似瀟湘，滿樹歸鴉噪夕陽。不見王孫停駟馬，惟聞牧豎唤牛羊。荒山野水悲長夜，懶鬢疏容怯凍霜。漠漠陰雲愁黯黯，幾時相對一爐香。

歸楚留别夢雲

兩年懽會夢魂中，聚散人間似轉蓬。歲月無情催去燕，關河有信寄來鴻。劍沉延浦光終合，瑟鼓湘靈調自工。他日扁舟尋舊約，夕陽疏影楚雲東。

梁山老人二首

南靖黄醒軒，授徒縣之古樓，道過梁山，遇一老人，自稱梁公，與談《易》理，不覺日暮。老人邀之宿，壁間懸詩一軸，題五言絶句云云。旋出酒共酌，一女童侍立，問何名，女童笑曰：「四十年前曾於遇仙橋沽我酒，遂忘之耶？」老人曰：「無多饒舌。」因目之入，又贈詩一章。既就寢，聞閉户聲，火光漏疏屏間，歷歷可見。薄曉，夢中聞鳥啼，起視則露寢草間，都無人迹。醒軒之子鏌，舉進士。萬曆初爲刑部郎，醒軒乃卒。

壁間詩

青青千里草，隱隱獨家村。日暮客投宿，山深虎守門。

贈詩

自有安車自不知，勞勞奔走欲何爲。回頭打緊修工課，似我南山種豆時。

晚翠亭詩一首

葉世奇《草木子》云：「鬼作《晚翠亭詩》云云。昔危太僕學士與范德機先生同晚步，先生得二句云：「雨止修竹間，流螢夜深至。」喜甚，既而曰：「語太幽，殆類鬼作。」亦近似也。

一徑入青松，飛流澹晴緑。道人晚歸來，長歌振林谷。山深不知秋，落華下枯木。須臾翠煙開，月色照綵服。

沙上鬼詩一首

有兄弟同溺死采石江，其友夜泊溺處，翌旦見沙上大書云云。

長風吹浪海天昏，兄弟同時弔屈原。千古不消魚腹恨，一門誰識鴈行寃。紅妝少婦空臨鏡，白髮慈親尚倚門。腸斷不堪回首處，一輪明月照雙魂。

墓鬼詩一首

吴人竹溪翁讀書山中，夜分鬼扣其門，不納，鬼誦詩云。

墓頭古樹號秋風，墓底幽人萬慮空。獨有詩魂消不得，夜深來訪竹溪翁。

永福溪鬼詩二首

侯官唐瀍微時，泊船永福溪，夜聞二鬼共語，各吟一詩，吟已相謂曰：「唐參政在此。」後如其言。

隨波逐浪滯孤魂，白骨沈沙漾水痕。幾寸柔腸魚齧斷，不關今夜聽啼猿。

饑烏送我棠梨道，雨打風吹梨花老。寒食何人奠一巵，髑髏載土生春草。

續鬼詩一首

有僧作前兩句詩，不能續而死。凄風寒月，常有鬼吟此二句，後有人宿於此，聞而續之，鬼遂滅。

庭前兩株松，風吹一株折①。朝滅半庭陰，夜減半庭月。

① 原注：「僧詩。」

花神詩一首

鄭翰卿客西寧侯邸第，晝寢，夢一黄衣少年，邀至左廡下，共飲。呼一麗人至，靚妝絶代。少年自起舞，歌《春遊》之曲曰：「芳草多情，王孫未歸。遲我良朋，東風吹衣。」麗人作迎風之舞，歌《春愁》之曲。鄭正歡適，少年曰：「文羌校尉來矣。」一人緑袍危冠，踉鎗至前，罷席而寤。起視庭中，牡丹一花映日婉媚，一黄蝶翩翩未去，乃花神與少年耳。緑葉上一蝍蝗，長二寸許，則文羌校尉也。其年西寧薨逝。

春愁曲

老鶯巧婦送春愁，幾度留春更不留。昨日漫天吹柳絮，玉人從此懶登樓。

徹鑒堂玉海詩一十二首

曹縣王士龍，字五雲，才調綺拔，志規遐舉。天啟五年，以明經除嘉興府通判。久之，遷商州知州，潔己愛民，謂「吏剥民財，如割人肉啖口，結納權貴，鬻販好官，死錮北酆，餘殃累世。且吾之性悠忽曠蕩，如雲霞風月之不可以囊橐攬貯，而鴻雁鸞鵠之不可以樊籠紲羈也」。遂自免去官，矢心玄修，群真降乩，詞翰往復。或云有靈真降嘎，如興寧三年楊君故事。士龍有《徹鑒堂詩》，崇禎十年，青渚大帝瑶華氏韓湘爲序，奉玉帝命所撰也。士龍後更名道元，自稱祝釐大道人銀東柴齋守王道元，謂玉帝降敕所署也。日月合而乾坤重，萬菩團而宇宙尊，總乾坤宇宙之傾誠，海會無有或遺，是之謂玉海。世間粹美莫過於玉，洪津莫加於海。諸菩之詩，或屬一逅，或獲夢挹，故以玉海名之。其祝釐之數，以一千萬年爲一京，祝聖壽必云萬萬京。玉帝亦以億世修積漸加也。廣寒以星君爲主官，尉輔以下，屬員甚多。嫦娥共有百二十餘座，升降謫罰，與世無異。又最玄秘者，傳瑞事例，天上男女二榜，俱於甲年。女榜以螽伯彤玉爲主考，龍霄大皇母爲總裁，瑶池王母爲提調，才菩七十二員，分房閱卷。二月十六日一場，判三條；十九日二場，律詩四首；二十二日三場，論一篇。入試三千九百二十八人，儁才一百二十九名，名曰署士。入簾名春瑩香宴，放榜名群署正宴。儀節甚多，不能悉舉。又靈真位業一十九位，太保萬楚中嶽，陶潛南嶽，杜甫西源，大帝王羲之，巡王四大洲謝安，左館玉書蘇子瞻，西溟星君莊定山，太極殿大學士李于鱗，其可知者也。今古詩人玉許可者，李白、韓愈輩，其中有王世貞、謝榛，豈時代遞降，世好所鍾，上帝亦不得而違也。

玉海詩三首

纔從下里盼中陽，忽踏晶亭看海棠。百子峰頭飛鳳鶴，九星河裏浴鴛鴦。十天露灑人千劫，萬殿香飄玉一牀。握手紫儀傾珀水，紅雲褭褭沸笙簧。

月滿中霄永不斜，洪沾萬億總黄麻。傳璫何日飛神女，煉石今朝挹聖媧。鼇蕊青蒸三籟雨，彤花縫散九明霞。武陵莫羡春如錦，例到真官玉海賒。

平摶羊角看逍遥，袖拂虹岡萬里橋。地涌祥雲紅鶴舞，天開瑞雨白龍朝。三吞香溢琪山鉢，九奏風生玉陛韶。一種銀家堆紫霧，笑稱秦女和蕭簫。

謫星絶筆

此婁聖妃西江絶筆也。庚申二月，星君傳我於大椿堂。

畫虎屠龍嘆舊圖，血書才了鳳睛枯。迄今十丈鄱陽水，流盡當年淚點無。

仙錢詩

爲種蟠桃樹，千年一顆生。是誰來竊去，唯問董雙成。

蕭貞玉懷春詩

沉印香花四寸羅，銀尖彈鳳麗情多。可憐十度傳觴手，未向紅窗寫翠峨。

雲　貞

雲貞名朝簪，字天母，湖州人。二八絶色，登甲戌天榜二十七名，即上玉帝此詩，取入玉宫掌札。

雲花徉儻迥難群，二百叢中第一人。氣壓崑崙無剩璧，才流江海有餘垠。昂藏踏踐紅龍爪，號叫衝開白兔鱗。早賜彤庭綸握事，何辭匍匐獻丹宸。

周貞環

貞環，金鄉周中丞之子婦，貞烈潘姬也。丙子七月初一日，赴乩申謝，贈我此詩。

跳出塵埃入玉鄉，瓊樓深處叩穹蒼。繁華總是無根草，寶月方知碧海長。有處秋聲鶴唳語，無愁菩化兔園香。勞君祝我三生句，拭筆猶描紫翠堂。

彤玉詩二首 以下詩雜出降嘪，不知誰作。

倒到月圓已及瓜，金腸舍肺吐丹霞。回頭天地皆青玉，瞥眼山河盡紫花。雙手扶將千劫柳，兩人同御萬京車。玄精樂奏鸞鳳陣，一席陵岡裊玉蜘。

紅鶴飛鳴聽玉璫，紫雲深處唱金羊。一杯膠雨山河嘯，千鏡澄風宇宙香。寶氣紛籠青鳳影，天花争漾赤龍光。萬霄團結玲瓏璧，一體清寧日月長。

白凌上果

修佛修仙大道場，脱離地獄即天堂。半千年外生真聖，百萬劫中誕玉皇。人世最憐禽獸苦，龍霄惟有鬼神忙。明明説與君知得，子孝臣忠覓秘方。

奉東梅杜

萬里長橋九節虹，一團暝色轉朣朧。原多勝友居天上，更有同人在月中。剪翠堂前湘竹冷，飛花殿裏海棠紅。年愁百二吾皇憫，卅載三旋並御風。

陶楚生二首

陶楚生者，金陵之名姬也。歸於吴興茅止生，不三載而亡。臨没，見羽幢相迎，曰：「爲西玄洞主。」一時詞人賦詩哀輓，名曰《西玄洞志》。歲癸酉，降於曹南王士龍之乩，六月望，同神菩十有一駕至，自述小傳，係瑶池西玄洞八主之一，名倩英。茅生亦東朝大元宫二品才官也。陶美之，因徵次其「浪倚洞天分紫翠，騎雲願入九重樓」之句。「玉監瑶察，雙奏兩謫。因此七世苦縛，償緣不已，顛連兩世，一枕三秋。又辱瑶池雙引，仍主西玄，侍彤朝玉，分掖候鼇。苦海無涯，回頭是岸。止生勗勉哉！」又跋曰：「倩有一几嗽雲窗，公暇以觀書臨帖哦詩爲私課。《螺園詩》三十首，俱高旌螺翠山諸景之妙，今丙五雲代録，附小傳之後，令世之觀者，知我穩棲銀餘，飛遊青末，與夜臺腐焦者不同。」其自署曰「神霄東府内苑螺翠山元澄第一宫閬夷證覺元君陶倩英。」止生得五雲報，作《西玄青鳥記》。

螺園詩三十首録二首

十七報峨軒注曰：「軒有八門，風氣隨候出入。忽化白鳳，能言，無所不報。」

桑田滄海世如流，萬劫籌山此處求。座下金羊驚暖沍，眼前玉兎識春秋。瑶池殿上靈椿酒，陽子宫中碧杏甌。報説人間圓日近，黄河清處是丹丘。

二十聚香欄注曰：「在紅鶴廠，南有牡丹千株，五色隨時，四時不卸，香聞四十里。」十二雕欄盡白珩，賣花聲裏唱流鶯。月來露濺胭脂瘦，風去雲牽琥珀輕。瑶國龍鬚蘭麝藹，仙姬鳳骨玉香瑩。酣來忘却千宫錦，倒卧瑶階碧漢横。

妖鼠詩二首

成化二年，長樂士人陳豐獨坐山齋，梁上二鼠相鬬，忽墜爲二老翁，長可五六寸，對坐劇飲，聲如小兒。既而有二女子歌舞勸酬，其歌詞云云。酒既闌，乃合爲一大鼠，向士人作拱揖狀而去。

鼠歌

天地小如喉，紅輪自吞吐。多少世間人，都被紅輪誤。

又歌

去去去此間，不是留儂處。儂住三十三天天外天，玉皇爲儂養男女。

鸚鵡詩一首

大梁山貨店養鸚鵡，甚慧。東關口有料哥，亦能言。兩店攜二鳥相較，鸚鵡歌一詩，料哥隨和，音清越不相下。料哥再挑與言，不答一字。人問其故，曰：「彼音劣我，而黠勝我，開口便爲所竊矣。」臬司有愛子病篤，購以娱之。賈人籠之以獻。鸚鵡悲愁不食，自歌云云。留之五日，苦口求歸，乃返之山貨店，垂頸氣盡，人稱爲「首陽鸚鵡」。萬曆間事也。邵伯温《聞見録》云：「瀘南有鳥，名秦吉了。夷酋欲貨取之，秦吉了曰：『我漢禽也，不願入蠻夷山。』遂絶食而死。」二鳥事相類，而鸚鵡能詩尤奇。鸚鵡能言，不離飛鳥，豈可以論二鳥哉！

我本山貨店中鳥，不識臺司衙内尊。最是傷心懷舊主，難將巧語博新恩。

外夷詩

滇南

段功妻阿禚詩一首

元季，梁王把都鎮雲南，明玉真自將紅巾三萬來攻，大理總管段功擊退之。王深德功，以女阿禚妻之。功威望大著，王忌而誘殺之。阿禚欲自盡，不得死，愁憤作詩。

吾家住在雁門深，一片閒雲到滇海。心懸明月照青天，青天不語今三載。欲隨明月到蒼山，誤我一生路裏彩①。吐嚕吐嚕段阿奴②，施宗施秀同奴歹③。雲片波潾不見人，押不蘆花顏色改④。肉屏獨坐細思量⑤，西山鐵立霜瀟灑⑥。

① 原注：「錦被名也。」

② 原注：「吐嚕，可惜也。」

③ 原注：「歹，不好也。」

④ 原注：「押不蘆，北方起死回生之草。」

⑤ 原注：「肉屏，駱駝背也。」

⑥原注：「鐵立，松林也。」

員外楊淵海一首

楊淵海，段功之從官也。功死，淵海爲挽詩，題於粉壁，飲藥而死。

半紙功名百戰身，不堪今日總紅塵。死生自古皆由命，禍福於今豈怨人。蝴蝶夢殘滇海月，杜鵑啼破點蒼春。哀憐永訣雲南土，錦酒休教灑淚頻。

左丞段寶一首

段功之子寶，復據大理，梁王七攻之不克，奏陞雲南左丞。明玉真復侵善闡，梁王遣使借兵大理，寶答書云：「殺虎子而還喂虎母，分狙栗而自詐狙公。假途滅虢，獻璧吞虞。金印玉書，乃爲釣魚之香餌；繡閨淑女，自設掩雉之網羅。平章既亡，弟兄罄絶，今止遺一熱一奴，奴再贅華黎氏，熱可配阿禯妃。如此事諾，必借大兵。如其不可，待金馬山换作點蒼山、昆明池改作西洱河時來矣。」又附詩一篇。

烽火狼煙信不符，驪山舉戲是支梧。平章枉喪紅羅帳，員外虛題粉壁圖。鳳別岐山祥兆隱，麟游郊藪瑞光無。自從界限鴻溝後，成敗興衰不屬吾。

段功妹僧奴二首

僧奴適阿黎氏，遺段寶詩二首，令爲兄復仇。

珊瑚勾我出香閨，滿目潸然淚濕衣。冰鑒銀臺前長大，金枝玉葉下芳菲。烏飛兔走頻來往，桂馥梅馨不暫移。惆悵同胞未忍別，應知含恨點蒼低。

何彼穠穠花自紅，歸車獨別洱江東。鴻臺燕苑難經目，風刺霜刀易塞胸。雲舊山高連水遠，月新春叠與秋重。淚珠恰似通宵雨，千里關河幾處逢。

段氏妖巫女歌一首

高皇帝開基金陵，段寶遣其叔真自會川奉表歸款，朝廷亦以書報之。時有妖巫女歌云。

莫道君爲山海主，山海笑諧諧。園中花謝千萬朵，別有明主來。

附見　馮都督誠一首

過段平章墓 平章即段功也。

田横五百劍孤身，轉眼關山半委塵。白闕玉樓招客記，南滇彩璧説詩人。蒼山夜黑雲遮月，金馬天寒鳥怨春。共説平章迷繡幕，至今應樂水聲頻。

段世上潁川侯詩二首

洪武十五年二月，大理段世聞滇破，差都使張元亨、州判李洪上書於潁川侯，書後附一詩。

長驅虎旅勢威桓，深入不毛取暴殘。漢武故營旗影滅，唐宗遺壘角聲寒。方今天下平猶易，自古雲南守獨難。擬欲華夷歸一統，經綸度量必須寬。

别故人詩一首

洪武十六年，解段氏父子至京，有别故人楊朝彦詩。

雄兵一旦破重關，父子分離瞬息間。後欲别知相憶處，錦江流水碧潺潺。

雲南廉訪支渭興詩一首

至正二十六年重午，梁王宫門外觀射柳，隨侍文武賜宴，渭興賦詩。

地平如席草如茵，年少將軍酒半醺。朱鬣馬穿人影過，緑楊枝逐箭鋒分。旌旗色映宫墻柳，鼓角聲飄海外雲。何日鯨鯢俱授首，普天偃武共修文。

賀梁王生日詩一首

至正二十七年閏四月，梁王生日，宴文武於昆明池上，省憲官以詩賀。

賢君獻壽宴嘉賓，殿帳先施巨海濱。萬里晴天開錦帳，一川芳草卧麒麟。笙歌緩送金杯酒，鎧杖寬圍玉佩人。醉飽百官咸稽首，願王高壽過千春。

蠻　歌一首

粤東俗淫有蠻歌云云。

老龍山下有狂風，老龍山上月朦朧。檳榔勸郎郎不醉，辜負奴唇一點紅。

朝鮮

會稽吴明濟子魚《朝鮮詩選序》曰：「萬曆丁酉之歲，司馬公贊畫東援朝鮮，明濟以客從。戊戌季春，涉鴨緑，軍於義州。孟夏，從司馬公獵於城南，及坎馬敗，值雨，休於村舍，遇李文學，能詩，解華語。次日，訪我於龍灣之館，賦詩相贈。於是文學輩稍稍引見，因訪東海名士崔致遠諸集，辭曰：『小國喪亂，君臣越在草莽幾七載，首領且不保，況於此乎？』然有能憶者，輒書以進，凡二百篇。及抵王京，館於許氏，伯仲三人，曰篈，曰筬，曰筠，以文鳴東海。筠敏甚，能誦東詩數百篇，復得其妹氏詩二百篇，而尹判書根壽亦多搜殘編，所積盈篋。己亥，余自長安復征朝鮮，館於李氏，朝鮮議政德馨也，雅善詩文，益請搜諸名人集。自新羅至今朝鮮，共百餘家。披覽之，凡兩月，得佳詩若干篇，類而書之。」許筠《後序》曰：「朝鮮承襲周太師禮義之教，風化之美，與中國稱。昔周官採詩，夫子採詩，三韓不及，遠莫致乎？夫遺於千載前，而遇於千載後，小國之音，始與成周齒，子魚之功盛矣哉！」明濟又撰《高麗世記》一卷，記朝鮮終始最詳，蓋隱括東國史而爲之也。

守門下侍中鄭夢周 一十六首

夢周，高麗迎日縣人。爲人豪邁絶倫，負忠孝大節。詩文奔放峻潔，精研性理之學。李穡爲大司成，選爲學官，經書至東方只朱子《集注》，夢周講論，辨難縱横，引據往往超出其表。穡嘆服曰：「此東方理學之祖也。」親喪，廬墓三年，東國之俗爲之一變。洪武七年，恭愍王顓被弑，立辛禑，宰相李仁任殺我使人蔡斌，議降北元。夢周爲人司成，上書力言其非，被放，復遣使日本，逾年乃還。禑九年，爲政堂文學。鮮人得罪天朝，懼討，議遣使賀聖節，請謚承襲，大臣皆相顧規避。禑召諭欲遣夢周，夢周慨然，即日啟行，兼程而至。我太祖皇帝嘉嘆，優禮遣還。未幾，復如京師，請蠲減歲貢，奏對詳明，太祖優詔許之，鮮人賴焉。禑發兵犯遼東，李成桂還兵逐禑，放之，立其子昌。逾年又放昌，立恭讓王瑶，夢周守門下侍郎爲相。時國家多故，處大事決大疑，不動聲色，張設咸當，時稱王佐之才。當是時，成桂倡牛金之議以廢禑，并欲殺昌，威權日盛，群小趨附，以立昌還禑爲名，欲盡殺宰相李穡等。瑶孤立無倚，乃與夢周謀成桂。洪武壬申三月，成桂畋於海州，墜馬佯疾篤，夢周大喜，以爲成桂可圖也，立召還李穡，使臺諫劾流鄭道傳等，將殺之以及成桂。成桂與其子芳遠及李濟等謀殺夢周，夢周知之，詣成桂邸觀變。及還，芳遠遣趙英珪要於路擊殺之，籍其家。成桂子芳遠嗣位，以夢周專心所事，不貳其操，贈謚文忠。《洪武實録》載朝鮮事云：「成桂既立，其國都評議司奏言：禑犯遼陽，成桂力阻之，鄭夢周實主其議，以故深怨成桂。瑶立，從臾瑶殺成桂及鄭道傳等。國人奉安妃命，放瑶而立成桂。」此成桂來告之辭，史官按而書之者也。以東國史參考之，王顒既弒，夢周以諫阻北使被放，再朝京師，深荷優遇，寧有主謀犯遼之事？攻遼之役，成桂實在行，於夢周何與？夢周之欲殺成桂，爲其謀簒也，非爲其阻攻遼也。夢周不死，成桂簒必不成。既殺夢周以竊國，又藉口攻遼，委罪夢周，以自解免，史官信其欺謾，按而書之，不亦冤乎？先是高麗陪臣李彝等，奔告天朝，訴成桂簒立狀曰：「在貶宰相遣我來告天子，請出師致討。」太祖流彝等於溧水，令禮部出其所記李穡等姓名，示使臣趙胖等。成桂遂起大獄，窮治穡等，於是王氏之舊臣斬艾殆盡，而成桂之大事定矣。太祖以高麗僻處東夷，非中國所治，聽其自理。成桂因是以殺夢周、放李穡，徼福假靈於天朝，用以脅服東人，潛移社稷。祖訓固曰「自洪武六年至二十八年，李旦首尾凡弒王氏四王，姑待之」，然則成桂之弒，夢周之冤，聖祖蓋已灼見本末。史官拘牽簡牘，漫不舉正，亦豈聖祖之本意乎？東國之史，出朝鮮臣子之手，尊成桂父子曰太祖、太宗，曲爲隱避，而夢周不附成桂之事，謹而書之，不没其實。正德中，麗人修《三綱行實》，忠臣以夢周爲首。國有人焉，豈非箕子之遺教與！余故表而出之，無使天朝信史，傳弒逆之謾辭，以貽譏外藩，且使忠義之陪臣負痛於九京也。

皇州

鳳閣祥光動曉螭，漢庭歌徹《大風》詩。山河帶礪徐丞相，天地經綸李太師。駙馬林池春爛熳，國公臺榭月參差。始知聖澤深無限，共享昇平萬世期。

感遇四首

北風何慘裂，吹折松與柏。溟海亦震蕩，魚龍失其宅。天地將窮閉，聖賢徒嘆息。黄虞邈難逮，行矣西山客。

西山何所有，深谷多芳薇。采采者誰子，叔齊與伯夷。食粟良可耻，采薇非爲饑。姬氏除暴亂，八百會不期。天下皆稱聖，斯人獨是非。高節凜千祀，綱常以扶持。

淳風去已遠，世道日幽昧。征伐降殷周，祥麟竟遇害。鳳凰化鷄鶩，蘭蕙爲蕭艾。嗟哉孔與孟，天意屢顛沛。時運既如此，生民復何賴。

人心如雲雨，翻覆忽須臾。素絲變其色，安能復其初。啞啞群飛鳥，集我田中廬。雌雄竟莫辨，泣涕空欷歔。

高麗辛禑王淫而不德，侍中李成桂有異志，夢周一國之重臣，憂權之下，移悲而歌之，其志遠矣。

江南柳

江南柳，江南柳，春風裊裊黄金絲。江南柳，年年好，江南行客歸何時。蒼海茫茫波萬丈，鄉關遠在天之涯。天涯之人日夜望歸舟，坐對落花空長嘆。但識相思苦，那識行人行路難。人生莫作遠遊客，少年兩鬢如霜白。

聞雁

行旅忽聞雁，仰看天宇清。數聲和月落，一點入雲橫。錦字回燕塞，新愁滿洛城。疏燈孤館夜，何限故園情。

旅懷二首 時使日本。

生平南與北，心事轉蹉跎。故國海西岸，孤舟天一涯。梅窗春色早，板屋雨聲多。獨坐消長日，那堪苦憶家。

水國春光動，天涯客未行。草連千里緑，月共故鄉明。游説黄金盡，思歸白髮生。男兒四方志，不獨爲功名。

使日本

使節偏驚物候新，異鄉踪跡任浮沉。張騫槎上天連海，徐福祠前草自春。眼爲感時垂淚易，身緣許國遠遊頻。故園幾樹垂楊柳，應向東風待主人。

望景樓

百尺樓高石徑橫，秋光一望不勝情。青山隱約扶餘國，黄葉紛紜百濟城。九月西風寒客袂，百年俠骨誤書生。天涯日没浮雲合，回首依依望玉京。

偶題

赤葉明村徑，清泉漱竹根。地偏車馬少，山氣自黄昏。

舟中

湖水澄澄一鏡明，舟中宿客不勝情。悄然夜半微風起，十里菰蒲作雨聲。

贈日本僧永茂

故園東望隔滄波，春盡高齋自結跏。日午南風自開户，飛來花片點袈裟。

征婦吟

織罷迴文錦字新，題封寄遠恨無因。相逢空有遼陽客，每向津頭問路人。

客中行

潮落潮生漸遠行，不堪回首望松京。海門千里來相送，只有青山最有情。

附見　南　衮二首

吏曹參判兼同知書筵事五衛都總管。正德九年，重輯《三綱行實》。壬午年，以議政府左議政爲讀卷官。

鄭夢周死節詩二首

麗季衰微泰運升，群賢攀附總飛騰。從容就死烏川子，啓我朝鮮節義興。
忠義由來不可堙，平時砥礪且無人。疾風勁草尤難見，須識高麗一个臣。

侍中李穡二首

穡，天資明敏，博通群籍。爲詩文，操紙立就。平生無疾言遽色。不治生産，雖至屢空，泊如也。

恭愍王二年，擢元朝制科第二甲第二名，授應奉翰林文字承仕郎同知制誥，兼國史編修官。六年，爲諫官。十六年，判開成府事，兼大司成。以興起斯文爲己任，增置生徒，選經術之士鄭夢周、李崇仁等爲學官，更定學式，日坐明倫堂分業執經，論難不倦，於是學者坌集。十七年，都僉議侍中柳濯等極諫影殿之役，下巡軍獄，將殺之，命穡制教諭衆，穡請罪名而不奉教，顓大怒，并下獄。穡抗對不屈，顓感悟，命釋濯等。二十年，爲政堂文學，掌詞翰數十年，屢見稱於中國。辛禑十三年，以韓山府院君掌貢舉，用舊例，享禑於花園。禑以師傅敬穡，親執手入，命對榻坐。穡固辭，禑親牽廐鞍馬賜之。十四年，判三司事。李成桂廢禑立昌，穡爲門下侍中，成桂守侍中，當遣使入賀正旦，請王官監國，大臣皆畏懼，穡爲相，自請行。成桂威權日盛，恐行後且有内變，請以其子爲從行，成桂益忌之。成桂放昌立瑶，將圖篡立，諫官希旨劾李崇仁權近等流之，穡乃乞解職歸長湍。臺諫復上疏請治穡等議立辛昌，又欲迎還辛禑之罪。即訊長湍，穡占對不少屈。使臣趙胖等還自京師，出禮部所示陪臣李彝等籍記穡等姓名，逮穡繫清川獄。方鞫問時，雷雨忽大作，暴漲衝南北城，漂没官署，獄官蒼黄攀樹木以免。用鄭夢周言宥穡等，任便居住。鄭道傳擁戴李氏，上書都堂，請誅穡，臺諫交章助之，乃流穡於咸昌。省憲刑曹論刑未已，夢周欲倚穡以謀成桂，言於瑶著令曰：「復有論劾者，以誣告論。」未幾，召還穡及李崇仁。成桂殺夢周，再放穡於韓州。瑶遣使謂曰：「兩州之外，惟卿所適。」穡憮然曰：「臣顧無田宅，果安歸乎？」遂貶衿州，尋徙驪典。高麗自玄陖不君，政歸李氏，穡與夢周立昌擁禑，思奪社稷於成桂之手，而延王氏一綫之緒，東史稱其與夢周同心，終始不變臣節，可不謂忠乎？成桂之放弑，以辛氏爲口實，而東史亦曰：「宋儒謂元帝本非馬宗，東晋大臣以國勢有歸，不得已而安之。穡於立辛，不敢異議，亦此故也。」李氏專政有年，國論在手，竊國二百餘年，皆其臣子，悠悠千古，誰與辯牛馬之是非乎！定、哀多微詞，東史有焉。學在四夷，詎不然乎？

早行

凌晨問前路，曉色未全分。帶月馬頭夢，隔林人語聞。樹平連野霧，風細繞溪雲。異國堪愁絶，南天無雁群。

瀼浦弄月

日落沙猶白，雲移水更清。高人弄明月，只欠紫鸞笙。

簽書李崇仁四首

崇仁天資英鋭，文詞典雅。李穡稱之曰：「山子文章，求之中國，不多得也。」李仁任議迎元使，崇仁上書都堂，曰：「若迎北使，舉國之人皆蒙亂賊之罪。」仁任不受其書，與鄭夢周等並流。已而復用爲簽書密直司事，洪武二十一年，副侍中李穡如京師賀正旦，請王官監國。次年，流京山府。三年，召還。成桂簒立，貶李穡於驪典，廢崇仁爲庶人。成桂簒國之日，東國之臣子不忍背王而事李者，穡、夢周之外，崇仁其矯矯者也。夢周謀李之日，崇仁與穡偕召，成桂簒立之後，崇仁又爲穡偕貶。則崇仁爲王氏之忠臣，居可知矣。

古　意

山翁得乳虎，養之置中園。馴優日已長，狎近如家豚。婦言虎性惡，翁怒愛愈敦。畢竟噬翁死，寧復顧前恩。人皆笑翁癡，我獨爲翁冤。莫涉銀漢水，莫登青雲途。無波能覆舟，平地亦摧車。曾參終殺人，薏苡爲明珠。但識讒者巧，孰云聽者愚。浮生似幻化，是非兩空無。何如東門侯，種瓜手自鋤。

崔瑩相辛禑王，引李成桂爲大將軍。後成桂竟放辛禑而殺崔瑩，更立恭讓王瑶，成桂、沈德符相之。德符忤成桂，流之遠島，以鄭夢周代之。崇仁，夢周弟子也，深憂而作此詩。

詠　史

王風日以降，瞻烏於誰屋。秦售十二城，趙誇如此璧。宿昔相如子，風雲氣絶倫。忽承趙王命，攜璧西入秦。强秦尚詐術，弄璧城不入。公子怒見欺，裂眥睨柱立。全璧歸趙廷，位列廉頗左。計謀曰云拙，幾作澠池虜。壯士豈若此，公子非真勇。暴虎復憑河，事有輕且重。兩國急噬嗑，璧乃秦兵餌。天地相顛倒，血成滄海水。强弱自有分，竟入秦王府。邯鄲白骨寒，鬼哭千萬古。

輓金太常

禮儀今太叔，史學昔公羊。四十人間世，千秋地下郎。空庭餘敗草，老樹耿斜陽。俯仰成陳迹，經過只自傷。

僧舍

山北山南細路分，松花含雨落紛紛。道人汲井歸茅舍，一帶青烟染白雲。

左司議鄭樞一首

恭愍王十四年，樞爲左司議，與正言李存吾極論辛旽之奸，顓怒，召樞等面責。旽與顓並據胡牀，存吾目旽叱之，旽不覺下牀。顓愈怒，下巡軍獄，曰：「畏存吾怒目也。」命李穡鞫之，問樞等：「誰誘爾上疏？」樞曰：「見上委政非人，將危社稷，不得默默，豈待人誘？」穡曰：「不可以令公故，開殺諫官之例。」免死，貶東萊縣令。

污吏

城頭烏亂啼，城下污吏集。府牒昨夜下，豈辭行露濕。窮民相聚哭，子夜誅求急。舊時千丁縣，今朝十室邑。君門虎豹守，此言何自入。白駒在空谷，何以得維縶？

金九容一首

九容初與李崇仁等上書都堂，阻迎北元使，被流。李詹時，爲諫議，上疏請誅李仁任、池淵，下獄拷訊，並杖流之。

江水

江水東流不復回，雲帆萬里向西開。菰蒲兩岸微風起，楊柳長堤細雨來。驚夢遠迷箕子國，旅愁獨上楚王臺。行行見説巫山近，一聽猿聲轉覺哀。

李詹一首

雜詠

舍後桑枝嫩，畦西薤葉稠。陂塘春水滿，稚子解撑舟。

朝鮮國王李芳遠一首

芳遠，成桂之子也。成桂簒立，芳遠使趙英珪擊殺鄭夢周，以兵入宫門，逼恭讓王瑶出於原州。永樂元年襲位，十七年告老，子裪嗣。卒謚恭定。

獻大明永樂皇帝

紫鳳銜書下九霄，遐陬喜氣動民謡。久潛龍虎聲相應，未戮鯨鯢氣尚驕①。萬里江山歸正統，百年人物見清朝。天教老眼觀新化，白髮那堪不肯饒。

① 原注：「指建文若。」

吴人慎懋賞曰：「朝鮮乃箕子之國，然世遠教衰，三仁之風泯矣。」悲夫，慎生評芳遠此詩，以其有「未戮鯨鯢」之句而深非之也。芳遠父子弑王氏四君，殺忠臣而竊其國，其爲此也，吾無譏焉。爾殺父而訾其紾他人之兄，不已迂乎！

鄭道傳 一首

道傳初與李崇仁上書都堂，阻迎北元使，復自請執政曰：「我當斬使首而來，不爾則縛送於明。」爲李仁任所惡，流於會津。李成桂專國，道傳傾身附之。金星貫月，瑶問道傳何災，道傳曰：「咎在上國，不關我朝。」爲成桂諱也。成桂爲都總制，使道傳爲右軍總制使，上書都堂，請誅李穡、禹玄寶，爲成桂除異己者。鄭夢周亦使省憲刑曹論道傳奸惡，放歸其鄉奉化縣，而召還穡與李崇仁。成桂墜馬疾篤，諫官乘間極論道傳宜於貶所置典刑。瑶召夢周，議使人執道傳於奉化，囚浦州。成桂殺夢周，將禪位，立召道傳還，爲奉化郡忠義君。洪武三十年，上覽朝鮮表辭侮慢，使者言：「鄭道傳所撰。」上遣索道傳。王旦懼，送鄭總等三人至，言道傳病不能行，表實總等所撰。上留三人不遣，仍諭旦：「開國承家，小人勿用。如鄭道傳，乃小人之尤者，在王左右，豈能助其爲善？此非三韓之福也。」麗臣自李詹以上，皆王氏舊臣也，翼戴篡弑，爲李氏開國之臣者，斷自道傳始。我太祖以表詞不遜，索道傳於彼中，雖明知其不我予，其所以寒亂臣賊子之心者至矣。

重九

故園歸路渺無窮，水繞山圍第幾重。望欲遠時愁更遠，登高莫上最高峰。

曹庶一首

五靈廟 庶使大明，流金齒國，道經於此。

村南村北雨凄凄，五廟靈宫楊柳低。十里江山和睡過，竹林深處午鷄啼。

趙雲仡一首

嘉靖中，爲江履道江陵府使。有惠政，邑人爲立祠。

即事

荆門日午唤人開，步出林亭石滿苔。昨夜山中風雨惡，一溪流水泛花來。

成石磷 一首

送人之金剛山

一萬二千峰，高低自不同。君看日輪上，何處最先紅。

鄭希良 九首

有懷

我愛權氏子，相從自結髮。伯也負意氣，仲也挾奇骨。吾常倚其間，屹立而鼎足。宿昔互争霸，詩酒作勁敵。决志恐難全，斂刃各堅壁。今也吴蜀魏，長江限南北。形影已寂寥，魂夢亦緬邈。思之不可見，獨立歌《伐木》。

輓歌

浮生一虚夢，舉世皆未覺。靡靡空中絮，東西互飄泊。譬如歸山雲，徐疾紛相錯。日暮澹無蹤，烏没天寥廓。乃知昧者悲，至人脱羈縛。深松間茂柏，地下正相樂。捐棄勿復道，天地會銷鑠。

夜雨

九嶷嵯峨楚雲碧，鷓鴣啼雨湘江夕。寒聲淅瀝何凄凄，竹間哀淚懸餘滴。楚此爲招帝子魂，月恨風愁天亦泣。孤帆一夜滯未歸，遠客蕭蕭生白髮。

秋望二首

秋光濃淡雨復晴，海波不動含深緑。平沙若剪雲嵯峨，雁背斜光斷還續。西風吹影落魚磯，字字新出臨池墨。稻粱離離網弋多，急向蘆花深處宿。

渡頭楓樹霜初結，海風吹滴猩猩血。秋光上下鏡面平，清光一片琉璃徹。沙頭眠鷗忽驚起，客帆飛去波明滅。烟水蒼茫野牧歸，數聲短笛吹新月。

江村

青山影空釣石寒，海門秋色濃可掬。漁人帶蓑卧不驚，沙鳥欲起還相逐。一聲欸乃及暮歸，南鄰喚酒酒初熱。絲絲細雨急收網，一抹斜陽掛枯木。

偶題

十年磨劍遠平戎，勳業蕭條嘆轉蓬。瘴氣横空雲似墨，胡山如削雪爲峰。地連龍穴天多雨，門對鯨波晝亦風。幾被故人吟桂樹，客窗落莫傲歸鴻。

塞上

客窗偏惜歲華殘，蘆荻蕭蕭雪滿山。塞外風高鷹翮健，陣前雲起角聲寒。

漫書

鴨江如帶去悠悠，歲月無聲暗逐流。萬里胡天雲出塞，一聲羌笛客登樓。長風吹送燕山雨，斷雁歸來鶴野秋。對酒却歌鄉國異，孤城落日獨搔頭。

成侃二首

古曲

龍門百年桐，幾日凌霹靂。裁爲膝上琴，宛抱《咸池》曲。高歌試一彈，中夜山鬼泣。君子亦如此，蓋棺事乃畢。

田父行

隴雉雙飛草深碧，隴上老人長嘆息。我生今年七十餘，手脚胼胝面黧黑。男婚女嫁知幾時，短衣襤衫纔掩膝。昔年召募度流沙，萬里歸來鬢如雪。殷勤荷戟還荷鋤，石田磽确牛蹄脱。牛蹄脱兮空汗流，獨坐茫然心斷絶。

成倪二首

擬古

今日良宴會，嘉賓滿高堂。綺肴溢雕俎，美酒盈金觴。左右燕趙姬，眉目婉清揚。朱絃映皓腕，列坐彈宫商。流年雙轉轂，倏忽鬢已霜。相逢且爲樂，何用苦慨慷。金張竟何許，累累歸北邙。

木綿詞

江南木綿色逾白，晴雪紛紛鋪簟席。小機摇作鴉櫓聲，軟弧彈罷秋雲積。殷勤少婦坐夜闌，風吹紛絮縈烏鬟。絲僵水澀機杼促，軋軋輕梭玉指寒。肝腸欲絶愁難絶，孤燈閃閃光明滅。半將裁剪小兒衣，半將裁剪寄金微。銅壺催曉眠不得，淚冰點點明羅幃。

釋宏演一首

遊紫清宮

洪厓先生舊所隱，階下碧桃花飄零。夜光出井流瓊液，露浥松根生茯苓。天女或攜緑玉杖，仙人自讀《黄庭經》。鄰寺歸來十五里，回頭望斷煙冥冥。

徐居正三首

字剛中，議政府左參贊。有文學，所著有《北征稿》。

古　意

海底珊瑚高幾丈，千年試作千尋網。萬牛挽出滄溟深，蛟龍怒號霹靂響。扶桑日浸紅濤熱，光華照曜黄金闕。季倫本是粗男兒，金椎一擊紛如雪。

即事

小沼如盤水淺清，菰蒲新發荻芽生。連筒引却前溪水，養得芭蕉聽雨聲。

春日

金入垂楊玉謝梅，小池新水碧於苔。春愁春興誰深淺，燕子不來花未開。

申叔舟二首

天順四年，張寧使朝鮮，館伴有左議政申叔舟。

陽德驛

北塞歸遠途，千里度陵谷。日暮投陽德，館宇半茅屋。輕風吹枯枝，短垣依斷麓。雨歇行雲低，山深聽鳴鹿。坐久正蕭然，清溪走寒玉。遠客自無寐，呼童剪殘燭。

寄權正卿

東極來千里，邊城月再盈。隔江皆虜聚，問地半胡名。鼙鼓連山動，風沙拂面生。和戎謀已拙，兩鬢雪花明。

白元恒一首

秋夜

草堂清夜雨初收，小雨寒螢濕不流。獨卧牀頭思往事，砌蟲啼破一簾秋。

崔應賢一首

次慶州壁上韻

風塵回首幾番春，案牘堆前白髮新。夜半慣成林下夢，明朝依舊未歸人。

金訢一首

對馬島舟中夜作

獨泛孤蓬卧未安，西風一夕晚潮寒。海天秋色尋無處，却向潘郎鬢上看。

南孝温一首

西江寒食

天陰籬外夕寒生，寒食東風野水明。無限滿船商客語，柳花時節故鄉情。

金宗直六首

會蘇曲

七月望日，新羅儒理王使王女各率六部女子績於廣庭。八月望日，乃考其工，負者設酒，相與歌舞，百戲皆作，謂之嘉俳。是時有負家女子起舞而歌曰《會蘇》，後人因其聲而作歌云。

會蘇曲，會蘇曲，西風吹廣庭，明月滿華屋。王姬壓坐理繅車，六部女兒多如簇。爾筐既盈我筐空，釃酒揶揄歌相逐。一婦嘆，千室勸，坐令四方勤杼軸。

黄昌郎

黄昌郎，即非清郎也。八歲時，爲新羅王殺百濟王，乃往百濟，舞劍於市，觀者如堵。百濟王聞而奇之，召入宫，令舞劍，因刺殺百濟王。後人作假面以象其舞，考之史傳，絶無左驗。今觀其舞周旋顧盼，望之凛凛。

若有人兮方離齠，身不三尺一何驍。平生汪錡我所師，爲國雪耻心無憀。劍鐔向頸股不栗，劍鐔指心目不摇。嗟爾千乘如蓬蒿。

聖母祠禱雨

前峰已失後峰青，屏翳撩人不解晴。誰畫遨頭一蓑笠，滿村風雨看苗生。

華山畿

冢上青青連理枝，行人争唱《華山畿》。野棠花發當寒食，幾度春魂化蝶飛。

答晉山相公

村南村北祝豚蹄，榆柳陰陰鳥雀啼。身遇太平生事足，日斜扶醉斷橋西。

送李節度赴鎮

鰲背樓臺一俯憑，海波萬里碧千澄。太平未試龍韜策，射雉還過竹院僧。

金　净五首

遊鄭氏池亭

主人發天秘，籬落成滄浪。孤亭如鳧鷖，載我浮中央。清飆扇巾幘，山翠滴壺觴。游魚聚簷影，飛絮胃海棠。聊將倦遊客，一笑酬年光。森森萬竿竹，颯沓驅商羊。鏡面亂浮沫，藻荇相扶將。須臾動漣漪，草木耿斜陽。

禱龍潭

猿呼烏復噪，四山忽已暮。回汀搴杜若，葉葉沾凉露。聊就菰蒲眠，秋聲在高樹。

秋閨

木落千山江杳杳，秋空一雁秦雲渺。空階月皎蛩音長，蔓草露滴螢光小。耿耿殘燈夜半過，紅樓西畔落星河。邊衣剪罷寒不寐，颯颯西風鳴敗荷。

旅懷

江南殘夢楚厭厭，愁逐年華日月添。鶯燕不來春又去，落花微雨下重簾。

村舍

水鄉豐德郡，蕭寺遠浮煙。地近村燈近，天垂水氣連。

申光漢七首

庚午會試進士，刻有《綱常常變策》。嘉靖二十五年，行人王鶴册立朝鮮，國人刻其《皇華集》，王命光漢爲後序。

次華使張承憲公遊漢江

天上河源落五臺，樓前澄影隔塵埃。楊花春盡帆歸遠，楮島煙消雁影來。物色不隨遊子去，芳樽今爲使君開。三韓勝地皆方丈，更借仙風傾一杯。

癸巳三日寄茅洞端山二首

去年三月初三日，燕已歸巢花已開。人事天時多異態，别情春思重相催。前村後谷應無恙，舊約同遊底不來。茅洞風流還可繼，善山雖去瑞山回。

三三九九年年會，舊約猶存事獨非。芳草踏青今日是，清樽浮白故人違。風前燕語聞初嫩，雨後花枝看亦稀。茅洞丈人多不俗，可能無意典春衣。

寄稷山宰閔君

招尋相對縣西陵，白日玲瓏看納冰。被酒夜歸渾似夢，小村時點績麻燈。

望三負山有感

孤舟一出廣陵津，十五年來未死身。我自有情如識面，青山寧憶舊遊人。

書事

歸思無端夢自迷，先生今老小村西。杏花繞屋繁如雪，春雨霏霏山鳥啼。

暮景

樹密深濃翠，孤煙淡作雲。前村聞犬吠，暗路草中分。

安璲一首

從軍行

關雲漠漠關雪堆，北風慘慘山木摧。長河冰合馬蹄滑，沙塞日落胡笳悲。自恨少小係軍籍，愁枕金戈眠不得。苦寒苦饑不敢言，誰人不畏將軍律。中宵愁嘆何紛紜，猶將膏血輸將軍。將軍好服黑貂服，十貂皮當金十斤。將軍獨嗜太牢味，一日軍中九牛斃。山無餘貂野無牛，誅斂無窮棰楚至。鼎中粒，機中布，日日輸入將軍庫。將軍日富士日瘠，欲往訴之逢彼怒。君王每憂軍士寒，毛衣布衲輸歲闌。將軍分給苦不遍，肌膚凍裂手拘攣。蝗蟲歲旱無歲無，不聞賑恤聞催租。阿翁棄姑兒棄婦，過半相攜逃入胡。胡中艱辛不可說，猶勝將軍浚膏血。將軍將軍胡不去，去作公卿一軍悦。天門杳杳嚴九關，御史紛紛深閉舌。廉頗李牧不復生，激烈悲歌腸内熱。

崔慶昌 一首

李少婦詞

鐵原李淑卿，歸梁文學。無何，梁文學應試漢京，遂及第，擢弘文館，不還。淑卿懷之，鬱抑而死。聞者悲而哀之，作歌以表其貞静專一之志云。

相公之孫鐵城李，養得幽閨天質美。幽閨不出十七年，一朝嫁與梁家子。梁家之子鸞鳳雛，珊瑚玉樹交枝株。池上鴛鴦本成匹，園中蛺蝶何曾孤。丈夫壯志仕遠方，山川阻絶道路長。兒女含情不忍别，一别那堪腸斷絶。高梧葉落黄花香，忽驚今日重陽節。佳晨依舊復誰在，滿苑茱萸不堪採。更上高樓望遠天，天涯極目空雲煙。不向旁人道心事，回頭滴淚空潸潸。牛羊歸盡山欲夕，門外終無北來客。此身願得歸泉士，死後那知離别苦。春花易落蘭早摧，鳳臺翠幄垂蛛絲。芳魂不作武昌石，定寄湘江斑竹枯。斑竹枝頭杜鵑血，血點淚痕俱不滅。青山碧草夜茫茫，千古香魂墳上月。

許　篈四首

篈與弟筠，皆舉狀元。篈以弘文館遷臺諫。萬曆壬午，爲成均館司成。

感遇

君好堤邊柳，妾好嶺頭松。柳絮忽飄蕩，隨風無定蹤。不如歲寒姿，青青傲窮冬。好惡苦不定，憂心徒忡忡。

篈女弟適金成立，賢而不愛，以此而發乎？

牽情引

熊州樓觀飛雲外，白簡霜威凌皂蓋。組練三千引繡衣，羅裙二八鳴珠帶。九華之帳香氤氳，寂寂瓊樓午夜分。苧裏佳人嬌薦枕，巫山仙子渺行雲。牽情夢罷看歸路，别恨迢迢隔煙霧。妾心苦作藕中絲，郎意何如荷上露。錦水東西楊柳新，往來愁殺斷腸人。欲將心事寄青鳥，芳草年年空復春。

朝鮮祖述唐宋故事，驛亭皆設官妓。篈以弘文館遷臺諫，按部行縣，其所遇歌妓若此。

出山别元參學

花宫星斗寒相映，叠叠春山聞夜磬。楚客初招萬里魂，胡僧暫起經年定。王孫緑草漸芳菲，松月留人歸未歸。歡喜嶺頭叢桂暗，芙蓉峰下怪禽飛。荷衣蕙帶宿雲濕，寶殿沉沉鬼神泣。明日朝陽江上行，知君惆悵溪頭立。

鏡囊詞

江上女兒當窗織，染得深潭千丈黑。什襲珍包入尚方，五丁輸取歸東國。幾年箱篋有餘香。爲君裁作明鏡囊。囊里青銅明似月，鏡中玉貌春花光。青銅可磨石可轉，唯有此心終不變。欲識中情長憶君，日日揭囊看鏡面。

許筠一十首

筠與二兄篈、筬，以文鳴東海。篈、筠皆舉狀元，而筠尤敏捷，一覽不忘，詩文皆能闇誦。景樊，其妹也。筠撰《朝鮮詩選後序》云：「朝鮮承太師之教，彬彬文學，稱於中土。逮唐始通賢科，崔致遠、崔匡裕輩咸遊學中華，接踵舉進士，顯於當時。宋、元修之不替。高皇帝握符乘運，聖澤旁流，光澤八表，維我東方，首修厥貢，嘉奬猶内服。然若金濤輩，猶赴闕試，及進士第。洪武中，以洪倫、金義之亂而中止。既而循之，不與釐正，此小國之至冤也。崔致遠、金濤輩獨何幸與！或以是編之盛，觀者憐而更張之，三韓之士，拜賜厚矣。」錡以科名冠冕東國，而慨慕中華，以不得試於天子之廷爲深耻。斯以見東方禮讓之邦迥出於四裔，而國家久道化成之盛，亦從可徵矣。

송送참參군軍오吳ᄌᆞ子어魚대大형兄환還대大됴朝

국國유有듕中외外슈殊，ᅀᅵᆫ人무無이夷하夏별別。낙落디地개皆뎨弟형兄，하何필必분分초楚월越。
간肝담膽미每샹相죠照，빙氷호壺영映한寒월月。의倚옥玉각覺아我예穢，타唾쥬珠복復군君졀絶。
방方긔期구久등登용龍，거遽ᄎᆞ此셩成이離결訣。관關하河노路험險희巇，츄秋교郊방方견繾열熱。
ᄎᆞ此거去신愼행行휴休，무毋령令조阻회回텰轍。동東슈陲샹尙용用병兵，해海교嶠일日류流혈血。
슈須빙憑노魯련連ᄌᆞ子，각却진秦됴掉촌寸셜舌。물勿혐嫌구九이夷누陋，면勉슌徇장壯부夫졀節。

聽子野琴

秋風入高樹，幽齋聞清音。誤疑在溪壑，不知傍有琴。我愛康子野，與世任浮沈。美哉恬澹質，滌我塵垢心。

送盧判官

秋山懸夕照，客意已悲涼。況復當此時，送君歸故鄉。相對茅簷下，燈火吐清光。佳人抱瑶瑟，促柱傾壺觴。殷勤須盡醉，明發各茫茫。

平壤送南士還天朝二首

公子中州彦，緬邈青雲姿。詩情敵謝朓，賦筆凌左思。慷慨請長纓，萬里東海涯。壯志未剷壘，歸驂忽西馳。箕郊尚秋熱，行李多險巇。知音既云稀，況復將遠離。長路漫浩浩，念之涕雙垂。

弱齡有遐想，棲遲在丘壑。玩世笑東方，隱几師南郭。中年來城市，誤爲簪組縛。誰言珥彤管，素志非黄閣。公子稽山秀，爲説稽山樂。萬壑夾崖流，千巖當鏡落。天台與雁宕，相峙對冥莫。所恨天一方，不得凌垠崿。尚冀通關梁，東南騁行脚。徘徊雲門寺，攜手翔寥廓。

江天曉思

西飛燕，東流水，人生倏忽春夢裏。一夜狂歌不盡歡，十年惆悵情無已。渚煙汀樹春朦朧，曲欄珠箔星在東。蘭臺鳴鼓逐曉發，輕帆一片飛長空。

蕊珠曲

雲窗霧閣何夜長，湘簾明月低銀牀。玉斧真人年正少，羅衾好綰雙鴛鴦。蘭燈熒熒照畫閣，欄外絳河猶未落。宿香乍染翡翠衾，嬌雲未散芙蓉幕。佳人風骨廣寒仙，霞裾六葉裁輕煙。羽蓋朝朝向玄圃，蟠桃花發三千年。

陪吴參軍子魚登義城

迥野垂天末，長江接海流。雨餘多牧笛，風急少行舟。一鶚穿雲去，雙鳧就渚浮。相憐無限思，空倚仲宣樓。

吴子魚南莊歸興次韻

松關竹徑帶晴煙，家住溟州第二天。繞屋溪聲來更遠，捲簾山色自堪憐。家人宿火炊籬菜，坐客清談汲茗泉。偏縛塵纓爲傲吏，幾將鄉思賦歸田。

筠家江陵。江陵，古溟州也，在五臺山下。三韓有十二洞天，此爲第二洞天。

柬吴子魚先生

野館荒涼門半開，入簾殘月影徘徊。露蟲偏向秋林織，今夜故人來不來？

李秀才一首

呈吴子魚先生

凌晨走馬入孤城，籬落無人杏子成。布穀不知王事急，隔林終日勸春耕。

藍秀才一首

席上賦呈吴子魚先生

平壤城北路偏賒，滿目煙波日又斜。且向尊前惜歡笑，馬頭開遍海棠花。

尹國馨一首

感懷呈子魚吴參軍

麻衣偏拂路歧塵，鬢改顔衰曉鏡新。上國好花愁裏艷，故園芳樹夢中春。扁舟煙月思浮海，匹馬關河倦問津。七載干戈嘆離别，緑楊鶯語太傷神。

梁亭遇一首

遊龍山呈吴子魚先生

桃花開後杏花稀，客子來時燕子飛。山郭數村芳草合，野籬三面亂峰圍。風塵歧路何年盡，破帽長裾此計非。遥憶故鄉歸不得，白鷗春水掩柴扉。

梅月堂詩二首

朝鮮《梅月堂詩》二卷，不知何人所作。有《游金鰲録》、《關東日録》，多記新羅故事，而詩殊非淺不足觀。□□□□年，流落瞻望神都。又云「李陵豈欲終投虜，伍員何期竟死吴」。又□□□□大君拘留於京，乞請還山之作。

和鍾陵山居詩二首

人間變態薄於紗，端合歸來卧□□。□境病蟬藏翳葉，人生秋蝶寄浮槎。風前細細飛松子，雲外毵毵落□□。□□道人咽沆瀣，巖邊春雨種胡麻。

蛺蝶雙雙飛藥畦，山禽饒語竹籬西。一叢枸杞花初遍，五椏人參葉已齊。翠竹林中香麝睡，柴荆枝上畫眉啼。千峰昨夜疏疏雨，泛濫南池漲小溪。

蓀谷詩三十六首

朝鮮《蓀谷詩集》六卷，不載姓氏，觀其《憶昔行贈申正郎濼》云：「嗟嗟天子聖，命將出東征。首事箕王都，破竹游刃迎。漢京賊先遁，大駕隨公卿。草創朝儀在，庶見王都清。一旅復夏業，簡策傳諸經。無忘在莒心，日日望聖明。」知其爲萬曆間陪臣，當神廟興復屬國之後，而作詩以誦也。天啟中，毛總兵文龍守皮島，屬訪求東國書籍，以此集見寄。崇禎丁丑，余獄中有詩曰：「東國已非箕子國，高驪今作下句驪。」俯仰今昔，可爲流涕！

夜泊大灘

夜纜泊灘下，水村霜氣凝。枯查拾沙渚，爨火乞漁燈。病客孤舟夢，寒江十月冰。辭家今幾日，黄帽是親朋。

别李季獻之京

别意不自制，前情良可嗟。海隅爲客久，關外送人多。野岸飛花樹，春橋水上波。猶同子規鳥，灑淚濕林柯。

公山逢宋廷玉

寇盜經年歲，干戈滿漢陽。所親皆喪亂，不敢問存亡。西日瞻行殿，東風入故鄉。時危對君酌，涕淚欲沾裳。

曉行板橋村

水關西路聽鷄鳴，嶺月初沉曉霧平。人響間聞茅店語，馬蹄連上板橋聲。悠悠漸喜鄉山近，瑣瑣偏知旅態生。更下長陂説徒侶，天明須趁及先行。

寄問許典翰

甲山西北接陰山，鳥道懸雲不可攀。遷客北行何日到，家書時寄隔年還。長聞刁斗城埤裏，但見鼯貂樹木間。聖代豈終才子棄，莫教三十鬢成斑。

渡清川江

安州城外水如天，立馬沙頭喚渡船。帆帶晚煙依草岸，雁迷殘日下蘆田。長途旅客思歸計，向老筋骸憶少年。始信在家貧亦好，近來雙鬢轉蕭然。

書懷

人間萬事不如意，得失悠悠看塞翁。好月樓臺還有病，落花時節每多風。倘來軒冕虛無裏，過去英雄寂寞中。五十之年何所有，一聲長嘯望遥空。

道中感懷

龍泉嗚吼匣中悲，十月西風兩鬢絲。黄葉滿山秋寺廢，白沙連渚小橋危。孤帆過後千峰夕，匹馬行時百草衰。牢落故居空入夢，亂藤疏竹有茅茨。

題清道李家壁

南來數月計多違，節序如流已授衣。旅舍不堪黄葉落，暮天遥望白雲飛。沙梁雁下寒江渚，門巷煙生苦竹扉。唯有同來野僧在，病吟相對説西歸。

贈别韓景洪濩

西街曲巷尹家莊，每到尋常把酒觴。全盛舊時如夢寐，亂離今日更凄凉。短衣關塞風霜苦，匹馬秦京道路長。往事悠悠問無處，送君安得不沾裳。

立春吴體

江東客裏逢立春，節物風光愁殺人。盤中生菜不可食，門前柳條還欲顰。悠悠西塞獨身遠，杳杳南國多兵塵。中興宗社大臣在，悵望涕淚沾衣巾。

客　懷

此身那復計西東，到處悠悠逐轉蓬。同舍故人流落後，異鄉新歲亂離中。歸鴻影度千峰雪，殘角聲飛五夜風。惆悵水雲關外路，漸看芳草思無窮。

謝勤上人

新家峽裏老農居，田圃收功不願餘。百計謀生無上策，數詩排悶有中書。秋晴林徑時行藥，雨後溪潭見釣魚。惟有野僧知我意，近來栖息問何如。

無　題

瑶絃纖縷合歡牀，暖壓紅錢小洞房。夢覺秦樓分翡翠，日沉湘浦斷鴛鴦。妝鈿寶月明珠綴，腰帶盤雲瑞錦囊。十二斜行金雁柱，碧沙如霧掩秋香。

龍城次玉峰韻

清溪雨後起微波，楊柳陰陰水岸斜。南陌一樽須盡醉，東風三月已無多。離程處處王孫草，門巷家家枳殼花。流落天涯爲客久，不堪中夜聽吴歌。

平調四時詞四首

門巷清明燕子來，緑楊如霧掩樓臺。同隨女伴鞦韆下，更向花間鬭草回。

五色絲針倦繡窠，玉階新發石榴花。銀牀冰簟無餘事，盡日南園蛺蝶多。

金井梧桐下玉闌，琵琶絃緊不堪彈。欲將寶鏡匀新黛，捲上珠簾怯早寒。
錦幕圍香寶獸危，曉妝臨鏡澀胭脂。繡籠鸚鵡嫌寒重，猶向簾間覓侍兒。

步虛詞七首

三角峨峨鬢上綃，散垂餘髮過纖腰。須臾宴赴西王母，一曲鸞簫向碧霄。
青銅結伴婉凌華，夜下三洲小玉家。閒説紫陽宫裏事，玉階偷折碧桃花。
王母雲車五色麟，白鸞前導向西巡。天章曉奏虚皇殿，仙桂花開八萬春。
仙島焚香禮玉虚，紫麟催駕五雲車。西宫侍女多嬌笑，録盡三天未見書。
西嶽真君上紫微，百靈奔走備威儀。三清秘訣無傳授，偷寫天章半夜歸。
羊城使者取真符，露佩胸前豁落圖。直指扶桑催木帝，及時傳語上清都。
三壇中夜講真經，大集群仙列下庭。唯有老君修别殿，手書雲篆送玄冥。

宫　詞三首

平朝日出殿門開，鳳扇雙行引上來。遥聽太儀宣詔語，罷朝新幸望春臺。
宫墻處處落花飛，侍女燒香對夕暉。過盡春風人不見，院門金鎖緑生衣。
中官清曉覓才人，合奏笙歌滿殿春。别詔梨園吹玉笛，御袍新賜錦麒麟。

江陵東軒

水滿南塘生白烟，小桃花發竹林邊。自憐病客無閒緒，一度傷春似去年。

題　畫

緑楊閉户是誰家，半出紅樓映斷霞。無賴流鶯啼盡日，晚晴門巷落花多。

贈樂師許憶鳳

雙眉覆眼鬢蕭蕭，曾捻梨園紫玉簫。移向瑶臺彈一曲，曲終垂淚説先朝。

嘉山道中

嘉陵北望接龜城，歷數來途更遠行。試向長林望津渡，濕雲沉野不分明。

題僧軸

離家數日行山路，春在花枝亦不多。唯有惜春無限意，强扶衰病折殘花。

悼亡

妝奩蟲網鏡生塵，門掩桃花寂莫春。依舊小樓明月在，不知誰是捲簾人。

送尹佐郎暉之上京

九月遼陽塞草腓，朔風霜氣滿征衣。行人欲近燕山宿，雁乳平蕪曉不飛。

崔孤竹一首

仙桂曲題月娥帖和蓀谷韻

碧落迢迢鸞路長，天風吹送桂花香。玉簫歸去瑤壇上，羅襪寒深一寸霜。

婷一首

《詩選》不載姓氏，應是朝鮮女子。

古寺尋花

春深古寺燕飛飛，深院重門客到稀。我正尋花花盡落，尋花還爲惜花歸。

趙瑗妾李氏一十一首

李淑媛，自號玉峰主人，承旨學士趙瑗之妾，遭倭亂死之。

斑竹怨

二妃昔追帝，南奔湘水間。有淚寄湘竹，至今湘竹斑。雲深九疑廟，日落蒼梧山。餘恨在江水，滔滔去不還。

採蓮曲

南湖採蓮女，日日南湖歸。淺渚蓮子滿，深潭荷葉稀。蕩槳嬌無力，水濺越羅衣。無心却回棹，貪看鴛鴦飛。

歸來亭

解紱歸來早，亭開一水分。溪山知有主，鷗鷺得爲群。秫熟先充釀，心閒欲化雲。菟裘終老地，非是傲徵君。

登樓

小白梅逾耿，深青竹更研。憑欄未忍下，爲待月華圓。

謾興贈郎

柳色江頭五馬嘶，半醒半醉下樓時。春紅欲瘦臨妝鏡，試寫纖纖却月眉。

登樓

紅欄六曲壓銀河，瑞霧霏霏濕翠羅。明月不知滄海暮，九疑山下白雲多。

自適

虛簷殘溜雨纖纖，枕簟輕寒曉漸添。花落後庭春睡美，呢喃燕子要開簾。

秋思

翡翠簾疏不蔽風，新凉初透碧紗櫳。涓涓玉露團團月，説盡秋情草下蟲。

秋恨

縫紗遥隔夜燈紅，夢覺羅衾一半空。霜冷玉籠鸚鵡語，滿階梧葉落西風。

寶泉灘即事

桃花高浪幾尺許，銀石没項不知處。兩兩鸕鷀失舊磯，銜魚飛入菰蒲去。

詠雪次韻

閉户何妨高卧客，牛衣垂淚未歸身。雲深山徑飄如席，風捲長空聚若塵。渚白非沙欺落雁，窗明忽曉劫愁人。江南此日梅應發，傍水連天幾樹春。

成氏三首

楊柳詞二首

青樓西畔絮飛揚，烟鎖柔條拂檻長。何處少年鞭白馬，緑陰來繫紫遊韁。

條妒纖腰葉妒眉，怕風愁雨盡低垂。黄金穗短人争挽，更被東風折一枝。

書懷次叔孫兄弟

事隨流水遠，愁逐曉春生。野色開烟緑，山光過雨明。簾前雙燕語，林外數鶯聲。獨坐無多興，傷心妝不成。

俞汝舟妻三首

别贈

恨别逾三歲，衣裘獨禦冬。秋風吹短鬢，寒鏡入衰容。旅夢風塵際，離愁關塞重。徘徊思遠近，流嘆滿房櫳。

貧女吟

夜久織未休，戛戛鳴寒機。機中一匹練，終作阿誰衣。

賈客詞

朝發宜都渚，北風吹五兩。船頭各澆酒，月下齊蕩槳。

許妹氏一十九首

許景樊字蘭雪，朝鮮人。其兄篈、筠，皆狀元。八歲作《廣寒殿玉樓上梁文》，才名出二兄之右。適進士金成立，不見容於其夫。金殉國難，許遂爲女道士。金陵朱狀元奉使東國，得其集以歸，遂盛傳於中夏。柳如是曰：「許妹氏詩，散華落藻，膾炙人口。然吾觀其《遊仙曲》『不過邀取小茅君，便是人間一萬年』，曹唐之詞也；《楊柳枝詞》『不解迎人解送人』，裴説之詞也；《宫詞》『地衣簾額一時新』，全用王建之句；『當時曾笑他人到，豈識今朝自入來』，直鈔王涯之語；『絳羅袱裹建溪茶，侍女封緘結採花。斜押紫泥書敕字，内官分賜五侯家』，則撮合王仲初『黄金合裏盛紅雪』與王岐公『内庫新函進御茶』兩詩而錯直出之；『間回翠首依簾立，閒對君王説隴西』，則又偷用仲初『數對君王憶隴山』之語也；《次孫内翰北里韻》『新妝滿面頻看鏡，殘夢闌心懶下樓』，則元人張光弼《無題》警句也。」吴子魚《朝鮮詩選》云：「《遊仙曲》三百首，余得其手書八十一首。今所傳者多沿襲唐人舊句，而本朝馬浩瀾《遊仙》詞見《西湖志餘》者亦竄入其中。凡《塞上》、《楊柳枝》、《竹枝》等舊題皆然。豈中華篇什，流傳鷄林，彼中以爲琅函秘册，非人世所經見，遂欲掩而有之耶？此邦文士，搜奇獵異，徒見出於外夷女子，驚喜贊嘆，不復核其從來。」桐城方夫人採輯詩史，評徐媛之詩，以「好名無學」四字徧誚吴中之士女，於許妹之詩，亦復漫無簡括，不知其何説也。承夫子之命，讎校香奩諸什，偶有管窺，輒加槧記。今所撰録，亦據《朝鮮詩選》，存其什之二三。其中字句竄竊，觸類而求之，固未可悉數也，觀者詳之而已。

古別離

轔轔雙車輪，一日千萬轉。同心不同車，別離時屢變。車輪尚有迹，相思獨不見。

感遇三首

盈盈窗下蘭，枝葉何芬芳。西風一夕起，零落悲秋霜。秀色總消歇，清香終不死。感物傷我心，流涕沾衣袂。

古屋晝無人，桑樹鳴鵂鶹。蒼苔蔓玉砌，鳥雀飛空樓。向來車馬地，今成狐兎丘。信哉達人言，戚戚復何求。

梧桐生嶧陽，鳳凰翔其傍。文章爛五色，喈喈千仞岡。稻粱非所慕，竹實乃其飧。奈何桐樹枝，棲彼鴟與鳶①。

① 原注：「妹氏不愛於其夫，而言若此。」

寄伯氏篈

晴窗銀燭低，流螢度高閣。悄悄深夜寒，蕭蕭秋葉落。關河音信稀，沉憂不可釋。遥想青蓮宮，山空蘿月白。

鳳臺曲

秦女侶蕭史，日夕吹參差。崇臺騎彩鳳，渺渺不可追。天地以永久，那識人間悲。妾淚不可忍，此生長別離。

望仙謡

瑶花風細飛青鳥，王母麟車向蓬島。蘭旌蕊帔白雉裘，笑倚紅欄拾瑶草。天風吹擘翠霞裳，玉環金佩聲琅琅。素娥兩兩鼓瑶瑟，玉花珠樹春雲香。平明宴罷芙蓉閣，碧海青童來白鶴。紫簫聲裏彩雲飛，露濕銀河曉星落。

湘絃曲

薰花泣露湘江曲，點點秋煙天外緑。水府凉波龍夜吟，蠻娘輕戛玲瓏玉。離鸞别鳳隔蒼梧，雨氣浸江迷曉珠。神絃聲徹石苔冷，雲鬟霧鬢啼江姝。遥空星漢高超忽，羽蓋金支五雲没。門外漁郎唱《竹枝》，銀潭半掛相思月。

四時歌

春歌

院落深深杏花雨，鶯聲啼遍辛夷塢。流蘇羅幕春尚寒，博山輕飄香一縷。鸞鏡曉梳春雲長，玉釵寶髻蟠鴛鴦。斜捲重簾帖翡翠，金勒雕鞍嘆何處。誰家池館咽笙歌，月照清尊金叵羅。愁人獨夜不成寐，絞綃曉起看紅淚。

夏歌

槐陰滿地花陰薄，玉簟銀牀敞朱閣。白苧新裁染汗香，輕風灑灑摇羅幕。瑶階飛盡石榴花，日輾晶簾影欲斜。雕梁晝永午眠重，錦茵扣落釵頭鳳。額上鵝黄膩曉妝，鶯聲啼起江南夢。南塘女兒木蘭舟，採蓮何處歸渡頭。輕橈漫唱《横塘曲》，波外夕陽山更緑。

秋　歌

紗厨爽氣殘霄迴，露滴虚庭玉屏冷。池蓮粉落夜有聲，井悟葉下秋無影。金壺漏徹生西風，珠簾唧唧鳴寒蟲。金刀剪取機上素，玉關夢斷羅帷空。縫作衣裳寄遠客，蘭燈熒熒明暗壁。含啼自草别離難，驛使明朝發南陌。

冬　歌

銅壺一夜聞寒枕，紗窗月落鴛鴦錦。烏鴉驚飛轆轤長，樓前倏忽生曙光。侍婢金瓶瀉鳴玉，曉簾水澀胭脂香。春山欲描描不得，欄杆佇立寒霜白。去年照鏡看花柳，琥珀光深傾夜酒。羅帳重重圍鳳笙，玉容今爲相思瘦。青驄一别春復春，金戈鐵馬瀚海濱。驚沙吹雪冷黑貂，香閨良夜何迢迢。

寄女伴

結廬臨古道，日見大江流。鏡匣鸞將老，園花蝶已秋。寒山新過雁，暮雨獨歸舟。寂寞窗紗掩，那堪憶舊遊。

送兄箴謫甲山

遠謫甲山去，江陵別路長。臣同賈太傅，主豈楚懷王。河水平秋岸，關門但夕陽。霜風吹雁翼，中斷不成行。

次伯兄高原望高臺韻

層臺一柱壓嵯峨，西北浮雲接塞多。鐵峽霸圖龍已去，穆陵秋色雁初過。山迴大陸吞三郡，水割平原納九河。萬里登臨日將暮，醉憑青嶂獨悲歌。

塞上次伯氏

侵雲石磴馬蹄穿，陟盡重岡若上天。秋晚魚龍眠巨壑，雨晴虹霓落飛泉。將軍鼓角行邊急，公主琵琶說怨偏。日暮爲君歌《出塞》，劍花騰躍匣中蓮。

效崔國輔

春雨暗西池，輕寒襲羅幕。愁倚小屏風，墻頭杏花落。

塞下曲

寒塞無春不見梅，邊人吹入笛聲來。夜深驚起思鄉夢，月滿陰山百尺臺。

西陵行

錢塘江上是儂家，五月初開菡萏花。半舺烏雲新睡覺，倚欄閒唱《浪淘沙》。

德介氏一首

德介，高麗妓。

送行

琵琶聲裏寄離情，怨入東風曲不成。一夜高堂香夢冷，越羅裙上淚痕明。

日本

釋全俊　出《宋學士詩集》。一首

全俊字秀崖，姓神氏，日本北陸道信濃州高井縣人。依善應寺快鈍夫出家。快，印月江之嗣子也。

和宋學士贈詩

一回錯買離鄉舶，抹過鯨波萬里間。震旦扶桑無異土，參方飽看浙西山。

天祥一十三首　以下三人，見沐景顒《滄海遺珠集》。

天祥，日本人。

寄南珍

上人居處僻，心與石泉清。道在從違俗，身閒不用名。空階松子落，雨徑蘚花生。怪得稀相見，年來懶到城。

題龍關水樓

此樓登眺好，終日俯平湖。葉盡村村樹，花殘岸岸蘆。漁翁晴獨釣，沙鳥晚相呼。何處微鐘動，雲藏島寺孤。

次韻惟心見寄

世間無住著，林下且棲遲。映户幽花發，侵階亂竹垂。老年銷記性，餘習未忘詩。此意難爲説，西峰道者知。

贈李生

異域無親友，孤懷苦別離。雨中春盡日，湖外客歸時。花落青山路，鶯啼緑樹枝。從今分手後，兩地可相思。

送僧歸重慶

東西千萬里，來去一身輕。碧鳳山前別，黄梅雨裏行。江長巴子國，地入夜郎城。昔我經過處，因君動遠情。

哭宋士熙

衆山摇落日，那忍哭先生。老眼非無淚，深交最有情。人猶惜才調，天可厭聰明。書法并詩律，空留後世名。

題虎丘寺

東西兩寺今爲一，有客登臨見斷碑。剩水殘山王霸業，苦風駿雨鬼仙詩。樓臺半落長州苑，簫鼓時來短簿祠。盤郢魚腸何處是，轆轤千尺響空池。

呈同社諸友

君住峰頭我水濆，相思只隔一孤雲。夜燈影向空中見，晨磬聲從樹杪聞。咫尺誰知多役夢，尋常心似遠離群。今朝偶過高棲處，坐接微言到夕曛。

夢裏湖山爲孫懷玉作

杭城一別已多年，夢裏湖山尚宛然。三竺樓臺晴似畫，六橋楊柳晚如煙。青雲鶴下梅邊墓，白髮僧談石上緣。殘睡驚來倍惆悵，可堪身世老南滇。

長安春日作

何事長安客，春來思易迷。樂遊原上草，無日不萋萋。

榆城聽角

十年遊子在天涯，一夜秋風又憶家。恨殺葉榆城上角，曉來吹入《小梅花》。

暮春病懷

落花滿地雨絲絲，九十春光又別離。行樂送春猶有恨，那堪多病過花時。

機先一十首

鑒機先，日本人。先有《滇陽八景》詩云：「豈料長爲南竄客，朝朝相對獨爲翁。」國初，日本僧入貢者，多譴謫居滇南，故沐氏得録其詩也。胡粹中《挽鑒機先》詩云：「日出扶桑極東處，雲歸滇海最西頭。」知機先殁於滇也。

寄西山石隱

碧鷄山上雪，想可埋巖房。老僧凍不死，燒葉生微陽。我欲往從之，杳杳川無梁。日落尚延佇，心隨歸鳥翔。

長相思

長相思，相思長，有美人兮在扶桑。手攀珊瑚酌霞氣，口誦太乙朝東皇。鯨波摩天不可航，矯首欲渡川無梁。去時遺我瓊瑶章，蠻箋半幅雙鴛鴦。鴛鴦不飛墨色改，攬涕一讀三斷腸。前年寄書吴王臺，西湖楊柳青如苔。今年東風楊柳動，鴻雁一去何當回。欲彈朱絃絃斷絶，欲放悲歌聲哽咽。孤鸞夜舞南山雲，花漬簾前杜鵑血。思君不如天上月，夜夜飛從海東出。月明長傍美人身，美人亦近明月輪。褰衣把酒問明月，中宵見月如見君。長相思，長如許。千種消愁愁不已，亂絲零落多頭緒。但將淚寄東流波，爲我流入扶桑去。

寄仲翔外史

天涯又索居，歲晏近何如。遠水蒼茫外，空山寂寞餘。老逢諸事懶，病覺故交疏。想見多閒暇，應修輔教書。

輓逯光古先生

昨日來過我，今朝去哭君。那堪談笑際，便作死生分。曠達陶徵士，蕭條鄭廣文。猶憐埋骨處，西北有孤雲。

梁王閣 在碧鷄山下。

碧鷄飛去已千秋，聞説梁王曾此遊。洞口仙桃迎鳳輦，巖前官柳繫龍舟。青山有恨人何在，白日無情水自流。豈識當時歌舞地，寒煙漠漠鎖荒丘。

碧鷄秋色 滇陽六景之一。

碧鷄西望水天虚，漠漠秋光畫不如。翠壁煙華摇浪處，丹崖樹色着霜初。前朝有閣今遊鹿，落日何人獨釣魚。却訝維舟溢浦上，芙蓉九叠看匡廬。

寄石隱

古木積蒼煙，空山夜悄然。遥知崖上月，獨照病中禪。

聞笛

夜聲吹笛是誰家，獨倚高樓月欲斜。塞上春情無賴甚，那堪又聽《落梅花》。

雪夜偶成二首

畫角聲殘曙色遲，雪花如掌朔風吹。吟中二十年三昧，未了梅花一首詩。

定起閒吟獨倚闌，朔風吹面雪漫漫。修心不到梅花地，耐得山中一夜寒。

大用一首

大用，日本人。

輓逯光古

氣宇自豪邁，孤超傲世時。冥鴻冲漢志，野鶴出塵姿。筆勢雲煙起，詩名草木知。論交三十載，死別抱長悲。

嗐哩嘛哈一首

嗐哩嘛哈，日本使臣。

答大明高皇帝問日本風俗　洪武十二年。

國比中原國，人同上古人。衣冠唐制度，禮樂漢君臣。銀甕篘新酒，金刀鱠錦鱗。年年二三月，桃李一般春。

答里麻一首

答里麻，日本使臣。一云名普福，或云即嗒哩嘛哈也。

西　湖二首　録其一

一株楊柳一株花，原是唐朝賣酒家。惟有吾邦風土異，春深無處不桑麻。

日本僧左省一首

沈潤卿《吏隱録》云：「日本使者朝貢過吴，内有一僧往謁祝京兆希哲，不值。予與弟瀚偶遇之，索紙書字問之，僧亦書以對云：『予乃俄補一官之闕，祇有其名，貧凍沙門也。名左省，號鈍牛。』又曰：『我國中無此官，惟禪僧學本國文字，故充使臣耳。』問謁祝君何爲，又書云：『仲春之初，雨雪連日，篷底僵卧，今日新晴，扣祝君書屋。幸遇君一笑，依稀十年之舊。杜少陵所謂『能吏逢聯壁，華筵值一金』者也。」率賦小詩以呈，其詞云云。後知其欲求希哲一文耳。

二月天和乍雪晴，見君似見祝先生。醉中不覺虚簷滴，吟作燈前細雨聲。

日本貢使一首

倭夷入貢，駐舶杭城外湧金門。有《詠柳》詩云云。又有句云：「西風古道摧楊柳，落葉不如歸意多。」

詠柳

湧金門外柳如金，三日不來成緑陰。折取一枝城裏去，教人知道是春深。

不知名三首

以下不知名三首，相傳爲倭人作，出《四夷廣記》。

題春雪

昨夜東風勝北風，釀成春雪滿長空。梨花樹上白加白，桃杏枝頭紅不紅。鶯問幾時能出谷，燕愁何日得泥融。寒冰鎖却鞦韆架，路阻行人去不通。

遊育王寺

偶來覽勝鄮峰境，山路行行雪作堆。風攪空林饑虎嘯，雲埋老樹斷猿哀。抬頭東塔又西塔，移步前臺更後臺。正是如來真境界，臘天香散一枝梅。

詠萍

錦鱗密砌不容針，只爲根兒做不深。曾與白雲争水面，豈容明月下波心。幾番浪打因難滅，數陣風吹不復沈。多少魚龍藏在底，漁翁無處不鈎尋。

交　趾

交趾國王一首

被繫入中國詩謁藩臣

誤入中華大邑州，夷邦焉敢謁王侯。可憐無主東鄰客，却作中原大國囚。雁過衡陽邊塞遠，雲遮故里楚天愁。有人問我家何在，萬里長江不斷頭。

安南使臣一首

弘治間貢使。此詩黄布政衷傳之，見《蓬窗日録》。

過吉水弔文丞相

吉水江頭繫客舟，緬懷丞相舊風流。堂堂大義勤王日，耿耿孤忠就死秋。北伐自期終復漢，東征誰謂竟亡周。一身獨任綱常責，肯戴南冠學楚囚。

占　城

占城使臣四首

進貢初發占城

行盡河橋柳色邊，片帆高挂遠朝天。未行先識歸心早，應是燕山有杜鵑。

楊州對客

三月維揚富風景，暫留佳客與同牀。黄昏二十四橋月，白髮三千餘丈霜。玉局詩翁賢太守，紅蓮書記好文章。欲尋何遜舊東閣，落盡梅花空斷腸。

江樓留别

或云日本貢使作。

青嶂俯樓樓俯渡，遠人送客此經過。西風揚子江邊柳，落葉不如離思多。

題葵花

嘗寓蘇之天王堂，問葵花何名，人紿之曰：「一丈花也。」即題云云。見《近峰聞略》。

花於木槿渾相似，葉比芙蓉只一般。五尺闌干遮不盡，獨留一半與人看。

附録一

彙刻列朝詩集小傳序

凡一書之成，必有序。序有二義：一曰序其所以作者之指也，其義有未盡，則作後序，不然無二序也；二曰序其所以重刻之指，或歲久版壞，紙敝墨渝，繕寫而重刻之，非是則於書中抽出其論贊，如吕東萊品節之類，是宜序所以刻者之指也。《列朝詩集小傳》，先族祖牧齋公入本朝爲祕書院學士，以老謝歸里居，發其家所藏故明一代人文之集，就其詩而品隲之，案其姓氏爵里平生，與其詩之得失，爲小序以發其端，如子夏之序、毛公之註，其例也。鄭康成之箋出，尊毛氏之註曰「傳」，其後直名之曰《毛詩》；則今稱錢氏《列朝詩》，名之曰「傳」，不爲僭矣。此序其所以作者之指也。

今上五六年間，余移家金陵，周元亮侍郎、方爾止文學聚而商於余曰：「君家是書，合之詩，則錢氏之詩序也而可；離之詩，則續《初學》、《有學集》之後而可。否則孤行其書，爲青箱之本，枕中之祕，無不可。」蓋當時海内之愛其文之著如此。各以事散去，未暇以爲。忽忽今三十年矣。今者，誦芬堂之有是刻也，猶是志也。此序其所以刻之指也。

八年冬，汪鈍菴招余，與許甫草、黄俞邰、倪闇公夜飲，論詩於户部公署。出其集中有《與梁侍御論吴氏〈正錢録〉書》。錢則心知其爲牧齋公，未知吴氏何人也。比余去金陵，館常州董侍御易農家，易農爲余言，吴氏名殳，字修齡，工於詩，深於禪，其雅遊也，遂就求其是録觀之。大抵吴氏之論文，專主歐、蘇，故譏彈《詩集傳》不遺餘力，亦不知吴君蓋有爲言之。一時走筆，代《賓戲》、《客難》，駁正若干條。駁正者，駁其「正」也。《正》曰：「『以潰於成』，潰字雖出《詩》，藏弆字雖出《漢書》，歐、蘇古文不用。」燦駁曰：「既出《詩》，出《漢書》，何以不可用？豈歐、蘇在《詩》與漢之前耶？昔人謂韓文、杜詩無一字無出處，然則將出於何處耶？」《正》曰：「元美之文，北京稱長安。明之長安，自屬西安府。吏部無大冢宰之名。」謂「牧齋引用，多類元美，文理爲不通」。燦駁曰：「《漢書·翟方進傳》，以宰士督察天子奉使命大士。案：宰士出《公羊傳》，古人往往以古銜貌時事。文理不通，自班固始耶？」《正》曰：「空同换古句，元美遂换古字。以『枋』换『柄』，以『晉』换『進』，以『跳』换『逃』，以『並』换『傍』。牧齋换字不少。」駁曰：「曾子固，歐陽之門人也。其序《鑑湖圖》曰『南並山，西並隄』。至宋金華爲星吉公碑，『跳走數千餘里』，又『湖廣地並江北』，金華則其録中所謂國初景濂，猶守模範者。」《正》曰：「永叔不求新奇，絶無塵言。宋子京好新奇，便塵腐滿紙。牧齋矯尾厲角，嘔心鉥腎，急就倚待。洛誦職志，舍《新唐書》，無此字句。」駁曰：「韓琦不悦宋祁，指《新唐書》列傳文采雕飾，命歐公看詳改正，歐公嘆曰：『宋公前輩，所見不同。且於此日久功深，我可掩其長哉！』觀歐之傾倒於宋，則《新唐書》亦未可輕議。」《正》曰：「『太守謂誰？廬陵歐陽修也』，但可一用。『余，虞山蒙叟錢某也』，屢用。八十元老，無限童心。」駁曰：「太史公之文，變化極矣！吴君固云子長不易言。然如《平準書贊》，『自高帝前』『尚已，靡得而記』；《外戚世家》則云『秦以前尚矣』，『靡得而記焉』；《游俠傳》云『古布衣之俠，靡得而聞已』。句法亦屢用。太史公豈其有童之心也耶？」《正》云：「《馬裕傳》既云『生四子矣』，兩行後又云『兄弟四人』。」駁曰：「《漢書·原涉傳》既曰『祁太伯同母弟王游公』，後不必曰『游公母即太伯母』。《五代史》『劉仁贍降，其副使孫羽等作爲降書』，贊又曰『實録載降書，其副使孫羽所爲也』。何爲也？」至謂《童某傳》「削藁」之「削」字非竹簡也，「蹶張」，弩名，足踏而張之，不當襲古人誤用也，筝、琵二字之無出也；《王逢年傳》，古文奇字之非孔壁篆字也，生員之無辟召也，屬吏之不稱故吏也，詩次韻之不當題再用前韻也，諸如此類，疑譌弘多，略舉數條，不爲典要。若必順吴氏而爲之辭，則是劃天水爲鴻溝，瓣香歐、蘇；截漢唐爲荒服，屏斥班、韓。嘻，其甚矣！故僭有此駁。當是時，余猶未識吴君也。

十七年，始與君會於東海尚書相國之家。易農適亦以事至，置酒相歡也。君慨然曰：「曩殳以詩文謁牧齋公於虞山，不見答。不平之鳴，抨擊過當，亦竊不意公等議其後矣。」易農曰：「無庸，是書具在。竊虞學者之擇焉而不精，存吴氏之《正》，則讀書家之心眼日細。又虞學者之語焉而不詳，存錢氏之駁，則著作家之風氣日上。」一時以爲篤論。言猶在耳，忽忽三十年。追數前論文諸公，元亮、爾止、鈍菴、甫草、俞邰、闇公、易農，並東海尚書相國，俱已古人往矣。

前三年，吴君在婁東，遥和玉峯上巳禊飲之篇，想見頭童齒豁如予，未知其在以否。而余以八十七翁，編閲是書，不覺泫然流涕。而余因吴氏主張歐、蘇之説，有感焉。夫文既號而讀之曰古，則必也其理其意本於經，其格其局法本於史，即鍛字琢句本於古作者，如馬、班、范、韓、柳，不同於今之謂古，先儒已言之矣。韓昌黎，古文也；歐文，今文也；反不如唐人四六猶有古意、古字句。今自專主歐、曾之説興，近來學者不讀書好學，竟以時文家八股語助爲古文，而侈然號而讀之曰古文，是又不如成、弘、正、嘉先輩程墨猶有古意、古字句也。牧齋公之在當時，親懲北地、濟南、徘中、大函生吞活剥之非，因而論詩則推茶陵，論文則推震川，特以開陳後學，歸之於正。至其所自爲文，於班、馬未敢雁行，槩下擬蔚宗而極於《三國》、《南北史》、六朝唐宋之作，不名一家，不拘一體。蓋學問則地負海涵，文章則班香范豔。《詩傳》，其晚年小文字之一種也。軨才小儒，兎園夫子，家無其書，胸無其字，遽以八股時文之歐、曾，妄議萬卷胸中之前輩，則亦比於井蛙觀天、蚍蜉撼樹而已，而於是書何有焉？蓋亦已擅《檀弓》之蕝禮，薄《吕覽》之縣金者矣！

誦芬堂主人，余之親翁黄君，名錫紱，屬余編次，因而序之，以告於後學。康熙三十七年立春己巳，虞山八十七翁族孫陸燦書。

改目《彙刻列朝詩集小傳序》

虞山錢牧齋先生謙益集有明一代之詩爲《列朝詩集》，共八十一卷。起洪武，迄崇禎，共十六朝，凡二百七十八年。分爲甲乙丙丁四集。上而列帝與諸王之詩，則入之乾集。下而僧道、閨秀、宗潢、婦寺、藩服之詩，則入之閏集。而自元末至太祖建國，凡元之亡國大夫及遺民之在野者，則另編爲甲前集。入選者一千六百餘家。牧齋以先朝故老，身歷滄桑，翰墨流傳，主盟壇坫，而又家富藏書，里居多暇，乃盡出其所藏故明一代人之集（絳雲一炬，所藏諸家文集俱燼，惜此集幸逃劫灰，可謂有神物呵護），就其詩甄綜而次第之。案其姓氏爵里平生，與其詩之得失，爲小傳表諸首，庶幾元遺山之選《中州集》「以詩繫人，以人繫傳」之意。二百餘年間，新聲雅作，連篇累牘，洋洋大觀，覽者可以明夫有明一代國史得失之故矣。故世人恒惜元氏之集中州詩，即金源一代之史，而錢氏之集《列朝詩》，即繼《中州集》而作，蓋亦有明一代之史也。野史亭之遺懺，牧齋其隱以自屬哉？惜其書未幾遽遭禁毁，坐令巨製鴻裁所以備一朝之典故者久久湮没，而朱竹垞《明詩綜》乃得竊其緒餘，襲而尸其位。其《静志居詩話》多鈔撮牧齋所撰此集小傳而成，乃反巧肆詆讕，至使是非倒置。

夫有明之詩，至李、何倡復古之説，摹擬剽竊，呑剥尋撦，徒具膚廓，其弊已極。牧齋此集出，揚扢風雅，一掃雲霧而見青天，今日學者之言詩，亦主於興象之新，而不主摹擬之陳陳相因矣。得牧齋是集而讀之，於以别裁僞體，發揮才調，牧齋所謂「鴻朗莊嚴，富有日新天地之心聲」者，安見不發之於今日乎？

神州國光社清宣統庚戌（1910）十月重鐫本

附録二

論《列朝詩集》與《明詩綜》

容　庚

（一）《列朝詩集》之撰集

萬曆四十五年（一六一七）之夏，虞山錢謙益有幽憂之疾，負疴拂水山居。新安程嘉燧自嘉定來，流連旬月，山翠濕衣，泉流聒枕，顧而樂之，遂有棲隱之約。天啓初年，嘉燧讀元好問《翰苑英華中州集》，告謙益曰：「元氏之集詩也，以詩繫人，以人繫傳，《中州》之詩，亦金源之史也。吾將仿而爲之，吾以采詩，子以庀史，不亦可乎？」二人山居多暇，撰次《國朝詩集》幾三十家，未幾罷去。崇禎三年（一六三〇），謙益罷官里居，構耦耕堂於拂水，與嘉燧偕隱，晨夕遊處，先後十年。十四年春，嘉燧將歸新安。謙益先遊黄山，訪松圓故居，題詩屋壁，歸舟相值於桐江，推篷夜語，凄然而别。十五年十二月，嘉燧卒於新安，年七十九。卒前一月，尚爲謙益撰《初學集序》。甲申三月，莊烈帝殉國。順治三年，清兵下江南，謙益隨例北行。五年六月，訟繫金陵，復有事於斯集，從人借書，得盡閲本朝詩文之未見者。乃以其間，論次昭代之文章，蒐討朝家之史乘，州次部居，發凡起例。順治七年十月，絳雲樓火災，插架盈箱，蕩爲煨燼。此集付刊，幸免於劫，乃於九年九月告成，刻之者虞山毛晉也。乾集二卷，爲明十皇帝，十八王之詩，附見者二人。甲集前編十一卷，自明太祖元末壬辰起義至丁未建國二十六年，凡一百零七人，附見七十二人。甲集二十二卷，自洪武開國至建文兩朝三十五年，凡二百三十七人，附見十二人。乙集八卷，永樂、洪熙、宣德、正統、景泰、天順六朝六十二年，凡二百二十九人，附見十二人。丙集十六卷，成化、弘治、正德三朝五十七年，凡二百一十八人，附見十六人。丁集十六卷，嘉靖、隆慶、萬曆、泰昌、天啟、崇禎六朝一百二十三年，凡四百五十四人，附見五十九人。閏集六卷，則僧道、香奩、宗室、内侍、青衣、傭書、無名氏、集句、神鬼、滇南、朝鮮、日本、交趾、占城之詩，凡三百七十一人，附見十五人。共八十一卷，一千六百四十四人，附見一百八十八人。前有自序。謙益卒於康熙三年（一六六四）五月，年八十三，去《詩集》之成凡十二年。

本書仿元好問《中州集》格式，每半葉十五行，行二十八字。其七言絶句，或七言律詩，數首相連，則每行增加一字，使末有空格，或每行減少一字，使末一字改在第二行，成爲每行二十九字，或二十七字。其二十九字者甚多，不煩舉例。其二十七字者，如汪廣洋《蘇溪亭》（甲十一）前後七絶六首，每首均二行。郭奎《早秋旅夕》（甲九）七律作三行。亦有不空格而用者，如王鴻儒《京華秋興》（丙三）。

本書無凡例，其選詩標準，有可忖度而知者，兹舉八項於下：

（甲）不取元老大集　明初大臣别集行世者不過數人。永樂以後，公卿大夫家各有集，應酬題贈，可觀者絶少。故於元老大集，或僅存一二，或概從繩削，於楊榮（乙一）發其凡焉。

（乙）不取道學體面　大率前輩别集，經人撰定，恐破壞道學體面，每削去閒情艷體之作，而存其酬應冗長者，殊可嘆也。故寧取嫵媚之作，於李懋（乙二）發其凡焉。

（丙）不取遥和　明初詩家遥和唐人，起於閩人。永樂、天順以後，浸以成風。塵容俗狀，填塞簡牘，；捧心學步，只供噦嘔。此集概從鐫削，不惟除後生之惡因，抑亦懺前輩之宿業，於張楷（乙五）發其凡焉。

（丁）不取摹擬　李夢陽以復古自命，曰古詩必漢魏，必三謝；今體必初盛唐，必杜，捨是無詩焉。牽率模擬，剽賊於聲句字之間，如嬰兒之學語，如童子之恪誦，字則字，句則句，篇則篇，毫不能吐其心之所有，古之人固如是乎？天地之運會，人世之景物，新新不停，生生相續，而必曰漢後無文，唐後無詩，此數百年之宇宙日月，盡皆缺陷晦蒙，直待夢陽而洪荒再闢乎！李攀龍發憤讀書，刺探鉤擿，務取人所置不解者摭拾之以爲資。高自誇許，詩自天寶以下，文自西京以下，誓不污吾豪素。句摭字捃，行數墨尋，興會索然，神明不屬。昔人所以笑摹帖爲從門，指偷句爲鈍賊也。故爲汰去，存其百一，於二李（丙十一，丁五）發其凡焉。

（戊）不取剽賊　晚明詩文别集，汗牛充棟，觀者驚其煩富，憚其奥僻，相與駭掉慄眩，望洋而嘆。試爲之解駁疏通，一再尋繹，肌劈理解，已而索然不見其所有矣。其所撰述，累僻字而成句，字稍夷，更刺僻字以蓋之；累奥句而成篇，句稍順，更摭奥句以竄之。而字之有訓故，句之有點讀，篇之有段落，固茫如也。此其剽賊之最下者歟。故有名彰徹而不見採録者，於劉鳳（丁八）發其凡焉。

（己）不取僻澀　鍾惺少負才藻，思別出手眼，另立深幽孤峭之宗，以驅駕古人之上。舉古人之高文大篇鋪陳排比者，以爲繁蕪熟爛，胥欲掃而刊之，而惟其僻見之是師。其所謂深幽孤峭者，如木客之清吟，如幽獨君之冥語，如夢而入鼠穴，如幻而之夜國，豈所謂詩妖者乎！譚元春之才力薄於鍾，以俚率爲清真，以僻澀爲幽峭。作似了不了之語，以爲意表之言，不知求深而彌淺。寫可解不解之景，以爲物外之象，不知求新而轉陳。無字不啞，無句不謎，無一篇章不破碎斷落。一言之内，意義違反，如隔燕吴。數行之中，詞旨蒙晦，莫辨阡陌。原其初豈無一知半解，游光掠影，居然謂文外獨絶，妙處不傳，不自知其識之墮於魔，而趣之沉於鬼也。於鍾（丁十二）譚（丁十二）發其凡焉。

（庚）不取平調　嘉靖隆慶間五言古詩，其通套無痛癢，如一副應酬贄禮，牙笏繡補，璀璨滿前，自可假借，不必己出，人亦不堪領受。又如湖北、四川舊俗，以木魚漆鴨宴客，不若菘韭之適口。惡其僞也，惡其襲也，豈恨其平哉。詩到真處必平，平到極處即奇，平正而能使好奇者無從入手，此正奇之至也。故於五古頗去平調，於李流芳（丁十三下）發其凡焉。

（辛）不取俗套　作詩先辨雅俗二字。黄庭堅云：「子弟凡病皆可醫，惟俗不可醫。」然惟讀書可以勝之。論詩譬如書者，弈者，謳者，未有傳授，罕窺古法，而但本一己之聰明，則必趨於邪路，終其身不能精進。世人往往畏難而樂其所易，勢不可挽，只誤一世耳。爲詩須避俗套如湯火，驅使己意，如石工之琢砧巖，篙師之下灘瀨，所不免者，有斧鑿痕及喧豗聲耳。故不爲字剖句析，輒用古人諷之，以爲寧舒遲，毋急遽，亦古法也。於胡梅（丁十三下）發其凡焉。

錢氏之選詩，起於程嘉燧。錢氏（丁十三上）謂：「孟陽之學詩也，以謂學古人之詩，不當但學其詩。知古人之爲人，而後其詩可得而學也。其志潔，其行芳，温柔而敦厚，色不淫而怨不亂，此古人之人，而古人之所以爲詩也。知古人之所以爲詩，然後取古人之清詞麗句，涵泳吟諷，深思而自得之，久之於意言音節之間，往往若與其人遇者，而後可以言詩。」此其程氏之緒言乎。

（二）《列朝詩集》之定名與内容之增改

《列朝詩集》初名《國朝詩集》，惟明已易代，則國朝當指清朝，以稱明朝，實有未合，故錢氏與毛晉書（《錢牧齋尺牘》中二四）云：「集名『國朝』兩字，殊有推敲。一二當事有識者議易以『列朝』字，以爲千妥萬妥，更無破綻，此亦篤論也。板心各欲改一字，雖似瑣屑，亦不容以憚煩而不爲改定也。幸早圖之。」「列朝」又稱「歷朝」，如自序首行爲《歷朝詩集序》，序之首句云：「毛子子晉刻《歷朝詩集》成。」《牧齋有學集》目録第十四卷《歷朝詩集序》，皆名稱之歧異者。又與毛晉書，頗有關於《詩集》者，茲摘録十條於下：

《詩集》之役，得暇日校定付去，所謂因病得閒渾不惡也。丁集已可繕寫。近日如丘長孺等流，欲存其人，卒未可得，姑置之可耳。《鐵厓樂府》當自爲一集，未應入之選中，亦置之矣。（同上十八）

甲集前編方參政行小傳後又考得數行，即附入之，庶見入此人於此卷，非臆見耳。《鐵厓樂

府》稿仍付一閲。（同上十九）

案：前編（十）方行傳云初考未詳，已增入再考。前編卷第七爲楊維楨、張昱兩人詩，後增第七之下楊維楨一百七十首，則選自《鐵厓樂府》者。觀此可知增改之迹。

乾集閲過附去，本朝詩無此集不成模樣，彼中禁忌殊亦闊疏，不妨即付剞劂，少待而出之也。（同上二十）

案：錢氏以集名「國朝」，殊有推敲，易以「列朝」，則乾集聖製睿製之稱，本當改易。在錢氏初意既以爲集名必須改定，亦非不知禁忌之當避免。乃又以彼中禁忌闊疏，冀能漏網，其卒遭禁毁也固宜。

諸樣本昨已送上，想在記室矣。頃又附去閏集五册，乙集三卷。閏集頗費搜訪，早刻之，可以供一時談資也。（同上）

案：觀此可知各集編成即付刻，而無先後次序者。故閏集雖在末而早刻也。

《詩集》來索者多人，竣業後當備紙刷幾部應之，亦苦事也。（同上）

《詩集》簏紙極荷嘉貺，室中已有人□取，老夫不得染指也，一笑。（同上二一）

《詩集》索者甚衆，只得那貲刷印以應其求，幸爲料理，勿令奴子冒破爲望。（同上二三）

羈樓半載，採詩之役所得不貲，大率萬曆間名流篇什可傳而人間不知其氏名者不下二十餘人，可謂富矣。此間望此集者真如渴饑，踵求者苦無以應。（同上二四）

閏集四卷領到，日下總校過奉納也。（同上二六）

《詩集》序可付稿來另寫登梓。（同上）

案：此書未刻成，已多索取，且篇什亦隨時搜採增入也。

（三）《列朝詩集》之禁毁與重印之缺誤

乾隆年間，錢謙益著作如《初學集》、《有學集》、《牧齋文鈔》、《詩鈔》、《牧齋性理鈔珍》、《列朝詩集》、《列朝詩集小傳》、《大方語範》、《杜詩箋注》、《錢牧齋尺牘》，均遭禁毁，流傳甚少。宣統二年（一九一〇），神州國光社遂有翻印《列朝詩集》之舉，連史紙鉛字本，五十六册，價洋四十元。兹以原刻校之：

（甲）缺卷者

（1）爲甲集前編第七之下楊維楨詩一百七十首，附見張簡十首、潘純一首、黄公望一首、曹睿一首、陳娶一首、楊椿一首、顧佐一首、宋元禧三首、馬琬一首、張田一首、張希賢一首、葉廣居一首、周南二首、沈性一首、嚴恭一首、强珇一首、曹妙青一首、張妙净二首、蘇臺竹枝十首、郭翼一首、袁華二首、陸仁二首、馬麟一首、秦約一首、于立二首。

（2）爲甲集前編卷第八之下，《玉山草堂餞别寄贈詩》，柯九思二首、張翥一首、黄公望四首、倪瓚一首、熊夢祥一首、楊維楨六首、顧瑛二十二首、于立五首、張天英二首、張田一首、劉西村一首、郯韶一十一首、張簡一首、沈明遠三首、俞明德一首、周砥八首、瞿榮智二首、殷奎一首、盧昭一首、金翼一首、陳聚二首、陳基五首、張師賢一首、顧敬二首、郭翼四首、秦約二首、陸仁四首、王巽一首、衛仁近一首、呂恒一首、吴克恭一首、文質二首、聶鏞二首、張渥五首、李廷臣一首、袁華二首、琦元璞三首。

(乙)缺補者　原本卷末每有補人及補詩，翻本無之，兹舉如下：

(1)甲集前編第五，補詩戴良二首。

(2)同上第六，補人舒頔十八首，補詩李祁四首。

(3)同上第七，補詩張昱二首。

(4)同上第八，補詩王蒙二首，補人王畛四首。

(5)同上第九，補詩孔從善一首。

(6)同上第十，補詩饒介一首、劉仁本三首。

(7)同上第十一，補詩張璧一首、顧彧七首、王澤一首、董佐才一首、李延興一首，葉雲顒二首。

(8)甲集第十一，補詩陶安二首、汪廣洋二首，補人胡深一首、章溢一首。

(9)同上第十二，補詩宋濂四首，附見劉基一首、王禕二首、張孟兼一首。

(10)同上第十三，補人劉三吾十五首、吴沈三首，補詩危素一首、宋訥二首。

(11)同上第十四，補人吴琳一首，補詩劉崧四首、林公慶一首。

(12)同上第十五，補詩貝瓊一首。

(13)同上第十六，補詩韓奕一首、王行一首、謝應芳一首。

(14)同上第十七，補人鄭枋一首、鄭樞二首、鄭榦三首、金涓二首、曹孔章二首，補詩童冀一首、葉子奇二首、胡奎二首、顧禄二首、貝翱一首、鄭淵一首。

(15)同上第十八，補人汪時中一首、吴履二首，補詩唐肅一首、張紳四首、吴斌一首、唐仲實一首。

(16)同上第十九，補人盧昭二首、陳潛夫三首、蕭規一首，陳麟二首、謝恭一首、陶琛三首、錢子正一首、錢子義三首、陳延齡一首、王廷圭一首、王隅一首、鄭元一首、宋杞一首、顧應時一首，補詩袁華一首、吕誠二首、郯韶一首，附見顧瑛一首、郯經一首，附見曾樸一首，附見劉本原一首、中屠衡四首、周南老一首、陳璧二首、周翼一首。

(17)同上第二十，補人董希吕一首、鄭迪一首、朱岐鳳一首，補詩趙迪一首。

(18)同上第二十二，補人郭濬二首、林温一首、綿竹山人一首、萬州老僧一首，葉見泰一首、葉砥四首，補詩方孝孺十首、茅大方二首、唐之淳一首、樓璉一首。

(19)丙集第十三，補人施侃四首。

(20)同上第十四，補詩顧瑮三首。

(21)同上第十五，補人程啓克一首、彭綱一首，補詩張含一首、蘭廷瑞二首。

其餘翻本誤字缺字所在多有，未暇細舉。

（四）《明詩綜》之撰集

秀水朱彝尊撰《明詩綜》百卷，三千三百二十四人（樂章及雜謠歌詞未計人數。阮葵生《茶餘客話》十一謂「凡三千二百五十有七人」。其數未確，或所見爲初印本，其後復有增入也）。成於康熙四十四年，後於《列朝詩集》五十三年。自序云：

合洪武迄崇禎詩甄綜之，上自帝后，近而宫室宗潢，遠而蕃服，旁及婦寺僧尼道流，幽索之鬼神，下徵諸謡諺，入選者三千四百餘家，或因詩而存其人，或因人而存其詩，間綴以詩話，述其本事，期不失作者之旨。明命既訖，死封疆之臣，亡國之大夫，黨錮之士，暨遺民之在野者，概著於録焉，析爲百卷，庶幾成一代之書，竊取國史之義，俾覽者可以明夫得失之故矣。

是言選詩之範圍。今觀其目録，卷一爲帝王四十七人，卷二至八二爲各家二千八百又一人，卷八三爲樂章八首，卷八四爲宫掖六人，卷八五爲宗潢二十八人，卷八六爲閨門七十九人，卷八七爲中涓六人，卷八八爲外臣八人，卷八九爲羽士二十人，卷九十至九二爲釋子一百零七人，卷九三爲女冠尼五人，卷九四爲土司四人，卷九五爲屬國一百零五人，卷九六爲無名子五十二人，卷九七爲雜流十一人，卷九八爲妓女二十三人，卷九九爲神鬼二十二人，卷一百爲雜謡歌詞一百五十五首。卷一，卷十五，卷十八，卷十九，卷二七，卷六九，卷八十，卷八一，卷九五，九卷皆分上下，蓋有所增入也。

其選詩之緣起，見於《答刑部王尚書論明詩書》（《曝書亭集》三三）：

明自萬曆後，作者散而無紀。常熟錢氏不加審擇，甄綜寥寥。當嘉靖七子後，朝野附和，萬舌同聲。隆慶鉅公，稍變而歸於和雅。定陵（神宗）初祀，北有于無垢（慎行）、馮用韞（琦）、于念東（若瀛）、公孝與（鼐）暨季木（王象春）先生，南有歐楨柏（大任）、黎惟敬（民表）、李伯遠（應徵）、區用孺（大相）、徐惟和（熥）、鄭允升（國仕）、歸季思（子慕）、謝在杭（肇淛）、曹能始（學佺），是皆大雅不群。即先文恪公（朱國祚）不以詩名，而諸體悉合。竊謂正嘉而後，於斯爲盛。又若高景逸（攀龍）之恬雅，大類柴桑（陶潛），且人倫規矩。乃錢氏概爲抹殺，止推松圓（程嘉燧）一老，似非公論矣。故彝尊於公安（袁宗道兄弟）、竟陵（鍾惺）之前，詮次稍詳，意在補《列朝》選本之闕漏。若啟禎死事之臣，復社文章之士，亦當力爲表揚之，非寬於近代也。

其意在補《列朝詩集》之闕漏及表揚遺民，故於近代特多。至於抨擊李攀龍（《詩綜》四六）、鍾惺（六十）、譚元春（六六）諸人，如云：「于鱗樂府，止規字句而遺其神明，是何異安漢公之《金縢》、《大誥》，文中子之《續經》乎？惟相和短章，稍有足録者。」又云：「鍾、譚並起，伯敬揚歷仕途，湖海之聲氣猶未廣。藉友夏應和，派乃盛行。《詩歸》既出，紙貴一時。正如摩登伽女之淫咒，聞者皆爲所攝。正聲微茫，蚓竅蠅鳴，鏤肝鉥腎，幾欲走入醋甕，遁入藕絲。充其意不讀一卷書便可臻於作者，此先文恪斥爲亡國之音也。」其言何減錢氏邪。

此書作於何年，未得而詳。其與韓菼書（《曝書亭集》三三）云：「彝尊自知檮杌，見棄清時，老而阨窮，兼又喪子，無以遣日……因仿鄱陽馬氏《經籍考》而推廣之……編成《經義考》三百卷……近又輯

《明詩綜》百卷，亦就其半。」彝尊之子崑田卒於康熙三十八年，則《明詩綜》之編輯，約在此時。書成自序在四十四年月正人日。然以《詩綜》之巨著，非倉卒六年之間所能成。考朱氏至粤兩次，一在順治十三年，一在康熙三十二年。今《詩綜》多收粤人之作，則其搜集材料，早在三十八年以前矣。此書每半葉十一行，行二十一字，無刊刻之人。《曝書亭集》刻始於四十八年，通政曹寅實捐資倡助。工未竣而朱氏與曹氏相繼下世，其孫稻孫遍走南北，乞諸親故，續成於五十三年。此書字體與集相同，殆亦曹氏所倡刻。

乾隆年間，此書亦遭抽毁，卷六十九上葉九抽去一人，空白者十一行，據初印本爲金堡，只有小傳及詩三首。卷八十二葉九抽去二人，空白者七葉又十行，爲陳恭尹詩十五首，《詩話》見於《静志居詩話》（二二，石印本）；屈大均詩二十四首，并引王于一、繆天自、諸駿男三人評語。「《詩話》：翁山早棄儒服，託跡緇藍，予識之最早。其詩原本三閭大夫，自王逸以下，多屏置不觀。後復返儒服，入越讀書祁氏寓山園，不下樓者五月，始具曹、劉、潘、左諸體。要之七言不如五言，五律勝於五古，至歌行長句，可無取焉。」書中評語引《列朝詩集》者，皆挖去三四字，亦有去之未盡者，如卷一下四周憲王有燉下尚存「錢謙益云」四字，卷六十葉十七陳翼飛《詩話》中，尚存「牧齋錢氏」及「列朝詩」七字。《静志居詩話》附録引錢氏語則易名「愚山云」，愚山者，虞山也。

（五）《明詩綜》對於《列朝詩集》之校正

朱氏《詩綜》校正錢氏之失者，約二十餘條，茲舉如下：

（1）周憲王　其《元宫詞》百首（乾下），朱氏（一下）謂錢氏（乾下）作周憲王，非也。其自序云：「元起沙漠，其宫庭事跡，無足觀者。然要知一代之事以紀其實，亦可備史氏之採擇焉。永樂元年，欽賜予家一老嫗，年七十矣，乃元后之乳姆。女常居宫中，知元舊事。間常訪之，備陳其事，故予詩百篇，皆元宫中實事，亦有史未曾載，外人不得而知者。遺之後人，以廣多聞焉。」末書「永樂四年春二月朔日，蘭雪軒製」。按序所云《元宫詞》，當是定王作。考定王以洪武十四年之國，至洪熙元年薨。序題永樂四年，則爲定王無疑矣。

案：憲王爲定王之長子，曾刻《東書堂集古法帖》，自序末云：「永樂十四年七月三日，書於東書堂之蘭雪軒。」又曾刻《蘭亭圖》，跋云：「永樂十五年歲在丁酉七月中浣書。」下有「蘭雪軒」、「東書堂圖書記」兩印。則蘭雪軒之爲憲王而非定王可知，况憲王以《新樂府》擅場乎？朱氏之説未足信也。

（2）徐尊生　朱氏（五）謂召修《元史》，授翰林應奉文字。洪武三年九月，《大明集禮》書成，乃始得歸。六年九月，詔編《日曆》，復與纂修之列，又固辭還山，拂帝意，出爲陜西教授，未行而卒。錢牧齋（甲十五）引《睦州志》（錢誤眭州）謂曾授翰林待制不就，誤矣。

（3）葉顒　錢氏（甲前十一）謂顒洪武中舉進士。朱氏（十一）謂考之《登科録》，惟建文庚辰榜有葉顒，金華縣人。樵雲既生於大德庚子，洪武初元，年已六十有九，至建文二年，則百有餘歲始釋褐矣，無是理也，今改從顧氏（《元詩選》初辛）。

（4）吴去疾　錢氏（甲十八）不載其官閥。朱氏（十二）考《實録》吴元年十月，帝御戟門，與給事中吴去疾等論政務，又嘗爲諫議官。

（5）郭翼　朱氏（十四）謂翼卒於至正二十四年，朱珪《名跡志》載有盧熊墓誌可據（又見《曝書亭集》四三《跋名迹録》）。《列朝詩集》（甲十九）乃云洪武初徵授學官，度不能有所自見，怏怏而卒，誤矣。

（6）孫蕡　朱氏（十四）考明初士子舉於鄉者例稱鄉貢進士。如南海孫蕡、番禺李德皆鄉貢進士，而緝地志者削去鄉貢字竟稱進士。錢氏《列朝詩集》（甲二一）遂謂蕡中洪武三年進士。不知洪武三年第下科舉之詔，以是年八月爲始，未嘗會試天下士。後雖下三年登試之詔，惟辛亥（四年）有登科進士爾。

（7）謝林　朱氏（十五下四）謂璿樹名林，本係一人，《列朝詩集》（甲十六）復出，誤也。

案：《詩集》並未復出，只列謝璿樹，云詩出朱存理抄本，其名未考。

（8）高遜志　朱氏（十六）謂蔣兢祭遜志文略云：歲在壬午（一四〇二）九月晦，吾師士敏高先生卒。《列朝詩集》（甲十五）據《鶴林集》云：遜志作《周尊師傳》，後題洪武三十五年歲次壬午春正月初吉，前吏部侍郎太史河南高遜志。又《祈雨詩》後書云：河南高遜志，大明洪武吏部侍郎。因疑革除之後，不署建文職官，故稱洪武。第壬午正月，靖難師尚未渡江，讓皇帝猶在位，豈有預書洪武三十五年之事乎。考革除之命，是年七月始下，則二書題名，蓋出於道士，未足依據也。

（9）楊翥　朱氏（二一）謂《晞顔集》借之琴川毛氏。蒙叟爲施鉛評云：宜亟焚毁，勿暴其短於後世可也。未免太過。楊公長者，當存其言。以予所録二首，亦自成章。

（10）姚綬　朱氏（二二）謂吾鄉丹丘先生，成化中以侍御謫知永寧縣。今府縣志但云出知永寧。錢氏《列朝詩集》（乙五）加一府字，誤矣。

（11）張鳳翔　錢氏（丙十一）謂鳳翔詩賦有《伎陵集》六卷，信手塗抹，不經師匠，如村巫降神之語。而李夢陽作傳，以爲子安再生，文考復出。關中人黨護曲論，不惜人嘔噦，皆此類也。朱氏（二七下）謂《伎陵集》洵無足録。蒙叟誚夢陽黨護作傳。然其集本夢陽評點，初不假借，不以爲近俳，即以爲太實，或譏其篇章雖多，事重意複，或評其藴蓄有餘，變化未至云云。虞山黨護之論，殊不其然。

案：文人評騭，加膝墮淵，每隨愛惡，無復是非。夢陽於鳳翔非不知其惡者，曷爲而有子安再生，文考復出之言！錢氏謂爲黨護曲論，已爲恕辭矣。

（12）王韋　朱氏（三二）謂韋以疾終，見《顧東橋集》。《列朝詩》（丙十四）稱其以母喪毁瘠卒，蓋考之未詳云。

（13）蔡羽　錢氏（丙十）謂羽居嘗論詩，謂少陵不足法。聞者疑或笑之。當是時李夢陽以學杜雄壓海内，竄竊剽賊，靡然成風。羽不欲訟言攻之，而借口於少陵。少陵且不足法，則尋撦割剥之徒，更於何地生活，此其立言之微指也。朱氏（三八）謂虞山縱曲爲解嘲，其誰信諸。

(14)邢參 朱氏(三八)謂麗文遺集罕傳,予從金處士侃借得手鈔本,録《竹枝》一首。錢氏《列朝詩》(閏六)神鬼門載《桃花仕女詩》八絶,《竹枝》三首在焉。其二則《山桃花開紅更紅,西湖荷葉緑盈盈》,皆《麗文集》中詩,所云紹興上舍葛棠夜飲,圖中美人歌詩百絶侑觴,乃好事者爲之,不足信也。

(15)姚浹 朱氏(三九)謂文徵仲待詔翰林,相傳爲姚淶及楊維聰所窘,昌言於衆曰:「吾衙門非畫院,乃容畫匠處此。」何元朗《叢説》述之,而曰:「二人祇會中狀元,更無餘物。衡山長在天地間,今世豈更有道著姚淶、楊維聰者邪。」聞者以爲快心之論。然姚氏於徵仲去官日,躬送至張家灣,賦十詩送别,比之巍巍嵩華。至其贈行序……繹其詞傾倒爲何如者,而謂姚氏有是言邪。金華吴少君詩:「説謊定推何太史。」然則元朗乃好爲誑語者。虞山錢氏(丁八)信何氏之説,遂不録姚氏詩,未免偏於聽矣。

(16)汪道昆 朱氏(四七)謂虞山錢氏(丁六)詆諆伯玉未免太甚。所引陸無從記一事,見無從《正始堂集》中,與錢所載略别。伯玉裔孫稱無從爲伯玉弟子,而無從贈弇州歌云:「濟南新安狹已甚,君子視之特小巫。」不應弟子而毁先師若是也。

(17)胡應麟 朱氏(四七)謂《詩藪》一編專以羽翼《巵言》,錢氏(丁六)詬之太甚。觀《少室山房筆叢》,沉酣四部,自不失爲讀書種子,詎可因《詩藪》而概斥之乎?

(18)陳芹 朱氏(四八)謂錢氏(丁七)序《金陵社集詩》,考之未得其詳。青溪社集倡自隆慶辛未,而非萬曆初年也。錢氏止睹曹氏門客《金陵社集詩》撰本,而未見朱秉器《停雲小志》故也。

(19)王穉登　朱氏(五十)謂錢氏(丁八)甄録太繁，予删其什九而風骨始刻露，嘗鼎一臠，未爲不知味也。又(五十)云：當嘉、隆間布衣稱詩若沈明臣、王穉登、王叔承三人，咸以多勝人。今歷年未久，全集流傳日寡，後世誰相知爲重刊其詩者。豈惟重刊，覽其全集而不欠伸思卧者亦稀矣，奚以多爲。

案：三家全集今未易得見。然錢氏於明臣選一三二首，穉登選二〇三首，叔承選一四三首，終較朱氏於明臣選九首，穉登選十二首，叔承選十四首之能饜人意也。

(20)馮時可　朱氏(五一)謂元成詩極爲《列朝詩集》(丁八)所詆。就全集而觀，甫田彌望，稂莠污萊。獨五古一體，尚有遺秉滯穗可供捃拾，以比劉子威翻覺勝之。

(21)李化龍　朱氏(五二)謂于田詩雖沿王李餘波，然頗爽豁。錢氏以其爲胡元瑞所稱，譏其醲厚肥腯而棄之不録，未免矯枉也。

(22)朱長春　朱氏(五四)謂太復晚學修真煉形，蓋不得志而有託。牧齋(丁十五)訕其登梯累十重，學翀舉而墮地幾隕，殆未必然。

(23)鄭明選　朱氏(五六)謂先生五言近體全學高達夫，七言近體全學杜子美，語不求工，而句鍾字煉，卓然名家。錢氏《列朝詩集》(丁十六)僅録數首(五首)，予故取先生之作特多(四十六首)。天下之寶，要當與天下共之也。

案：錢氏未見《嗚缶集》，謂其不以詩名，得數章於《吴興藝文補》，殊有俊氣，採而録之。是亦能賞識鄭氏之詩者。

(24)陳翼飛　朱氏(六十)謂牧齋錢氏與韓敬、鄒之麟、陳翼飛皆同籍，而《列朝詩》概削去不録。嗚呼，桑海既遷，猿鶴沙蟲悉化，而雌黄藝苑者，黨論猶不釋於懷，可爲長太息也。

(25)何白　錢氏(丁十五)謂白永嘉人，幼時爲郡小史。龍君御爲郡司理，異其才，爲加冠，集諸名士賦詩以醮之，爲延譽於海内，遂有盛名。朱氏(六三)謂無咎起於側微，事容有之。第考萬曆庚辰履歷，龍君御初授徽州府推官，鎸級改温州府學教授，入爲國子博士，未嘗任温州司理也。錢氏殆亦道聽之説。

(26)程嘉燧　朱氏(六五)謂孟陽格調卑卑，才庸氣弱，近體多於古風，七律多於五律，如此伎倆，令三家村夫子誦百翻兔園册即優爲之，奚必讀書破萬卷乎。錢氏(丁十三)深懲何李王李流派，乃於明三百年中特尊之爲詩老。六朝人語云「欲持荷作柱，荷弱不勝梁；欲持荷作鏡，荷暗本無光」，得毋類是與。

(27)閨秀詩　朱氏(九五下)謂明閨秀詩類多僞作，轉相附會，久假不歸。如「今日相逢白司馬，樽前重與訴琵琶」，吴中范昌朝題老伎卷也，詩載《皇明珠玉》，而謬云鐵氏二女(閏四)。「寒氣逼人眠不得，鐘聲催月下迴廊」，三泉王佐《宫詞》也，詩載《石倉詩選》，而假稱宫人媚蘭(閏四)。「泉流不歸山」，羅文毅作，而謂甄節婦詩。「誰言妾有夫」，高侍郎作，而謂章恭毅母。他若「忽聞天外玉簫聲」，寧獻王權之詠權妃，即指爲權貴妃作。「風吹金鎖夜聲多」，羅翰林璟之詠《秋怨》，遂誣爲王莊妃詞(閏四)。

（六）二書之異同及優劣

元好問之論辛願（《中州集》十）曰：「南渡以來，詩學爲盛。後生輩一弄筆墨，岸然以風雅自名，高自標置，轉相販賣，少遭指摘，終死爲敵。一時主文盟者，又皆泛愛多可，坐受愚弄，不爲裁抑，且以激昂張大之語從臾之，至比爲曹、劉、沈、謝者肩摩而踵接，李、杜而下不論也。敬之業專而心通，敢以是非黑白自任，每讀劉（景玄）、趙（宜之）、雷（希顔）、李（欽叔）、張（仲經）、杜（仲梁）、王（仲澤）、麻（知幾）諸人之詩，必爲之探源委，發凡例，解絡脈，審音節，辨清濁，權輕重，片善不掩，微纇必指。如老吏斷獄，文峻網密，絲毫不相貸。如衲僧得正法眼，徵詰開示，幾於截斷衆流。人有難之者，則曰我雖不解書，曉書莫如我。故始則人怒之罵之，中而疑之，已而信服之。至論朋輩中，有公鑒而無姑息者，必以敬之爲稱首。」夫如是方可以言選詩。然作者之心情苦樂不同，選者之嗜好酸鹹各異，欲求百慮而一致，斯亦難已。請引歐陽修之言以明之：

昔梅聖俞作詩，獨以吾爲知音。吾亦自謂舉世之人知梅詩者莫吾若也。吾嘗問渠最得意處，渠誦數句，皆非吾賞者。（《集古録跋尾》五）

以歐陽修之知梅聖俞，二人之意猶不能盡合，況選千萬人之詩，而能盡如人意乎！復請引朱氏《詩話》之言以明之：

辛丑（一六六一）夏，留湖上昭慶僧舍，時錢受之（謙益）、曹潔躬（溶）、周元亮（亮工）、施尚白

(閏章)諸先生先後來遊杭。人有持元《西湖竹枝》請錢先生甲乙者。先生謂曰：「和者雖多，要不若老鐵(楊維楨)」。次日，群公泛舟於湖。曹先生引杯曰：「鐵厓原倡之外，誰爲擅場，各舉一詩，不當者罰。」周先生舉陸仁良貴作云：「山下有湖湖有灣，山上有山郎未還。記得解儂金絡索，繫郎腰下玉連環。」施先生舉張簡仲簡作云：「鴛鴦胡蝶盡雙飛，楊柳青青郎未歸。第六橋邊寒食雨，催郎白苧作春衣。」南昌王猷定于一舉嚴恭景安作云：「湖中女兒不解愁，三五蕩槳百花洲。貪看花間雙蛺蝶，不知飛上玉搔頭。」吴袁于令令昭舉强珇彦栗作云：「湖上女兒學琵琶，滿頭都插鬧妝花。自從彈得陽關曲，只在湖船不在家。」武進鄒祇謨訏士舉申屠衡仲權作云：「白苧衫兒雙髻丫，望湖樓子是儂家。紅船撐入柳陰去，買得雙頭茉莉花。」錢唐胡介彦遠舉徐夢吉德符作云：「雷峰巷口晚涼天，相喚相呼出采蓮。莫為採蓮忘却藕，月明風定好迴船。」蕭山張杉南士舉繆侃叔正作云：「初三月子似彎弓，照見花開月月紅。月裏蟾蜍花上蝶，憐渠不到斷橋東。」山陰祁班孫奕喜舉釋文信道元作云：「湖西日脚欲没山，湖東月出牙梳彎。南北兩峰船上看，恰似阿儂雙髻鬟。」錢唐諸九鼎駿男舉馬琬文璧作云：「湖頭女兒二十多，春山兩點明秋波。自從湖上送郎去，至今不唱江南歌。」予曰：「諸公所舉皆當，然未若吴興沈性自誠之作也。其詞云：『儂住西湖日日愁，郎船只在東江頭。憑誰移得湖山去，湖水江波一處流。』不獨寄託悠遠，且合《竹枝》縹緲之音。」曹先生曰：「然。」於是諸公皆飲，予亦浮一大白。回思舊事，四十年矣。張翼翔南詩云：「南高北高峰頂齊，錢唐江水隔湖西。不得湖頭到湖口，郎船今夜泊西溪。」其旨與沈作略同。

又吴世顯彦章詞云：「湖中日日坐船窗，水面鯉魚長一雙。好寄尺書問郎信，惱人湖水不通江。」意亦相合，然俱不及沈之俊逸也。（《詩綜》七，参《静志居詩話》三）

觀於以上十人，人舉一詩，詩各不同，可知甲乙之不易定。朱氏以沈作爲俊逸，然使别人作詩話，未必便以朱舉爲擅場也。兹據《詩集》與《詩綜》異同之點而比較之：

（甲）選詩之多少　世益古則詩之流傳少，世益晚則詩之流傳多。明代詩人，不下萬家，家之多者，各數千首，故欲總集明代之詩，不能如《全漢三國晉南北朝詩》、《全唐詩》固也。明初詩集，在錢、朱二氏時，已爲難得。必須如辛敬之敢以是非黑白自任，於其佳者當多選之，庶幾得此一書，不煩他索。錢氏選詩標準，已略舉於前。《詩集》所選，以高啟爲最，多至八百六十四首。其在四十首以上者，凡一百四十一家，列舉如下：

乾集

宣宗章皇帝四二首　寧獻王七二首　周憲王一四六首

甲集前編

劉基四三二首　王逢一七五首　戴良一四四首　王冕九八首　丁鶴年九一首　楊維楨二九四首

張昱六三首　倪瓚七九首　劉炳七二首　陳基五一首　張憲七四首　陳汝言五十首

甲集

劉基一二七首　袁凱二九四首　高啓八六四首　楊基三二七首　張羽二四〇首　徐賁一一〇首

陶安五八首　汪廣洋一〇二首　宋濂六五首　王禕七二首　張以寧一二〇首　劉崧七八首　胡翰四五首　貝瓊九一首　王履一〇八首　錢宰六〇首　藍智四〇首　甘瑾四〇首　郭翼四二首　張適四二首　林鴻一〇八首　孫蕡五七首　方孝孺五五首

乙集

胡儼四九首　王偁六六首　王恭五八首　郭登七一首　瞿佑四〇首　李禎四六首　王芾四五首　劉溥六九首

丙集

李東陽三四七首　張泰四〇首　陳獻(原誤憲)章一一九首　王守仁四七首　石珤六三首　邵寶一〇三首　顧清七五首　魯鐸四七首　吴寬一五九首　程敏政四二首　儲巏六二首　桑悦七五首　沈周一六八首　史鑒六八首　唐寅七五首　祝允明一三九首　徐禎卿一二三首　文徵明八四首　蔡羽一二一首　王寵四六首　李夢陽五五首　何景明一〇二首　薛蕙一一九首　李濂四五首　孫一元五三首　鄭善夫六三首　顧璘一〇四首　蔣山卿五二首　楊慎一七九首　王廷陳七九首

丁集

高叔嗣一一一首　唐順之六〇首　黄佐五八首　尹耕六〇首　王問九〇首　施漸五六首　張時徹七三首　皇甫涍五六首　皇甫汸一六六首　蔡汝楠五三首　謝榛一五四首　王世貞七〇首　俞允文四二首　黎民表四〇首　屠隆六五首　朱曰藩四六首　黄姬水五二首　王稚登二〇三首　岳

岱四一首　居節六七首　王叔承一四三首　沈明臣一三二首　王克晦四一首　陳鶴五六首　吴孺子四七首　宋登春六八首　陳昂六二首　張元凱七一首　陳第四九首　于慎行九四首　沈一貫四〇首　徐渭一七一首　湯顯祖一三五首　袁宏道八七首　袁中道九一首　程嘉燧二一五首　唐時升一〇七首　婁堅四一首　李流芳四一首　吴兆一一五首　吴夢暘五九首　曹學佺八三首　范汭七四首　吴鼎芳八二首　葛一龍六八首　王醇六六首　王鐕九〇首　李蓘四四首　陶望齡五〇首　徐𤊹四七首

閏集

梵琦五二首　宗泐一〇八首　來復九四首　道衍五五首　張宇初六二首　守仁七一首　德祥一七二首　妙聲六一首　德清四六首　洪恩四四首　法杲五七首　大香四三首　王微六一首　景翩翩五二首　朱多炡六一首　朱謀晋五四首

觀於上目，明代名詩家約略在是，而各家之佳作亦約略在是。《詩綜》則不然，人數雖倍於《詩集》，而一人一首者約二千人，一人二首者約五百人，合計在百分之七十以上。管中窺豹，只見一斑而已，可知豹之真相乎？《詩綜》入選三十首以下者得三十三家；四十首以上者得十五家，列舉於下：

劉基一〇四首　汪廣洋三〇首　劉崧五〇首　貝瓊四二首　高啓一三八首　楊基四九首　郭奎三〇首　李曄三三首　管訥三六首　程本立三二首　李東陽五七首　李夢陽八〇首　何景明七八首　徐禎卿五〇首　朱應登三三首　薛蕙四四首　王廷陳三五首　皇甫涍三五首　皇甫汸三九首

王世貞四二首　歐大任三〇首　李應徵三〇首　朱國祚五八首　鄭明選四六首　謝肇淛四一首　吴本泰三一首　曹學佺四五首　陳子龍三七首　錢秉鐙三〇首　王翃三四首　張憲三二首　梵琦三〇首　宗泐三七首

如讀者非别有各家之詩集在，只讀此書，得無有甄録太少之感乎？若以錢氏選程嘉燧之詩二一五首在第八位爲阿其所好，則朱氏選其曾祖朱國祚之詩五八首在第五位又將何如！王履於洪武十六年秋七月遊華山，作圖四十幅，記四篇，詩一百五十首。錢氏（甲十六）謂：「自有華山以來，遊而能圖，圖而能記，記而能詩，窮攬太華之勝，古今一人而已。」《詩綜》所收之人數雖多，而不及王履，謂爲「無足録者」（十一韓奕詩話）。然如都穆張鳳祥諸人，亦以爲「詩無足録」而竟録之，何也？陳田《明詩紀事》（甲籤十九）謂：「安道人奇事奇，畫詩俱韻。平心細閲，爲之擷其精華……如此名句，種種可傳。」其果無足録乎？

（乙）小傳之詳略　錢氏於詩人小傳極詳贍，間有辨證事實，批評得失之語。朱氏則於小傳分爲三部分：（一）簡傳，只記字號，里居，歷官，集名，不及其生卒年歲。（二）緝評，緝録各家評語雖詳於錢氏，而非其自作。百卷之書，緝評者每人一卷或二卷，多至九十七人（第七十五卷缺名），嫌於標榜依附。（三）詩話，不盡言詩，如蘇伯衡（四）下論元時進賀表文觸忌諱者一百六十七字，蔣兢（十六）下列紀述建文諸臣之書，趙同普（二六）下言吴中財賦之重，柯維騏（三九）下論宋遼金元四史，司綵王氏（八四）下記宫官之設，均足補史乘所不及。在三千三百餘家中，有話者約一千四百餘條，未及其半。錢氏之書在前，朱氏不欲雷同，故變法以見異，非能勝於錢氏也。兹舉三條於下：

胡賓客儼

儼字若思，南昌人。洪武末，會試乙科，授華亭教諭。太宗即位，擢翰林簡討，同解縉七人直内閣。永樂二年，陞國子監祭酒。八年，上北征，兼侍講，掌翰林院，輔導皇太孫監國。洪熙元年，加太子賓客致仕，家食二十餘年而卒，年八十三。公在内閣，持論切直，爲同官所不容，薦公學行當為師儒，奪其機務。公學問該博，象緯占候，曆律醫卜之説，無不通曉。每承顧問，論成敗得失之故，反復切明，上爲傾聽。守國學逾二十年，老爲儒臣，不得大用。作爲歌詩，多旅人思婦屏營吟望之辭，怨而不怒，有風人之遺焉。史家作傳，徒以爲文學老成，稱盛世之耆俊而已。而後世之知公者蓋鮮矣，斯爲可嘆也。公自言得作文法於鄉先生熊釗，釗得之虞道園，故其學有原本。釗字伯幾，富於著述，有《幾亭文集》若干卷。入國朝，膺聘校書會同館。爲公叙《頤庵集》，亦自謂五六十年承事先輩，得叙事書法之指要云。（《列朝詩集》乙一）

胡　儼

儼字若思，南昌人。洪武末，會試乙科，授華亭教諭。永樂初，擢翰林檢討，同解縉等直内閣，尋遷國子監祭酒。洪熙元年，加太子賓客致仕。有《頤庵集》。

熊伯幾云：「若思篤學好古，辭氣英邁，足以追踪作者。」胡光大云：「若思温厚雅贍而有疏宕之氣。」鄒孟熙云：「賓客鋪張至治，富贍不窮。」楊東里云：「若思體物緣情，端厚微婉。」李時遠云：「賓客詩豐蔚爲時所重。」錢受之云（此四字後印本挖去）：「公在内閣，持論切直，爲同官所不容，薦公學行當爲師儒，奪其機務。守國學逾二十年，老爲儒臣，不得大用。作爲歌詩，多旅人思婦屏營吟望之辭，怨而不怒，有風人之遺焉。」

《詩話》：長陵靖難之後，簡詞臣入贊機務者七人。逾年而解大紳、胡若思出，續入者王行儉、楊弘濟，久而王亦出，以是相業盛稱三楊。論世者謂解、胡、王三公才品學術在三楊之右，使其不出，發於事業，必更有可觀者。然揆之以時，度之以勢，有所不能也。賓客學文於鄉先生熊釗伯幾，伯幾學於虞集伯生，故其文有源本，詩亦近西江派。（《明詩綜》十七）

張修撰泰

泰字亨父，太倉人。天順八年進士，選庶吉士，授簡討，遷修撰。卒年四十有九。亨父爲人坦率，絶去厓岸，恬淡自守。獨喜爲詩，雖不學書，亦翩翩可喜。李西涯序其《滄洲詩集》曰：先生於文無所不能，而必工於詩，縱手迅筆，從莫能及。及其凝神注思，窮深騖遠，一字一句，寧闕然而不苟用。晚乃益爲沈著高簡之辭，而盡斂其峭拔奔洶之勢，蓋將極於古人，而不意其遽止也。亨父之詩，其見推於西涯而借之如此。唐元薦論本朝之詩曰：弘治間，藝苑則以李懷麓、張滄洲爲赤幟，而和之者或流於率易。在當時蓋以李、張並稱，今長沙爲臺閣之冠，而亨父之名知之者或鮮矣。人不可以無年，信哉。（《列朝詩集》丙二）

張　泰

泰字亨父，太倉人。天順甲申進士，選庶吉士。授簡討，遷修撰。有《滄洲集》。

李賓之云：「先生詩，縱手迅筆，衆莫能及，及其凝神注思，窮深騖遠，一字一句，寧闕然而不苟用。晚乃益爲沈著高簡之辭，而盡斂其峭拔奔汹之勢，蓋將極於古人，而不意其遽止也。」唐元薦云：「成、弘間，藝苑則以李懷麓、張滄洲爲赤幟，而和之者或流於率易。」（《明詩綜》二二）

陸處士治

治字叔平，吴人。少年爲俠遊，長而束修自好。種菊支硎之傍，自守，泊如也。工寫生，得徐黄遺意。山水喜仿宋人，而時出己意。爲王元美臨王安道圖四十幅，奇峭削成，與安道相上下。又與元美遊兩洞庭，畫洞庭十六景，元美稱其上逼李、郭，馬、夏而下勿論也。晚年貧甚，有貴官子因所知某以畫請，作數幅答之。其人厚具贄幣以謝。叔平曰：吾爲所知，非爲貧也，立却之。叔平畫請之而强，必不可得，不請之，乃或可得。年八十餘而卒。詩亦有秀句可誦。（《列朝詩集》丁八）

陸治

治字叔平，吴縣人。歲貢生。有《包山遺詩》。

《詩話》：叔平遊道復之門，當時鄉曲之論，謂詩得其興，畫得其趣。然叔平畫以工致勝，詩則與道復同流。（《明詩綜》五十）

二書小傳詳略互異者，無可比較，姑不具引。以上三條乃取其近似者，皆以《詩集》爲優，可表見其人之生平。《詩綜》雖後出，當勝於前，而小傳每嫌於刻板與簡略。

（丙）選詩之删改　明清人選文選詩選曲，如方苞之於唐宋八家文，臧懋循之於《元曲選》，每有删改之病。《列朝詩集》於梅鼎祚之《頓姬坐追談正德南巡事》（丁十五）注云：「禹金原什第二句云：主謳鉤弋盡蒙榮，用衛子夫拳夫人事殊牽合，與本題不切，余僭改之。」可知其矜慎。若以《詩綜》與《詩集》相校，則《詩綜》删改之迹顯然。即删改而勝於原作，亦不足爲訓，况删改而未必勝乎。如：

《和高季迪將進酒》（《列朝詩集》乙一）　王璲

君不見雲中月，清光乍圓還又缺。君不見枝上花，容華不久落塵沙。一生一死人皆有，緑髪朱顔豈能久。樽前但使酒如澠，肘後何須印懸斗。咸陽黄犬悔已遲，至今千載令人嗤。試看古來功業士，何如陌上冶游兒。百年飄忽寄宇内，日日歡娱能幾歲。勸君莫惜囊中金，便趁生前常買醉。

臨邛壚頭緑蟻香，柳花卷雪春茫茫。吴姬越女嬌相向，痛飲須盡三千觴。興來狂笑縱所適，愼勿畏他權貴客。東風吹落頭上巾，此日獨醒端可惜。一朝綺羅生網塵，妝樓空鎖青娥人。酒星不照九泉下，孤鳥自啼山花春。解我金貂，脱君素裘。白日既没，秉燭遨遊。君爲我舞，我爲君歌。歌舞相合，其樂如何。

《詩綜》(十七)改「圓」爲「盈」，改「柳花」爲「楊花」，改「此日」爲「此夕」。删去「咸陽黄犬悔已遲」至「便趁生前常買醉」八句，又删去「一朝綺羅生網塵」至末十二句。不知汝玉此詩是學太白句調，是歌行體裁，删去多句，求簡反促。原作飄逸之致，頓爲掩没，是奚可者。

又如《題採菱圖》(《詩集》乙一)，《詩綜》改跋爲序，而删去「吴人王汝玉書於玉堂京署，時永樂己丑上巳日也」二十字，殊失原意。

《淮陰嘆》(《詩集》丙一)　　李東陽

甞門畫開齊犬吠，蒯生相人先相背。古來鳥盡良弓藏，近時刎頸陳與張。功成四海身無地，歸楚楚疑歸漢忌。極知猶豫成禍胎，時乎時乎不再來。君王恩深辯士走，淮陰胸中血一斗。婦人手執生殺機，赤族不待君王歸。君王歸，神爲惻，獨不念秋毫皆信力。舍人一嗾彭王殂，淮陰之辭真有無。噫吁嚱，淮陰之辭真有無。

《詩綜》(二二)「舍人一嗾彭王殂」以下四句删去。不知此作正以彭王一襯，以明淮陰所受之冤；

且以句調論，無此數句，語氣不完，讀來亦反舒展不開，何可妄削。

《樂隱爲尹克俊賦》（《詩集》乙四）　蕭　鎡

行愛溪中水，坐愛溪上山。富貴非所願，悠然心自閒。地偏輪鞅稀，蓬門晝常關。清風天外來，入我窗牖間。豈無一尊酒，可以銷憂顏。葉落驚秋徂，鳥啼知春還。既忘是與非，寧復虞險艱。雅志固如此，高踪安可攀。

《詩綜》（二十）删去「悠然心自閒，地偏輪鞅稀」兩句，改八韻爲七韻矣。

《遊君山寺》（《詩集》乙四）　薛　瑄

爲愛湖中山，遂尋山下路。躋攀轉幽邃，澗谷亦迴互。

《詩綜》（十八下）改三四兩句爲「取徑彌幽遐，涉澗亦迴互」。

《閔黎吟三首有引》（《詩集》丁十一）　萬　表

浙參政平崖錢公出按四明，會予於舟中，談及征黎事，悲動顏色，且示以閔黎諸詠，惻然傷懷，因而有作。

地何產，楠與速。吾何畜，豕與犢。豕犢盈盤吏反嗔，楠速窮年采不足。但願黄金滿粤南，寧使黎田不盈粟。粤南金多吏不索，黎田粟少人未哭。刻箭爲約安得銷，歲歲生當剥吾肉。負戈因拚一命償，嗟嗟黎人誰爾牧。皇章惠爾非爾毒。

虎兕來，猶可奔，狼師一來人無存。大征縱殺玉石焚，昔人雕剿只一村。雕剿功成賞不厚，大征蔭子還蔭孫。殺一不辜尚勿爲，何況萬骨多冤魂。願君爵賞毋苟貪，但以三槐植爾門。

鑿而飲，耕而食，撫黎何事來相逼。瘠牛可耕豈不惜，姜水那堪吞滿臆。遥明燈火忽驚疑，一望旌旗我心惻。群黎草木豈有知，貪吏朘削無休息。攻掠犯順誰所爲？撫黎毒黎還毒國。南征稍喜平崖公，殲掃惟悲不爲德。

《詩綜》（四九）改引爲「參政平崖錢公出憫黎諸詠見示，惻然傷懷，因而有作」。第一首删去「但願黄金滿粤南」以下四句及末句，改「吾」爲「民」，改「剥」爲「剜」。第二三首均删去末二句。在朱氏或以爲簡練含蓄，然第二首兩句表黎人之願望，第三首兩句頌錢公之政德，如何可删。

（丁）選詩之標準　人之嗜好，鹹酸不同，選詩亦然，故選出之詩各異其趣。若謂因人之愛憎而泯其傑作，恐選詩者斷不肯以此自承。選詩猶相馬，必如伯馬一過，群無留良，方爲能事。若所取皆爲下駟，謂爲不辨妍媸則可，謂爲故棄其妍而取其媸則不可。若爲其人得名之作，有歷史價值，宜存之以見其人。如桑民懌在燕市，見高麗使臣市本朝兩都賦無有，心實耻之，作《兩都賦》。慕阮籍《詠懷》作《感懷》五十四章。其《感懷詩》序云：「予自薄宦以至歸山，其間幾三十年。凡有所見，及有感觸，皆形於言，共成古詩若干篇。立意頗深，寄興頗遠。苟經平子，復遇子雲，不求牝牡之間，索之酸鹹之外，則有得矣。」錢氏録其四十首(丙七),朱氏僅録二首,并去其序(二四)。王叔承從相君直所,得縱觀西苑南内之勝,作《宫詞》百首,流聞禁中。錢氏録其五十首(丁九),朱氏不録一首。盛時泰擕所著《兩都賦》謁王世貞於小祇園。世貞贈之詩曰:「遂令陸平原,不敢賦《三都》。」又和世貞《擬古》七十章,三日而畢,世貞爲之氣奪。錢氏録其十三首(丁七),朱氏亦不録一首。姚燧嫁妓女真真,貝瓊爲作《真真曲》四十二韻,自序謂「沉鬱悽婉,亦足以盡其大略」。朱氏節其序入《詩話》(六),而不選《真真曲》。皆未爲盡善。

《列朝詩集序》云:「山居多暇,撰次《國朝詩集》幾三十家,未幾罷去,此天啟初年事也,越二十餘年而丁開寶之難。」是則未嘗不想望肅宗以中興。在易代之後,猶稱明朝曰國朝,曰皇明。藉選詩而提倡國家思想,指斥胡虜。如曾棨之《燉煌曲》、《龍支行》(乙二),周忱之《漁陽老婦歌》(同上),皆慷慨激昂,鼓吹反抗,即不幸失敗出降,子孫猶未忘中國之衣冠。錢氏抗清之心,於此可見。兹録《燉煌曲》於下:

唐憲宗時,吐蕃使其中書令尚騎心兒攻燉煌,刺史周鼎嬰城固守。鼎請救回鶻,逾年不至。都知兵馬閻朝殺鼎自領州事,守城者八年。出綾一段,换麥一斗,存者甚衆。朝喜曰:「可以死守。」又二年,糧械皆盡,登城呼曰:「爲毋徙他境,請以城降。」騎心兒許諾,於是出降。自攻城至是十一年,州人皆服臣虜。歲時祀祖父,衣中國之服,號慟而藏之。

吐蕃健兒面如赭,走入黄河放胡馬。七關蕭索少人行,白骨戰場縱復横。燉煌壯士抱戈泣,四面胡笳聲轉急。烽煙斷絶鳥不飛，十一年來不解圍。傳檄長安終不到，借兵回紇何曾歸。愁雲慘淡連荒漠，捲地北風吹雪落。將軍錦韉暮還控，壯士鐵衣夜猶著。城中匹綾换斗麥，决戰寧甘死鋒鏑。一朝胡虜忽登城，城上蕭蕭羌笛聲。當時左衽從胡俗，至今藏得唐衣服。年年寒食憶中原，還著衣冠望鄉哭。老身幸存衣在篋，官軍幾時馳獻捷。

朱氏《詩綜》後《詩集》五十餘年，文字之獄未興，雖多録遺民之作，然於此類詩，删削已盡矣。歷代詩人，多長於寫景，而略於言情。其所言之情，無非閨房兒女之思，羈臣逐客之怨。若描寫民間之疾苦，社會之黑暗者殊少。錢氏所收如袁介《檢田吏》（甲三）、王禕《禽言次王季野》《築城謡》（甲十二）、郭登《飛蝗》（乙四）、程敏政《涿州道中録野人語》（丙六）、王九思《賣兒行》（丙十一）、沈一貫《觀選淑女》（丁十一）、宋珏《荔枝辭》（丁十三下）等，讀之凄惻。朱氏則所收更少。兹録《檢田吏》於下：

有一老翁如病起，破衲毿毿瘦如鬼。曉來扶向官道旁，哀告行人乞錢米。時予奉檄離江城，邂逅一見憐其貧。倒囊贈與五升米，試問何故爲窮民？老翁答言聽我語，我是東鄉李福五。我家無本爲經商，只種官田三十畝。延祐七年三月初，賣衣買得犁與鋤。朝耕暮耘受辛苦，要還私債輸官租。誰知六月至七月，雨水絶無潮又竭。欲求一點半點水，却比農夫眼中血。滔滔黄浦如溝渠，農家争水如争珠。數車相接接不到，稻田一旦成沙塗。官司八月受災狀，我恐徵糧吃官棒。相隨鄰里去告災，十石官糧望全放。當年隔岸分吉凶，高田盡荒低田豐。縣官不見高田旱，將謂亦與低田同。文字下鄉如火速，逼我將田都首伏。只因嗔我不肯首，却把我田批作熟。太平九月開旱倉，主首貧乏無可償。男名阿孫女阿惜。逼我嫁賣賠官糧。阿孫賣與運糧户，即日不知在何處。可憐阿惜猶未笄，嫁向湖州山裏去。我今年已七十奇，饑無口食寒無衣。東求西乞度殘喘，無因早向黄泉歸。旋言旋拭腮邊淚，我忽驚慚汗沾背。老翁老翁勿復言，我是今年檢田吏。

此是一首血淚詩，農民因水旱之災，而賣男嫁女者至今猶比比皆是，如此社會，欲不改革得乎！

據上所述二書之異同四點而觀之，則錢氏之優於朱氏可得而定。然有一事爲朱氏獨到之見者，則建文皇帝非出亡也。錢氏於《牧齋初學集》(二二)辨史彬《致身録》、程濟《從亡日記》之僞，而尚信建文出亡，故録其詩三首，云：「帝遜位後入蜀，往來滇黔間。」(乾上四)又於《溥洽傳》(閏一)引鄭曉《今言》云：「靖難兵起，溥洽爲建文君設藥師燈懺詛長陵。金川門開，又爲建文君剃髮。」自云：「觀洽公十載下獄，考其所以被讒之故，則金川夜遁之迹，於是乎益彰明較著，無可疑矣。」又於鐵氏二女詩(閏四)云：「余考鐵長女詩，乃吴人范昌期題老妓卷作也……次女詩所謂春來雨露深如海，嫁得劉郎勝阮郎，其語尤爲不倫。」則何不削去而仍載集中？朱氏《史館上總裁第四書》(《曝書亭集》三二)云：「金川門之變，《實録》稱建文帝闔宫自焚，中使出其尸於火，越七日，備禮葬之，遣官致祭，輟朝三日。」而辨出亡之不足信。故於《詩綜》削去建文及鐵氏二女詩，至爲有識。其於溥洽(九一)云：「遜國之事，國史太略，野史太詳，終成疑案。程濟、梁田玉等未必有其人，史仲彬官翰林未必有其事，與其惑於《從亡》、《致身》諸録，無寧信鄭端簡《今言》所述矣。」胡乃垂老復作模棱兩可之言耶？

朱氏之言，亦有誇大不可信者：於海明(九二)下云：「張獻忠殺人之多，較黄巢百倍。自甲申正月犯蜀陷重慶，悉斷民右手。既破成都，僭號大西，改元大順……次年五月，（孫）可望報一路殺男子五千九百八十八萬，女子九千五百萬；（李）定國報一路殺男子七千九百餘萬，女子八千八百餘萬；（劉）文秀報一路殺男子九千九百六十餘萬，女子八千八百餘萬；（艾）能奇報一路殺男子七千六百餘萬，女子九千四百餘萬。此外各營分剿川南川北所殺之數，及獻忠僞御營殺人數目，自有簿記之，不與焉。於是四川之民，靡有孑遺。」若然，則獻忠殺人之數爲六萬七千九百四十八萬以上，是四川一省，遠過今日全國人口之數矣。

上古史實，每多蒙昧無稽，中國然，日本亦然。朱氏（九五下）謂日本「其人多壽，就國王論，如神武天皇一百二十七歲，孝昭天皇一百十八歲，孝安天皇一百三十七歲，孝靈天皇一百十五歲，孝元天皇一百十七歲，開化天皇一百十五歲，崇神天皇一百二十歲，垂仁天皇一百四十歲，景行天皇一百有六歲，成務天皇一百有七歲，神功天皇百歲，應神天皇，仁德天皇俱百有十歲，雄略天皇百有四歲，降年之永，中土所希」。不知此皆歷史家僞造以誇其神迹，不然自雄略以後，至後鳥羽院凡六十代，據日人《神皇正統録》所記，曷爲無過於代陽成院御年八十二者乎？據日人《愚管鈔》、垂仁年百三十，或云百五十一，或云百有一；景行年百有六，或云百三十三，或云百二十，是亦不一其説矣，其果可信乎！

要之朱氏自是文學大家，其《詩話》有獨到之處，選詩不盡同於錢氏，可以相成而不相背，讀者合而觀之可也。

（七）後人對於二書之評騭

錢氏選詩仿自《中州集》，實爲選詩之正軌。目光如炬，而學力足以副之，故於明朝三百年之詩，褒美貶惡，無所遁形。然抨擊太過，辛辣之味，讀者不無反感。朱氏則温柔敦厚，辭旨和平，譬之糖霜，易得衆好。以二公之博洽，猶不免後人之議評，誠哉操選政之不易矣。錢氏與施偉長書（《尺牘》上）云：「《假髻詞》，《列朝詩》語（丙四）刊張東海，僕心疑久矣，得君家世澤圖，定爲曾忠愍作，然是宋人詩也。此後遇此等，惟有一意刊去之耳。」是未嘗不自承其失。

首先批評《列朝詩集》者爲王士禛，其言曰：

錢牧翁撰《列朝詩》，大旨在尊李西涯（東陽），貶李空同（夢陽）、李滄溟（攀龍）。又因空同而及大復（何景明），因滄溟而及弇州（王世貞），索垢指瘢，不遺餘力。夫其駁滄溟擬古樂府、擬古詩是也，並空同《東山草堂歌》而亦疵之，則妄矣。所録《空同集》詩亦多泯其傑作。黄省曾吴人，以其北學於空同則擯之，於朱凌谿應登、顧東橋璘輩亦然。余竊非之，偶著其略於此。牧翁於予有知己之感，順治辛丑，序予《漁洋詩集》，有「代興」之語。寄予五言古詩云：「勿以獨角麟，儷彼萬牛毛」。今三十餘年，先生墓木拱矣。予所以不敢傅會先生以誣前輩者，亦欲爲先生之諍臣云爾。（《居易録》十，或謂爲《古夫于亭雜録》者，非也）

牧齋訾謷李何，則並李何之友如王襄敏（廷相）、孟大理（洋）輩而俱貶之。推戴李賓之（東陽)，則並賓之門生如顧文僖(清)輩而俱褒之。他姑勿論，《東江集》予所熟觀，詩不過景泰、成化間沓拖冗長之習，由來談藝家何嘗推引，而遽欲揚之王子衡(廷相)、孟望之(洋)之上，豈以天下後世人盡聾瞽哉。(同上)

牧齋貶空同、滄溟二李先生至矣。吴人之師友二李者，如徐迪功(禎卿)、黄五嶽(省曾)以及弇州，皆絶之於吴。且夷迪功於文璧、唐寅之列，比之明妃遠嫁。一日閲馮時可《元成集》辯徐太室《二羅集序》云：「吴詩清淺而靡弱，不以二李劑之而何以詩哉。」元成吴人也，其言如此，天下後世其又可欺乎？牧翁稱文徵仲(徵明)詩，近同年汪鈍翁(琬)注歸熙甫(有光)詩，人之嗜好實有不可解者，付之一笑可矣。(同上十九)

文人每多門户之見。王氏齊人也，欲稱滄溟，然亦不能不以牧齋之駁滄溟擬古樂府、擬古詩爲是，故並舉空同爲之掩護，因而並及吴人。牧齋雖訾謷二李，而於何景明、徐禎卿、顧璘、王世貞、朱應登、黄省曾諸人皆無甚貶辭，且選夢陽詩五十首、攀龍詩二十五首、何詩一〇二首、徐詩一二三首、顧詩一〇四首、王詩七十首、朱詩二十六首、黄詩十六首，即使惡之，亦能知其美者。《東江集》王氏所稱，不過景泰、成化間拖沓冗長之習。而《詩綜》(二七上)則云：「東江詩法西涯，觀其險韻再四叠用，足見其能事。當日諸公，受長沙衣鉢，或推方石(謝鐸)，或稱二泉(邵寶)，或首熊峰(石瑤)，以鄙見衡之，要皆不敵也。」其於王子衡(三一)則云：「浚川詩格，諸體稍粗，惟五言絶句頗有摩詰風致。」於孟望之(二八)則云：「孟詩太淺，比於郎伯，邈若雲淵。」於文徵明(三八)則云：「《池上》一詩，少時諷誦，至今猶未遺忘，因附録之，視集中所載尤出塵堨之表，拾遺珠於滄海，天下之寶，當與天下共之。」於歸有光（四四）則云：「詩非兼擅，猶勝七子成派。」朱氏稱顧文歸而抑王孟，豈亦聾瞽而不可解者哉。

沈德潛作《明詩別裁》，抨擊牧齋而爲二李張目，其自序云：「尚書錢牧齋《列朝詩選》，於青丘（高啓）、茶陵（李東陽）外，若北地（李夢陽）、信陽（何景明）、濟南（李攀龍）、婁東（王世貞）概爲指斥。且藏其所長，録其所短，以資排擊。而於二百七十餘年中獨推程孟陽一人。而孟陽之詩，纖詞浮語，祇堪爭勝於陳仲醇諸家。此猶捨丹砂而珍溲勃，貴琵琶而賤清琴，不必大匠國工始知其誣妄也。」其言蓋拾王士禛、朱彝尊之牙慧。今觀沈氏所選，在二十首以上者，祇得八人：劉基二十首，高啟二十一首，李夢陽四十七首，何景明四十九首，徐禎卿二十三首，李攀龍三十五首，王世貞四十首，謝榛二十六首，一若有明一代，二李流派以外，無復有詩，劉、高二人亦屈居其下，吾不知其孰爲誣妄也。

乾隆以後，《列朝詩集》遭禁，論之者少，言明詩者只言《明詩綜》。《四庫全書總目》（一九〇）於《明詩綜》提要云：

明之詩派，始終三變。洪武開國之初，人心渾樸，一洗元季之綺靡，作者各抒所長，無門户異同之見。永樂以迄弘治，沿三楊臺閣之體，務以春容和雅，歌詠太平。其弊也冗沓膚廓，萬喙一音，形模徒具，興象不存。是以正德、嘉靖、隆慶之間，李夢陽、何景明崛起於前，李攀龍、王世貞等奮發於後，以復古之説遞相唱和，導天下無讀唐以後書。天下響應，文體一新，七子之名，遂竟奪長沙之壇坫。漸久而摹擬剽竊，百弊俱生，厭故趨新，別開蹊徑。萬曆以後，公安倡纖詭之音，竟陵標幽冷之趣，幺絃側調，嘈雜争鳴，佻巧蕩乎人心，哀思關乎國運，而明社亦於是乎屋矣。大抵二百七十年中，主盟者遞相盛衰，偏袒者互相左右，諸家選本，亦遂皆堅持畛域，各尊所聞。至錢謙益《列朝詩集》出，以記醜言僞之才，濟以黨同伐異之見，逞其恩怨，顛倒是非，黑白混淆，無復公論。彝尊因衆情之弗協，乃編纂此書以糾其謬。每人皆略叙始末，不横牽他事，巧肆譏彈。里貫之下，各備載諸家評論，而以所作《静志居詩話》分附於後。雖隆萬以後，所收未免稍繁，然世遠者篇章易佚，時近者部帙多存，當亦隨所見聞，不盡出於標榜。其所評品，亦頗持平，於舊人私憎私愛之談，多所匡正。六七十年以來，謙益之書久已澌滅無遺，而彝尊此編獨爲詩家所傳誦，亦人心彝秉之公，有不知其然而然者矣。

案：錢氏之書觸犯清朝，故提要之人，於錢氏肆其醜詆，朱氏於錢氏雖有所舉正，若謂「彝尊因衆情之弗協，乃編纂此書以糾其謬」，未免過甚其辭。至清末帝王之氣焰漸息，葉德輝乃爲《列朝詩集》訟其冤，其言曰：

其書自毛晉汲古閣鏤版後，傳本甚稀。乾隆時修《四庫全書》，復在禁毁之目。世間所傳有明選本之詩，惟《明詩綜》膾炙人口。其於牧翁選詩之旨，曾未究其所以然。余自計偕至觀政，往來京師十餘年，求其書不可得。今年五月，吾友粟谷青户部挨爲余於廠肆訪購一册，攜歸湘中，盡晝夜之力讀之，始知前人譏彈，不盡得實。如前後七子摹擬剽賊，謬爲大言，以二李爲甚。牧翁指駁，蓋恐其疑誤後人。今滄溟、空同之詩尚存，可以取證。特國朝詩學家沿尚格調，與前後七子針芥相投，驟聞牧翁之言，不免失所依傍，故百口一舌，謂《明詩綜》優於此書。其實《明詩綜》乃鄉願之所爲，《列朝詩》乃選家之詩史耳。明人於李茶陵、張江陵二公，議論是非，大都出於私怨。牧翁於二公推重甚至，是觸天下之私疑。平心論之，李茶陵周旋瑾閹，扶持善類，罷相以後，囊橐蕭然，至以賣文鬻字，消閒度日，其孤忠亮節，豈可僞爲者。江陵救時之相，爲人所不敢爲，至今修《明史》諸臣文集流傳，無不稱其相業。牧齋選詩時，正是非未定之日，乃獨主持公議，盡掃蚍蜉，非具三長之史才，烏能有此卓識耶？至其於文林藝苑布衣山林之士，尤恐事迹不克詳盡，使其人淹没無傳，故殷然提倡表揚，不啻若自其口出，是其宅心忠厚，亦何讓於彝尊。況明季竟陵鍾、譚創爲纖詭一派，所選《詩歸》一書，傾動海内，靡然從風。後世言詩者目爲亡國詩妖，誠非過論。牧翁於伯敬爲同年進士，絶無回護之辭，此豈顛倒是非，混淆黑白之所爲耶？今人但見《明詩綜》一書，户誦家絃，譽多貶少，并不知牧齋所選爲丹爲青，百吠相隨，使此翁含冤於地下。歸愚學究，奉漁洋爲神明，其《别裁》云云，殆無足輕重。文簡、文達一代名人，而亦持此偏見之論，則非余所知也。

（《郋園目讀書志》十六）

是「亦人心彝秉之公，有不知其然而然者」歟。

其論《明詩綜》之失者，有全祖望、張爲儒、張宗泰諸人。全祖望《書明詩綜後》（《鮚埼亭集外編》三一）云：

竹垞選《明詩綜》，網羅固多，訛錯亦甚不少。即以吾鄉前輩言之，屠辰州本畯並未嘗爲福建運司，蓋因其曾任運同而訛。陸大行符東林復社名士，有《環堵集》傳世，乃訛其名爲彪。以此推之，必尚有爲我輩所不及考者。

張爲儒《蟲獲軒筆記》（吴壽暘《拜經樓藏書題跋記》五引）云：

朱竹垞先生選《明詩綜》，喜删改前人之句，然有大夫作者之旨者。即如亭林集中《禹陵》二十韻，前半「大禹南巡守，相傳此地崩」十韻叙禹陵，後半「往者三光降，江干一障乘」八韻叙乙酉魯王監國事，而末四句總結之曰：「望古頻搔首，嗟今更拊膺。會稽山色好，悽惻獨攀登。」《詩綜》芟去中間「往者」十六句，則所謂「嗟今更拊膺」者竟不知何所指。竹垞選此書，意欲備一代文獻，宜其持擇矜慎，况生平又與亭林交好，没後録其遺詩，似不應鹵莽至此也。

張宗泰《書朱彝尊明詩綜後》（《魯巖所學集》十四《詩綜》跋共六篇）云：

《詩綜》卷帙浩繁，其中亦不免脱漏：如徐泰《詩談》，稱劉崧詩如冬嶺孤松，老而愈秀，而緝評中未收入也。郭維藩著《杏東集》十卷，任環著《山海漫談》三卷，張鹵著《張滸東集》十四卷，吕維祺著《明德堂集》三十六卷，並見《提要》别集類；李英著《歷遊集》、《餐霞集》、《當壚集》，見王士禛《居易録》卷三十二，均當爲補入也。又胡震亨編《唐音統籤》千餘卷，雖未盡付剞劂，不可謂之無功於藝苑；陳邦瞻續成馮琦之《宋史紀事本末》，又纂《元史紀事本末》，不可謂之無功於史學，而二人名下均未論及也。又王清臣《述懷詩》，據《漁洋詩話》，「静聽鳥語繁」下，有「諸有弄化本，雜沓呈真元。曉然似供我，寧不倒清樽」二十字，詞意亦殊不惡，乃不明其去取之意何也。其中又有前後互見，失於刊削者：如「翰林多吉水，朝士半江西」，既見吳伯宗下，又見周叙下。「諸公所講者性，僕所言者情也」，既見莊昶下，又見湯顯祖下。康陵御製靳貴祭文：「朕居東宮，先生爲輔」云云，既見靳貴下，又見劉玉下。王敬美云「詩有不能廢者」云云，凡百餘字，既見徐禎卿下，又見高叔嗣下。金童玉女之目，既見祁彪佳下，又見商景蘭下。凡此均當一爲删正，以省繁複也。（再書明詩綜後）

《詩綜》有沿襲之誤者數條：如宋之周密，自其曾祖隨高宗南遷，爲南人者已歷三四世，而密則身居吳興，又流寓武林。《詩綜》於張紳下云齊東自周公謹而後，復有此人。其實公謹之一生，蓋未嘗一履齊東之境也。葉石林提舉洞霄宮，居吳興弁山。《齊東野語》曰：「吾鄉故家，如石林葉氏」云云。以吳興爲吾鄉，則其世居吳興可知也。《四庫全書提要》：《珊瑚木難》八卷，朱存理撰。《鐵網珊瑚》十六卷，乃趙琦美之書，其題存理名者，沿襲之誤也。《詩綜》於朱存理下，仍以《鐵網珊瑚》歸之，失於詳審矣。又《提要》於《冷齋夜話》下云：惠洪本彭氏之，於淵材爲叔侄，故書中不繫以姓，而其標題乃皆以爲劉淵材，爲失之不考。《詩綜》於王慎中下亦作劉淵材，則承襲之訛也。岳珂《桯史》：康與之在高宗朝，以詩章應制，與左璫狎。適睿思殿有徽宗御畫扇，上時持玩流涕。璫偶竊攜至家，而康適來，漫出以示。康給璫入取肴核，輒泚筆幾間，書一絶於上云云。《詩綜》於王家屏下，謂祖宗翰墨，儲藏於玉堂之署，此康與之得題年年花鳥無窮恨也。而康與之題御畫扇，實非得之玉堂也。《提要》：元杜本編宋末遺民之詩，爲《谷音》二卷，皆古直悲凉，風格遒上。而所著《清江碧嶂集》，乃粗淺不入格。《詩綜》於李天植下，不以爲合乎《谷音》之旨，而以爲合乎《清江碧嶂》之旨，爲失檢矣。《提要》於《永樂大典》下，謂永樂元年七月奉敕撰。二年十一月奏進，既而以所纂爲未備，復命太子少保云云，於五年十一月奏進。則《大典》之修，前後亦歷四五年之久。《詩綜》於釋子善啟下，謂《大典》成書不過數月間事，亦爲考之未審也。（《三書明詩綜後》）

《詩綜》有以前代人之詩爲明人詩者：如天台宋氏《賣宅詩》，出趙葵《行營雜録》；洞庭老人歌，出洪邁《夷堅志》，厲鶚編入《宋詩紀事》，宜也，而編入《詩綜》則失之矣。又《題陶淵明五柳圖詩》，見元貢師泰《玩齋集》中，而以爲袁敬所詩。項真《梳奩銘》：「人之有髮，旦旦思理；有身有心，胡不如是。」全襲盧仝《梳銘》，而均不能辨也。又《明妃出塞圖詩》，既見黄仲昭下，又編入黄幼藻下，亦爲失於參證。又有攘前人之説為己説者，如「發纖穠於簡古，寄至味於淡泊」，東坡評韋蘇州語也，而陳嗣初評張適詩襲之。「人嘗咬得菜根，則百事可作」，宋汪信民語也，而魯鐸襲之。「詩者人心之感物而形於言也」云云，共七十九字，朱子《詩集傳序》語也，而權攬《酬唱詩序》襲之。乃稱其爲名言，稱其中繩度，而不能辨其言之出於前人也。（《四書明詩綜後》）

《詩綜》卷帙既富，亦時有小疵：如鄭世子載堉，讓國盟津，初未嘗嗣爵爲王也，而小傳曰王恭王子。王荆公詩：「病身最覺風霜早。」而孫蕡下集句，訛作「風霧」。杜工部詩：「不廢江河萬古流。」而何景明下訛作「萬里」。修武縣逯杲字光古，而訛作逯昶。朱經字仲誼，而沐昂下訛作朱仲經。王韋閣試《春陰詩》，末云：「起來小立傍蘭階。」而以爲篇中。靳貴丹徒人，而訛作「丹塗」。毛伯温下，「東堂」、「東塘」，歧出不一。又福州道山下，有朱子所書「石室清隱」字，魏文焌家近山麓，故名其集曰《石室秘抄》，而訛作「私抄」。《禮坊記》：「寡婦不夜哭。」徐渭作《袁中郎文集序》，如「寡婦之夜哭」，亦不能駁正也。來知德嘉靖壬子舉人，而誤作萬曆壬午。輯《甬上耆舊詩》者爲胡文學，李嗣鄴則爲詩人作傳也。而陸寶下，以輯詩者爲嗣鄴。陳子龍亦死殉國難，而小傳及緝評詩話均未著其事。釋子海明下云四川人，主嘉興東塔寺，後入蜀。按海明本蜀人，當云還蜀，而不當云入蜀也。（《五書明詩綜後》）

朱竹垞編《明詩綜》，於卷六十七陸寶下，謂李杲堂輯《甬上耆舊詩》，自詡搜隱獲奇，而顧於余君房、屠緯真諸人，曾識面卜鄰之陸寶，乃獨遺之，爲不可解。考杲堂編《耆舊集》實四十卷，後十卷未及雕刻，故天啓、崇禎兩朝詩人缺焉。竊以《詩綜》所收，自董守諭以下，萬泰、周齊曾、張煌言、薛豎諸家，當亦曾經編輯，而未及授梓。不惟此也，釋子中如宏灝、佛引、圓復、圓信、海明、無慍諸人，以及住智門寺之福祥，住延慶寺之大同、守仁、傳慧，想亦俱在所未刻十卷之中，竹垞偶未之思耳。（《書明詩綜六十七卷後》）

張氏所舉諸誤，或有從《列朝詩集》中來者。張氏未見《詩集》，故概歸之《詩綜》耳。至引《禮坊記》「寡婦不夜哭」，而謂朱氏不能駁正徐渭「如寡婦之夜哭」之句，其迂腐之態亦可想也。

錢氏不能死節，後人對之每有微辭，如《牧齋遺事》（《古學匯刊》第一集本）所記是也。然讀其著作，誠如鄧實《投筆集跋》所云：「其繫心宗國，不忘欲返，乃託之吟詠以抒其憤激，猶可謂慘怛而思反本者。以詩論，沉鬱悲驚，哀麗欲絶，亦不愧草堂之作也。」茲復録章大炎《檢論》（八）之言以終吾篇：

謙益爲人，徇名而死權利，江南故黨人所萃，己以貴官擅文學，爲其渠率，自喜也。鄭成功嘗從受學，既而舉舟師入南京，皖南諸府皆反正。謙益則和杜甫《秋興》詩爲凱歌，且言新天子中興，己當席藁待罪。當是時謂留都光復，在俾睨間，方偃卧待歸命，而成功敗。後二年，吴三桂弑末帝於雲南，謙益復和《秋興》詩以告哀。凡前後所和幾百章，編次爲《投筆集》。其悲中夏之沉淪，與犬羊之俶擾，未嘗不有餘哀也。康熙三年卒。初明之亡，有合肥龔鼎孳、吴偉業，皆以降臣善歌詩，時見憤激。而偉業稍深隱，其言近誠。世多謂謙益所賦，特以文墨自刻飾，非其本懷。以人情思宗國言，降臣陳名夏至大學士，猶拊項言不當去髮，以此知謙益不盡詭僞矣。

其言平允。要而言之，《明詩綜》固不敵《列朝詩集》，即以詩文論，湛深博大，《曝書亭集》亦何能敵《初學集》、《有學集》哉！後之論者，其亦知所反矣。

（《嶺南學報》第十一卷第一期，一九五〇年十二月）

後記

我着手整理《列朝詩集》，開始於一九八六年，當時中華書局正擬出版中國歷代詩歌總集，而此書適可用來和《先秦漢魏晉南北朝詩》、《全唐詩》、《宋詩鈔》、《元詩選》、《晚晴簃詩彙》等配套，形成一個較爲完整的系列。祇是因爲《列朝詩集》總計有八十一卷之多，點校頗費時日，加上我那時工作繁冗，點校之事祇能時斷時續，故直到一九九一年此事始告竣。此後出版形勢發生變化，整理稿遂數年束之高閣。一九九六年，《傳世藏書》聞訊前來約稿，其心也誠，乃慨然允之。初時不知其體例如何，及至出書後送到樣書，才知是一種横排簡體字本。事出所料，有違初衷，不免心生遺憾。

有清一代，《列朝詩集》僅止出過兩種版本，一是清順治九年（一六五二）毛氏汲古閣原刻本，一是清宣統二年（1910）神州國光社重排鉛印本。當初選擇點校底本時，考慮到清初本今已屬於善本，不易覓製，而清末本去時未遠，可以覓得原本，故以爲無妨就用後者作爲底本。誰知經過對校，竟發現神州國光社本乃是一個收録有缺失的版本，雖說在文字上與清初原刻本差别無多，卷數也一仍其舊，但原刻本一些卷次中所附的「補人」、「補詩」部分，卻悉數遭到删略。好在神州國光社本的製作尚屬謹嚴，在梳理原刻本體例，統一用字上也曾付出不少心力，於是決定將神州國光社本改爲點校工作本，在此本基礎上校汲古閣原刻本，缺則補之，誤則改之，最終使底本過渡爲清初汲古閣本。由此可以説，一九九六年《傳世藏書》所採用的點校稿本，其底本既在總體上保存了清初原刻本的舊貌，同時又吸收了清末神州國光社本所改進的合理成分，在版本上說，完全是一種兼具二者之長的新版本。

然而讓人感到惋惜的是，儘管《傳世藏書》本裝潢考究，但卻未能發揮新整理本的優勢，反而因其行款設計和排校質量的低劣，貶損了《列朝詩集》整理本的學術價值。首先，《傳世藏書》採用簡體字橫排，即此鹵莽之舉，就使得這部稀見善本的原貌全然瓦解，連帶其版本價值也幾乎喪失殆盡。更有甚者，《傳世藏書》還妄自擴大簡化字範圍，將偏旁簡化的手段推及到所有的繁體字，以至出現了許多《簡化字表》以外的生造字。其次，《傳世藏書》不單是橫排，甚至還硬性運用現代詩歌的分行標準，把一首詩原本各句銜接的形式，逕改爲每四句或兩句一行逐行排列，致使一題多首之間殊難區別。我們從《傳世藏書》本已經無法想見古籍原本的模樣。傳承古籍而失其真，這與當代古籍整理所欲達到的目的是完全相悖的。至於《傳世藏書》的排校質量，問題之多，令人咋舌。其中有誤認詩序爲詩題者（如甲集前編第八之下，第一七二頁），有誤認詩題爲詩序者（如甲集第十九，第五六七頁），小傳文字有脱漏者（如閏集第一，第一六八八頁），詩句有明顯刊落者（如丁集第九，第一三三五頁），凡此種種，不勝枚舉。

作爲該書的整理者，如果視而不見，任憑《傳世藏書》本謬種流傳，誤人子弟，於心何忍，遂不得不再下決心，對《列朝詩集》重作點校，另出一個繁體直排本以正視聽。幸好退休以來，居多暇日，於是借得清初原刻本，逐句逐字與《傳世藏書》本比對，凡遇脱衍舛誤處，則一一訂補，凡認爲日後由簡體變繁體易生歧義處，則注明繁體該當何字。此工作至爲繁瑣，前後費去大半年時間，總算全部校訖。此時再看《傳世藏書》本，滿紙勾畫塗乙，丹鉛燦然，不禁會心一笑。今承中華書局慨允，重新推出《列朝詩集》的繁體直排本，夙願得償，欣感莫名。

當此復校殺青之際，憶及往事，不覺悲從中來。當年爲使底本由神州國光社本换爲汲古閣原刻本，需要逐字對校，此苦差事則由我妻林淑敏擔當。她以孱羸之軀，厮守青燈黄卷，焚膏繼晷，多歷經年所，斯情斯景，至今宛在目前。然而此次再作點校，我妻卻以久病不愈而於今年一月十六日辭世。嗚呼，哀哉！提筆撰此後記之時，適值我妻仙逝半年忌日，睹物思親，不禁潸然淚下。謹以此稿獻上我妻在天之靈，遥以爲祭。

許逸民

二〇〇四年七月十六日

説　明

一、本索引收録《列朝詩集》所有作者，包括不著姓氏的無名氏、神鬼等。

二、人名之後用兩組數字，分別表示該作者在《列朝詩集》中的册數、頁數，例如：

陸師道　九/4676

即表示陸師道在本書的第九册、第四六七六頁。

三、凡帝王、藩王均按原書取其廟號爲主目，其他稱謂列爲參見條目。如：

太祖高皇帝　一/1

朱元璋　見太祖高皇帝

三、本索引以作者姓氏筆畫爲序，同姓氏者按其第二字、第三字的筆畫順序排列。

四畫

五畫

八畫

九畫

十畫

十一畫

十三畫

十六畫

十七畫

十八畫

十九畫

二十畫

二十一畫

二十二畫

二十五畫

二十八畫